金克木 作品

梵佛间

金克木说印度

金克木 —— 著

木叶 —— 编

作家出版社

目 录

"全中取全后，所余仍为全"（序）

木 叶

乔达摩·悉达多出家前曾婚娶，妻子名叫耶输陀罗。他成为佛陀后，心存爱恋的耶输陀罗想以儿子罗睺罗打动佛陀，于是逗着罗睺罗去找佛陀，还曾对孩子说："你去跟你父亲要求'遗产'，他有我们都没有见过的宝贝！"于是，罗睺罗跟在佛陀身后说："佛陀！请施给我您的'遗产'吧！"终于有一天，佛陀对弟子舍利弗说："我不喜欢给他不真实的幸福和财宝，我所希望给他的是无量宝，所以，舍利弗！请你就收他出家，让他做僧团中最初的沙弥。"后来罗睺罗成为了佛陀的十大弟子之一，密行第一。

最初得知这一细节，我好奇于其真实度，近日在一本关于佛陀十大弟子的书中再次读到，触动我的则是其中的说法：遗产——无量宝。一个宗教的创始者，一个觉悟的人，能给亲生之子什么"遗产"呢？答案是出家修佛（之法），而非金银珠宝屋宇器物。这一幕或这一说法很可能经历了演绎，不过，实在动人，充满了象征性，意味着一种相互辨认，一种人与人、人与世界之间的精神接续。而佛教本身又何尝不是在诸多"遗产"中展开自身，对于梵语文化，对于婆罗门教，对于印度当时的社会思绪以及修行方式，有所承继，亦多有破立，并将这种传承扩展到更广阔的人群以及地域。

约是大学二年级时，我有一段日子比较着迷于汉译梵文典籍以及印度现代文学，而今想起来应是出于对《奥义书》和《摩奴法典》比较单纯的好奇，而一路看下来，印象最鲜新的则是《罗摩衍那》，虽看得谈不上多么仔细，语句之柔韧与迷人，故事之浩瀚，一直记在心间，还有便是感慨于诗歌可以写如此之长，当时朋友提醒说，《摩诃婆罗多》不是更为包罗万象么。这是一种怎样的遗产？年轻时，发狂似的阅读世界各国的诗歌，荷马史诗也悠长、磅礴而酣畅，但那种气息与印度两大史诗"完全"不同。我深深感到梵文以及印度的神秘。几乎在同时，也细读了《吉檀迦利》，不知是更喜欢诗歌本身还是上世纪二十年代出现于泰戈尔身旁的那些志趣缤纷的中国知识人。这又是什么样的遗产？一种凛然，一种魅惑。

陈寅恪不止一次提及竹林七贤与佛教的渊源，《魏晋南北朝史讲演录》之"清谈误国"篇中具体指出："竹林七贤"是先有"七贤"而后有"竹林"。"七贤"所取为《论语》"作者七人"的事数，意义与东汉末年"三君""八俊"等名称相同，即为标榜之义。西晋末年，僧徒比附内典、外书的"格义"风气盛行，东晋之初，乃取天竺"竹林"之名，加于"七贤"之上，成为"竹林七贤"。——陈寅恪认为"竹林"非地名，亦非真有什么"竹林"，王戎与嵇康、阮籍饮于黄公酒垆，共作竹林之游，是东晋好事者捏造出来的。当然，有人持不同看法，然而佛陀的"竹林精舍"确乎在前，且影响颇著。后来看了更多的资料，发现佛教和商业以及权力者有着广泛深入的因缘，无论在印度还是我国均如此，悄然丰富了我对佛教及其仍在不断生长的"遗产"的理解。

一次偶然的机会，听人讲起《爱莲说》之远意很可能源乎佛教。钱锺书便认为，"以莲揄称高洁，实为释氏常谈"，此外或许与道教亦不无关系。周敦颐说，"予独爱莲之出淤泥而不染，濯清涟而不妖"，实则，并非"独爱"，印度人早已喜之重之。至于，"予谓菊，花之隐逸者也；牡丹，花之富贵者也；莲，花之君子者也"，则非但将人与大自然相融会，更是将儒家的君子形象与莲花巧妙结合，寥寥数语，构成了一种对理想人格的塑造。这也令我深思，中国儒家（包括宋明理学）、道家等思想和域外思想的相互渗透，也就是说文化遗产和文化遗产之间的相互锻造和生发。

八年前，在《上海书评》的一篇文章中读到，美国学者那体慧大胆提出：早于玄奘的译本《摩诃般若波罗蜜大明咒经》并非出于鸠摩罗什之手；依据玄奘传记，他在四川获授《心经》约为公元六一八—六二二年，而印度现存梵本《心经》注则出现在八世纪左右，明显晚于玄奘译本；推论《心经》最早是从《大品般若》中抽取一些段落，再回译成梵文，而回译者就是玄奘本人。——《心经》系中国人"伪造"？当时看了，震撼，疑惑，而后又浏览几篇相关文章（那体慧的书较迟才得见），进一步打量关于佛教的一些定论以及未定之论。同时，也不由得联想到我的一位同学。我们一进大学就成为了好友，二十岁的样子，他便表示来日要写一部《玄奘传》，为此看了许多关于佛教，关于印度，关于大唐的书，并与我有过探讨。这也激发了我写一本《王羲之传》的念头。雨打风吹，春天随着春天而去，我们都食言了。但我知道，努力未曾止息。每个有志进取的人，均可能形成自己小小的传统，那也是自己留给下一时刻的自己的"遗产"。有时你还要校正它，甚至颠覆它——为了更好的自己，更锋锐的自己……

以上这些，看上去与金克木先生没有直接的关联，却又关系非常。在他的文章中，我得知"印度"这个名字是玄奘确定下来的（可见当初读《大唐西域记》时的粗疏），也让我对身毒、天竺、信度、印度等有了较为深入的了解；在他所著《梵语文学史》中，我重新感受了"最初的诗"《罗摩衍那》的丰饶，以及它与

《摩诃婆罗多》的异同，而自后者中"独立"出来的《薄伽梵歌》成为了印度教的一部圣典，还有就是戏剧名篇《沙恭达罗》和大史诗的渊源；《读徐译〈五十奥义书〉》，可以说是最突出地体现了他行文的一大特点，即，纵横于中国与印度、东方与西方、原典与新思，有参详，有评批，有遥想；就我有限的视野和理解，金氏《〈心经〉现代一解》，在相关文字中最是言简意赅而又引人入胜；他以自己的语言之利指出，"空"与数学上"零"的对应关系，二者在印度语中是同一个字，而"零"（0）正是印度人贡献给人类的极轻盈而又极重要的文化财富；我还很喜欢他多次提及的"转识成智"之说；他还指出，泰戈尔不是用英语也不是孟加拉语，而是用梵语在斯德哥尔摩发表的获奖演说，这是我不曾想到的，尽管还不是很确定……正是透过金克木，以及陈寅恪、徐梵澄、季羡林等大家和一些专家，我们得以接近梵与非梵、佛教与非佛教、印度与非印度的更多质素，以及奥秘。

黄德海所编金克木《书读完了》第一版出了一段时间后，我曾拜访史学家朱维铮先生，谈及此书，他神色欣慰。如今，我也有缘来编一个金克木先生的选本，也就是这部《梵佛间》。有人说，为了弄清楚一个事物，最好的方式就是去写一本关于它的书。或许，为了更清晰地了解梵与佛、中与印，抑或金克木这样的人，编选一本书也不失为一种尝试。

本书分为四辑，辑一名为"中印之间"，文章均出自《中印人民友谊史话》一书。辑二是"现代天竺"，重在"现代"，从英印冲突讲起，并涉及思想、诗歌、绘画、古城胜迹等，甘地和泰戈尔自然而然地成为了重头篇章，二者又辐射出颇多时代、社会以及思想的流转。辑三"艺文杂识"，偏于更为久远的历史与传统，这部分关于文艺的介绍与思考大多更为形象而可感。辑四名曰"梵佛究竟"，直指本书的主旨，或许也是最深邃的部分，兼顾了古代印度的宗教、宇宙观、哲学思想和梵语本体，以及佛教中的关键问题。如果说第一辑重在钩沉与铺陈史实的话，接下来的三辑则重在探勘，解析。

为尊重原著，书中的数字、标点、译名和一些习惯表达，一仍其旧。有几篇文章原含注释，简明起见，从略。凡作者已标明写作时间的，均保留，其余可知发表时间者，均注明，为以示区分，发表和出版时间均置于括号内。

二〇〇〇年五月，生命已来到了尾声，他仿佛预感到了什么，写下《黑洞亮了》一文："从前我曾经夜夜眺望灿烂的星空，作一些遐想，对那些发光的明星很想多知道其中的奥妙。抗战一起，我和天上的星星朋友也就分别了。哪知到了二十世纪后期，不发光的星引起天文学家的注意了。一九六七年给它们命名为黑洞。其实那不是洞，也是星……"在晚景，他不断书写，创作，重新接续并发扬了自我的遗产，自我的小传统，并将之置于时代的明暗、壮阔与跌宕之中。

他是一个诗人，学者，翻译家，教师，杂家，猜谜的人，也正因了不一样的身份和经历，他才会自我解嘲"愧对文坛陪座末"，会自称"无端佛国寄萍踪"，会有感于"人间何缘见法华"，亦会深谙"漫天星斗一灯孤"。他还曾写道"西行有尽即东还"，语境中的西与东是具体而切近的，或许亦可移来指称印度与中国，印度是中国的西方，中国和印度尚有共同的西方，而再往西，又会回到中国，回到印度……进而言之，西行因无尽而有尽，东还既是回到自我，也是另一种西行。终究，又无所谓东，西，南，北，无不是在世界中运行，在未知未明的宇宙中运行。我们渺小，但不妨碍勤力，所有的勤力与创造可能只获取了点滴，但那也是我们的一己之全；纵使全然地、淋漓地失败了，那也可堪视为一种盛开；又抑或有了看似饱满整全的收获，那依旧是点滴，是一种可以称之为开端的物事。总有一种大于我们的东西存在，存在于未来，却也是 种遗产，不断赠予，不断收回，无以名状却又令人神往，在某一刹那仿佛《奥义书》中所言，"全中取全后，所余仍为全"。

此书编毕，回首金克木的一生，不禁想到他在年仅二十四岁时那心事浩茫的诗行：

　　星辰不知宇宙。宇宙不知人。
　　人却要知道宇宙，费尽了精神。

　　　　　　　　　　　　　　　　　　　　二〇一九年六月

辑一 中印之间

越过艰险道路而结成的和平友谊

布和竹杖的故事 在公元前一百多年，我国汉朝时候，有个著名旅行家叫张骞。他做了当时皇帝汉武帝的使者，到中亚细亚一带去。路上走了十几年，最后到了当时叫做"大夏"的地方（现在阿富汗的境内）。他回国以后作了一个报告，提到了一件奇怪的事情。他说，他在"大夏"看到了四川的布和用竹子做的手杖，很觉奇怪，就打听这些东西是从什么地方来的。当地人告诉他，这是从南方一个大国来的。那个大国名叫"身毒"（古代念做"捐毒"）。张骞认为四川的货物既然能运到南方的大国去，这个国家必定是在中国的西南方，而且中国西南部一定有一条道路通到那儿。布和竹杖能从四川到"身毒"，又从"身毒"运到"大夏"，一定是有商人经过那条路。照这样看来，从中国到西方的外国去，除了他自己走的"西域"（其中包括现在的新疆）一条路以外，还有西南一条道路。因此他建议派人试探走这条新路到"身毒"去，然后从那儿到"大夏"。汉武帝听了张骞的话，就派人到西南去。历史上记载说，这一次使者由四川分四路出发，到了云南，没有打通这条到"大夏"去的道路。不过这是指政府所派的人当时没有走通，运输布、竹杖和其他商品的人民是还在继续走那条道路的。

这个大国"身毒"就是印度。张骞的报告和后来汉朝使者到印度的事是中印关系的最古的可靠的历史记载。这段故事记在我国伟大的历史书《史记》里。

印度有一部很大的古书叫做《摩诃婆罗多》，是一部很长的史诗。里面提到"支那"的马，"支那"的兵，等等。还有一部很长的史诗叫《罗摩衍那》，其中也提到"支那"。又有一部讲法律、政治、风俗习惯的书叫《摩奴法典》，那里面列举外国人时也说到"支那人"。佛经里列举六十四种书时也提到"支那国书"。"支那"就是印度人称中国的名字。不过这些书的年代不能确定。书虽然是公元以前的，可是书里有很多后来加入的成分。我们无法断定这些提到中国的诗句，是公元前还是公元后写进去的。因此，我们只能说，我国《史记》里记的张骞的话是中国和印度来往的最早的记录。

当然，中国最早接触到的"身毒"可能只是印度的北部，而印度古书所说的"支那"也可能只指喜马拉雅山以北的地区，只指中国的西南部分。印度上古时期的文化中心在它的西北部印度河流域。印度河的名字本来是"信度"（也记作"新头""辛头""新陶"），在印度以外的人就用这个名字称呼印度。"身毒"这个名字也是"信度"的译音。至于叫中国做"支那"，一般人推测这是我国秦朝的"秦"的译音（西方人多半也这样叫中国）。中国和印度人民开始来往可以上溯到秦汉时代（公元前一二百年），算到现在已经有两千多年了。

物质文化的交流　在上古时期，国家和国家或部族和部族的来往都是从战争和交换物品开始的。中国人民跟印度人民一开始就是由彼此交换物品成为朋友，却没有发生战争。这是很可珍贵的友谊。可是两国之间，在来往的初期，除了前面说过的四川布和竹杖以外，还交换过什么东西呢？这一方面的历史记载很缺。

中国有很多东西是从"西域"（新疆和中亚细亚）传到内地的。

这里面包括了印度的出产。但是史书上往往不加分别。

从印度古代的物品名称可以看出有些东西是从中国去的。

丝绸是我国特产，很早就发明出来了。印度也产丝绸，但古代往往叫丝织品做"中国布""中国衣"。旗子也叫"支那"，大概因为是绸子做的。丝的生产是从中国传到印度去的，这一点已经有学者考证了；不过，什么时候，从什么道路，怎样传去的，这些问题，因为史料缺乏，还没有确定。

钢，在古印度语言中也叫做"中国出产"，很可能炼钢术也是从中国传到印度去的。

有一种樟脑在古印度叫做"中国樟脑"，可见与我国有关系。

铅，古印度也叫做"支那"，就是中国。还有个名字叫"中国板子"，又叫"中国铅"。

印度古文中把一种线，一种布，叫"支那"。

一种谷物，我国的黍或稷，在印度古文中也叫"支那"。

梨树在印度有个名字叫"中国王子"。据说中国在公元一世纪时曾送过桃树和梨树到印度去。

"支那"在古印度也是一种鹿或羚羊的名字。

瓷器是我国的著名出产，印度北方话把瓷器叫做"中国泥土"。

纸是我国的重要发明。有人考证我国的纸曾经传入印度。但是印度古代不用纸，书是刻在树叶子上面的，所以不能肯定从前印度人民利用过中国纸并且学会了造纸术。

砂糖，照中国《新唐书》记载说，制造方法是从印度学来的；可是现在印度人把白糖叫做"中国的"。是不是这里面有"交流"的痕迹呢？

还有花生在现在印度北部有个通俗名字叫"中国的杏仁"。这个名字又是怎样来的呢？

从上面所列举的看来，在印度名字上带着中国字样的东西都使人猜测到是中国传到印度去的。好像我们的"胡椒"等名字上带着"胡"字表示是外来的一样。当然,单靠名字不能证明就是中国出产,也许同音的字的来源不同,有的本来意义不是指中国。可是有些名字的确指出两国之间的关系(例如丝绸)。同时我们可以想到,还有许多东西的交流,既没有记载,也没有在名字上加上出产地名的"商标"。两国之间的物资交流,一经开始就会不断地扩大,生产技术方面的互相学习也会随着发展。可是古代历史家常常忽略了这些平常的人民的来往,不作记录。我们现在所能够提出来考证和推测的不过是其中的极少的几件罢了。

我国的《前汉书》记载了从汉武帝起中国和印度西北部的"罽宾"(现在克什米尔)发生了外交关系。书中并且记下了那儿的出产,有各种草木、五谷、竹、漆、蒲陶、文绣,金、银、铜、锡做的器具,封牛、水牛、象、大狗、沐猴、孔雀、珠玑、珊瑚、琥珀、璧流离等,还记载有印度南部出产的大珍珠、奇石、犀牛。不过古书所记最早从印度到中国来的珍宝、白玉、玛瑙、水晶等,都是当时贵族所得到的,人民之间一定还有生产资料和生活资料中互通有无的交换。《后汉书》记的印度出产就包括铜、铁、铅、锡、细布、好的毛席、香、蜜、胡椒、姜、黑盐等。

中国和印度的来往是从人民的物质文化交流开始的。

中印交通的道路 崇高雄伟的喜马拉雅山山脉横隔在中国和印度的中间。有一条大河从中国的西藏发源,经印度的东北角流到印度境内,这条大河在我国叫雅鲁藏布江,在印度叫布拉玛布德拉河(意思是"梵子河")。但是这条河并不能作为通航的路线。

中印两国人民在古代往来要克服高山和大海的障碍。

山和海以外的道路要经过广大的森林和沙漠。

我们的祖先和印度人民的祖先用勤劳和勇敢,决心和毅力,打通了极其困难的自然障碍,结成了两千年不断的坚强的人民友谊。

人民所开辟的道路是怎样的呢？在汉武帝这位皇帝没有找到的道路上人民早已在行走了。这条道路经过一些什么地方呢？

　　从地图上就可以看出来，从中国到印度去只有三个方向的道路可走。

　　向西走的路线要经过新疆到苏联和阿富汗的边境地区，然后从现在的西巴基斯坦或印度西北角的克什米尔进入印度（这条路线在新疆境内还可分为南北两路）。经过的路程大体上是：从甘肃西部出玉门关和阳关，沿着新疆的塔克拉玛干大沙漠（唐代叫图伦碛）的南北两面，西行过葱岭，然后转向南到印度。这条路要经过"西域"的许多国家，路上不但要克服自然界的困难，还要通过一些政治上的关口。这是一条极长的陆路。

　　向南走要搭海船去南洋，再由南洋向西到印度洋孟加拉湾，在印度的东南部入境。这要经过长期的海上航行，也要通过一些国家。

　　还有第三个方向，向西南去。这就是汉武帝想打通而没有做到的路。这要从云南经中国和缅甸的边境地区，在印度的东北角入境。这条路线上有极大的原始森林，就在今天也不是一条畅通的道路。古代中印来往究竟经过印度和缅甸之间的什么路，现在还不能考定。此外还可以从西藏进印度。这要越过喜马拉雅山，还要经过尼泊尔（据说大约公元四至五世纪时曾有二十多个中国和尚经这条路到印度，印度一位国王还为他们修庙）。西藏和内地交通是到唐朝才发展起来的。唐朝有个和尚玄照到印度去经过西藏和尼泊尔，他是先走西路然后转入西藏。那时西藏叫做吐蕃，是个很强大的国家。在唐朝和宋朝时代西藏虽然和印度有了较密切的来往，可是西藏和内地的交通还是极困难的。所以这条西南路线只能算做中国西南部地方和印度来往的路线。从中国政治、经济、文化的中心地区来说，这不是到印度去的经常道路。

　　我国古代的人民要从长安（西安）、洛阳或南京、广东等地出发，通常只有往西经"西域"的陆道和往南经南洋的海道，才可以到印度。走这两条路来回所需要的时间不是几个月，而是往往要几年。

《史记》和《汉书》记载的，中国在公元前一世纪时和印度的交通，一方面和印度西北部克什米尔来往，一方面也到了印度东南角的"黄支"（现在叫冈吉瓦兰，属马德拉斯邦），就是走上面说的西路和南路。

印度朋友到我国来也是走同样的道路，经历同样的艰险。

古代交通工具非常简陋，陆上主要靠步行和骑马、乘骆驼，海上只有帆船。要穿过高山，越过沙漠，渡过大海的惊涛骇浪，没有决心、勇气和毅力，没有克服各种困难的智慧，是不能做到的。

如果两国人民间没有深厚的友好感情，没有互相学习、互相沟通有无和彼此帮助的心意，那么他们就不会去冒极大危险走这样的长途了。

古代"西域"各国对于中印友好关系起了极大的作用。他们不但是交通要道上的桥梁，而且有许多东西是他们从印度吸收了以后才转到内地来的。新疆各兄弟民族在这一方面的贡献是我们应该重视的。西藏人民长期和印度人民来往，吸收了不少印度文化成分。云南、贵州、广西的兄弟民族在我国和印度的接触上也必然出过力量。我们和印度的经济来往、文化交流不是只由汉族进行的，其中也有许多兄弟民族的贡献。

在中亚细亚（苏联和阿富汗），在尼泊尔、巴基斯坦，在缅甸和印度支那半岛各国，在印度尼西亚和马来亚，如果当地人民不给中国和印度的旅行家以友好的协助，中印交通也就不会这样悠久和广泛。

我们从中印来往的道路就可以看出中印两国人民的勤劳、智慧、勇敢和彼此之间的友情；看出我国的各民族真正是一个大家庭；看出我国和亚洲许多国家之间在历史上久已存在的和睦的邻居关系。

（一九五七年）

我们学习过印度的科学

古代中国和印度在自然科学方面都各自有过光辉的创造。但是，一个民族的文化，无论如何伟大，都不是孤立发展的，都要受到一些外来的影响。

我们的祖先自己有过许多创造发明，同时也很虚心学习外国的科学，善于吸收外来文化中有益的成分。

我国古代科学家曾经热心研究过印度的科学，其中最重要的是天文学、数学、医学。

天文学 很古的时候，中国和印度的天文学就很发达。这种科学对于农业和航海是非常必要的。不研究天文就不能正确定出合乎自然界客观规律的历法，而没有很好的历法，不能辨明季节，农业生产的发展就很困难。要确定地理上的位置，最准确的方法是依靠观测天上的星辰。

我国古代天文家经过长期仔细的观测，把天上的星辰划分为许多区域。除了北极星周围的区域（叫做"三垣"）以外，天上的星大体按照天上的赤道分属二十八个区域。每一区内的主要的星称为一"宿"，这就是所谓"二十八宿"（《史记》中叫"二十八舍"）。最初大概是依照月亮在天上运行一周的路程来分配星宿的。月亮绕地球一周的时间是二十七天多，所以把路程分成二十八个阶段。

《诗经》里提到一些"宿"的名字，可见很古的时候，这已经是人民的常识了。

恰好印度古代天文家也有同样的创造。他们也在天上的星中指出二十八个（最初是二十七个），作为认识天上星辰和计算太阳月亮运行的基点。中印双方的二十八宿中大多数相同或相近。因此学者们争论，天文学上的这一重大进步究竟是开始于中国还是印度？或者是彼此独立，或者都是从巴比伦学来的？这个争论到现在已经有一百多年，还没有得到一致承认的结论。

把太阳在天上经过的道路（叫做"黄道"）分为十二段，叫做十二"次"，这也是我国和印度古代都有的。有人认为这里面可能有我国古人从印度学来的成分。因为我国的"十二次"本来是顺着天上赤道分的，后来（唐朝）才改照"黄道"分，和印度的区划一样，而那时印度的天文学书已经传到我国了。

《史记》和《汉书》上都说：在西周末年以后我国的天文家分散四方，有的到了"外国"。当然那时的所谓"外国"大概还在现在我国的境内，但是在那些地方和国外的人接触的机会比在内地要容易些，因此印度和中国很早就直接或间接交流过天文学的知识，并不是不可能的。

从魏晋到隋、唐，我国和印度的交通已很频繁。印度的一些天文学书在这一时期传到了我国，译成了汉文。在《隋书》所列的书目中有《婆罗门天文经》二十一卷注明是"婆罗门舍仙人"所作。又有《婆罗门竭伽仙人天文说》三十卷，《婆罗门天文》一卷，《摩登伽经说星图》一卷。《续高僧传》里也说，有个印度和尚达摩流支在公元五六六年到五七一年间译过《婆罗门天文》二十卷。可惜现在这些书都没有了。（"婆罗门"是古时我国人称印度的名字之一。）

除了这几部显然是专门的天文学书以外，在翻译成汉文的印度佛经里也有很多说到天文的地方。例如大约是三国时译出的《摩邓女经》，晋、南北朝时译出的《大集经》《大智度论》《立世阿毗昙论》，等等。这些书里，除了关于宇宙的神话传说以外，也谈到了印度的天文和历法。《大集经》中介绍了印度天文家"驴唇大仙"（佉卢虱吒）的学说。《大智度论》里列举各种月份的计算方法说，照月亮自己绕地球一周算，一月只有二十七天加六十分之二十一；若照它跟太阳的关系算，一月就有二十九天加六十二分之三十（因为月亮同时还跟着地球在天上移动）；照太阳年算，一月就是三十天半，可是习惯上只把三十天算一个月。

这些书的翻译说明当时有不少人接触到了印度的天文学。翻译了而连书名都没有传下来的可能还有，至于由口头解说而传下来的知识一定也不少，因为到中国来的印度和尚中很多是精通天文学的。

我国天文学在这些书传来时，已经很发达了。因此，我们不应夸大这一方面的外来成分。至于印度天文学是否受过中国天文学的影响，至今还没有人探讨过。

现在我们谈谈历法方面的情形，因为古代天文学和历法是分不开的，制定历法是天文学的实际应用。

我国制定历法很早，在有历史记载以前，天文历法的科学已经开始。从殷朝遗留下来的甲骨文中可以知道三千几百年前的历法。在印度的天文学和历法传来以前，我国历法已经有了很大的发展，印度历法传来以后，古人又曾注意利用。我们现在知道，唐朝有三派印度历法流传在中国：迦叶派、拘摩罗派、瞿昙派。三派之中瞿昙派最受重视。那时政府设有负责观察天象和推算历法的机构，叫做"司天台"。印度的学者也在里面担任职务。史书中记载下来的名字有迦叶孝威、俱摩罗、瞿昙谋、瞿昙谦（这两人可能是一个人）、瞿昙晏、瞿昙罗、瞿昙悉达。他们在公元七世纪和八世纪时为我国工作。瞿昙罗曾给我们两次制定过历书（公元六六五年和六九八年）。瞿昙谦或瞿昙谦也编过历书。瞿昙悉达曾在公元七一八年为我们译过印度历书，名为《九执历》，并且编了一部《开元占经》。在他所介绍的《九执历》中，照印度方法，一个月分做两半，月圆前的一半叫"白博叉"，月圆后的一半叫"黑博叉"。这样的分法现在印度还通行。所谓"九执"也是印度说法，把日、月和水、金、火、木、土五个行星合称做"七曜"，再加上与日蚀和月蚀有关的日月相会的两个交点作为假想的两颗星："罗睺"和"计都"，合共是"九执"。《九执历》以外，《新唐书》所记的还有我国科学家编的《七曜历算》二卷，可能是翻译的《七曜本起历》五卷。《宋史》记有《西国七曜历》一卷。

翻译的佛教经典到唐朝已经非常丰富。这里面有不少说到印度天文历法的地方。有的佛经中还列举过配合"七曜"的一星期七天的每天名称，有印度名称和波斯名称。翻译这些经文必然也需要有天文知识。佛教徒中也有研究天文的学者。唐朝的和尚一行就是我国古代杰出的天文家之一。他发展了我国的天文学，制定了一种新历叫《大衍历》，确定了一些比以前更精密的推算方法，发现了唐朝时候天上的星的位置和上古记载不符的情况，并且制造了重要的天文仪器"黄道游仪"。此外天文家杨景风注解过有关天文的佛经《宿曜经》。

印度天文学无疑地对我国天文学的发展有帮助，但是我们的天文家还是依据自己的传统和实际的观测研究来发展科学的。他们尊重并且学习外来的优秀的学术成就，但是并不肯盲目搬运。一行虽然是佛教徒，他却并不机械抄袭随佛教一同传来的印度天文学著作。他制出《大衍历》以后，有人说他是抄袭印度的《九执历》而且还不完全。这个问题当时曾引起一场争论，政府还指定人调查研究。实际观测天象的结果证明，一行所制定的历比其他的历都更精密，合乎天象，因而确定这是他自己科学研究的成果。他并没照抄《九执历》。

数学 天文、历法是不能离开数学的。我国有悠久的数学研究传统。在印度的数学传到中国后，我国古代科学家又曾经加以研究。数学家都兼通印度的"七曜"和中国的"九章"。

《隋书》中记载翻译出来的印度数学书有：《婆罗门算经》三卷，《婆罗门算法》三卷，《婆罗阳阴算历》一卷。《新唐书》记载的有：《都利聿斯经》二卷，《聿斯四门经》一卷。《宋史》里还记着这些书，又加上了《聿斯歌》《都利聿斯诀》《聿斯隐经》《聿斯妙利要旨》等著作。可惜这些书都已失掉了。

我们现在学算术，一开始就学九个阿拉伯数字和一个零的符号。可是这种用九个数字加上一个零的符号记数的方法，一般都认为是印度人发明的。阿拉伯人从印度学了这些数字，把它叫做"印度数字"。以后阿拉伯人把它传入欧洲，所以欧洲人叫它阿拉伯数字。我国古代用"筹"算，要用一些小竹棒子排列数目，进行计算。印度算法传来后，我们才知道这种笔算比"筹"算简便得多。不过我们没有用印度数字，我们的古数字还是由"筹"的传统来的。瞿昙悉达介绍印度《九执历》时说明了印度笔算方法。那时零的符号是一点，不是一圈，跟现在阿拉伯文和波斯文中记零的符号一样。

印度数目记大数到千位以上就是百千为十万，一百个十万为千万，这以后就用自乘的平方记数，例如千万个千万是"阿庾多"等。这是用"倍数法"记大数。记小数就倒过来说多少分，多少分就是说多少分之一。佛经中常常说极大数和极小数，因此这种记数法也传到了我国。万万为亿，万万亿为兆，这样记大数大概就是受印度影响后的记法。

古代三角函数表内正弦函数表据说也是随《九执历》从印度输

入的。

古代我国数学有光辉的成就，到我国来的印度朋友使我国数学家接触到了同样有光辉成就的古代印度数学。

医学　我们有几千年的医学传统，印度也有本国的医学。

古代从印度到中国来的许多佛教和尚都是学者。在印度，一个学者必须学习五方面的知识叫做"五明"。这就是"声明"（音韵学和文法）、"医方明"（医学）、"工巧明"（工艺学）、"咒术论"或"内明"（哲学）、"因明"（逻辑）。魏明帝时（公元二二七到二三九年）有两位印度和尚在西安译出了上面说的《五明论》。这里面自然有印度医学。可惜这部书后来失落了。

印度的医学和医方翻译过来的有《隋书》记载的《龙树菩萨药方》四卷，《西域诸仙所说药方》二十三卷，《香山仙人药方》十卷，《西域波罗仙人方》三卷，《西域名医所集要方》四卷（本十二卷），《婆罗门诸仙药方》二十卷，《婆罗门药方》五卷，《耆婆所述仙人命论方》二卷，《乾陀利治鬼方》十卷，《新录乾陀利治鬼方》四卷，《龙树菩萨和香法》二卷，《龙树菩萨养性方》一卷。此外还有一些中国和尚作的医书，其中也可能有印度医学的成分，因为当时中印佛教徒是亲密合作的。在《宋史》里记下来当时的医书里，有一些大概是印度医书或写印度医学的书，如：《耆婆脉经》《耆婆六十四问》《龙树眼论》《耆婆要用方》《波驼波利译呑字贴肿方》《婆罗门僧服仙茅方》《耆婆五藏论》。可见得宋朝还流行着印度医学书。

佛经中也有不少和医学有关的材料。例如《大宝积经》里就有讲产科的一章。在规定和尚生活的一些"律"里，以及专门著作的一些"论"里，往往有讲人体解剖和医疗方法的地方。还有《迦叶仙人说医女人经》《治禅病秘要经》《啰嚩拏说救疗小儿疾病经》《疗痔病经》《咒小儿经》等，虽然多靠念咒等神秘办法治病，但也包括了一些病理和医法。西晋时译出的《奈女耆婆经》叙述了印度医仙耆婆的神奇故事，很像我国关于华陀的传说。

我国的药学书《本草纲目》里面记了许多印度传来的药。唐朝孙思邈编的《备急千金要方》里也吸取了印度医药成分。

从印度不但传来医学理论和治病的药方，而且还来了医生。有的印度医生曾在中国开业。唐朝诗人刘禹锡写过一首诗送给一位印度眼科医生。许多从印度来的和尚都懂得医药。

古代帝王贵族想长久过奢侈生活，就千方百计地寻求长生不老。唐朝有几位皇帝喜欢服食丹药以求不死。印度医学传来了，他们自然想利用一下。唐太宗吃过印度医生的药。唐高宗用印度医生制药，封他官职，还派一个和尚去印度请医生并求药品。据唐朝历史上记载，印度来的人向中国皇帝献药的很多，有东印度的，有北印度的。宫廷以外，民间自然也会得到印度的药品。

以上只说到天文学和历法、数学、医学等几个方面，其他科学部门和生产技术中受印度影响的也不是没有。例如，唐太宗曾派使者去印度学习用甘蔗汁熬糖的技术，回来以后，照样制造，色味都比用以前的方法做的更好。印度来的植物有胡椒、白豆蔻、郁金香、干姜、月桂、沉香等，奇异动物有五色能言鸟（即鹦鹉）、食蛇鼠（印度养来捉蛇的像猫一样的动物）等，矿物有琉璃和各种珠宝。从魏晋直到宋、元、明，中印两国之间总有人来往不断，在这样长的时期内科学技术的交流一定是很多的，不过历史书中记得很少罢了。

我们还不应该忘记，新疆和西藏的兄弟民族因为离印度较近，学习印度的科学技术的机会也就比汉族更多。有许多东西都是从新疆传到内地来的。在新疆曾经发现过印度古代医学书原文和古代和阗文的译本的残卷，足见当时当地已有印度医学。西藏从七世纪起传进印度文化以后，译了很多印度书籍。虽然所译的绝大部分是佛教经典，但是也有一些科学书，如署名龙树作的二种医书，印度的重要医学书《八分心书》的四种注释说明，其他医书八种，炼金术一种，制香术三种，占星术五种，以及其他书籍。西藏和新疆各民族跟印度的文化交流是中印文化交流中重要的一部分。

从上面所说看来，似乎没有中国传入印度的。这是因为印度的历史书比中国少，现在很难查考。还有一个可能的原因是：印度人来到中国的除商人外还有很多知识分子，他们的目的虽是传播佛教，但同时也把其他学术传来了；而中国人到印度去的，除商人外，知识分子几乎全都是去学习佛教的，他们的主要目的是学习和研究印度文化。这样需要知识分子传播的科学文化，中国传来的比向印度传去的就多了；而且传到中国的又有些记载，印度方面却不见记载从中国传去的。人民之间交流的物质生产文化虽然不会少，可是传到印度去的很少为印度知识分子所注意，也没有记载下来。这种情形不但在科学方面，就在文学、艺术、哲学、宗教等方面也是一样。总之这一方面固然是历史情况有利于我们学习印度文化，另一方面也是由于彼此交流的方面不同和古代历史材料的有多有少。实际上中国的文化给印度的影响也并不少。除前面已经提到的以外，如有的印度壁画里有中国式的船只，南印度曾发现中国古钱，这证明了古代中印民间的贸易频繁。这一类的情形都可说明中印文化交流并不是一条"单行线"。

中印人民的友谊是由文化交流巩固起来的。

（一九五七年）

印度语言、文学、艺术给我们的影响

在自然科学和技术方面，古代中印虽然有不少交流，现在我们却不能知道得很详细；在文学和艺术方面，我们所知道的就比较丰富了。不过情形也是和科学技术一样，关于印度影响中国的，我们知道的比中国影响印度的多。

语言学 在讲到文学方面情况以前，首先要谈一下我们的语言学怎样由印度语言影响而得到丰富和发展。从这里面我们还可以看出古人怎样吸收外国文化。

我国的汉语和藏语是和印度语言很不相同的。印度语言有复杂的语法变化，从他们语法观点看起来，汉语好像是没有什么语法变化的。藏语的语法变化的原则也和印度语言很不一样。印度的文字是拼音的文字，汉语的文字却不是拼音的，而是一个一个的方块字。

尽管有这样大的差别，汉族和藏族的古人却从学习古代印度语言文字中得到了一些启发。在汉语方面是发展了自己的语言科学，在藏语方面是创立了自己的文字，而两种语言都从印度语言吸收了不少词汇。

藏文用的字母是依照印度字母创造的，也用字母拼音，字母的形象和排列法也是印度式的。拼音文字的创造对藏族文化的发展有极重要的意义。

我国古代的语言文字学家研究汉字的形象和意义有很大的贡献，但是他们在学习印度语言以前并没有十分重视语言中的声音。东汉以后很多知识分子学习了印度的古文（梵文），学习了印度拼音文字，才发现了印度人研究语言时着重声音而不着重文字形象。于是有许多人注意研究汉语里面的声音了。中国的汉语音韵学从此就建立了起来。在南北朝时代，许多学者分析汉语特有的声调，定出了"四声"，又着手依照声音分类排列汉语的字，编定新的字典。许多专家共同努力进行过多次讨论，分析方言制定标准音，编出了一些研究汉语语音的书。到隋朝（公元六世纪）出现了一部《切韵》，后来发展成为宋朝的《广韵》流传下来。这书在形式上是一部照音韵排列的字典，实际上是考察过古代字音和当时方言的字音，分析出每个字的辅音和元音，把汉语全部语音研究过以后，才定出汉语一切字的读音系统。这是一部极其严密的科学著作，标志了古代语言学家的重大成就。这样分析语音对研究方言和统一读音有莫大的帮助。从此以后，历代政府都重视统一读音的工作，都按照这种系统编定自己时代的新的韵书。在《切韵》这一类的书以前，语言学家所编的字书中最重要的是着重字形并注音义的《说文》和只讲字的意义的《尔雅》。到了《切韵》时代，汉语的字形、字音、字义三方面的研究都有了巨大的成绩。字形系统和字音系统的建立是统一语言文字的最重要的条件。我国地方大，汉族的方言复杂，要成为一个巩固的统一国家，汉语的文字读音不能不有一个统一标准。这一类韵书的出现反映了客观上我国国家统一的进一步要求，它出现以后也对国家统一汉语的语言文字发挥了作用。

自从汉语的"声母"（辅音）和"韵母"（元音）分析出来以后，每个字就可以用两个字合起来注音，上一个字代表辅音，下一个字代表元音，合起来拼音，叫做"反切"。这可以说是今天用注音符号注音的古典形式。

唐朝一个和尚守温仿照印度古文（梵文）的字母表，开始制定一套汉语的辅音字母表。这个字母表中一共有三十六个字母。对汉语语音的分析由此更加精密，汉语语音学从此又有新的发展。

这是梵文传来以后，我国古人得到启发而做出来的成绩。古代学者看到梵文用十四个元音字母就能贯串一切音，很觉惊奇，便用这种方法分析自己语言的声音，使我国的语言学有极大的进步。

《隋书》上记载了一些从印度文译出来的《婆罗门书》，大概是教人学梵文的。后来又有人编了一些梵汉字典性质的书。《宋史》里还记了一部《论梵书》。

在解释佛教经典的书里也有讲到梵文文法的地方，但是印度的系统的文法著作却没有译成汉文。只有前面说的《五明论》中有一部文法，现在已经遗失，不知内容怎样。藏文翻译的书里却有很多梵文文法书，梵文文法中最重要的经典著作《波你尼经》也译成了藏文。

汉语词汇中吸收了很多印度语的词，大多数是佛教用语。照原来音译过来的有些已经成为很普通的字，如"佛""菩萨""罗汉""僧""尼""夜叉""魔""刹那""塔""禅"都是。还有些词，如"旃檀"，本是印度音，现在叫"檀香"，成了半中半印的词。"阎王"，本来是"阎摩"或"阎罗"，也加上了"王"字而中国化了。还有"茉莉""颇梨"（"玻璃"本来指水晶）也是印度名字。有些译出意义而成为通行语的，如"法宝""意识""解脱""和尚""法师""施主（檀越）""供养""报应""造业（孽）""世界""戒律"等，这些词中有的已改变了原来意义。有些话如"四大皆空""一尘不染""六根清净""有缘""无缘"等都是吸收了印度哲学术语的说法。有很长一个时期，因为佛教盛行，知识分子喜欢在文章里夹上一些从印度语译过来的词，好像我们现在应用从外国语译来的词一样。

现在印度把和平共处的"五项原则"叫做"潘查希拉",就是借用佛教的"五戒"这个词,照从前的译音就是"般遮尸罗"。

藏语中从印度翻译过来的词也极多。

大量的翻译文学作品　汉语和藏语翻译的佛教经典是在我国保存的印度文学的宝库。

两千五百年以前（公元前六世纪）印度文化界出现了"百家争鸣"的景象,好像我国的春秋战国时代一样。那时出现的各派思想中,长期继续流传下来的,除了正统的印度教各派以外,只有佛教和耆那教。耆那教虽然一直到现在还有,但是它普及的范围从没有像佛教那样广大。佛教在印度兴盛了约有一千多年。大约在公元十一二世纪以后印度的佛教就走向衰亡了,因此佛教文献在印度也散失不全了。可是流传到印度以外的佛教却达到了亚洲的许多地方。现在保存的整套佛教书籍只有在缅甸、泰国、斯里兰卡流行的巴利文（一种印度古文）佛经和在中国、朝鲜、日本流行的汉文翻译的佛经,还有在我国的西藏、青海、内蒙古流行的藏文翻译的佛经（蒙古文佛经是从藏文译出来的）。这些佛经分量非常巨大,内容也极丰富。

佛经虽然是宗教书籍,不过不全是只讲宗教的书。古代的宗教不仅仅是思想上的信仰,而是涉及生活的一切方面的。因此宗教名义下的书籍往往是古代人生活与思想的百科全书。

我国古代翻译的印度书籍虽然几乎全是佛教书籍,是宗教的和哲学的著作,可是也包括了一些文学作品。这些翻译书籍对我国文化起过不小的作用。

印度古代人民创造了无数寓言故事。这一方面的文学作品有很大一部分保存在佛教书籍中。有一些故事大概是印度佛教徒从民间流传的材料里取来的,也有一些可能是信仰佛教的人创作的。这许多寓言故事传到中国译成汉文以后，成了我国文学宝库的一部分。信仰佛教的人重视这里面的宗教教训，一般人和文学家却对那些曲折的情节和生动的描写更感兴趣。尽管故事情节有时很奇怪，寓言里还夹杂着宗教教训，但是很多作品都是富有生活气息的。这一类的作品集有《杂譬喻经》《杂宝藏经》《六度集经》《撰集百缘经》《菩萨本生鬘论》《大庄严论经》，等等。有一部寓言故事集叫做《百喻经》，鲁迅先生曾经出钱刊行过，还曾为这书写过序言。其他的佛经中也充满了各种各样的故事。叙述佛的生平事迹的书往往很有文学意味。例如《佛所行赞》本来是一部很好的叙事长诗。它的作者就是著名的诗人马鸣。

除了有人情味的寓言故事以外，佛经中常有许多夸张的描写，幻想的情景。这些部分虽然有点像我国的"赋"，但是又很不相同。这也成为我国古代爱好文学的人所欣赏的作品。因为这些书籍都是翻译的，所以往往迁就原文，从汉语观点看来有些生硬、古怪；但是古人看来并不一定像今天一般人这样感觉，而且其中有不少译文本身很优美，可以算作运用外国材料的汉语文学作品。

藏文翻译的情况大体上也是这样。不过还多一些并不属于佛教经典的文学书。例如：印度大诗人迦梨陀婆的长篇抒情诗《云使》和重要文学理论著作《诗镜》（作者是檀丁，或译作《杖者》），都有藏文译本。还有和佛教有关系的戏剧《龙喜记》也译成了藏文。

佛教翻译文学不但对我国古代文学产生了很大的影响，而且本身就是我国古代文学宝库中的一部分，是讲中国文学史时不可忽略的。

中国文苑中的新花　这样多的印度文学作品译了过来，自然使人"耳目一新"，于是我国古代旧有的文学传统在新来的外国文学刺激下，生长出了新的花枝，得到了新的发展。

现在只谈一谈汉语文学方面的情形。

印度文学传入中国后所产生的最大影响是在小说戏曲方面。

秦汉时社会上盛行神仙传说。从东汉起，佛经就译成了汉义，晋以后越译越多，佛经中也有许多谈鬼神的寓言故事。到了六朝时代（由晋到隋，公元三世纪中到七世纪初），在原来神仙传说就很流行的社会上，加上外来的谈佛谈鬼的风气，于是一般文人便喜欢写一些鬼神和怪物的故事。这些故事很像短篇小说。有的故事明明是从佛经里转化出来的。这时佛教已很盛行，信佛的也写了一些宣传宗教的故事书。这些谈鬼神怪物的和谈佛教灵异的书产生了一种新的文体。后来内容范围逐渐扩大，发展成为唐朝的"传奇"小说。这种体裁可以笼统地叫做"笔记小说"。这个传统一直到宋、元、明、清都继续不断。

不过这只是在知识分子的著作中出现的新文体。印度文学对我国文学的最大影响是促进了人民群众所喜欢的小说戏曲的发展。

印度的古代文学流传方式主要依靠口传，写下来的往往是口传材料的记录。这样就使文学形式带有一些特点：重要的内容编成诗歌体裁，而说明内容的部分，本来是口头讲的，就写成散文。散文部分中常包括许多故事，叙述诗内容的产生背景，或作为例证来使人了解。说明的故事发展起来，又可以成为独立的作品。这些作品有的本身就变成诗歌，有的还是散文，有的仍然保存诗文混合的形式。印度古代一部著名的大史诗就是用诗体说故事，却用散文注明某某人说，好像戏曲一样，其中偶尔还残留散文的片段。在佛教著作中，上面说的特点更加普遍。这样的形式（写书的体裁和讲说这些书的方式）传到中国以后，随着佛教的流行，在人民中间逐渐传开了。人民很欣赏这样的文学形式，于是出现了用口语又说又唱或则以唱代说的文学体裁。这在唐朝叫做"俗讲"。首先由和尚们传播，后来在城市中群众聚集的游艺场里也有一般艺人的演唱了。故事内容本来是与佛教有关的，后来又发展出一些与佛教无关的独立的作品。这种传统从唐到宋不断发展。在宋朝"说书"的行业已经很发达，当时叫做"说话"，所说的故事书叫做"话本"。到元、明就在社会生活更加复杂丰富的基础上成长为艺术价值很高的小说和戏曲。这些作品都是用人民的生动的口头语言写的，而且内容也和当时社会生活有密切联系，是广大群众所培养出来的新的花卉。

一千年来的我国的丰富的白话文学传统是怎样兴起的呢？这个问题本来很难答复。现在经过许多学者努力研究，我们才知道这是和印度文学的流传有很密切的关系，得到了上面所说的结论。这些研究的最重要的根据是清朝末年在甘肃敦煌出现的许多唐朝留下来的书籍的抄本。

敦煌古书的"发现"有一段令人愤慨的历史。

几十年前，英国政府派了一个名叫斯坦因的人到我国西北部来"探险"。他在敦煌发现了一些石窟叫"千佛洞"（莫高窟），里面保存着很多从北魏、隋、唐以来留存的塑像、壁画和书籍。他就把这些极其珍贵的中国古代文物盗窃了不少，运到伦敦去。后来又有个法国人叫伯希和，他也跑去盗窃了许多贵重的文物，运到了巴黎。又有美国帝国主义分子华尔纳也去盗窃古物运到美国。以后其他帝国主义国家的人也闻风而来，跑去进行盗窃。因为反动的军阀政府不重视文化遗产，任凭帝国主义者掠夺，最后剩下来的古物留在我国的已经是残余了。这就是"发现"敦煌的来历。这个"发现"是帝国主义者对我国进行文化侵略和盗窃古物的无数罪行的一件。这并不是我国学者考古的发现。到现在许多宝贵的敦煌书画还藏在伦敦和巴黎。

藏在敦煌的古代抄写的书中有一些很久都没有人知道的唱本，我们把它们叫做"变文"。这些"变文"多半演唱佛教故事，也有些写的不是佛教故事而是中国古代故事。这种材料明白表现了在受到印度文学影响的初期我国新文学的萌芽。这些材料表明了古书中所说的唐朝和尚讲佛经时说唱故事的情形。从这里又可以知道宋朝盛行的在游艺场（当时叫做"瓦子"）说书和唱书的情形是怎样演变成功的。从此又明白了民间大量流行的宝卷、弹词、鼓词的来历。这样我国文学史中的新的文学传统的起源的问题才得到了进一步的解答。

印度古代戏曲和我国古代戏曲有很多相似的地方，有人以为我国戏曲是受印度戏曲的直接影响产生的，但是这种说法并没有很有力的证据。元代戏曲中有的吸收了印度文学中的故事。例如有一本戏叫《包待制智勘灰阑记》，里面的故事和印度的一个传说是相同的。像这样在内容上，尤其是思想上，吸收了佛教成分的小说戏曲很多，不过我们只能说我们的小说戏曲是在受到印度文学的影响以后自己发展出来的，不能说它们是直接模仿印度作品的产物。

由印度传来的许多人物已经成为我国人人都知道的文学作品中的形象，像"如来""观音""罗汉""菩萨""夜叉""魔王"等都是。还有"目连救母"的故事，"出家""度人""因果报应"的思想，都是小说、戏曲中大量出现的，它们都来源于印度。

从上面所说的看来，我国文学史的情况，也和语言学以及自然科学的发展情况一样，证明了我们的先人怎样吸收外国文化的有益成分，使它和我国的情况相结合，最后在我们自己的土壤上用自己的手培养出完全是本国的鲜花。这一点在文学方面更加突出，因为这是广大群众培养出来的活的口语文学，而人民大众是从来不肯接受那些生搬硬套模仿外国的没有生气的东西的。

不过同时我们也要感谢印度朋友，他们的优秀文学作品对我们的文学的发展给了很大的帮助。

艺术方面的新发展　我国的艺术在发展过程中也受到过印度的影响。

敦煌千佛洞里不但有许多藏书，还有不少非常优美的壁画。印度的阿旃陀石窟也留下许多古代壁画。这两处壁画有很多相似之点。两处石窟都是为佛教而修的，绘画也都是以佛教故事为主要题材，在画的风格方面也有很多类似的地方。所以就以这两处相比较，已经可以显出印度绘画曾经给我们一些影响，我国古代画师曾经虚心学习印度艺术的长处。敦煌石窟里有一些古画为帝国主义者掠去，那些画也使人想到印度的古代壁画。

从印度来到中国的和尚中也有许多画家。古书中提到过这些人，并且很称赞他们的艺术。古代有一些从新疆到内地来的兄弟民族的画家，他们的某些画法显然是从印度学来的。汉族画家曾向他们学习过。这一类的画很多都是画在寺庙的墙上。在南北朝、隋、唐时代，画家常为佛教庙宇画画。他们画的题材是佛教故事或神鬼，而实际上都是从观察人的形象而来的现实主义作品。这种风气也是印度传来的。

印度绘画理论是不是也传到中国来了呢？南齐（公元五世纪末）的谢赫曾经总结绘画的艺术为"六法"，而印度的传统绘画理论也有所谓"六支"，因此有人认为可能"六法"就是"六支"。但是中印双方对于"六法""六支"的解说并不十分明确，我们只能说印度的绘画艺术传来时完全可能带得有美学理论，却不能肯定"六法"就是学的"六支"。

关于佛教传到中国来的传说告诉我们，佛教徒最初到中国来是带着佛像来的。在佛教初兴的时候，印度人并不为佛画像，也不雕刻他的像。后来大概是在希腊艺术的影响下，印度西北部一带地方出现了有希腊风格的石刻佛像。以后这种雕刻石像的艺术在印度发展起来了。随着佛教的流行，这种艺术传到了我国，先到新疆，后到内地。我国和尚去印度时，从新疆到印度一路都看到很多佛像，绘画和雕刻都有。这一类石头雕刻其实并不只是佛的形象，许多罗汉和菩萨以及鬼神都有像。无论怎样增加上想象的成分，它们究竟是以人的形象为根据的。有时还有"供养人像"，就是出钱刻像拜佛的人，那就完全是照真人形象雕刻的了。这一艺术在我国发展下来，除了石刻以外，又有一些泥塑的像。保存到现在的这一类艺术作品中有许多是令人惊异的杰作。我们把汉朝的美术作品和汉以后的画和石刻相比较，就可以看出汉以后的艺术是吸收了新的外来艺术成分而发展起来的。

印度在佛教盛行时期曾开凿山岩，造成山窟中的庙宇，在里面刻石像，画壁画。现在发现的一些古代石窟都是古代艺术宝库。这种风气也传到我国来了。现在已发现的，除了敦煌以外，以洛阳的龙门石窟，大同的云冈石窟和甘肃的麦积山石窟为最著名。这都是北魏时开始凿出的。云冈和龙门的石刻像曾被欧美帝国主义者盗窃去了许多。龙门石窟在国民党反动统治时期还受到军阀混战的破坏。

除敦煌、龙门、云冈、麦积山以外还有不少佛教艺术遗迹，散在许多地方。在我们的社会主义的中国，政府和人民都非常地珍爱古代劳动人民的艺术创作。现在不但已发现的都受到保护，而且经常不断有新的发现。这些佛教艺术遗迹一方面使我们更加热爱富有伟大艺术传统的祖国，一方面也使我们想起促成这种艺术迅速发展的印度朋友。

我国的建筑艺术在世界上是独树一帜的；可是古代建筑艺术中也不是没有外来成分的。塔是印度的佛教建筑形式。佛教传到中国来，中国也修建过许多塔。现在我们看到的多层的宝塔都是我国创造的形式，和印度的不同。但是有些塔，如北京北海的白塔和和尚葬尸灰（其中凝结而没有化灰的骸骨叫做"舍利"）的塔，却还带有印度的气派。北京的碧云寺和五塔寺的塔类似印度菩提伽耶（佛成道的地方）的塔的形式。据说建筑五塔寺的人中有印度人。元朝还曾请过一位尼泊尔工程师安尼哥。他先到西藏修建宝塔，后来又到北京负责进行许多艺术性工程。据说他到西藏时还只有十七岁。这位尼泊尔的艺术家使我国在十三世纪时还能接触到经过尼泊尔发展的印度艺术。

除了造型艺术以外，在音乐和舞蹈方面我们也向印度学习过。

我国在很古的时候就有自己创造的音乐舞蹈传统，但是外国的乐舞传来后古人也很能欣赏。民间情况现在不能确切知道，从关于统治阶级的史料看，汉朝以后帝王宫廷的音乐队就是中外音乐都有的。南朝梁武帝信仰佛教，提倡过印度的或印度影响下的佛教乐曲。隋唐时代有"天竺乐"，就是印度的乐舞，"天竺"就是印度。

《隋书》里说从西方传来的印度音乐组成乐队始于公元四世纪中（东晋）。那时在前凉设的"天竺乐"共有乐器九种，十二个人。还说隋初设的宫廷的七个乐舞团和后来改设的九个乐舞团中也有"天竺伎"，就是印度乐舞。《新唐书》和《旧唐书》里都说，唐朝曾经有印度的乐舞杂技团来中国表演惊人的技术，到唐玄宗时候（公元八世纪初）宫廷的各种乐队中还有印度歌舞，叫做"婆罗门乐"。

唐朝音乐舞蹈很盛，在京城里为政府所承认而设置乐队的有很多外国乐舞。这里面包括了当时"西域"（现在的新疆和中亚细亚）的，还有"扶南"（现在的柬埔寨）的，"骠国"（现在的缅甸）的，这些地方离印度较近，当地的民族乐舞中自然会吸收印度的优秀艺术成分，从史书的简略描写中也可以看出。这里面的"西域"乐舞在南北朝、隋、唐时代对汉族的乐舞影响尤其大。新的乐器如印度音乐中的各种鼓和弦乐器，当时很流行。有些"西域"音乐家，如曹妙达、白明达等，他们的高超艺术很受欢迎，得到极大的声誉。《旧唐书》里还记有《外国伎曲》三卷和《外国伎曲名》一卷，和我国固有的一些琴谱并列。

印度的音乐理论也曾传到我国来。在北周武帝时（公元五六一到五七八年）有个"龟兹"（现在的新疆库车。龟，读鸠）人名叫苏祇婆，来到中国内地，他因为家里代代传授，所以精通音乐。他说音乐有七种调子，而这七种调子又有所谓"五旦"。这和我国古代传统的"宫、商、角、徵、羽"五声加上"变宫""变徵"，还有"黄钟"等五调恰好可比较。当时有一个懂音乐的官，名叫郑译，就从苏祇婆学习，对正音调，定了一个音调系统，作出了一部书。这一新理论引起了一场辩论。有人不赞成，认为传统只有五声，不应该改为七声。但最后大家还是接受了郑译的理论。不过后来又有人主张只依照流行的"三调"而不必改定成"七调"。一时议论纷纷。也有人提议，让各派都照自己的理论制乐，成功后再互相比较。可是皇帝和大臣并不懂音乐，结果朝廷中毕竟只用了"黄钟"一种调，而废除了苏祇婆和郑译的理论。可是实际上这一理论并未随即灭亡。《宋史》里引的宋朝音乐著作中还说到这"七调"，说明它们怎样配合中国传统"七调"。史书中说到"七调"时引用了原来名称的译音并且说明意义，这就使人容易推测出原文的名字。七个名字中有四个很明显地和印度梵文名称相符合。在印度南部发现过一座古代的碑，上面刻有古代音调的"七调"，可以相比较。虽然这个问题还需要进一步研究，但是大概可以肯定，从新疆传到内地的"七调"的本源是在印度。六世纪中的那一次争论可能是企图把各国传来的音乐和我国旧有的音乐融合配合起来所作的一种努力。

不过必须提到，在这次融合中外音乐"推陈出新"的工作中有最大贡献的是隋代的天才音乐家万宝常。郑译实际上窃取了他所创造的东西。这位天才音乐家当时只是处于奴隶地位的乐工，一生穷困。到唐初他贡献的音乐才流行起来，可是名誉却属于别人了。

还有一件事也是很值得注意的。这就是印度人吟诗读文时歌唱的调子也传到中国来而且也发生了影响。印度人读古代诗文和我们念古诗古文一样都是要吟唱的。佛教经典传来以后，印度和尚可以吟唱原来的梵文，而且还有一定的乐调，可以配合乐器。可是中国和尚念的是汉文，就无法照样吟唱。梵文的词不止一个音节，汉语古文中的词多半是单音节。原文最普通的诗体是八个音停一停作一句，四句作一节，而译成汉文就成了五字一句，四句一节，原来的三十二音变成二十个音了。据《高僧传》上说，这个难题曾在三国时由诗人曹植解决过。他懂得中印双方音律，编成适合我国人吟唱的调子。从此以后出现了很多歌唱家和各种各样的曲调。到了唐朝，和尚们讲经时就一面有人读经，一面有人吟唱解说经文的诗。这些解经的诗成了文学作品，独立起来，成为"变文"，作了后来小说、戏曲、宝卷、弹词、鼓词的祖先。这些歌唱调子当然也可能发展成为许多新的曲调。

新疆、西藏的各兄弟民族在艺术方面受到的印度影响可能比汉族还要大，不过这一方面的研究现在还很少。

以上所说的文学艺术方面情形，和自然科学一样，也是只见从印度流传到中国来，不见从中国流传到印度去。不过实际上并不如此。能传播科学理论的学者古代很少，但艺术家都是生长在人民中间的，是为人民群众所喜爱的，他们传授艺术的机会比科学家传授科学的机会要多些。中国的文学作品没有译成印度文的，可是中国的艺术却不会丝毫不曾传到印度去。据说唐朝的玄奘在印度时听到过中国的《秦王破阵乐》。即使这一件事不十分可靠，可是这也是在中国音乐可能已传到印度去的事实基础上产生的说法。印度方面有人以为阿旃陀石窟壁画可能有中国画家的创作在内。也有人认为印度艺术中的现实主义传统的来源是在中国。将来经过研究以后，中印文化交流的比较完全的历史是会写出来的，现在我们所知道的还不过是一些零星线索而已。

（一九五七年）

古代中印外交关系

古代中印两国政府之间曾经发生过外交关系。

《史记》里说的汉朝使者到"身毒"（印度）是两国政府人员之间关系的开始。这是前面说的张骞那个故事以后的事。

《汉书》说，从汉武帝的时候（公元前二世纪）开始，政府曾几次派使者到印度西北角的克什米尔（那时叫做"罽宾"）去，那儿的国王也派过使者到中国来。双方商人常常来往进行贸易。这一段纪事中还谈到印度西北部的物产，说到道路的危险。这是经过西北陆路的早期中印交通和外交关系。

《汉书》还记载了由广东经海南岛出国的海上交通。船在海上走了约一年的时间，经过了一些国家以后，最后到一个"黄支"国。那儿出产很大的珍珠和别的宝物，汉武帝时就和中国有来往。公元一世纪初年，王莽还想从那儿得到犀牛。在"黄支"的南边还有一个国家，那就是汉朝使者到达西南方的海上旅途终点。这个"黄支"国，照现在学者的考证说，大概是印度东南角的一个地方（马德拉斯邦的冈吉瓦兰）。汉朝使者可能最远到过斯里兰卡。这是中印经过海路的早期外交关系。

三国时，吴国曾派朱应、康泰两人到南洋去，回来记录了南海和印度的情形，但书已经失落了，不能判断他们是否到了印度。

从东汉时佛教流传中国起，印度和尚东来的和中国和尚西去的越来越多了。到南北朝时，皇帝多相信佛教，中印之间关系更多了。史书上记了公元四二八年和五〇二年两次印度国王派使者来向南朝（宋、梁）递的国书。这正是印度的笈多王朝，是印度历史上的一个兴盛的时代。同时北朝的政府也不止一次接待过印度的使者。

到了唐朝，中印政府间的外交关系更加密切。从北印度到南印度，各国不断有使节到中国来。中国政府也常派使者到印度去。各种物资本来只在人民之间进行买卖，现在也在政府之间交流了。印度西北部的良马到了唐朝宫廷。唐朝皇帝派人去印度求药品，请医生，学熬蔗糖的方法。有的印度国王致中国政府的国书也摘录在中国的史书里。

七世纪时北印度重新成为一个大帝国。皇帝叫尸罗逸多，意译就是戒日王。这是印度古代一个很著名的皇帝。这个大帝国里政治统一，经济繁荣，科学、文学、艺术都很发达。戒日王和唐太宗之间曾有使者来往几次。公元六四一年印度的使者到中国来，和中国正式建立了外交关系。中国也派使者去印度。中国外交使节中最著名的是王玄策。他到印度的时候，戒日王已经死了。他大约在公元六四八年到六六四年间去了三次印度，和当时印度境内的其他国家以及尼泊尔也建立了外交关系，到过印度的许多地方。他不像其他使者那样仅仅去做一次临时的联系，而是长期代表中国政府和印度接洽事务的。

王玄策可以算是中国政府驻印度的一位著名的大使。他还有个副使，名叫蒋师仁。在他以前去和戒日王联系的使者是李义表和梁怀璥。有一条佛教记事说王玄策曾做李义表的副使。

王玄策回国以后曾经编著一部书叫《中天竺行纪》，有十卷之多。可惜这书现在已经失去，只剩下零星的话保存在别的书里。此外还有裴矩的《西域图记》，程士章的《西域道里记》，以及六十卷的《西域图志》，现在也都没有了。这些书里可能记载当时的"西域"一直到印度的各国情况。不过王玄策的书大概是专记印度情形的。从遗留下来的片段看，他的记录是忠实可靠的。

唐朝的皇帝还曾派人在印度的摩诃菩提寺和那烂陀寺立过碑铭。不过这些遗物至今还没有发现。

八世纪末年（公元七八六年）有个印度西北部的和尚般剌若来到中国。他遇见了唐朝一个将官罗好心，认出是他舅舅的儿子。由此可见唐朝还有印度人在中国担任过很重要的官职。

宋朝和印度还有使者来往。公元九六六年政府允许一百五十七个和尚经西北去印度求经。九七五年有印度王子到中国来。九八二年又有中国和尚从印度带回印度一位国王的信件。

十一世纪时，宋朝和南印度的注辇国（现在的科罗曼德尔属马德拉斯邦）发生了外交关系。这是经过海上航行来往的。注辇国在当时很兴盛。公元一〇一五年注辇国派的一个使团到达中国。这个使团包括了五十二个人。他们的国书也记在《宋史》里。当时注辇国王是罗茶罗乍大帝，他和他的儿子曾统治南印度的很大一个区域。公元一〇二〇年、一〇三三年、一〇七七年，注辇国还有使者来中国。

宋朝有两部重要的讲外国情况的书留了下来。一部是周去非的《岭外代答》，一部是赵汝适（读括）的《诸蕃志》。从这里面可以看出当时我国和印度南部、西部的许多国家已经发生了较密切的关系。这显然是航海发达的结果。

元朝蒙古族的势力远达西方，当时中国和印度的交通，无论在陆上或海上都很密切。印度西北部有些人来到中国做官，南印度国家也和中国有来往。公元一三四一——一三四二年中国曾派使者去印度，印度也有使者来报聘。

明朝仍维持着和印度政府的关系。公元一三七四年印度曾派使者来中国。这是南印度的一个国家的使节。东印度的孟加拉（当时我国译作榜葛剌）从公元一四〇八年起就屡次派使者到中国来。一四〇九年的使团中有二百三十多人。一四一四年和一四三八年送过长颈鹿到中国来，这被认为是传说中的麒麟，是祥瑞的表现。

十五世纪的前三十年间，明朝政府曾屡次派遣大批人到印度洋一带去。这些使者和南洋以及印度沿海的许多国家发生了外交关系。其中最有名的领导人物是郑和和侯显。郑和曾率领大批船只七次去南洋和印度洋各国。"三保太监下西洋"的故事盛传很久，讲的就是郑和出使外国的事。侯显也曾率领使团五次出国，到的地方和郑和所到的差不多。不过侯显有两次是专去印度和孟加拉等国建立外交关系的。公元一四一二年中国还曾有使者到印度的沼纳朴儿和德里。

郑和、侯显的出使印度表明了当时中印友好关系的密切和海上交通的发展。从此以后，由于西方资本主义兴起，殖民主义者侵入东方，中印关系就日益衰微，外交关系断绝了几百年。

元、明时我国关于印度情况的记载很多。元朝末年有个汪大渊，到过南洋和印度，一直到达波斯湾，在公元一三四九年才回到国内。他写了一部《岛夷志略》，叙述各国情况。随郑和去过印度的人中，马欢写了一部《瀛涯胜览》，费信写了一部《星槎胜览》，巩珍写了一部《西洋番国志》。黄省曾编的一部《西洋朝贡典录》，是综合各书的叙述。这些书中对于印度人民的风俗人情都有生动的叙述。

清朝有个谢清高，十八岁起便随欧洲商船到海外，经过了十四年，眼睛瞎了才回国。他把在国外的见闻告诉别人，写成了一本书，叫做《海录》。他在海外的年代大概是公元一七八二年到一七九五年之间。他所记的有印度沿海的一些地方。不过那时欧洲殖民主义势力已经控制了印度，他只是随欧洲人来往，所以他已经不能算是中印直接来往的记录者了。

除以上所说的以外，我们自然不应该忘记我国的西北各兄弟民族和印度的关系。不过因为缺乏史料，现在只能推测当时那些民族所组成的国家必然和印度有过外交关系，却不能确切说出事实了。

西藏和印度的关系很密切。唐初西藏（那时叫吐蕃）的国王松赞干布和唐朝通婚，又和尼泊尔结亲，派过十七人到印度学习梵文和佛教经典。他以后的西藏国王也曾屡次到印度请佛教学者到西藏来。不过关于西藏政府和印度政府之间的关系现在的研究还很不够。

（一九五七年）

到印度去的古代中国旅行家

两千多年来，在中国和印度之间的几条交通路线上，有无数的人往来。他们不顾艰难险阻，打破自然的和人为的障碍，缔结了中印两国人民的深厚友谊。这些印度的和中国的旅行家是中印文化交流的执行人。虽然他们中间的绝大多数都没有把名字留下来，但是从中印文化交流的事实上就可以看出他们的功绩。这些人中有科学家，有艺术家，有虔诚信仰宗教的人，也有普通的航海人员，跋涉沙漠和穿越山林的旅行者、商人，还有一些政府的外交使节。文化交流是由广大人民群众多年劳动累积而成的。人民的友谊也是由彼此间频繁的来往而产生，并且由文化的广泛交流而巩固的。外交上的关系只是两国人民友好的上层的政治上的表现。

有一些到印度去的我国古代旅行家的事迹流传下来了。其中有几个人还留下了自己的著作，叙述他们到印度的旅行和在印度的见闻。他们的记录很准确，他们的书有很高的史料价值。这证明他们是以忠实的态度来观察、研究，并且记录客观事实的；证明他们有优秀的历史家的品质。这几个人现在已经得到了世界的声誉，为各国研究印度历史的人所尊重。这些人是法显、宋云、惠生、玄奘、王玄策、义净、悟空（还有个慧超，但他是朝鲜人）。法显、玄奘、义净的著作现在还完全，其他几人的著作现在只剩下残缺的片段了。此外还有些人写过旅行记，不过如今书已经失落，只有别人提到了。前一章中已说过，从宋朝到明朝还有些旅行南洋的人也到过印度，他们记录海外国家的书中也描写了印度。

这些人（除慧超外）都属汉族，西北西南各兄弟民族中关于旅行印度的著作可能还有，不过现在还缺乏这一方面的研究。

古代从我国到印度去的人，除了王玄策、郑和等政治人物以外，只有佛教界的人有些事迹留了下来。

从魏晋起就有人去印度学习佛教，以后时断时续，直到宋朝为止。从公元三世纪中叶起到八世纪中叶，五百年间到印度去的佛教徒，只算汉族的，可以考察的，约有一百六七十人，其中有三分之一是没有传下名字来的。在这一时期以后，到公元一〇三三年止，还有许多佛教徒去印度，人数比前一时期多，但是次数少而且没有什么成绩。

我们称这些人为旅行家，因为除了少数人还做了些翻译工作以外，他们主要是在中印人民的友好来往方面起了不小的作用。他们不避艰险前往印度，走极长的道路，到许多地方，为了达到目的地不顾生命危险，这是我们所钦佩而且将永远纪念他们的。至于他们自己的目的却只是"求法"和"求经"，就是说，学习佛教和求得佛教经典运到中国来。从这一点说，他们可以算做我国古代的留学生，不过留学而有著作或翻译留下来的只是少数。

在公元三世纪以前，汉朝有没有去印度学习佛教的人，现在没有记载可查。不过新疆方面一定会有人去的。藏族佛教徒去印度多半是在唐宋时代，也就是七世纪到十一世纪。到十二世纪以后，佛教在印度差不多完全灭亡，因此这一类"求法""求经"的人也就没有了。

最早去印度"求法"的人，一般都认为是朱士行（或朱士衡）。他是公元二六〇年出发的。他西行的目的是求一部书的原本。他到了于阗，得到了这部书，托人带回来翻译，他的愿望已经满足，就不再前进，留下来，死在于阗。于阗在现在的新疆维吾尔自治区境内，因此他虽然是记载中第一个西去的人，却不是第一个到印度的人。

在公元二六五年到二八九年之间西去求经回来翻译的人还有个法护。他是住在中国的月支族人。不过他是否到达印度境内还不能确定。

第一个到印度求法而有成绩的人应该算东晋的法显。他是我国去印度的几个最重要的人物之一。后面我们要比较详细地讲到他的旅行和功绩。

在东晋时（公元三一七—四二〇年）有记载的去西方的人有三十八个，其中十九人没有名字传下来。这些人中有的没有到印度境内。有的中途死去，有的在回来时死在路上，确实到过印度回来而且有事迹流传到现在的只有几个人。除了法显的一些同伴以外，有个昙猛，是在公元三九五年出发的，比法显还早四年，可是我们只知道他到过印度又回来，没有见到别的关于他的记载。还有个智猛是和十四人一同结伴去的。有九人到帕米尔高原地带（古代叫葱岭）就退回来了。以后又有一人死在路上。到达印度的连智猛只有五个人。他们在印度游了一些地方，取得了一些书，就回中国来。路上又死去三人。回到国内的只剩下智猛和昙纂两人。智猛曾写过一本游记，现在失掉了。又有个慧叡，到过南印度学习语言，回国以后曾参加翻译工作。

和法显同去印度的人中有两个人值得一提。一个是宝云。他在印度学习印度古文，学得很好，回国以后翻译一些书，很得当时人的佩服。他写了一部游记，可惜失传了。另一个名叫智严。他在印度学了三年，成绩超过一般人十年所学，得到老师的赞赏，引起印度人的重视。他回国时还请了一位印度学者佛驮跋陀罗（觉贤）到中国来。这位印度学者在翻译和讲学方面起了很大作用。智严在和宝云合译了一部书以后又由海路去印度。二次回国时，死在印度的克什米尔。

南北朝（公元五六世纪）时西去的人有七十多，大多数都是南朝刘宋时代（公元四二〇—四七八年）出发的，南朝齐、梁、陈三代一百一十年间并没有关于出国西去的和尚的记录。北朝一共有二十四个人。

这一时期的到印度去的人也和前一时期一样，很多人结伴同行。由于道路危险，有些就没有达到目的而死在半路。回来的人很多人写了游记，可惜现在全失落了，只有极少的片段还保存在别人的书里。写过游记的人中，一个名法勇，是从陆路去而从海路回来的，他们有二十五人一同出发，回国时只剩下五人。另一个名道普，他曾游印度各地，会梵文和其他语言，不幸在第二次出发去印度时死去。还有个法盛，大约是和道普同时的人。此外还有三人是道荣、惠生、宋云，他们都是北魏时人，后两人是一同出国的。三人各写过一本旅行记，现在都失落了。他们的书只有些片段由于《洛阳伽蓝记》引用，才存了下来。如果这六个人和智猛、宝云的书都保全下来，一定和法显的书一样成为很珍贵的史料的。

《法勇传》里描写过路上的艰险：在两座高山之间，有一条大江，水流得很急，像射箭一样。要渡过江去，只有经过一道绳索桥。每次过时是十个人一起。他们过了桥后，在对岸生火。这一岸的人看到了冒烟，就知道桥上平安，才继续过桥。如果很久不见对岸冒烟，就知道人在桥上被风吹掉到江里去了。桥上危险，不可前进。有的高山和一垛墙一样，没有路可走，只有一对一对的洞通到山上，是以前走路的人千辛万苦凿出来的。上山的方法是：每人拿四根木桩插在洞里，手攀着上面的桩，脚蹬着下面的桩，然后右手攀上面的桩，左手拔出下面的桩插到更上面去。这样一步一步往上爬。他们二十五人爬上去，过了山峰一查，少了十二个人，旅行队的一半已经半路失足摔到山下去了。

唐朝的义净在印度看到一座庙叫"支那寺"，说是几百年前曾经有过二十几个中国和尚由四川经陆路到了印度，印度国王为他们盖了这一座庙，后来这些和尚都死在印度。从这个故事也可以看出当时冒险去印度的人很多，而且印度人对从中国远路来的客人曾经殷勤招待。

在这一时期中，除了去印度的以外，还有到爪哇去请印度和尚来中国的。当时南洋各地也盛行佛教，和我国的来往很多。

隋朝没有和尚出国的记载。

唐朝（公元七世纪到九世纪）三百年间去印度的和尚有五十多人，大多数是义净记下来的。这一时期的人去印度的道路很多，有经过"西域"的，有经过西藏和尼泊尔的，还有很多经南洋的。有许多和尚在爪哇和苏门答腊学习佛教经典，然后去印度，有一些就留在那儿，不再去印度。很多人都死在印度和印度尼西亚境内，也有不少人在来往的路上死去。能够回国而且有翻译和著作流传到现在的很少。不过我国去印度留学成绩最好的两个人，玄奘和义净，都在这一时期，两人都有重要著作留下来。

这时佛教已从中国传到了日本和朝鲜。很多日本和朝鲜的佛教徒来到中国学习。义净所记的去印度的和尚中有八个是朝鲜人。

义净所记的人中还有西藏人和新疆（"西域"）人。

那时去印度尼西亚的人里面，有些也学会了当地语言，当时叫"昆仑语"。

有些旅行家写了游记。常愍的已经遗失了。悟空的旅行经过还留了些记载下来。有个慧超，是朝鲜人，写了一部《往五天竺国传》，久已遗失，可是在敦煌石窟的古代写本中出现了。这部游记虽然已不完全，但还是珍贵的史料。可惜这书被法国的伯希和所盗窃，原本现在还藏在巴黎。

这些去印度的人，有的跟随政府使节，有的和商人一同去，有的结伴同走，有的单独远行，要经过很长久的时间才能到达目的地。有的出国十几年，甚至将近四十年（悟空），才回到国内。有个常愍（不是写了游记的那个），在去印度的海上遇了暴风，船载货太多，沉了下去，商人们拥挤着争上小船，这位和尚却不肯争抢，他甘愿让别人上小船，自己随大船沉入海中。他有个徒弟看到这种情形，非常悲痛，就也随着他一起淹死了。

宋朝初年（公元十世纪后半）曾由政府派遣大批和尚去印度留学。据说，公元九六四年派的有三百人，公元九六六年派的有一百五十七人，可能这两项记载实际上只是一批人。可是他们没有获得什么成绩。有些去印度的和尚，回来后得到政府的招待。有个和尚继业，他自己记下的走的路程情况已经遗失了，不过有别人摘要记的留到现在。从这里我们知道他是从西北一路去印度，却经过尼泊尔和西藏回到内地来的。

在印度的菩提伽耶发现了五个刻着汉字的碑。碑上记着宋朝初年五次派和尚志义、蕴述、义清、绍频、怀问等许多人去到那儿修过塔。这些碑现在还保存在印度。我国的古书上也记了这件事，不过有名字的只有几个人。时代最晚的一座碑是公元一〇三三年怀问立的。我国书上记的怀问最后一次回到国内是公元一〇三九年。这要算是现在有记载的我国内地和尚去印度的最后一次了。

西藏佛教徒去印度的继续得久些。西藏政府派十七人去印度学习梵文和佛教经典的事大约是在唐朝初年（公元七世纪）。他们在印度学了七年才回国。回来以后就照印度字体制定藏文字母，并且开始把佛经译成藏文。以后又曾屡次派人去尼泊尔和印度请名师入西藏。到公元九世纪才由印度和西藏的学者合作大规模翻译佛经。十一世纪初年又有人去印度聘请学者。十二世纪以后，佛教在印度差不多要完全灭亡了，从西藏到印度去礼拜佛的遗迹的人可能还有，但是以留学或聘请老师为目的的旅行就没有了。不过，就在这一时期，印度有许多佛教徒因为佛教在本国衰微而到西藏来，他们得到藏族人民的尊重和欢迎，定居在西藏。这也是古代中印人民间友情的光辉表现。

从公元三四世纪到十一二世纪，将近一千年的长时间里，经过这样遥远而又危险的道路，几乎陆续不断地有这么多人从我国去印度，而旅行的目的又不是为了争夺名利或者准备侵略战争，只是为了追求学问和满足宗教的愿望，这样的事在世界历史中是没有第二件的。这一伟大历史事迹正是中印人民长期友好的最好的证明，也是我国古人的优良品质的一个重要表现。

（一九五七年）

法显、玄奘、义净

　　我国古代到印度去的人中间，功绩最大、声名最高的，是法显、玄奘、义净三人。

　　法显　公元四一三年左右，在印度洋上有一只船从锡兰岛向东开。不料开船两天就遇见了大风。船漏了。船上的人都争上一只小船。小船上的人看见人越来越多，怕小船也会沉没，就砍断了把小船系在大船上的绳索。留在大船上的商人只好纷纷把货物抛在水中，以减轻船的重量。船上有一个中国和尚，他也把许多东西抛在海里，却紧紧守护着一包东西，不肯把它投下海去。这样过了十三天，船幸而没有沉没。大风停止了，船到了一座岛边。和尚始终没有抛弃他所带的那一包宝物。

　　这个中国和尚就是法显，他所带的宝物就是他在印度和斯里兰卡得到的佛教经典。

　　这只船在岛上修理好了以后又往前进。法显自己叙述他在海上的经历说：

　　"海上往往有海盗出来抢劫，倘若遇见了，就无法保全。大海一眼看不到边，也分不出东西南北，只好凭天上的日月和星辰辨认方向。若遇上阴雨天气，就只有随风漂流。夜晚只看见大浪互相冲击，时时发出明亮的光彩。还有各种怪物在水里出现。商人们也不能知道方向。海深得好像没有底。没有地方可以停船。直到天晴，才能看出方向，再向目的地前进。如果碰上了海里的暗礁，那就活不成了。"

这样在海上漂流了九十天，法显到了一个国家。他说这是"耶婆提国"，大概是现在的爪哇。

法显在爪哇住了五个月，又上了一只大商船。船上有二百多人，带了五十天的粮食。这船是向东北开到中国的南海岸广州去的。法显回国了。

不过回国还不顺利。法显搭的这只船在路上又遇上了暴风雨。船上的商人以为商船不该载和尚，船上有了和尚就会遭难。因此他们想把法显从船上赶下去。幸而那位帮助法显上船的商人极力坚持。他说："如果你们抛弃他，就同时也抛弃我；如果单独抛弃这个中国和尚，到了中国时，我一定要向国王告发你们。"于是大家没有抛下法显。可是船走了七十多天，总是遇上阴雨，不能认清方向。粮食快完了，淡水也快没有了，只好用海水煮饭吃。商人们说，平常从爪哇到广州只走五十天，现在过期还没有到，一定是走错了路。于是船改向西北走。过了十二天，到了海岸边。看出是中国，却不知道是什么地方。有人乘小船到岸上去找了两个猎人来。法显给商人们作了翻译，才知道这是山东半岛，是中国的青州。

法显回到了祖国。这离他从长安出发的时候已经有十五年了。

他在去的路上走了六年，在印度住了六年，在回来的路上又走了三年。

他出发是公元三九九年，回国是公元四一四年，正是东晋的末年。

他经过的国家差不多有三十个。

他从长安向西由陆路去印度，又由海道回来，到了山东，在亚洲转了一个大圈子。

这样的长途旅行当时是一件惊人的创举，因此有许多人问他的旅行经过。他也愿意把路上的见闻告诉大家，于是叙述这次艰难的旅行，写成了一本书，叫做《法显传》，也叫《佛国记》。

法显的这部旅行记有很高的史料价值。现在这本书已经译成了几种外国文，有许多中国和外国的学者研究他这本书，考察公元五世纪初的亚洲情况和交通路线。

他这次旅行是从长安出发的。动身的时候共有五个人，在甘肃又遇上了四个人，结成了九个人的小小旅行团。九个人中只有法显、智严和宝云是到了印度才回来的。其余六个人，有的中途回来，有的死在印度。

法显说他们这群人离开敦煌经过沙漠向西走时，上无飞鸟，下无走兽，看不出道路，只有以死人的枯骨作标记。那些死人大概都是以前走沙漠没有通过死在路上的。

当时的"西域"有很多国家，都信佛教，但派别并不相同。各国语言不一样，可是佛教的和尚都学印度文，会讲印度话。这些国家多数是在现在的新疆境内。

法显等人在危险的悬崖峭壁上爬上了七百级梯子，又从悬挂着的绳索桥上渡过了印度河，就进了当时的印度国境。

法显在印度访问了佛的很多遗迹。他记了许多当时印度各国的名称和方位，各地的风俗和传说。那时北印度中部自称为"中国"。法显记下了当时"中国"的情况。他说，当地气候很好，没有霜雪，人民生活很富足，只有耕种国王的田地的才缴纳地租。和尚很受尊敬。有一种"贱民"在城市外面另住一处。法显的描写使我们想到印度古代社会的情景。

在印度的一所庙里，印度和尚看到法显时非常惊叹佩服，说从来还没有过中国和尚到他们那儿。

法显到印度去的目的并不是游历，也不是只为了自己去拜访佛的遗迹。他感觉到传到中国来的佛教经典中很缺讲和尚戒律的书籍，才发愿去印度访求这些书，想带回来翻译，帮助祖国的佛教徒修行。可是他在北印度走了许多地方，却得不到所要的书。因为按照印度的传统，重要的书是不写下来，只由老师口头传授徒弟的，所以法显到了印度中部才有机会抄写他所想得到的书。他在一个地方住了三年，一面学习，一面抄写。有个同去的和尚留在印度，不回国了。可是法显想到自己去印度学习的目的并不是为自己一人，而是为本国其他的人，于是单独由海道回来。

法显搭上商船，到了狮子国，就是现在的斯里兰卡。他在斯里兰卡住了两年，又得到几部书。在那儿，他看到有商人用中国的白绢扇子供佛，可见中国和斯里兰卡早已有货物交流了。

从斯里兰卡、印度尼西亚的爪哇回国以后，法显把带回来的书译了出来。其中有一部是他跟一位印度和尚合译的。这部书叫《摩诃僧祇律》，里面除了佛教戒律以外，还包含了许多传说故事，很有文学意味。

在法显的游记的末尾，有人记下了一段话，说法显自己说，想起路上的危险，事后也不免心惊胆战，但是他抱定志向，不顾生命危险，终于获得成功。又说法显为人谦恭和顺，说话很实在。志愿坚决，态度诚实，这正是法显的优秀品质，也是他能有成就而且所写的游记有价值的重要条件。

玄奘　在法显之后而成绩比法显更大、贡献更多的，是唐朝的玄奘。

玄奘是以法显和智严作榜样而决心去印度的，但是他去的目的和他的那两位先驱者不同。法显是去求出家修行的戒律的，智严只到印度西北部学习，请了一位印度老师佛驮跋陀罗回来。玄奘却是在国内已经学习了佛教的理论，感到其中还有些问题，需要作更进一步的研究，才决定去印度彻底学习佛教的哲学理论的。这是因为在公元五世纪初（东晋）中国的佛教还没有十分发展，而在七世纪（唐初）的时候，许多佛教经典已经译成汉文，佛教界发生的问题已经是理论方面的了。在玄奘以前，翻译工作多半是由印度人和中国人合作而成的，至于对双方语文都掌握得很好，而且精通哲学理论的人，还很少见。因此，书籍虽多，而靠得住的，有系统的理论作根据的，能够经得起严格的分析并且可以作确切地说明的却不多。玄奘是在这种情况下出国的。他本人的文化程度很高，时代的要求也比以前进了一步，他又在印度学习了差不多十七年之久，所以他的成就不但超越了出国留学的前辈而且后来也没有人能及得上他。

玄奘的成就不只是在佛教方面，他还有一桩极大功绩是他著作了《大唐西域记》。

玄奘的《大唐西域记》里记录了当时唐朝国境以西直到印度全境的一百三十八个国家的情况。他描写的地方包括现在的新疆、苏联中亚细亚、阿富汗、巴基斯坦、印度、斯里兰卡。他自己几乎走遍了全印度，把走过的几十个国家的情况都一一记载下来，没有走到的也根据他旅行所得到的材料记下了当时情况。他的记载非常精密准确。各地的方向、道里、国家疆域、城市大小、人口多少，甚至一座塔的高低，一所庙中的和尚人数，还有人情风俗、名胜古迹、历史人物、传说故事，他都一一记载。印度的历史和现代考古发掘的结果都证明玄奘的记录准确可靠。这部书由于记载确实，内容丰富，叙述明白，已成了研究印度和中亚古代历史的不可缺少的材料。苏联在中亚的一次考古发掘就是以玄奘的记载为重要指针的。

这部一千三百年前写出的《大唐西域记》已经译成几种外国文字，成为一部世界名著了。

玄奘现在成了一位世界文化名人，尤其是在印度，他可以说是知识界无人不知的中国古代学者。

玄奘不但是一个最好的历史记录者，他还是一个哲学家。

他在印度学习了印度哲学中最复杂而且庞大的一派体系。要真正掌握这一个哲学体系，需要对佛教各派哲学甚至印度古代哲学的各派都有所了解。玄奘在这一方面有高深的造诣和广博的知识。他在印度时就得到了很高的声誉。回国以后在中国开创了一个学派。一般人称这一派为"法相宗"。他自己的哲学著作很少。他在印度用梵文作的论文早已失传，只剩下题目和汉文的极简单的提要（名"真唯识量"）。传到现在的还有短短的一篇汉文作品叫《八识规矩》。可是他的学说却表现在他的翻译里，并且保存在他的门徒窥基等人的一些著作里。那些书可以说是给他的讲义作的笔记。不过这些书在我国后来失落了许多，却保存在日本。到清朝末年才又传回我国，引起了近几十年来研究这一派哲学的风气。

作为一个翻译家，玄奘也创造了新的风气。他所译的书都是他所仔细钻研过的。除了有一部书他在后面说明是在印度学习的时候译的以外，其余所有的书都是回国后译的。他一到长安（西安）就拒绝了皇帝给他的特殊招待，着手进行翻译工作，从此继续不断地一直工作到死。他规定下翻译的原则，一切都按照严格的规则和系统的解说来翻译。有一部书是他把十部著作改编好了以后译出来的。他认为过去译得不妥当的书，都重新翻译过，还改定了许多专名的译法（例如"印度"这个名字就是他确定下来的）。他译书是有组织地进行的。他所领导的翻译机构集体地按照一定的程序工作，要反复说明、讨论、对证，在确切符合原义而译文又明白优美时，才确定下来。

他这样工作了差不多二十年。译书的数量很惊人。他从印度运回来的原书约有六百五十多部，经他自己译出来的有七十五部，共一千三百三十五卷。如果我们想一想，这些书都是非常难懂而且难译的，他翻译的方法又极其严格，译出来的文章也都符合他所定的很高的标准，而他居然还能译出这么多，那么，对于他工作的勤劳就不难想象了。据说他最后译一部大书时，有人担忧他的健康，怕不能完工，他仍旧毅然决然工作下去，果然把那部大书译完了。这就是那部六百卷的《大般若经》。

玄奘活了六十多岁，死在公元六六四年。他一生都是在勤勤恳恳地工作。

他还曾经把《老子》译成印度的梵文。这部哲学书是道教的最重要的经典。他译了以后还曾经跟道教徒讨论过有关的问题。这书可能传到了印度，因为当时皇帝指定他译这部书就是为了要把中国哲学传到印度去。玄奘把《老子》译成梵文是我国学术著作第一次译成外国文字。这件事是中印古代文化交流中的"投桃报李"的美谈。可惜的是现在除了这一项记载以外，在印度和中国都没有发现《老子》的译文和其他有关材料。

玄奘是一个很有中国哲学、文学、史学修养的人，他在印度时又经常和印度学者讨论学术问题，那么，他曾经把中国学术思想介绍给印度朋友，也不是绝不可能的事。有些印度学者以为在印度学术思想的发展中可以看出中国影响的成分，如果这一点能够确切证实，这一种文化交流中自然会有玄奘的贡献在内。

在我国，玄奘也是一个人人知道的人物，不过不是由于他的学术工作，而是由于他的独特的事迹。我国连小孩子也知道唐僧取经的故事。唐僧就是玄奘。

玄奘的艰难困苦的旅行表现出一种强烈的意志和不屈不挠的精神，他游历外国的各种遭遇又引起人们的许多想象，因此，很早就有了关于他的传说故事。我们现在看到的有宋朝的一部《大唐三藏取经诗话》，就是把他的游历改变成了神话故事的书。到后来又发展成为著名的《西游记》。可是《西游记》里的唐僧只是名字叫玄奘，做的事是取经，其他一切都是和历史上的玄奘不相干的。唐僧的名字流传在全国，玄奘的事业和功绩却很少人知道。

玄奘的真实历史是怎样的呢？

玄奘本来姓陈，出家做和尚时年纪只有十三岁。他很快就学习了很多佛教理论，又到四川继续研究。后来他发现当时佛教界有些理论问题不能解决，翻译的佛教经典既不完全，又不确切，只有亲自到印度去学习，然后把重要的书籍从印度运回，翻译出来，才能解答疑问，结束争论。因此他离开四川，到长安来，结伴请求皇帝准他们去印度。不料皇帝不准。别人不想去了，他志向坚决，就独自一人向西走。

他经过了很多的困难，冒着生命的危险，才暗地走出了国境。他越过大沙漠时几乎因缺水死去。到高昌国（现在新疆维吾尔自治区的吐鲁番）时，国王留下他讲经，想让他就在那儿住下去。他拒绝了，继续往西走。经过二十多个国家，穿过了现在的新疆、苏联的乌兹别克共和国和塔吉克共和国、阿富汗，才到了当时的印度西北部（现在这一地区里有些地方属于巴基斯坦）。

印度西北部是古代许多佛教学者曾经讲过学的地方。玄奘在这个印度学术中心的地区停下来学习了一个时期以后，还不满足，继续到各地访求名师，搜集重要书籍。

他在《大唐西域记》里说，在印度的一个至那仆底国（这国名的意义是"中国国主"）里听说，以前有中国王子到过那儿，而且桃和梨是从中国传来的，因此，桃叫"至那你"（中国的），梨叫"至那罗阇呗逻"（中国王子）。

他游历各国，沿途学习，访问佛的遗迹，并且注意考察各地情况。

当时印度最主要的佛教学术中心是那烂陀寺。这所庙里有一千多和尚。他们不仅研究佛教理论，而且学习印度的各种其他学术。

这庙的经费主要由国王供给，实际上是当时的一所国立佛教大学。庙中地位最高、学问最好的和尚是戒贤。据说玄奘到时他的年纪已超过一百岁。他本来因为年老不再讲学，现在特为玄奘讲了最难懂的一部大书《瑜伽师地论》。这可以说是他们这一学派的百科全书。玄奘去印度的目的之一就是想学这部书。他回国以后把它译了出来。

他在那烂陀寺住得比较长久，但是他还不满足，还到各处游历求学。只要听说那里有著名学者，他就去那里请教。

印度古代研究学问的方法和我国古代的有些相同，也有些不同。辩论的风气在印度特别盛行。各派学者经常在大会上互相争辩。这样的学术讨论会后来虽然逐渐消沉了，但是这一传统到现代还没有完全消灭。在印度现在还有一些私塾，那里面的师生关系和教学方法大体上还是像古代的那样。有时他们还举行讨论会，同派或不同派的主讲人彼此在群众面前争辩理论问题。这样的情况在一些印度古书里也可以看出来。他们的哲学著作往往包含容易背诵的歌诀、解释以及学术争论的单方面的记录。

玄奘在印度留学时参加过这种讨论会。玄奘的传记说，他曾在那烂陀寺讲学，发表过重要的哲学论文，并且在辩论中胜过了反对他的人，得到很大的声名。他在印度作的论文是用梵文写的，可惜现在已经失传了。

当时印度有些国王是提倡学术讨论并重视佛教的。玄奘的声名既然传开了，他们就把这位中国和尚当做了贵宾。东北印度的一个国王曾特请玄奘去讲学。在北印度建立了很大的帝国的著名的戒日王也请玄奘到他的宫廷里去。据玄奘的传上说，戒日王曾经在首都曲女城（现在叫加瑙吉，属印度的北方邦）举行一次大会，宣读玄奘所作的论文，展开辩论。大会中有十八国的国王和无数的各派学者参加。大家对玄奘的学问都很佩服。

玄奘对戒日王谈到了中国的情形，引起了戒日王很大的兴趣。他们两个人缔结了友情。这实际上就是中印两国古代人民友好关系的一个表现。

公元六四三年，玄奘动身回国。这时他已经成名，有戒日王等国王协助，回来的道路没有去时那样艰险了。

玄奘带了很多的佛教书籍回来。他在回来的路上曾经失掉了一些印度特有的奇花异果的种子，可见他还带回了印度的特产。

最重要的是他带回来了关于当时唐朝国境以西，直到印度、斯里兰卡各国的丰富而准确的知识。这些知识保存在他的《大唐西域记》里。

他还带回来一件不可估价的珍宝，这就是印度人民的友谊。公元六五二年，印度的摩诃菩提寺派一位印度和尚法长到中国来，给玄奘带来了老朋友的问候信和著作，还有两匹白布作为礼物。有一封信中说：

"送去白布两匹，表示我们并没有忘记你。路程太远，希望你不要怪带去的东西太少，还是接受下来吧。如果你需要什么书，请开一个单子来，我们会抄出来送去的。"

过了三年，公元六五四年，法长回国，玄奘托他带回一些礼物和两封信，并附了在回来路上遗失的书籍的单子。玄奘的回信中对于他的印度老师戒贤的死去表示深切悼念，并且希望戒贤的学生智光，能够继承他老师的事业。他又报告自己回国后译了多少书。

寄信给玄奘的人中有一个叫慧天，是派别和玄奘不同的学者。玄奘在印度时曾和他进行过辩论。这次他来了信，附来自己的著作，并且托带信人传达给玄奘说，他没有忘记当年的互相辩论，向玄奘表示"谢悔"。玄奘给他的回信里说："当年在大会上辩论，为了追求真理，就不能顾到人情，因此在语气上有些触犯的地方。辩论过后，也就不再记在心上了。现在你来信何必还要提到过去的事呢?"最后，玄奘在信中还是劝他放弃自己错误的见解，免得将来懊悔。

从这件事我们可以看出古代中印两国的学者的交情多么深厚，而在寻求真理的学术研究上又是怎样的认真。学术意见上的分歧与彼此的友情之间并不互相冲突。原则要坚持，真理不能让步，但是态度谦虚，感情真挚，完全为了大家共同进步，没有个人意气和宗派私见，这正是值得我们学习的地方。

玄奘和智光、慧天等人的通信是中印古代人民友谊的很好的标志。

玄奘把他带回来的原书和佛像藏在新修的一座塔里。他还亲自劳动参加了塔的修建工作。这就是现在西安的大雁塔。

印度现在正筹备在那烂陀寺的遗址兴办一所佛教大学。那儿将有一些纪念玄奘的布置。

玄奘的声名将和中印人民的友谊一同长存。

义净　在玄奘以后去印度的人中，贡献最大的是义净。

义净是在公元六七一年出发的，这时离玄奘的死（公元六六四年）只有七年。他回到国内是公元六九五年，在国外一共二十五年，比法显和玄奘留学时间还要长。

义净到印度来回都走海道，从广州出发，又回到广州。他本来约了同伴几十人，到上船时，别人都不去了，只剩下他一人，独自上了波斯人的商船。他先到苏门答腊，后到印度东部孟加拉的一个国里。回来时也是先从印度到苏门答腊。他还想在那儿继续抄写书，可是没有纸墨了，便上一个商船托人带信回国要纸墨。恰好遇到顺风，开船了，他被带回广州。可是他的书还留在国外，于是他二次又出国，过了几年，才搭船回国从事译书的工作。

他一共经过了三十多个国家。除了在印度的一些古老的国家中住了很久以外，他来去都在印度尼西亚的苏门答腊住得很久。那时的南海各国也盛行佛教，传播印度文化。义净在苏门答腊学习梵文和佛教教理。他写了一部《南海寄归内法传》，叙述南海和印度的佛教情况，特别着重生活和文化方面。这部书和法显的《佛国记》、玄奘的《大唐西域记》都流传下来，有很高的史料价值，现在也有了外国文的译本，为世界学者所重视。

和玄奘不同而和法显相似，义净出国学习所注意的是佛教的戒律，就是佛教徒应该遵守的生活方式。因此，他很看重生活方面的情形，对于医药、风俗都很留心。他回国以后翻译的书中很多都是戒律方面的书。他把佛教中一派的戒律都译成了汉文。这些书里不但说明了和尚的生活规则，而且实际上也记录了古代印度人民的生活状况。这些书里面还有许许多多传说和故事，也可以说是包含了不少有文学价值的作品。

由义净译出来的书中也有佛经和一些哲学著作。因为他到印度去的时候，印度的佛教已经发展到了重视念咒的一派，所以义净也译了一些这一类的书，并且把印度和南海佛教徒念咒的方法也学了回来。因为咒都是印度文的，意义神秘不能翻译，只能把原文的音改写成汉字，所以学念咒就要学念梵文的音调。据说梵文读音里的复辅音读法，是义净回国后，中国和尚才从他学会的。义净还编过梵文的词汇，他在国外时也用功学习过梵文的文法。

义净带回来的书约有四百部。他自己译成汉文的有五十六部，二百三十卷。他做了十几年的翻译工作。

他还写了一部《大唐西域求法高僧传》，记下了他所知道的和在国外遇见的，到印度去的中国和尚的名字和经历。从这部书里我们知道了许多和义净同时出国的和尚的情况。公元七世纪时印度的许多地方都有中国和尚，从这一点我们也可以推测当时中印交通和经济来往、文化交流的密切。这些和尚来去是要搭商船或随着沙漠中的商旅队的，既然陆续去的和尚很多，那么，来往的商船和商旅队一定是更多了。那时海上交通已比陆上交通更加方便，和公元五世纪初法显回国时的情况很不相同了。

义净在印度的那烂陀寺住了十年，和玄奘可以算是先后同学。印度古代这一处佛教学术中心的情况，我们多半是靠玄奘和义净的记录才知道的。

《南海寄归内法传》叙述当时和尚生活情形，有许多和现在的印度人的习惯是一致的。例如说到印度人都喜欢散步，每天有一定时刻（傍晚）在一条路上来回走，目的是运动。义净还见到印度人用一种树枝在口中嚼了刷牙。现在在印度也还有不少人保持这样散步和刷牙的习惯。还有洗澡的方法是要在吃饭以前，大家裹着"浴裙"一同下池塘，要在身上（尤其是头上和脚上）涂油，这些都是现在印度人还保持着的习惯。见面时的礼貌，义净说的也和现在印度人实行的相仿。

义净很重视印度的医药，不但他译出的书里涉及这一方面，而且在他的著作中也有两节谈到医药的问题。他说到印度传统医学所谓"八医"，又说有病时常用"绝食"来治疗。他介绍了一些印度医药，可是仍称赞我国的医学在针灸和诊脉方面有独到之处。而且说：我国药草有四百多种（这是他当时知道的数目），都很有效验。至于"绝食"治病的办法是不是在中国也可以行，他还不能断定。

他还说印度的歌唱赞颂诗的情形，学习文法和背熟经典的教育程序，都很确切生动，有史料价值，符合现在印度的一些传统情况。

义净可以算是我国古代去印度留学有成绩的最后一人。

（一九五七年）

佛教在中国的传播

古代从印度到我国来的人，除了商人和极少数政府派来的人以外，都是文化界的人，其中有宗教家、艺术家和学者。他们对于我国文化的发展有很大的帮助。

从印度来的艺术家对我国的绘画、雕刻、建筑、音乐、舞蹈、杂技，都产生过不小的影响，可是除了极少的几个人以外，都没有名字和事迹流传下来。

印度学者来到中国的，除了前面提到过的几个天文学家和医生以外，都是佛教信徒，他们同时也是宗教家。那些来传播佛教的人也往往都是一些对佛教有专门研究的学者。可是这些人并不是个个都有确切事迹留下来的。因此，我们现在所能谈的古代印度来华学者就是一些有翻译成绩留下来的佛教学者。

我国古代曾经从国外四面八方吸收过各种各样的文化成分，这里面有不少是先经过古代所谓"西域"传进来的。这个"西域"地区里有一部分现在是在我国的疆域以内，有些部分属于其他国家，如苏联的中亚细亚的共和国和阿富汗。我们现在仅仅能谈到那些从古代印度（包括现在的巴基斯坦）来到我国内地和西藏的学者，至于只到了现在我国境内的"西域"和从"西域"来内地的我国少数民族的古代学者，就不能叙述了。

前面说到的我国古代旅行家去印度都是一些佛教徒，现在要谈的从印度到我国来的人都是佛教学者，所以不能不在这儿略略谈一谈传到我国来的佛教。

佛教的一般情况　在我国古代，佛教是产生了很大影响的一种外来文化。它在我国人民的思想上和生活上留下了很显著的痕迹。

佛教是产生于印度的一个宗教。

在公元前六世纪的前后，大略相当于我国春秋时代的一段长时期里，印度文化中出现了"百家争鸣"的局面。那时有很多派别的思想家互相进行争辩。后来有些学派失去了群众的支持就消灭了，有些虽然在思想上还继续了下来，却不能形成一个公开的明显的思想派别（如极端的唯物主义哲学思想），有些改变了面貌，吸收了新的成分而发展起来了（如印度教各派），有的继续下来到今天还存在（如耆那教的两派），有的继续发展了一个很长时期，最后在印度差不多完全消灭了，却在印度以外的许多国家里到今天还存在着，这一派就是佛教。

宗教在古代对人们的全部生活都有影响，它不像现代这样主要是一种思想上的信仰。古代宗教还规定了许多生活准则，要求人们以信仰为根据而遵循这些准则。因此，它往往会表现为一种生活方式。同时这种生活方式里也含有比较系统化了的思想。有的宗教强调信仰，有的宗教更强调思想，这只是作为说明某种生活的必要性的一种主要依据。各种宗教就往往由于着重点不同而形成不同的宗教生活方式。

当佛教在印度出现的时候，有一种宗教生活方式正在流行，这就是"出家"去修道。一个人要脱离家庭，脱离生产，甚至脱离社会上的一切关系，去修行。至于怎样修行，那就要看修行的人是属于什么派别。这样修行的目的是为了自己求到"解脱"，要达到另外一个和现实世界很不相同的世界。这些"出家人"逐渐受到社会上的尊敬，被称为"仙人"或"圣人"。他们是职业的流浪者。他们的生活，有的是严格不依靠社会，只吃森林中的果子，完全和人世断绝来往的，但是一般的"出家人"还是要靠"在家人"的"供养"，直接或者间接吃社会生产者的劳动果实。这些出家修道的人就以宣传自己的宗教来交换生活必需品。看起来，他们好像是指导社会上的人怎样生活的一种特殊人物。古代社会里怎样会出现这样的一种人呢？就印度来说，这是古代印度的特殊历史条件的产物。由于这种社会条件的长期存在以及这些人的宗教在适应社会条件变化时的发展，印度的"出家"的宗教生活就特别发达，一直到现在还相当流行。不过，这并不是印度所特有的，别的国家也有过，例如现在的天主教就还有进修道院当职业的宗教家的方式。

佛教就是这样一种提倡"出家"的宗教。"出家"的人叫做"比丘"，原来的意思是"靠乞讨维持生活的人"，在我们中国现在称为"和尚"，本来的意思是"高尚的人"或"老师"。出了家的佛教徒结成一个团体，以创造这一宗教的佛为领袖。"佛"是个称号，意思是"觉悟了的人"。佛教团体本来叫僧伽，意思就是"团体"，后来在我国简称做"僧"，只指个人了。在这团体中的成员都要遵守一些生活规则，叫做"戒律"。

印度产生的各种宗教有一个共同特点，就是没有"上帝"。教徒的信仰和崇拜的对象不是一个统一的、唯一的、全知全能、至高无上的上帝。这是印度的宗教和基督教、伊斯兰教不同的地方之一。

佛教最初崇拜佛只是把他当做教主。佛去世后三百年还没有拜佛像的情形，礼拜的具体对象只是纪念佛的塔。后来有了佛的像了，可是有些佛教派别认为有很多的佛，而且人人都可以成佛，所以拜的也不一定是一个佛。我国现在的庙里塑的佛像并不都是创立佛教的释迦牟尼（意思是"释迦族的圣人"），有些是阿弥陀佛，也有人拜弥勒佛（据说是将来的佛）。有的庙里还供有一排三座佛像：即过去的佛、现在的佛和将来的佛。

佛教在长期发展中分成了许多派。各派在宗教的理论上有很激烈的争论，在生活方式上也有一些差别。传到中国而盛行起来的叫做"大乘"，其中也有一些派，在藏族和蒙古族中流行的就和在汉族中流行的有些不同。此外还有被"大乘"佛教徒叫做"小乘"的一些派别。现在缅甸、泰国、斯里兰卡等国盛行的就是"小乘"的一派。

佛教信徒在发展过程中编出了很多书。这些书可以分做三类，叫做"三藏"。一类是佛传教的话的记录，叫做"经"；一类是关于戒律的书，叫做"律"；一类是佛教学者讨论教义的著作，叫做"论"。各派的书彼此都有差异。

从上面所说的情况，我们可以得出一个结论：佛教是经过长期发展变化的，内容很复杂的一个宗教。

佛教流传到中国的历史也很长。宋朝以后，佛教不再从外面传进来了，可是在我国还继续发展着。就是在从汉到宋的一千年中佛教在我国也有发展。所以，不但从印度陆续传来的时候，随着佛教在印度的发展而传来的书籍和学说往往彼此不同，而且传到中国来以后还发展出了很多中国的佛教派别。中国的佛教，比起印度的佛教来，虽然开始较晚，可是后来发展得还要长久，还要丰富。

有一点我们必须提到的是印度的书籍流传方式和我们的不同。他们主要靠口传的话而不靠写下来的文字。越是神圣的著作越不肯轻易写下来。当然，有些书还是要写下来才记得住的，而且佛教似乎也提倡抄写经典，可是这并不是主要的传播教义的方式。中国的和尚到印度去留学，都要自己抄写书籍，有时还只能听到讲演和背诵而看不到书（法显就记载过这种情形）。这样就增加了书籍内容的差异。不同派的，甚至是同一派的，或各派共同的书，彼此读的本子都可能很不相同。这又增加了佛教书籍的复杂性，同时也说明了我国翻译的佛教经典为什么那样纷歧。这些译本中有时代、地区、派别、传本、翻译等各方面的不同因素的影响。因此，我们无论在对比本国译本或印度原本时都要时刻考虑到这些因素。

佛教在中国的流传　佛教在中国的流传是经过了长期的复杂的发展过程，而且受到了中国历史条件的影响的。

中国佛教的历史到现在还没有得到广泛而细致的研究，因此，许多问题还没有结论，有的很重要的问题还没有提出来研究。

在这里只能举出几件重要的事实谈一谈。

关于佛教最初传到中国来的年代，有种种传说，但是根据可靠的史书记载，这个年代是在西汉末（公元前一世纪末），而盛行起来是在东汉以后（公元三世纪起）。不过在传到中国的内地来以前，在当时的"西域"和南海一带佛教已经流行了。

佛教是在公元前六世纪开始的。传到中国来的时候，它已经是一个发展了几百年，流行到广大的地区，包括了很多派别的宗教了。传来的内容多种多样是很自然的事情。

在汉朝，求当神仙的道教思想很流行，所以讲求怎样超脱现实世界的佛教能够被人接受，也是毫不奇怪的。

佛教的"出家人"在开始创教时是和当时其他"出家人"一样要脱离社会去修行的，但是也可以名为"乞讨"而实际上受国王和富人的"供养"。后来有了庙宇，有了和尚们集中居住的地方，佛教的和尚就成为社会上的一个特殊的阶层。"出家人"跟"在家人"的关系越来越密切了。佛教传到中国来时，不但带来了佛像、佛经，而且带来了庙宇、和尚的制度和"出家""在家"之间的关系。到中国来的佛教没有经过艰苦奋斗的过程，在社会上还没有传播很广时很快就和上层社会的帝王贵族以及知识界结合起来。以后在社会上有了适当条件时才在人民中间广泛传播开来。

佛教给我国的最大好处是，由于佛教的传播，古人从印度的佛教徒，或通过佛教的形式，学到了印度的哲学、科学、文学、艺术，丰富了我国文化的内容，并且刺激了我国文化的发展。

佛教给我国社会的最大影响是出现了出家做和尚这样的一种习俗，和这些出家人的形形色色的社会活动，以及在人民心中普遍流行"轮回"（死了再投胎）"报应"（做了什么事就有什么报酬或惩罚，或者在这一生得到，或者在下一生）的思想。这是我国原来所没有的。

大体了解了佛教的情况和佛教传到中国来的特点，下面就谈一谈从印度来我国传播佛教的重要人物。

早期的一些传教的人　传说秦始皇时就有室利防等十八人来中国传佛教，但这是完全不可信的。我们现在知道的最早的佛教传来的事实是公元前二年大月氏的使者伊存教过中国学者景卢（或秦景）佛经。大月氏人当时统治的区域包括现在中国、印度、巴基斯坦、阿富汗边境的很大地区，大月氏人还曾在印度建立贵霜王朝。不过这次传授是在中国还是在大月氏人的境内，史书记载得不清楚。

现在最流行的传说是，东汉明帝永平年间派人去西方求佛教，于是佛教才传到了中国。这是在公元一世纪的中叶（永平年号包括公元五八到七五年的十八年）。据说明帝梦到了佛，才派使者去求经。后来求来了佛经和佛像，还请来了印度学者，就在洛阳修建了一座庙叫白马寺。这时译出了一些佛经，其中只有一部《四十二章经》传到现在。请到的印度学者名叫迦叶摩腾，也叫摄摩腾。有的书说来了两个人，还有一个叫竺法兰。

这个传说里的人和译经的事都不是十分可靠的，不过，如果公元前二年已经传来过佛经，那么公元后一世纪中叶汉明帝派人去求经，请和尚和修庙也是可能的事。

伊存、迦叶摩腾、竺法兰，是几个不能确切肯定的人物。确实可靠的第一个在中国译经的外国人是安世高（安清）。他是波斯人，当时波斯地区叫安息。记载中最早和我国人合作译佛经的人是安玄，也是安息人。同他合作的中国人名严浮调。这些都是东汉末年（公元二世纪）的人。同时还有两个译经的外国人，一是支谶（支娄迦谶），月支国人；一是竺佛朔，印度人。当时称印度为"天竺"，所以算他姓竺，印度人本来没有姓。照现有的记载说，第一个从印度到中国来译经传教的人是公元一七九年译书的竺佛朔。稍后还有一个印度和尚竺大力，也译过书（译书在公元一九七年）。

公元三世纪，三国时代，在南方（吴）译经的有支谦和康僧会，他们是生长在中国的。还有维祇难和竺律炎都是印度人。他们在武昌合译过极重要的佛教书《法句经》。不过他们都不大会汉文，译得不算好。在北方译经的印度人有昙摩迦罗（法时），译过戒律。据说他学过印度最古的经典（不是佛教的）《吠陀》，还懂天文学。

西晋时译过佛经的印度人，一个叫竺叔兰，是生长在中国的，一个叫疆梁娄至。

东晋时代（公元四世纪到五世纪初）有一个对传播佛教起过很大作用的和尚，叫佛图澄，不过不能断定他是"西域人"，还是印度人。此外，有十八个印度人在中国译过佛经。这些人里面有几个很重要的学者和翻译家，而影响最大的要算鸠摩罗什。

（一九五七年）

鸠摩罗什

印度学者鸠摩罗什（译意是"童寿"）（三四四—四一三年）曾经系统而深入地向我国介绍古印度一派重要哲学思想，正确而优美地把许多佛教经典翻译成汉文，在我国留下了长久的影响。

鸠摩罗什的父亲是印度人，母亲是龟兹国的公主。他生在龟兹，幼年曾回到当时的印度西北部去求学，后来到中国内地，据说曾和中国女子结婚，生过孩子。龟兹国就是现在的新疆的库车，所以他可算是兼有中印两国血统关系的人。

这位学者生在公元三四四年。七岁随母亲出家。九岁随母亲到印度。从小就非常聪明，读了很多的书。年纪很小就在辩论会上胜过了许多论敌。十二岁随母亲离印度回国，中途在沙勒国（现在新疆的疏附、疏勒）停下，又学了很多佛教以外的学问。他对于印度的佛教的和非佛教的经典，以及天文学、数学、梵文文法，都学得很好。他原来学的佛教理论是"小乘"学派，后来又学了佛教中"大乘"学派的理论。回到龟兹以后，继续研究并且讲学。他的声名一天一天高起来。

他的母亲后来到印度去了。据说她临走时曾经对他说："你如果到中国去，一定可以有很大的贡献，可是对你自己恐怕有些损害。"他答复道："只要能够对别人有利，我自己便是受苦死了，也心甘情愿。"

这时前秦的苻坚在西安，统治北方，势力很强盛。公元三八二年苻坚派吕光去灭龟兹，同时要把鸠摩罗什请到西安去。公元三八四年吕光灭了龟兹，可是苻坚在第二年就被杀了。吕光便不回去而在半路上自立为王，把鸠摩罗什留在他那儿，又不尊敬他，常加以凌辱。接着苻坚在西安称王的是后秦的姚苌、姚兴。姚兴信仰佛教，在公元四〇一年起兵打败吕光所建立的后凉，才把鸠摩罗什迎接到西安。

鸠摩罗什在公元四〇二年初才到西安，到公元四一三年就死了。一共在西安只住了十二年。他死时七十岁，在西安的十二年正是他学问思想都已经成熟的时候。当时姚兴对他很敬重，请他译书并且讲学。他的声名传遍了全中国。那时许多有名的和尚都在西安，其中也有从印度来的，有的还是他的老师。听他讲学和帮助他翻译的中国和尚有八百多人。他一共译出了三百多卷书，可是据说还不到他所学的十分之一。

鸠摩罗什在中国，不只是译出了许多重要的印度古书，他还建立了优美的翻译文学体裁，启发了新的哲学学派。

在鸠摩罗什以前的翻译家都不能同样精通梵文和汉文，有些还并不精通佛教各派经典和印度的古典。一个好的翻译家不但要精通两国语文，而且要有高深的学问和广博的知识。这种条件到鸠摩罗什才算具备。以前的翻译往往是一个中国人和一个外国人合作，有时还有个中间人作口译，所以译错了也不能纠正，译文如不好，懂原文的外国人也不能判断。鸠摩罗什在开始时还要中国人合作，但是后来他掌握了汉文，翻译时都是他亲自主持，自己译成汉文，并且讲解，经过讨论、校改，最后才确定。他的主要的门徒和助手的学问和文才都很好，有的还是我国著名的思想家。参加他的翻译工作，帮助他讨论、校订，并且对照各种旧译的人员有时达到五百人之多。

鸠摩罗什翻译的书是所有佛教经典中传诵得最广和最久的，对于我国哲学和文学的影响非常巨大。他的翻译的特点是能用流畅美丽的汉文正确表达原文的内容和含义。他翻译的书是多方面的，而且并不限于一派（不过主要还是所谓"大乘空宗"）。他选出来译的多半都是原来有很高的哲学价值和文学价值或宗教价值的重要著作。这和以前遇到会什么的人就译什么书的情形很不相同。他的翻译文体既能保存原有的外国风格，又符合当时流行的汉文体裁，远远超过了他以前的许多译文。所谓佛经翻译文体实际上就是指在鸠摩罗什时代主要由他开创的那种文体。

鸠摩罗什有一句著名的话，他说翻译好比嚼饭喂人，在翻译中，原来的味道都丧失了，只剩下渣滓。他这句话的意思是：梵文有可以吟诵的音调，而译成汉文以后，这种音调不能保全，译的诗文都很难吟诵，原有的文学色彩没有了。可是自从这种翻译文体流行以后，在翻译和创作的交互影响之下，六朝的文体已经成为我国文学史上有相当地位的一种文章格调了。从这一观点来说，有些鸠摩罗什所译的书在中国文学中的地位并不比原书在印度文学中的地位低，甚至可能还要高些（例如《妙法莲华经》和《维摩诘所说经》，不过后者的原本还没有发现）。

直到唐朝的玄奘为止，没有一个翻译家在所达到的高度和广度上能和鸠摩罗什相比。只有玄奘才亲自去印度长期苦学，回来以后，对鸠摩罗什的翻译不满意，改译了几种，并且提出了新的翻译方法。我们知道，鸠摩罗什和玄奘相隔约三百年，在这段期间，印度的佛教哲学也有了发展。鸠摩罗什是在当时的印度西北部学的，属于"大乘空宗"学派，玄奘主要是在北印度的那烂陀寺学的，属于"大乘有宗"学派。同时佛教在中国也有了发展。东晋和唐初的学术界情况也很不相同。因此，不能把两人相比来定优劣。就历史上所起的作用说，两人也差不多相等。直到现在，一般人读的《维摩诘所说经》《金刚经》《阿弥陀经》，都还是鸠摩罗什的译本，并没有为玄奘的新译本所代替。

鸠摩罗什在文学方面的兴趣似乎也不减于他在哲学、宗教方面的兴趣。他译的著名印度古代诗人马鸣的《大庄严论经》就是一部很美丽的故事集。《杂譬喻经》虽然只有一卷，也是一部很好的寓言集。他也作诗，可惜传下来的只有一首。

鸠摩罗什对我国学术思想上的贡献是他教育了几个哲学家，启发他们提出新的见解，有一些学者根据他译的书建立了一些新的学派（直接和他的书有关的是"三论宗"和"成实宗"）。他的学生僧肇和道生都是我国哲学史上很重要的人物。道生又是讲"涅槃"创"顿悟"的人，启发了后来的"禅宗"一派。我们看到，在我国思想史上从东晋起的一段相当长的时期里，唯物论和唯心论的许多学派进行多次的公开辩论，出现了新的"百家争鸣"的局面，不能不认为鸠摩罗什介绍印度佛教哲学是这里面的一个重要因素。虽然佛教哲学根本上是唯心论的，但是它丰富了我国哲学思想发展的内容，也促进了唯物论思想的进步。

当时在南方负有盛名的佛教学者是慧远。他和鸠摩罗什曾屡次通信讨论佛教问题。慧远是一直流行到现在的"净土宗"（信仰阿弥陀佛，念佛，想死后升"西方"的）的一个开创者，而这一派信徒日常念的经典《阿弥陀经》，正是鸠摩罗什翻译的。

鸠摩罗什的传记中说：从狮子国（斯里兰卡）来了一个不信佛教的学者，要和中国和尚辩论。鸠摩罗什派自己的学生道融去公开答辩，结果折服了那位学者。这个故事表明当时学术上自由争辩的风气以及鸠摩罗什教导的成功。我们由此也可以知道，古代由印度方面到中国来的宗教家、哲学家中也有人并不是佛教信徒。

鸠摩罗什除翻译以外还写了一些书，可惜现在只存下很少的一部分。

　　鸠摩罗什是在我国的宗教、哲学、文学的历史上起过极大作用的杰出的印度学者，他的名誉将和玄奘一样随中印人民的友谊而长存。

（一九五七年）

到中国来的古代印度翻译家

公元三世纪以后，佛教在我国盛行起来，成为我国社会生活中一个重要现象。上起皇帝、贵族、官僚，下至一般老百姓，都受到了佛教的影响。知识界中，无论是赞成的或反对的，都不能忽视这个带着古代印度文化各方面材料来到中国的宗教。当时我国的科学、文学、艺术、哲学，都曾经蒙受它的很大的影响。实际上这是印度古代文化的影响，不过打上了佛教的烙印罢了。在这种影响下繁荣起来的学术文化实际上也是我国原有学术文化的新发展；不过这是我国人学习了而且吸收了外来文化以后的新发展，从形式到内容都多多少少包括了印度文化的成分，好比接受了外来花粉和肥料的一棵花树。

印度的学者纷纷不辞万里跋涉的辛苦来到中国传教、译书、讲学。他们里面绝大多数都留在中国没有再回去，把他们在本国所学到的一切毫无保留地贡献给我国。这是我们不能忘记的。

印度人东来的路线和我国人西去的路线是相同的。不过，这一段时期里海路渐渐畅通，所以从海上来的人比以前多。我们当时的海口主要是在广州，但也有经过越南（当时叫交州）来的，也有在山东半岛登陆的。

历代到中国来的印度学者中，除了鸠摩罗什和他的前辈在前面已说过的以外，鸠摩罗什以后有一些有翻译成绩留下来的，我们也不能不谈一谈。此外自然还有一些学者，可能没有译书也没有留下名字来。

印度学者纷纷东来　公元四世纪末有一些和尚从当时印度西北部来到我国，进行译书工作。他们不但和中国的以及"西域"的和尚合作，而且还互相合作。例如僧伽跋澄、僧伽提婆、僧伽罗叉，都是这样工作的。僧伽提婆（译意是"众天"）先到西安，后去洛阳，又到庐山，最后到南京。有一次翻译是僧伽罗叉（译意是"众护"）念梵文原本，由僧伽提婆译成汉文，可见他已经学会了我国的语文。僧伽提婆译出的书有一百多卷。他到过很多地方，对各地风俗人情都很了解。

佛驮跋陀罗（译意是"觉贤"）是我国和尚智严去印度请来的。他先到西安。因为跟鸠摩罗什不是一派，意见不同，就到南方，在南京领导一百多和尚译书。他一共译了十五部书，共一百十七卷。法显带回的书有一部是跟他合译出来的。他死在公元四二九年。

和鸠摩罗什一起在西安工作的有弗若多罗（译意是"功德华"）。有一部书是他背诵出原文由鸠摩罗什译成汉文的。还有佛陀耶舍（译意是"觉明〔名〕"）和卑摩罗叉（译意是"无垢眼"）两人，都曾经做过鸠摩罗什的老师。公元四一三年鸠摩罗什死了，卑摩罗叉就南下到寿春（安徽寿县）译书。佛陀耶舍回了印度，在印度还托商人带过一部书到中国来。

昙摩耶舍（译意是"法称"）和上面三人一样，是当时印度西北部的人，可是他是从海道来到广州的。他跟另一位印度和尚合作译书，后来回去了。

昙无忏（译意是"法丰"）是印度中部人，来到甘肃。据说请他译书时他起先不肯，认为自己还不懂当地语言，不能翻译。于是他学了三年汉文，才着手翻译。后来有两位中国和尚的学问为他所看重，他们便合作翻译。有一部书原本不全，只有起头一部分，他就西去找到中间一部分带回来继续译。所缺的末尾一部分也派人到"西域"找来译。最后他还不满意，认为这书仍不完全，便回国去寻求，死在路上。从这一件事我们可以看出当时印度学者工作怎样认真。

南北朝时代来我国译书的印度和尚有几十个人。

佛驮什（译意是"觉寿"）把法显带回而未译的一部"律"译了出来。

求那跋摩（译意是"功德铠"）。他先到斯里兰卡，后到爪哇，名声很大。公元四二四年我国有几个和尚得到政府允许去聘请他来。我国政府还给爪哇国王一封信，请允许他到中国来。他这时已搭商船离开爪哇，可是正好因顺风到了广州。于是到南京讲学并且译出了戒律方面的书，不到一年就死在南京。接着又有两个印度和尚到南京译经。一个是昙摩密多（译意的名字是"法秀"），一个是僧伽跋摩（译意是"众铠"）。公元四四二年，前一人死了，后一人搭商船到外国去了。

求那跋陀罗（译意是"功德贤"）本来学过天文、算法、医方、咒术以及印度教的理论，后来又学了佛教各派的学说。他在公元四三五年搭船到了广州。他在长江一带几个地方译出了不少的书。从他所译的书看来，当时印度佛教"大乘"中的新起一派正在盛行，他开始把这一派所着重的经典译了出来。不过他译的书并不限于一派，有几部当时很有影响。

求那跋陀罗所开始介绍的一派印度哲学，就是后来玄奘到印度求学又回国来宣扬的。这一派照印度说法可叫"瑜伽学派"，或"唯识学派"，在我国叫"法相宗"或"唯识宗"。南北朝时着重译这派的重要书籍的印度和尚有四个，一个在南方，三个在北方。

真谛（原名是波罗末陀，他又名拘罗那他，译意是"亲依"），是我国政府派人到柬埔寨去请来的。他在公元五四八年到南京。以后在南方各地讲学并且译书，在广州住了很久，死在那儿。他译出了许多很重要的哲学书，可是带来的写在树叶上的原文书还有二百四十束之多。译出来的六十四部书共有二百七十八卷，还不过是其中的一部分。他译的书中有一些后来经玄奘重新译过。

菩提流支（译意的名字是"道希"）是在北方洛阳等处译书的。他在公元五〇八年到洛阳。二十多年中间他译了三十九部书，共有一百二十七卷。据说他带来的原文书极多，翻译的稿本放满了一间屋子。

和菩提流支同时在北方也着重译这一派重要书籍的还有勒那摩提（译意是"宝意"）和佛陀扇多（译意是"觉定"）两人。据说三个人意见不同，便在三处翻译，译出以后才合起来大家研究，然后合成一部。和菩提流支同时还有一个般若流支（译意的名字是"智希"），也在北方译书，不过他不是和尚。这两个"流支"常常为人弄混淆。同时还有个毗目智仙（意思是"解脱军"）也译过这一学派的书。

在北方译经的人中有个吉迦夜是在当时新开辟的云冈石窟里译书讲学的。和他一起的还有几个人，从中印度和南印度来的都有。

求那毗地（译意的名字是"安进"）在南京译的《百喻经》是一部寓言集，很有文学价值。

这一时期从印度来的和尚中很多都学过印度的一般学问，因此他们给我们的影响并不限于佛教和哲学。例如达摩流支译过《婆罗门天文》，攘那跋陀罗和耶舍崛多合译过《五明论》，其中包括声韵学、文法、医学、工艺等。月婆首那精通音韵。这些都是公元六世纪来中国的。可惜他们译的书和讲学情况没有传下来。

这一时期我国和南洋的海上交通已经发达，有一些柬埔寨的和尚到我国来译书。还有一个斯里兰卡和尚也来译过书。

隋唐时代印度和尚在我国译书的有二十五人。隋代的五个人中有三个人都是经过很大困难才来到中国的。

阇那崛多（译意是"智密"）是和他的两位老师七位同学结伴到中国来的。路上死了六个，到西安时只剩下四个人。以后师徒三人回国，被当时的突厥族留下，他的一个老师回国，一个老师死了。他在那儿遇到我国内地的和尚。这些和尚回来翻译时感到困难，才请政府派人去把他重新请回来。这已经是隋朝初年，离他初出印度时有三十多年了。他译的书很多，可惜没有完全传下来。他懂得汉文，自己可以直接翻译，记下来以后也不需要别人很多修改。讲佛一生的传说故事的大书《佛本行集经》就是他领导翻译的。

那连提黎耶舍（译意的名字是"等称"）也是走了很多年才到中国的。据说他在各地游历，经过四十多年，五十多国，走了有十五万里路程，最后留在我国从事翻译。

达摩笈多（译意是"法密"）的情形也和前二人差不多。走了许多年才到达中国的京城，学习了汉语，和中国和尚合作译书。一个和他合作的和尚叫彦悰，觉得他走过的国家的情况值得记录，便依照他所说写成一部《大隋西国传》，可以说是玄奘的《大唐西域记》的先驱。可惜这书现在遗失了。

唐朝翻译印度古书的人很多。玄奘和义净是亲自去印度学了回来独立组织翻译工作的。许多印度人仍像以前一样跟中国和尚合作翻译。有的是在那烂陀寺学习过的，可以算做玄奘、义净的先后同学；也有和玄奘的学派不同的。

唐朝有几个人译了不少的佛教神秘派的经典和咒语，由此也可以看出印度方面佛教已有发展，和早期传到中国来的很不同了。

这些印度学者里面很多人都懂得佛教以外的学问。有一个印度和尚曾被我国政府派去南海各国采药，以后曾回来一次，最后被束埔寨请去。

中国盛行佛教以后，就兴起了一些传说。有些本来是印度佛教经典中所说的菩萨就被认为住到中国来了。例如文殊师利据说就在山西的五台山。不但义净的书里提到过，而且公元七世纪中有一个印度和尚还远来中国参拜。他曾回国一次，重来我国，译了一本书以后，便留住五台山修道。如果这一记载可靠，那么文殊在五台的说法唐朝的印度和尚就已经相信了。

古代翻译家中还有出生在中国的印度人。唐朝的慧智是一个印度人到我国来后生下的。他拜在中国的印度和尚为师，做了和尚。因为他会两国语言，所以也做翻译工作，曾帮助几个从印度来的人校正译文。在他以前，隋朝也有一个这样的人，叫做法智，是般若流支的儿子，父子两人都译过书。法智还做过官。

唐朝有一件值得一提的中印交好的故事。公元七八四年有个中印度的和尚叫莲华来到我国，他向唐朝皇帝请求送一口钟带回印度。钟在广州铸成以后便由他带到南印度去，据说安置在宝军国的一座塔里。后来他又把印度的一个国王的信和一部分佛经原本经海道送来我国翻译。宝军国在印度历史中查不出，因此无法考证这一口钟究竟送到了什么地方。不过，我们可以相信，在唐代，我国和南印度的海上来往已很频繁，中印两国人民间有经济的、宗教的和文化的联系，同时，政府之间也有过关系（例如前面说过的王玄策到印度当使者的事）。这个故事只是这种情形的一个反映罢了。

到了宋朝，印度的佛教已经衰微，可是仍有和尚到我国来译经。这已经是经过一千年以上的传教翻译事业的尾声了。

到西藏的印度学者　西藏的文化发展和佛教有极其密切的关系。这里面有印度学者的重大贡献。

西藏在唐朝时代是一个大国，叫做吐蕃，佛教大约也是在这一时期传到西藏盛行起来。那儿的当局曾多次派人到印度留学，并且求书籍，请老师。关于佛教在这以前传入西藏的种种说法不一定是可靠的历史。

应聘到西藏传佛教的人中最有名的是莲华生。他在公元八世纪带领门徒二十五人到西藏，对于佛教在西藏的传播起了极大的作用。传说西藏所流行的一派佛教就是他传进来的。关于莲华生的传说很多，不过他的著作学说却没有传下来。

在莲华生到西藏以前已经有印度学者去过。最重要的是寂护和莲华戒师徒二人。这两人都是很著名的学者。印度书籍译成藏文也在这一时期开始。

公元九世纪时西藏的翻译事业发达了。很多印度学者到西藏来和西藏学者合作，把旧译重加审订，又译了很多书，还编出了一部梵藏分类词典来统一译名。这部词典可以叫做《翻译名义大集》，现在还存在，而且经欧洲人和日本人分别校印了。在这样有组织地进行翻译的情况下，重要的佛教书籍多半译成了藏文，并且译得很确切。现在藏文翻译的印度书分为两部分，叫做"甘珠"和"丹珠"，其中绝大部分哲学著作都是这一时期里译出来的。

公元十一世纪到西藏来的最重要的印度学者是阿提沙，或称吉祥燃灯智。他在西藏住了很久，不但继续组织翻译事业，而且自己也有著述。

西藏最盛行的神秘主义一派佛学（我们叫做"密宗"）的学者和书籍不断由印度传进来，不但对于西藏人民的生活与文化有极大影响，而且流传到蒙古族，在元朝曾成为政府提倡的一派宗教。

到十三世纪时，印度的佛教差不多衰亡了，但是南印度还有个敦巴桑结五次到西藏传教。

藏族的佛教学者也很多。他们学习了印度的各派学说，又加以发展。例如十四世纪的宗喀巴，就是对改革和整顿佛教产生极大影响的一位著名学者。还有著作历史的希顿和多罗那他，也都是著名学者。前一人是在十四世纪，后一人是在十七世纪。他们的书是非常重要的佛教历史著作，欧洲人曾经校印过。希顿的书是《善逝教法史》，著成于公元一三二一年。多罗那他的书是《印度佛教史》，著成于公元一六〇八年。

西藏的翻译事业约有九百年之久（从我国唐朝到明朝）。译出的书很多，几次木刻印刷，保存了在印度已经失传的许多书籍。有许多书的原本现在还保存在西藏。印度的、欧洲的、日本的学者都十分注意这一份宝藏。可惜到现在只有几个外国人进行过零星的断续的寻觅，这些原本还没有引起我国学者的重视，没有得到大规模的调查研究。

印度的学者到中国来，不仅是对我国的文化有了很大帮助，而且和我国人合作把许多书译成汉文和藏文，还留下一些原书在西藏，这对印度本国文化典籍的保存也是一种贡献。我们在回溯中印古代人民友谊和文化交流的时候，不能不纪念这些不辞千辛万苦远道前来的印度朋友。这样长期的讲学和翻译的事业，这样深厚的人民之间的友谊，都是世界历史中没有可以比拟的。

（一九五七年）

万古长青的友谊

患难中的友谊 明朝以后的近几百年间，中印两国人民之间的来往并没有断绝，但是文化上的交流却中断了。资本主义在西方发展起来以后，殖民主义者向东方扩张势力，用海盗式的蛮横无耻的手段掠夺并奴役东方各国。印度和我国由于近代在经济上的落后，遭受了他们的直接的和间接的统治。帝国主义隔断了中印两国的友好关系。

可是，一千几百年的深厚的人民友谊是牢不可破的。在患难中的友谊虽然没有机会充分表现，却仍旧存在，而且因为彼此同情共同的苦难，心中蕴藏着的感情反而更加深厚。

印度人民一八五七年的反英大起义和我国反抗英国侵略的第二次鸦片战争，实际上起了互相支援的作用，我国太平天国革命时，英国派到我国来镇压革命的印度士兵中有一些人倒转枪口和太平军并肩作战。这是中印人民联合反抗共同敌人的光辉史迹。我国义和团起义时，有个被派到中国来的印度士兵在日记中记下他对帝国主义者暴行的愤慨和对我国人民的同情。这也表明了人民的心总是连在一起的。

在我国近代先进的革命人士的著作中，经常可以看到提到埃及和印度的地方。他们鼓吹革命的时候，总不会忘记说到和我国一样遭受帝国主义压迫的文明古国。孙中山和章太炎都曾经以充满感情的词句说到过受压迫的印度。

印度的近代革命家也没有忘记中国。许多民族革命领袖都对我国革命运动的发展十分注意而且同情。

一九四二年印度民族革命领袖甘地在领导一次新的斗争的前夕接见中国的一个新闻记者，曾经特别写了几句话要他转达给中国人民。他说，他所领导的这一次斗争并不仅是为了印度，而且也是为了中国和苏联。由于国民党反动政府的阻挠，这话并没有在我国传开来，知道的人很少。

在这同一时候，随从甘地二十多年的秘书，卓越的革命者和政论家摩·德赛在一篇论文中特别指出了我国在一九二五年的香港、广州大罢工运动，认为这就是甘地所倡导的斗争形式的模范。

印度现代最卓越的政治家尼赫鲁更是对我国怀有深厚友情的人。他在监狱里所写的书中常常提到中国。他的《世界历史一瞥》中用很大的篇幅叙述中国历史。他在《自传》中两次引用李白的诗句。在他的重要著作《印度的发现》中处处流露出对中印过去友谊的重视和对现代中国革命的同情。他在我国抗日战争时期到过重庆，可是由于印度局势的发展，革命斗争的需要，他匆匆中断了访问，赶回印度，随即被英国殖民政府投进了监狱。

在我国进行抗日战争的艰苦时期中，印度的人民曾派遣了一个医疗队到中国来。这个医疗队到过延安，在抗日根据地工作。其中有一位医生柯棣华（这是他的中国名字，原来的姓是柯特尼斯）死在中国。他曾和加拿大的白求恩大夫共同工作。他的故事曾经一位印度作家写出来，并且演成了电影。书名和影片名字都叫《有一个人没有回来》。

中国的好友印度大诗人泰戈尔　　中印两国的文化交流虽然被帝国主义在短期内隔断了，可是两国人民并没有放弃恢复文化交流的努力。

极力谋求恢复中印文化交流的人中最主要的是印度现代的最伟大的诗人泰戈尔。

泰戈尔是世界闻名的大诗人，同时也是一位伟大的爱国主义者和具有国际主义思想的人。他为了抗议英帝国主义的暴行曾经放弃了英国政府给他的"爵士"称号。为了争取民族独立和进行社会改革，他做了不少工作，写了不少富有进步意义的作品。为了宣扬印度文化和吸收世界优秀文化，并且改革教育制度，他创办了一所学校。这所学校后来发展成为著名的国际大学。

泰戈尔在一九二四年来到中国。这是现代中印文化交流的一个重要事件。他在我国各地讲演，极力想恢复中印两国间已经中断了的文化关系。他想和我国重新互派教师和学生，使古代的悠久友谊在现代恢复起来。然而当时两国都没有获得政治上的独立和自由，无论是统治印度的英国殖民政府，无论是中国的反动军阀政府，都只是破坏、阻挠他的计划，而决不给他丝毫的帮助。当时和他联系的一些中国文化界人士也不能帮助他实现他的理想。

尽管环境是这样地恶劣，泰戈尔的访问我国，仍然在我国人民中产生了一个令人难忘的印象。他的许多作品译成了汉文。他唤起了我们对于伟大的老朋友和邻国——印度的回忆。

泰戈尔回印度以后，立即在他的国际大学里筹办了一所中国学院，使中国学者研究印度文化和印度学者研究中国文化获得一个基地。这所学院从一九三七年成立后，一直继续到现在。

抗日战争期间，泰戈尔不断表示对我国的同情，谴责日本帝国主义者的侵略暴行。当时有一个日本作家以帝国主义者的立场写了一封信给泰戈尔希望他改变态度。泰戈尔立即回了一封公开信，严厉斥责他歪曲事实和违反正义，严正地表明了他自己的坚决反对帝国主义侵略的立场。

直到一九四一年去世时为止，泰戈尔在病床上还关心我国的抗战情况，深信我国必定能最后获得胜利。在他的最后一篇演说中，他特别指出了西方资本主义文明的破产，认为像太阳出自东方一样，当时正受外来势力压迫的东方各国一定有辉煌的未来。

泰戈尔是我们的一位最好的老朋友，我们将永远纪念他对我们的真诚的友谊。

超越古代的新的友谊之花开放了　一九四七年八月十五日印度获得了独立，一九五〇年一月二十六日印度共和国宣布正式成立了。

一九四九年十月一日中华人民共和国诞生了。

和平共处了两千多年，在文化上有过密切关系的中国和印度两个伟大国家，从此展开了两国友好历史的崭新的一页。

解放了的中国和独立了的印度建立了外交关系以后，彼此之间政府代表和人民代表友好访问的频繁已经超过了历史上任何时代。

以森德拉尔先生为首的印度亲善访华团在一九五一年来到我国，参加了国庆节的观礼，到许多地方参观访问。从此以后，印度的许多代表团和个人就不断来我国访问，其中包括了各方面、各阶层的人士。许多政府人员、人民团体代表、社会名流，都来过解放后的新中国。

以潘迪特夫人为首的印度文化代表团在一九五二年来我国访问。随同前来的一些印度艺术家的表演给我们一个很深的印象。他们的音乐和舞蹈使我们感到"耳目一新"，同时也回忆起了我们过去学习过的印度古代艺术。从此以后，由一九五三年的印度艺术代表团开始，继续有这一类的代表团来我国，每次都获得极大的成功。规模最大的是一九五五年的一个。

一九五五年在我国举行的印度阿旃陀石窟壁画一千五百年纪念展览，使我们联想到敦煌壁画，记起了一千五百年前的两国文化交流。从一九五二年到一九五五年，在我国开过七次印度艺术展览会；在印度举行的我国艺术展览会，从一九五一年到一九五五年也有十一次之多。

一九五五年十月在我国举行的印度电影周给我们介绍了现代印度的电影。这些优秀的影片引起了我国人民的极大兴趣，观众达三百五十万之多。影片里的歌曲成了流行歌曲。当时有印度电影界的代表团来我国参加。同样，我国电影界也曾有代表团访问过印度。从一九五一年我国影片《赵一曼》和《解放了的中国》在印度放映起，陆续有许多我国影片在印度放映，得到了印度人民的热烈欢迎。

印度人民组织了"印中友好协会"，在全国许多地方都有分会。我国人民也组织了"中印友好协会"。这两个团体都在发展人民友谊和文化交流方面做了许多工作，彼此几次互派代表团访问。

我国的以丁西林为首的文化代表团在一九五一年访问印度，受到了印度人民的空前热烈的欢迎。以后我国到印度去的代表团每年都有，一九五四年的文化代表团规模最大。

中印已经开始交换留学生。北京大学有印度教师教书。两国的现代文学作品正陆续译成对方的语言。古代文化交流的情形现在开始恢复了。

两国友好新历史中的最重大事件是周恩来总理和尼赫鲁总理的互相访问。两位大政治家一九五四年在印度首都新德里发表的声明，提出了各国和平共处的五项原则，成为世界历史上的最重要的文件，在维护世界和平的事业中起了不可估量的巨大作用。越来越多的国家和人民拥护这五项原则。一九五五年亚非国家万隆会议使这五项原则更加巩固和发展。在那次会议中中印两国都有重大的贡献。

一九五六年十二月周恩来总理访问印度各地，受到印度政府和人民的盛大欢迎，使中印友好关系更加大大前进一步。

"印中人民是兄弟"的歌声响遍了全印度。"中印友好万岁!"的口号是我国人民的一致的呼声。

喜马拉雅山在古代没有隔断中印两国人民的友好来往,现代的帝国主义也没有能割开这条心心相印的友谊纽带。

在维护独立,争取进步,巩固和平的共同利益的基础上,在两千多年的深厚友谊的背景上,中印人民友谊今后一定会开放比过去更加灿烂的花朵。

不过我们同时也必须承认,这种新的友好历史还只是起头。有了现代的交通工具,两国之间的来往自然容易胜过古代千山万水的艰苦跋涉;可是两国间新的文化交流情形还仅仅是在开始阶段,几年的成绩还远远不如以前一千年以上的收获。我们的面前还有许多工作要做。我们对于伟大邻邦印度的古代文化和现代情况还介绍得很不够,了解得很差。要不辜负这个伟大的时代,要配得上我们的致力人民友谊和文化交流的前辈,我们必须做更大的努力。

中印两国人民友谊是牢不可破的,文化交流的前途是广阔无限的。

最后,我想引一段印度古代的经典作为结束。这段话是大约三千年前的印度古典《奥义书》里面的。现在印度有一些人引用这段话来作祈祷词。这儿我们就把它当作祝颂中印两国友好的话吧。

愿我俩同受庇估。

愿我俩同受保护。

愿我俩共同努力。

愿我俩的文化辉煌。

永远不要互相仇恨。

唵!和平!和平!和平!

一九五六年

080

辑二 现代天竺

试论近代英印冲突的政治文化意义

近代（一六〇一年——一七五七年——一八五七年——一九四七年）英国对印度次大陆的殖民主义侵略引起英印冲突，历时三百多年。从政治文化角度考察，这场历史冲突有些什么意义？

先提几件历史事实：

一八一三年英国每年拨款三十万卢比作印度教育经费。照当时币值说，这是很大的数目。

一八一八年英国人在印度开办第一所英国式学校。这是印度次大陆文化史中近代化的开端。不用说，所有英国人办的学校都是用英语教学的。

一八一八年英国出版詹姆士·弥尔（James Mill，一七七三——一八三六）著的《英属印度史》。英国政府还没有正式吞并印度（到一八五七年）。东印度公司虽然实际统治印度次大陆的大部分，但是莫卧儿帝国政府仍然存在，皇帝还在德里，各地还有许许多多大小王公，英国人居然给"英属印度"写出了历史。这是英国在文化上奴役印度人民的先声，也是在国际上造成舆论，取得各国讲到印度的人对英国统治的承认。莫卧儿帝国还没有写出成文的历史，"英属印度"的历史书却先出来了。印度究竟是属于谁的呢？

一八五七年英国趁镇压印度民族大起义成功之后宣布解散英国

东印度公司，由英国政府直接统治印度。一八五八年英国女王自封为印度女皇，派"副王"兼印度"总督"在德里处理印度事务。英国政府设立印度事务部，由该部大臣遥控印度。印度部大臣虽然不能命令"副王"，却可以指示印度"总督"。这位"副王"兼"总督""一身而二任"，代替了原先东印度公司的孟加拉总督。但是孟加拉总督仍然存在，作为省区的总督。在孟买等地区也各有总督，管辖地面很大。

同一年，一八五七年起，英印政府将东印度公司占领的加尔各答、孟买、马德拉斯三大海港的各高等学校合并，照英国体制建立了三所大学。三大学各管辖许多学院，主持考试，实际是三个高等教育部。大学对印度人民的基础教育（国民教育）是不管的。印度的英语学校和印度原有的各式学塾同时存在。英印政府只在考试和资助上卡住。原有教育仍然附属各个教派。

再看两件历史事实：

一八一八年在加尔各答出现了第一家印度人自己开办的棉纺厂。这是在东部。

一八五五年在孟买出现了属于后来的钢铁大王达达家族的第一个棉纺厂。这是在西部。

很明显，一八五七年的印度民族起义在现象上是印度王公加军队加人民对英国殖民主义侵略的反抗，在意义上却是印度民族工业开始了对英国东印度公司的反抗。这引起了英国政府的直接干涉，导致政治体制的大变革。原因是莫卧儿帝国政府抵制不住东印度公司，而东印度公司同样腐败，也抵制不住印度人自己的新兴民族工业。印度的先进人物学了英国发展资本主义的一套办法，若用来对付东印度公司，英国的殖民统治将有失败的危险。所以英国政府不得不断然改变统治印度的体制。

英国建立所谓的"印度文官制度"（I.C.S），不但对印度而且对英殖民帝国本身甚至对其他国家都产生了不可估量的政治影响。它创立了一套政治体制。这套体制，从根本上说，是古老中国二千年建立起来的考试做官的官僚制度的近代化。因此孙中山才由此认识到英国的近代化和中国自己的传统的一致，提出"五权"中的"考试权"，并设想在政府中设立考试院。

在这期间，具有政治上和文化上甚至国际上重大影响的文化事件是英国的政治家、历史家、作家麦考莱（T.B.Macaulay，一八〇〇——一八五九）提出的《备忘录》和他在英国下议院的演说。他破天荒地在印度规定了欧洲法律原则"无罪推定"。这是印度人依据东方几千年的习惯法所不能接受的而且格格不入的。他提出了英国殖民主义政策的理论原则，洋洋得意地说，将来有一天，印度的统治者将是十足的印度人，而他们所执行的是十足的英国的"文明"政策。他说英国的殖民统治的目的是使当地人能照英国"文明"的原理和方式自己统治自己。这是英国的培养代理人的殖民政策，是总结了各殖民国家尤其是英国自己的正反两面经验而制定的行之有效的政策基础。英帝国衰落而能有步骤地退出殖民地，至今仍然保持一个不列颠联邦，由英女王任十几个国家的元首，"百足之虫死而不僵"，不能不说是经麦考莱之口说出的，表面上"文明"而且有"善意"地实行"英国化"的殖民政策理论的效果。

现在试提出几个问题供思考：

英国侵入印度次大陆时，资本主义还在原始积累时期而莫卧儿帝国经济还有相当繁荣，这是先进战胜落后吗？英国先进在什么地方？印度莫卧儿帝国落后在什么地方？是不是仅仅由于蒸汽机？在印度不是很快也使用了蒸汽机吗？英国殖民政策为什么这样重视文化教育？为什么英国能使印度次大陆的比英国多达十倍的人口屈服而长期不能翻身？为什么印度的科学界和文学界能各出一个得诺贝尔奖金（剥去非学术因素，这仍然是个学术标志）的大学者（拉曼和泰戈尔），而政治上、文化上摆脱不开英国，至今还得用英语作政治和文化的通行语言？英国和印度的近代关系，究竟是不是还有深层意义？对人的奴役是不是除了强力奴役之外还必须有精神奴役？

在物资方面，印度人民养育了英国的资本主义。

马克思在《资本论》第一卷第十一章、第十二章、第十四章、第二十四章、第二十五章及第三卷第二十章、第三十六章、第四十七章中论述到印度和前资本主义，另有三篇论印度的论文和读印度史时记下的年表。这对于我们理解英国如何榨瘦了印度而养肥了自己非常有益。但是马克思是依据十九世纪中叶所得到的欧洲，尤其是英国所有的资料来作分析判断的。无论是怎样的绝顶天才也不能超越资料和时代对遥远的国家和地区作出细致的分析和精密的预测。正确的判断不能等于准确的预见。为了理解印度次大陆的今天，我们还得继续分析它的昨天，循着马克思开辟的道路解答问题：在十七世纪到十九世纪的三百年间，英印的冲突中，究竟是什么因素主要决定了印度莫卧儿帝国的失败和英国的胜利？这样才好推究十九世纪后半到二十世纪中期英国的失败和印度次大陆的分裂。

印度的民族和语言复杂不能是主要因素。瑞士那么小而有三种语言，国家能长期独立。加拿大有两种语言。二十世纪中的新加坡只二百万人，有四种语言为官方正式语言。

内部互相争斗也不是决定性因素。中国历史上复杂的对内对外战争的次数之多，规模之大，农民起义的频繁，不但远超印度而且在世界上也少有，但帝国统一以及政权分崩而互相联系的历史时期仍比分裂时期为长。

宗教纠纷也不能起决定作用。伊斯兰教虽然毁了北方的寺庙和偶像，使财产和政权易主，但并未消灭原有宗教。在莫卧儿帝国时期宗教纠纷还不是重大问题。锡克教还能崛起。到十九世纪中叶印度教徒和伊斯兰教徒还能联合起义反英。甚至二十世纪初期两教的领袖还没有提出分治。反之，宗教相同而且民族和语言相同的一些阿拉伯国家却至今未能统一起来。

马克思指出原始的公社是致印度人民于停滞、落后、衰弱的根本原因，这当然是不错的。但是在印度次大陆上公社并不那么简单而且普遍。莫卧儿帝国已经有了发达的农业、商业和手工业，而英国当时蒸汽机纺织业还刚刚起步。开始时期英国对印度还不过是野蛮的劫掠，和在美洲殖民以及占领亚洲、非洲土地的情况类似，到十九世纪英国才以资本主义优势压倒其他欧洲国家而形成殖民帝国。一七七六年美国独立时英国还不能作为必然有力量征服印度的国家。到十九世纪英国才在经济、政治、文化方面都成熟，才能使印度次大陆无力对抗。可是历史的嘲弄是如此无情，一八五八年英女王兼任印度帝国女皇，一八八五年印度国民大会便宣告成立。现在印度执政的国大党的前身已经在"效忠"的旗帜下起来对立了。十九世纪中英国对印度得到决定性胜利，也在胜利中埋伏下失败的种子，开始创造出自己的对立面。

十九世纪中的印度变化情况和英国的殖民政策值得分析研究。这对于理解亚洲和二十世纪世界大势会有帮助。这是要追寻政治文化意义的。

经济基础以至社会结构是根本条件但不是历史中冲突发展的决定性因素。政治和文化在历史具体发展过程中往往（即使不是必然）是决定性因素。物质条件决定其可能变，精神即文化条件决定其如何变。

莫卧儿帝国失败有内在原因，英国的成功和随之而来的失败也有内在原因，都是不得不然的历史发展。用现象学的"悬搁"方法可以发现其本身要点并作出解说（诠释或阐释）。

当英国人决定以英语为政治文化及教育语言时，不过是照殖民地老例规，使殖民统治者管理方便并且培养为外国统治者服务的人员。他们当然知道这样便是将英国文化灌输进印度人的头脑。但是"约翰牛"的自高自大本性认为"最高"的英国文明决不会为印度人完全得到，他们能得到的只是奴才对主子意志的理解，奴才不可能由此成为主子。当时英国人梦想不到这是教会对方打倒自己，同时印度人也梦想不到服务对方的东西也可以是应付对方以至打倒对方的东西，而且在应付和取代中自己也把自己改变为对方。历史的进展在那时还不能让创造历史的人认识自己做的事的历史意义。不认识和不理解使自己不断做出自己也不明白前途变化的事情。直到二十世纪后半才有越来越多的人开始逐渐认识到人类自己做的事情和语言文化相连的意义。虽然还不能解说，却已经在探索；认识的意义越多，预测的正确性越大。历史嘲弄人类对自己无知的情况才会减少。

十八、十九世纪的英国人和印度人都不明白自己和对方做的事情的意义（历史作用），各自按照自己原有的文化参照系去理解对方并做出相应的对付方式。这从语言亦即文化上可以清楚地看出来。

马克思认识到英印关系对于英国资本主义原始积累的意义，并指出印度的资本主义化的前途，但是当时不可能从政治文化上或者心理上探究以便更全面地认识历史的具体进程。现在我们不妨简略考察一下。

英国东印度公司在十七世纪初（一六〇〇年）成立，十九世纪中解散（一八五七年），是英国侵略印度的总机构。这可以大致算是第一阶段。十九世纪后半英国直接统治是第二阶段。二十世纪从第一次世界大战到第二次世界大战是印度资产阶级兴起向英国争取独立的阶段。更简化可以分为两时期：从一七五七年英国在印度战胜法国到一八五七年英国镇压印度起义后直接兼并是前期。一八五八年到一九四七年印度、巴基斯坦分别独立是后期。

前一期中，东印度公司对印度实行的是野蛮的掠夺。虽然极其残酷，但是仍属于资本主义以前的类型，不是资本主义剥削方式。到十八世纪中叶还是英国抢印度的东西到欧洲去赚钱。十九世纪前半，因为英国工业革命成功，资本主义大发展，胜过了争夺殖民地的敌人葡萄牙、西班牙、荷兰、法国，于是英对印贸易迅速转变。从一八一八年到一八三六年间英国转为向印度输出棉纱织品，上升率的速度惊人。一八二四年英国向印度输去洋纱布不过一百万码，一八三七年就超过六千四百万码。同一期间，达卡（现属孟加拉国）纺织中心的人口由十五万人降至二万人。印度的手工业破产，农业和手工业的结合被猛烈破坏。英国的蒸汽机砍断了印度纺纱织布工人的手。到甘地提倡手纺运动时，全印度次大陆已很难找出一架手纺车了。

从十八世纪中叶英国在印度战胜法国起，到十九世纪将近中叶时，英国工业迅速发达，改变了贸易情况，但掠夺方式仍未大变。例如：

一七六六——一七六八年孟加拉地区的对外（英国包办的）贸易，输入只值六十二万镑，输出却达到五百三十万镑。英国人使用各种欺骗和类似抢劫的方法赚钱。行贿、受贿是公开进行的。英下议院公布在一七五七年到一七六六年东印度公司职员收印度人送的"礼物"就值六百万镑。英国人收购印度货是辗转承包从中取利。例如甲从公司取得购买鸦片合同后转卖给乙得四万镑，乙当天就转卖给丙得六万镑，到最后的合同买主去实现合同时仍得大利，当然印度的卖主（收购者）还得从生产者手上再赚一笔。工业如纺织品也是一样。一七五七年打败法国军队做了第一任孟加拉总督的东印度公司职员克莱武（Robert Clive，一七二五——一七七四），在一七六〇年他个人财产已有一百万镑。

英国还在印度制造灾荒，这是国际周知而且罕见的惨剧。东印度公司占领土地强迫收地租，委托印度包租人不断掠夺。一七七〇年孟加拉灾荒中饿死了约一千万人而应缴的地租还是收足了。这是公司的公文中承认的。一七七二年印度总督的公文中说：虽然该省居民死了至少三分之一，耕种减少，而一七七一年租税净收入还超过了一七六八年。收租未减少是因为猛烈维持原有定额。到十九世纪，情况仍旧变本加厉。单是一八五七——一九〇一年半个世纪便饿死了约三四千万人，这还只是估计。最严重的是孟加拉。十九世纪的最初四分之一期间有五次灾荒，死一百万人。第二个四分之一期间有二次，死五十万人。第三段期间六次，死五百万人。最后一段期间二十五年有十八次，死二千六百万人以上。一八九七年官方承认，调查结果表明十三省的灾荒并非因产量不足以致死人那么多，却是因为天有旱象，粮即涨价，还要向英国出口粮食，以致农民大批饿死。农民的土地归了高利贷债主。

从以上几个例中就可以看出，英国对印度的掠夺和压榨完全是资本主义以前旧有的方式，因此印度人民直到皇帝都可以用旧语言在旧的文化参照系中解说。他们以为这不过是历史的重复，不能认识到这个新时期新情况的意义。以前所有的掠夺物还留在印度次大陆上，而现在却转运到欧洲去作培养资本主义迅速成长的肥料了。直到一八五七年大起义失败，印度人无论顺从或反抗都不能跳出这个认识圈子，因为这是几千年传统文化所画下的。

印度的政治历史从来不以"道德"（中国儒家或基督教所宣传的）为准，而以所谓"法"（达摩）为准。从释迦佛的信奉供养者频婆娑罗王和阿阇世王父子起，到莫卧儿帝国的几代皇帝，几乎都是以子弑父为当然继承法则。而且佛也认可，因为不论佛教或者印度教都可以用前世业报说为罪恶辩护。伊斯兰教等更不受世间所谓"道德"（东、西两式）约束。一九一〇年发现的古书写本《利论》更明目张胆为这类王权和对外对内不择手段建立理论和实践的一些条条依据。"史诗"和"往世书"等文献中也充满这类事迹。这些是远远来源于原始社会的巫术继承方式的，极难磨灭。因此东印度公司无论如何胡作非为也不出传统所有的范围。这正好像《旧约·传道书》所说的"日光之下并无新事"。既然以为一切照旧，自然以旧眼光看新事物，不能理解其中新的历史意义。

八世纪伊斯兰教开始进入印度以后，印度文化中产生了激烈的矛盾冲突，在语言上表现为阿拉伯-波斯语和印度本地语言的对抗。一直到莫卧儿帝国时期，尽管官方仍以波斯语为正式语言，但首都德里已经发展出波斯-印度混合的口头和书面的文学语言。当时很有可能像中国的北京话一样发展。可惜印度文字分歧太多，各用自己文字拼音。同是北方话（称为克利波利，Kharitboli，"站着的语言"即通行语），口头可以通行，写下来却是两样：一个从左到右（印度文字），一个从右到左（阿拉伯-波斯文字）。尽管如此，还是有了统一的（北方的）和不统一的（各地的）语言。不幸的是英国东印度公司的种种暴行都可以在这些印度语言中得到表达，因为还没有超出原有文化的范围。印度人甚至对新来的基督教也不以为异，因为可以从伊斯兰教情况来认识。亚当是在两教中都一样的，而印度语的"人"字除原有的较文雅的词外也用了波斯语的 adami 即"亚当的（后代）"。所以印度人的语言、思想、文化照旧。认不出新来者，以为是又一位和从前进来定居的、由客人变主人的各不同种族的居民一样。实际上这是大错特错了。

印度次大陆的传统文化中还有个特点，用中国的政治语言文化一对照便可明白。那便是"国家""民族"这样的近代欧洲语中的字眼。这是东方语言中本来没有的词，也没有相当的词义。阿拉伯-波斯语、印度语、中国汉语都一样。这些语言中的"国"字和"族"字不是近代欧洲的意义。国只是一个地区和君主所辖的领土或君主政权。国家机构没有另外独立的词。例如列宁的《国家与革命》中的"国家"一词在这些语言中便常和旧有的"国"一词产生意义混淆。"民族"和"国家"在欧洲语中是含混的,因为他们有近代的"民族国家"的概念。这在亚洲又是缺少的。所以nation旧时汉译又是"国家",又是"民族",汉语有别而欧语含混。state"国家"一词欧语明确而汉语含混。"民族主义"还是"国家主义"往往不能确定。什么是"民族"也说不清楚。只有原来的"族谱""世系"所产生的血统概念。印度更为不幸,因为他们既没有王朝、帝国的国号,又将血统的"族"和所谓"种姓"的"族"混淆。王朝不过是族系(vamsa)。教派是世袭的,又和"族"混淆。最大的不幸是欧洲人用了葡萄牙语的"卡斯特"(caste)一词来指印度社会中的一种分类。印度语中并无此词,只有表示"种族"和"出身"的词,于是聚讼不休。中国习用"种姓"一词译"卡斯特"。"种姓"是佛教旧译名,原是印度分别"族"的几种意义之一的gotra,原指"族别"的一种来源。这又和中国的"姓"混淆,而印度本来是没有"姓"的。这正像中国古代所谓"郡望"自有历史的特殊意义而为外国所无一样。印度的这种分别原是出于历史上各种来源的种族不断前来定居而形成的指示特有社会结构的,所以后来的伊斯兰教徒各族在旧的印度人心中便是又一些"族"的人,而更晚来的基督徒欧洲人又是另一些"族"。欧洲人便以为这全是所谓"种姓"等级。终于印度也接受了外国人的说法,把"卡斯特"一词也用来和"族别""出身"相混。由于这些原因,"国家""民族"的词分不清楚,甚至不如表示外国人所谓"种姓"的名词更为人民所了解而通行。语言的混乱表示对客观事物认识的混乱,由此又容易产生行动上的混乱。中国虽有同类情况,但是从周秦以来,忠君爱国思想深入人心,而"国"便等于"故土""故乡""君王"（社会结构的顶尖和象征）一样，是不可能没有的，正如同人不能没有族姓一样。这在印度只有"达摩"（法）一词用法大略相仿，而这词到近代又被用为欧洲人所谓"宗教""教派信仰"的同义语，仍不能有汉语中"国"的相当含义。这许多种对"人"的分类，在欧洲人看来不过是"群体"（community）而坚持这种分别为至上的就被称这种"主义"，即 communalism，汉译无法表达只好叫做"教族主义"，其实不是"主义"。中国古代虽有类似情况却没有专名，更没有外国统治者和企图统治者来加以外国名称又为本国所接受，吸收入本地语。总之，nation（民族）一词中国和印度都没有。由"民族国家"而生的"国籍"（nationality）也是外来语。中国却有一个为外国所没有的"国"的传统概念，恰恰印度人缺少这个。欧洲多国林立，因此亡命他国、无国籍和改变国籍不算大事，好比我们的战国时代。在中国自从秦统一全国以后，纵有分裂也不大有战国时情况和思想，"十六国""十国"时汉族人也总记住自己的"故国"。汉代首尊的《春秋公羊传》的"尊王攘夷"思想深入人心，尤其是有书本文化的人之心，而同书的"大一统"思想更为突出，"国"更盖在种族之上。"夷""入主"之后，过一段时间便成为本"国"之人。"尊王"原是为了"一统"。"夷夏之别"的重要性到唐以后便低于"国""君""一统"了。于是汉语中"亡国"和清末民初的"亡国奴"以至"汉奸"这类的词在外国没有完全相当的。中国说"亡国大夫不足与图存"，这类的话印度古今语中都没有，只有从欧洲语中来的"奴隶"和"叛徒"字样。在中国近百余年来，传统的"亡国"一词激励了多少人，一直到抗战时期的"救亡运动"。中国之不亡与此有关。外国人，甚至近邻日本，也不认识中国而以欧洲近代概念认识中国，误以为中国会像亚洲其他国一样轻易接受近代的所谓"民族主义"。殊不知外国的民族主义的意义是分裂，而中国汉语的民族主义的意义是统一，两者大相径庭。日本占领我国东北地区而妄立所谓"满洲国"，以满族为旗号，实在是无知而可笑之举，所以只能以失败告终。印度正好缺这一条。"民族"的"族"字中印都有而含义有所不同，而"国家"的"国"字在汉语中有历史传统的特殊意义为印度所无。"爱国"一词虽然古今不同，意义的强弱有异，但这个词义的激动人心而且能变为行动是别的国家所没有的。外国的 patriotic 一词不过是由父系家族而来，用于国家也没有汉语中意义的强烈。

语言表示思想中对外界的认识，而外界的新事物必然先纳入自己语言中本有的格局，而这个格局又是来源于传统的和当时的文化参照系，不随个人意志而左右，个人意志和行动反而很难超出其外。因此，从印度语言中可以见出其认识。印度人由于错误认识了英国东印度公司的侵略便不可能有意识地做有效抵抗，遭到残杀和雇佣以及虐待和施恩也不能认识其中的新的历史意义。他们到生死攸关不能忍受时只会作义和团式的起义反抗（一八五七年），已经来不及了。所谓孔雀王朝、贵霜王朝、笈多王朝以至莫卧儿帝国全是外国人起的国名和朝代名。印度人自己只称族系（vamsa）。在"印度斯坦"一词出现而具有近代"民族国家"含义时，已经晚了。有了"印度斯坦"（印度教徒居处）就不能不另有一个"巴基斯坦"（清真教徒居处）了。根据历史传统的命令，"民族主义"只引向分裂而不导致统一。

十九世纪中叶起（一八五八年）开始了后一期，情况有很大变化。除了经济上印度的民族工业兴起作为基础以外，英语和英国文化的教育培养出了官吏，也培养出了为印度本身政治而斗争的新的人才。这种文化的变异是历史具体发展情况的决定性因素。独立后的印度政府仍然甩不掉英语和英国文化的影响。麦考莱的预言实现了，但结果是和他所要达到的目的相反。印度的新统治阶级可以是英国式的，但不服从英国。印度的传统文化和外来文化始终未能形成新的单一文化，对外对内至今仍然矛盾百出，艰难险阻一时过不完。

文化思想在语言中有所反映，因为文化思想不能脱离实物和事件，也不能脱离语言，甚至可以说语言是文化思想的主要表现和格局。

印度的英语教育是一面，一般人民的传统文化教育和生活现实教育又是一面，两者都在语言和非语言的文化中显现出来。这大概可以说是解说印度从十九世纪中期到二十世纪中期历史的一把钥匙吧？

英语教育使印度的新知识分子陷入英国文化。印度独立前，学生对于英国历史很熟悉，要应考，对于印度历史却茫然无知，只从学校外的家庭和社会中知道一些神话传说和经典。直到二十世纪初期，印度语的小学课本封面上还有两个同样大小的圆圈，一个圈内是英国本土的岛，另一个圈内是印度次大陆。在小学生眼中两个大不相等的地域是一样大小。印度学生从中学到大学到去英国留学，学的全是英语和英国文化。这只是极少的人才能有机会受到的教育。到二十世纪前半，估计全印度次大陆上会英语的人不过百分之二。这作为英国统治所需要的官吏和高级买办已经足够而且有多了。其余的中下层可以由他们代表英国人指挥本地人去办。这样，在印度人眼中几乎见不到英国统治者，得出一个本地人治理本地人的幻觉。有的中等城市只有一个英国人统治，而他的名义只是个"收税人"。至于土邦王公大大小小的管辖区，照英国的法律语言说都是半独立的"保护国"，往往只有一个英国人作为"顾问"之类。极少数的英国人掌管着"阀门"开关，这就够了。

广大的居民不会英语，也不会本国的各种各样拼音文字。能用本地文字拼写自己名字并能读信的便不算文盲，在这样的最低线上还是只有极少数人可算知书识字。无论是英国人还是印度人长期都不曾提出普及教育的问题，直到圣雄甘地出现。

经济上也是和文化一致。除几个海港城市和运送商品及物资的属于英国公司的几条纵横东西南北的大铁路以外，内河航运几乎等于零。离开铁路几十里的乡村完全是一千年甚至二千年以前的景象。绝大多数居民照公元以前的习俗生活并思想，忍受着最高层的外国资本主义的十九到二十世纪的榨取，还以为同莫卧儿帝国或者笈多王朝（中国玄奘去的时候）没有什么区别。

英语和本地各语言中的文化差别之大无法形容。所有的近代事物只有吸收英语拼音，而这是一般人民不能全部接受的。什么民族、国家、民主、革命、政治、经济、法律等不用英语的词就只好找一个或造一个古词来对等，而印度语的和阿拉伯－波斯语的古词互不相同，统一的还是只有英语。"革命""万岁"就各有两个词，一张嘴说便可分辨出来。用印度词还是波斯词给人的印象大不相同。同一概念内容的词却有不同的政治意义。本来可以通用的北方普通话，用波斯语词表示现代意义的用阿拉伯字母书写，从右向左，称为乌尔都语；用印度古词表示现代意义的用印度传统字母书写，从左向右，称为印地语。两者分歧越来越大，终于分别成为巴基斯坦和印度两国各自的国语。后来东巴基斯坦又独立成为孟加拉国，又以孟加拉语为国语，和印度的西孟加拉邦的语言一样。

二十世纪第一次世界大战中，英国需要印度的物力和人力支持，印度人的民族经济和文化猛烈发展，随着受英国文化教育的知识分子阶层的扩大，政治权力的要求更强，从事政治活动的人也多了。英国培养的为英国政权服务的人才转过来要求自己掌权了。

政治运动碰上了一个最大的障碍是语言，也就是文化。几乎所有现代意义的词句全是英语的，本地语言向来照自己古老传统发展，有点新文学也不大能脱离旧轨道，因为受教育的人太少。新词不是英语拼音便是古词拼凑。这种古词新用难为人民理解或接受，而且梵语（印度古语）和阿拉伯－波斯语各有各的接受者。科学更不会讲印度话，只会讲英语。印度新词若不是英语便难为大多数知识分子所接受。独立、自治、自由可以用同一个词，而这个词又可以有不止一个同义词，各有各的来源。民主、共和也是这样。只有"罢工"之类的词，不随知识分子规定而人民自己通用了一个。这样情况使政治活动家无法和人民对话，只能和英国人争吵。两者都属英国文化，成了内部纠纷。印度政治家不得人民理解其语言而支持，便没有力量。英国统治者并不在乎，容许印度国民大会发展，开大会，发宣言，争吵一通，而且俟机加以分化利用，给其中的某些人勋位，表示对印度人不歧视，对反对政府的人宽容。

谁能打通英语文化和印度语文化，谁就有人民力量支持成为政治领袖。历史把这地位给了一个普通而又奇特的人，那就是甘地。他在第一次世界大战后登上印度政治舞台，迅速成为世界闻名的政治家，被印度人尊称为"父亲"，神化了，而终于在独立前夕被印度人刺死。

甘地是英国培养的律师，对于印度传统文化并无研究，只是受到家庭和社会的陶冶。他的政治生活中有一半在南非度过。南非的印度侨民多半是所谓"合同工"，少数是商人，都受到当局种族歧视之害。甘地作为唯一的印度人律师同样受欺侮，因而作为印度人代表对当局展开斗争。在斗争中他掌握了印度一般群众的脉搏，找出了一条通连英国文化和印度传统文化的桥，开创了也完成了用大众能懂的印度语言讲出英国政治文化并能付之行动的有效途径。他把罢工、罢市、监狱斗争、妥协谈判等笼统加上一个名字。他对外国人用了基督教徒等人能懂的"非暴力""不合作""消极抵抗"之类词句并运用英国法律的辩论原则。他对印度人则用一般人能懂的古代宗教哲学术语 Ahimsa（佛教汉译旧名"不害"，即戒杀）。这是耆那教徒奉为最高教义而印度教徒也能接受的理想和行为准则。

甘地故乡古吉拉特及孟买一带和南非印侨中耆那教徒不少。这个生疏的古词经甘地一再加上现代意义，作各种切合时机的解说，便成为看来严格而实际灵活的政治行动纲领。同时甘地采用了群众提出的一个新用古词"坚持真理"（satyagraha）作为各种政治行动的总名。他在南非取得了可观的成就。

欧战后他回到印度，正赶上英印矛盾在经济上、政治上、文化上都即将爆发斗争的各种条件成熟，所缺的只是能通连英印文化，能连接那些受英国教育的知识分子政治家和只知传统文化的印度文盲大众的一位领袖。甘地正适合当时的需要。他立即脱下西服，换上印度最穷苦的人的服装，成了为大众辩护的会讲印度话的英国政治律师。他领导了一次又一次大规模群众政治斗争，显示了他的非凡的领导艺术。那时他提出运动的目的是，对印度人说，svaraj（自主），对英国人说，home rule（自治）。到三十年代印度国民大会才提出英语的"独立"口号。这个词改用新制印度古词，不仅不止一个，而且"自由""独立""自主"意义相混，因为这实际是引进了一个全新的概念，一时只能在原有传统范围内被人理解。

从英国最高统治者看来，甘地也刚好是适合需要的能沟通英印政治文化的人。英国经过多年政治斗争，在下议院中形成执政党和反对党对立而互补的制度。这是英国政治作为"耗散结构"的对外交换的"阀门"。英国当局很快把甘地认成一个正合迫切需要的反对党，加以培养和保护。英国在印度不能没有一个谈判对手。这个对手必须既通英国文化又通印度文化而且能代表印度的从大资本家到最穷苦农民、从高级知识分子到目不识丁的无知文盲。只有甘地是符合条件的难得的人选。

同时英国运用两手策略，在另一方面抓住甘地的致命弱点以便控制。因为甘地用了传统词句使印度广大群众都懂，而恰恰有个缺门，那便是他无法用《古兰经》的词句。他可以大讲耶稣和佛陀，但不能使伊斯兰教徒懂得他的话。在经济上这也是印度的一个裂缝。同族、同教的人仍像古代那样集中于一地区，各地区的经济利益不能一致。于是英国不仅在印度扶植反对党，而且极力在反对党中促成两个互相矛盾的反对派。

沟通两种文化语言已很不易，在文化程度彼此悬殊的情况下更加困难。甘地能巧妙地引进一些现代文化用语，却不能使以亿万计的文盲迅速理解现代文化。国家、民族、独立、自由、平等之类的词可以印度化，但很不容易使这类词的语义中的内涵，例如义务、权利、群体、个体、人格、人权等都印度化。印度人只能照自己传统固有的文化参照系来理解，脱离不了"造业（孽）""轮回""虔信"等根深蒂固的概念，仍照神魔斗争格式来理解印英冲突现实，在《摩奴法典》的规定下认识"自由""权利"。这比引进"无罪推定"还要困难。这是决非少数人短时期所能完成的大业。首先要扫除文盲，提高本身语言文化以适应现代外国来的变化中的现实，不能强行引进、灌输。另一方面，讲英语的印度人要用英国文化语言来解说自己周围的另一种文化也极其不易。两者和平共处于一人、一家、一机构是可以的，但要通连一气是很难的。因此，甘地打开了缺口，获得一时的成功，但很难扩大深入下去。语言所表现的文化现实不变，语言变到一定程度便会停止，再前进就必然要求更大变革。

到一九四七年，甘地完成了自己的历史使命，英印冲突到了新时期。政治上、经济上、文化上都是这样，而文化矛盾更为突出，因为语言和政治文化准备不足，相差很远。语言中没有的也就是思想中没有的，很难在现实中突然创造出来。要求印度文盲照英国下议院那样用本国话进行民主辩论是办不到的。英语只好一年又一年继续担当政治文化用语的职责。现代科学和文化还不会讲印度话。这是印度、巴基斯坦独立后，直到孟加拉国又独立后，依然存在的严重的政治文化病灶，是独立前政治文化的后遗症。

从十七世纪英国东印度公司进入印度算起，三百多年来英印之间的摩擦冲突，从政治文化上说，可略分为三期表述：

一七五七年以前可算初期。

从一七五七年克莱武用贿赂印度王公的方法（他自己从中得到二十万英镑）打败了法国，自己做总督起，到一八五七年印度的义和团式起义失败止，这一百年间是前期。英国残暴掠夺印度次大陆。双方都是落后的文化，互不相识，但英方是生长的资本主义而印度是衰败的封建主义。吃人者无情咀嚼，被吃者以为理所应当。双方"对话"好像语言互通，实际彼此互不了解。

一八五八年到一九四七年这九十年间是后期。英国是殖民主义大帝国，而印度的殖民地资产阶级兴起，英国文化培育的知识分子政治家形成力量。英印双方能用共同语言"对话"。但在一九一八年欧洲大战结束以前，印度普通人民实际上没有参加，还继续前一时期的聋哑状态。从一九二一年甘地领导印度人民起，才有了"通译"。甘地等人能对印度人民讲本地传统文化语言，又能对英国人讲资本主义文化语言。对话结果：英国将十九世纪定型的殖民主义行之有效的政治文化政策结束，改用新时期（不列颠联邦）发展出来的对策。印度的甘地语言只能"通译"到一定程度，无法向前发展，人民文化水平接不上。资产阶级得权心急，语言超过了人民能接受理解的水平。甘地之死是形象的本时期总结。

综合以上的简略论述，可说明在经济基础格局未变的情况下，文化语言和社会结构的相符或脱节是发展变化的重要条件。在两种文化相接触而冲突的情况下，政治文化对经济利害有决定性作用。政治文化语言的相通与否是双方胜负的重要因素。能通解对方的一方可有胜利希望，而不解或误解对方的一方经常吃亏，最多只能得到暂时局部利益，终必失败。若内部文化语言不通，政治局面不稳，经济发展困难，必然矛盾重重。印度次大陆上的独立国家都面临着政治文化语言对内不通而只是在上层对外通的矛盾问题。英国撤退是出于无奈（国际性条件），英国的文化语言并未撤退，和人民的文化语言仍旧不通。这是电子计算机所不能解决的。经济是硬件，政治文化是软件，语言是软件的软件。硬件要发挥作用非有相应的高明的软件不可。

（一九八九年）

略论甘地在南非早期政治思想

　　甘地是近代世界历史中的一个特殊人物。他是二十世纪前半期印度民族独立运动的领袖，这个历史地位是无人否认的；但是对于他的描述和评价却很有分歧。甚至在马克思主义者中间也有不同意见，例如在苏联就曾经有过前后大不相同的评论。印度人尊他为"圣雄"，这本是对修道人的尊称。法国文学家罗曼·罗兰看他是人道主义和东方精神文明的化身，是和音乐家贝多芬、画家米开朗基罗同样的"英雄"。英国牧师安德鲁斯看他是在追随耶稣基督，印度的佛教徒以为他是在模仿释迦牟尼。他为印度独立奋斗一生，成为印度人民群众运动的领袖，却在印度得到独立时被本国人当众刺死。他仿佛是为印度独立而生，独立实现，他的历史使命完成，连生命和思想也都完结了。可是到了一九八三年，以他的生平为题材的英国影片又轰动一时，而评价未必一致，左的和右的两方都会有意见。可见现在对他的政治作用和他的为人仍可有大不相同的看法。对历史人物的评价本来可以有分歧，值得注意的是甘地的形象也很模糊，远远不如和他同时代而去世比他早的列宁和孙中山轮廓鲜明。我以为这可能是因为甘地这个人相当集中地表现了印度的文化传统以及东西方现代文化的矛盾统一。他如同印度文化一样难于理解而容易产生矛盾看法。其实这种似乎神秘的色彩只是由于印度文化传统用的是自己独有的语言，而在近代、现代又为西方人甚至印度自己人从各方面有意或无意涂上不同色彩的原故。如果客观而唯物地考察本来情况，甘地和印度文化都是和人类历史一样平常而自然，毫不神秘的。

本文不拟涉及对甘地的评价，只试就有限的范围内如实解说甘地一生的一个片段中的政治思想。试求由可靠的言行记录追溯和分析其形成的思想模式。甘地在南非的一段恰好可以作这方面探索的对象。因为这是甘地从一九一五年回印度后到一九四八年去世的大规模活动的前奏，是他由一个普通律师成为群众运动领袖的关键性过程，而且有他的当时言论记录和事后自己的总结为凭借，所以可以作为封闭的体系如同放在实验室内一样进行分析。在甘地从南非回到印度时，他的政治思想已经形成体系，因此，对甘地这一段的探讨未必没有解剖典型的意义。不过需要说明，所探索的是政治思想，不是政治历史。甘地不仅被认为是政治家，而且被认为是哲学家，在论当代印度哲学的著作中大都有他的一席位置。所以着重研究他的思想不是没有意义，而且对于理解印度宗教哲学以至文化传统也可能不无小补。

探索的依据资料主要是甘地自己写的书《南非洲的坚持真理运动》（以下简称《南非》）。这是他在一九二四年狱中写出的全面总结，一九二八年译成英文由他亲自校订写序出版。我依据的就是这个初版本。作为参照的是截至一九三二年为止的当时编订的《甘地言论集》（以下简称《论集》），包括甘地在自己办的杂志上的文章和当时报刊上发表的他的言论和关于他的记事，原是英文。我依据的是没有记年代的第四版，是编订后不久就出的三十年代的版本。至于甘地的《自传》和《印度自治》等其他书只作为参考。我没有用印度独立后的全集本，只是想尽量用原始的资料，其他人著作概不征引。

本文的考察和探索范围还只限于甘地在南非的早期，即一八九三到一九〇六年，因为一则在大规模运动开始前，甘地的政治思想已经初步形成并且有了表现，在较小范围内较易考察；二则甘地在南非有二十一年，群众运动过程复杂，读者未必了解，必须复述，为免繁琐，只讲到运动开始。

现在先说《南非》这部书，这是基本根据。

《南非》的开头三章分别说地理、历史、印度人进入南非洲。四、五两章讲各地印度人所受的不公平待遇。六、七、八三章追述早期斗争，总结过去经验。然后从波尔战争及其后果说起，历述种种斗争直到第四十六章。第四十七章是"结束的开始"。第五十章是"斗争结束"。最后是简短的结语，说在八年的斗争后，一九一四年甘地经英国转回印度，对自己在南非洲的二十一年时光不无怀恋，对所谓"坚持真理"，在最后一句中点明这"是无价的和无比的武器"。由此可见，所谓"非暴力"正是没有武器的武器。在结语中他还说了一条"自然规律"：用什么手段得到的只能用同样手段保持它。用暴力夺得的只能用暴力保持，凭真理得到的也只能凭真理保持。这是甘地的一条基本思想。书中值得注意之点是，从文体可以看出作者对所述事实和人物的看法是唯物的，不论他讲了多少传统唯心论哲学词句，他仍然是用律师讲述并分析案件的口气，处处说明条件及前因后果，把主观和客观分别清楚，不是以精神或意志作为最高决定者，不提灵机或天才。至于他所谓"神"的涵义也不同于一般概念，值得分析。这当然决不是说甘地的哲学是唯物主义，只是说一个群众运动领袖，尽管在个人世界观上是唯心主义者，但这不妨碍他在指挥斗争时持唯物观点，否则他凭个人意志和空想是不会得到群众响应和取得成功的。

现在依据甘地的这本书简略说一下他所看到和说到的南非洲印度人在这场运动以前的状况，目的是为了了解甘地对历史和人民的看法，不是讲历史。

甘地先说南非洲的地理和历史。南非洲当时除葡萄牙尚占据一块地方以外，都归英国统治，主要分为四块殖民地，还有些被"保护"地区。南非出产黄金和钻石。当地人有祖鲁人、斯瓦茨人、巴苏托人、博茨瓦纳人等，据说欧洲人来时认为他们是在美洲不能忍受欧洲人压迫而逃回非洲的"黑奴"。甘地认为这些黑人才是本地原有的居民。这就表明，白人统治者认为非洲人本来就是奴隶，而甘地却认为他们是当地人而白人是后来者。这是根本立场分歧。甘地对于祖鲁人等生活的描写充满同情，甚至几乎可以说是偏向，因为他在地志式的叙述中加上了辩护词。这其实也是甘地关于印度人以及受压迫民族的基本观点的反映。荷兰人来南非建立殖民地，从爪哇带了一些信仰伊斯兰教的马来人奴隶。这些荷兰人后裔被称为波尔人。英国人随后也来了，在一八九九到一九〇二年的"波尔战争"中战胜了波尔人，得到了统治权。甘地对于波尔人的勇敢和英国人中一部分人的正直的描写，构成了他的另一个重要思想因素。他显然认为各种人都是平等的，否认天生的人种优越性。战争结束，斗争继续，终于导致四块殖民地合为一个英属联邦（一九一〇）。甘地在叙述中又提出了自己的民族平等观点。他自己一再说，他叙述这些历史经过为的是说明以后运动的"内在意义"。从一八七二到一八九三年，英国逐步承认在南非一处处成立对议会负责的政府。也正是在一八九三年，甘地从印度到了南非洲，当时他自己并没有想到成为反对种族歧视的第一人。

英国人首先来到祖鲁人的地方，取得了地盘，发现这里可以种植甘蔗、茶、咖啡，需要大批劳动力。虽尽量逼迫和驱使黑人卖力，也无法建立正在取消的奴隶制度（美国南北战争是一八六一至一八六五年），于是向印度的英国殖民政府求援。英国的印度政府便在印度招了一批所谓"合同工"送到南非，作定期的奴隶。第一批印度人在一八六〇年十一月十六日到达。祖鲁人和印度人为英国殖民者开矿、种植，使英国的矿主和种植园主发了大财，建立了城市。合同五年期满后，活下来的印度人不回印度便成为"自由奴隶"，其实就是半奴隶。有的印度伊斯兰教徒和当地同教的马来人通婚，他们处于同样地位。与这些出口劳工有关系的印度商人也跟踪而至。他们算是自由人，在英国人不注意之中开了小商店并且经营了种植业，还开始制糖，也发了财，盖起大房子，将一片荒漠变成园林。这些商人需要会计，于是信伊斯兰教的老板从印度招来了信印度教的会计。这些人的后代也长大了。印度商人和当地黑人处于同等地位，因此对当地人生意也很好做。黑人为欧洲人的枪炮所屈服，又为他们的商店所欺压，因此尽管印度商人也骗他们钱，但双方地位平等，他们不怕，很愿彼此交易，于是印度商人和印度人"自由奴隶"不久就散布在英国人和波尔人统治的几个邦里，虽然没有政治权利，却可以生活。印度的自由人数终于达到了四五万，而"自由的"印度人即满期的"合同工"奴隶人数达到了十万。

欧洲殖民者是来开矿的，仗黄金和钻石发财，只需要奴隶，也不重视土地的耕种。这些印度人种了蔬菜，使菜价大跌，英国人原来垄断的菜园受了损失。这些殖民者才恍然看到身边出现了不全是奴隶的竞争者，当然大为激动，掀起了驱逐和迫害印度人的运动。他们提出了要求，立法规定印度人只能当奴隶，满期不再订合同就必须返国。此计不成，又立法对印度人课以极重的人头税，使他们无法生活。再不成，又立法限制他们取得营业执照并且只能在指定的荒僻区域居住和活动。这连续不断的种族隔离和迫害使印度人不能不起而斗争。但是印度劳工都不识字，商人也只有极少数人会一点英语，后代人中有极少数青年学了点英语，在政府机关中当最低级的职工，既不懂也不会为印度人进行这种政治斗争。印度人自己人之间打官司也只有请英国律师，依靠运气碰上正直人。当地黑人自然也是处于同样状况。可是英国人同波尔人的矛盾却也利用了印度人。英国人说发动"波尔战争"的理由之一便是印度人（大英帝国的子民）受波尔人的虐待。

甘地并不是婆罗门种姓出身，却是在虔诚的印度教家庭中长大的。他在英国受高等教育，取得律师资格，回到他的家乡一个小土邦中当律师。正在这时，同乡中有一位在南非与人合作开商店的人，由于他的商店和另一家印度商店打官司，便请甘地去南非帮他们，只要给他们当法律顾问，指导当地律师，不必出庭，为期一年。商店老板是伊斯兰教徒，给的条件很好，甘地便在一八九三年五月到达南非洲。他完全按照英国律师的身份行动，却不料当地白人把所有印度人统统叫做"苦力"。一个"苦力律师"怎么能乘头等车，住高级旅馆？于是甘地下船后一上岸就受到不断的侮辱，挨了一个耳光，从火车上被赶下来，在一个小车站上冻了一夜。这是甘地所上的第一课，而这是他在印度和在英国都没有过的经验。甘地在《南非》书中较详细地叙述了这一段经过，在《自传》中也重复提到。这使他开始领悟到印度人的真实身份和地位，揭开了在本国和在英国当学生时受蒙蔽的那一层掩盖真相的纱幕。可是在南非的印度人还不明白这一点，因为他们只在自己人和当地人中过日子，从来没有要求去和统治者过平等生活。甘地描述自己当时的心情处于两难境地，或是立刻解除契约回印度，或是忍受下去。他认为逃回去是懦夫，他应当完成已经开始的工作。他立即打电报给铁路总经理和请他去的商店。于是商店电告各地有关的代理人对他照顾，并去找铁路经理。可以说甘地一到南非就无意中进行了"串连"和"调查"。这时他才知道印度人不能走车站正门入口，难买火车票，等等。但是那些印度商人把侮辱同金钱一起"装进口袋"了。甘地却不然，他说，这是"察看一切人心的权威者对我的决心的考验"。其实他是用"神"的代号代表冷酷的现实。他明白了这不是他一个人受到不公平待遇，于是下了斗争的决心。从此行期一延再延，他终于在南非度过了二十一年。第一次延期就在他到达印度商店之时。他认为帮助商店打官司同时进行政治斗争会两败俱伤，因此决定回印度。在离别宴上他偶然见到当地英文报纸登出的议会将要通过法案取消印度人选举权的消息。印度人既很少有人懂英文，也不看报纸，不知此事。经过甘地的说明，大家挽留他再住一个月办这件事。他便连夜查资料，向当地议会打出了第一份印度人对政府提出抗议的电报，并且发出了依据法律的请愿书。在他的倡议下，集会，募捐，不到一个月，向英国殖民部大臣送出了一份有一万人署名的请愿书。这几乎是当地全体印度人数。英政府没有批准这个法案。印度人取得了当时是空前未有的胜利。他认为一个月期满，要回印度了，可是他已经成为印度人的政治上的辩护士和领导人，又被挽留下来，但不用募捐的钱作薪金，仍然以印度商店的法律顾问名义取得商人付予的生活费。但是当地的律师公会不承认，认为法律没有承认有色人可以当律师。法院却否决了律师公会的意见。甘地又进一步于一八九四年将临时的委员会扩大成为纳塔尔地方的"印度人大会"。这个"大会"名称用的是当时印度已经成立的"印度国民大会"（一八八五年成立，现在国大党的前身）的"大会"（Congress）字样。随后南非另几处也成立了这种"大会"。甘地同印度的"国民大会"并无关系，但尊重其领导人，想宣传这个组织。实际上这是印度民族主义在政治上的一次大规模群众运动。这时纳塔尔约有祖鲁人四十万，欧洲人四万，印度人有六万"合同工"，一万"前合同工"，一万自由印度人。欧洲人以为印度人也像他们一样是冒险家，产生了自己地位不稳的恐惧。甘地起了组织印度人的作用，又整顿内部，教育自己人，消除欧洲人反对的借口。他提倡卫生，宣传道德，普及常识，又建立了纳塔尔地方的"印度人教育协会"。所有的印度人集会全都用印度的古吉拉特语进行。甘地强调教育自己是必要的准备步骤。因为自己人中有"不可接触者"就不能不被外人认为"不可接触者"。他又一次指出，他细述这些为的是由此才能明白以后的运动怎样会突然大规模发生而且采取哪种形式。因此本文在这里也作了概述。至于以后一八九六年甘地回印度搬家眷到南非时，由于在印度进行的关于南非的政治宣传被路透社发了歪曲和夸张的报导，以致重到南非时引起轩然大波，几乎被欧洲人打死，这些经过就不做提要了。甘地在书中用了四分之一以上的篇幅叙述所谓"坚持真理"运动开展前的情况，实际上已经把他领导运动的纲领及其来路用事实经过说了出来，以后的运动本身就仿佛是前面准备工作的展开了。

从甘地对自己的政治生活第一阶段的叙述中可以看出他当时思想的基本立足点，一是英国律师的，一是印度民族主义者的，而两者并不矛盾，却是互相联系的。印度教家庭出身不过是个背景或基础，提供了以后的活动形式和条件。书中只见冷静客观的分析和坚决的意志，丝毫没有宗教的狂热。他的宗教语言应当结合实际作解释。甘地决心投入的政治斗争的目标从一开始就确定了，就是要求争得印度人和英国人的平等地位，或则用当时的语言说，就是要求印度人成为大英帝国中平等的公民。南非洲印度侨民的斗争只是开始，目标的范围是整个印度。甘地到南非受侮辱而激发的民族主义的思想内容就是这样，而这是从英国法律的公平、正义、权利等资产阶级的平等原则来的。英国法律虽然和欧洲大陆不同，不以罗马法为基础，但是法律原理仍然同是资产阶级的，而且同样是从罗马法传下来的。法律在欧洲语言里同权利（right，droit，recht，法、德语中二者用一个词）不能分，而权利又同正直、正确意义相合，司法同时就是正义（justice），也是公平。这是承袭罗马的奴隶主、自由民的平等原则，而以近代资产阶级的商品交换平等为内容的法制观念。这是斗争的基本原则。这个"法"同印度传统的"法"

（dharma）是截然不同的两回事。印度的古代法典或"法论"是印度古代社会的产物。这个"法"字在现代印度语中同西方所谓宗教又混合为一。于是"法"在印度人心目中是不可违抗的道德准则，他们以为这就是西方的法律和宗教。这是两种不同社会文化相接触时合乎规律的思想混淆情况。以后印度民族运动提出的口号，印度语的"自治"svarāj 和英语的 home rule，形式和意义虽同，而在英国人和印度人的心目中，两词的内涵和外延是并不一致的。甘地自述的南非政治斗争在初期还明明白白是依据法律的平等原则向不平等的法律作斗争，而起先只是依据法律对不依法律的行为作斗争。甘地的思想是印度民族主义的英国律师的思想。英国法制的这种"平等"思想必然导致被压迫民族的民族主义。这不是印度的传统。甘地的政治思想的出发点和准则是英国的法制观念。所以他多次自称是"大英帝国的子民"，其意义就是要求这个公民的平等地位，没有这一点也就没有民族独立和自治的要求，没有民族主义了。印度当时不是独立国，甚至不是"一个"国家。英国把印度作为次大陆，划分了许多政治形式的"邦"，分割开来，由英帝国用各种法律形式掌握最高统治权。因此，甘地认为首先要取得印度人和英国人的平等法律地位，实质上他是用承认"帝国"的形式来否定"帝国"的权力，所以英政府决不能承认。这种思想完全是英国的资产阶级思想。若照印度传统的"法"说，例如照《摩奴法典》说，各"种姓"有自己的地位，没有什么"平等"。因此甘地后来不能不极力反对"不可接触者"的"贱民"种姓制度，而且又宣称自己是"帝国"的叛逆。

斗争目标是反对种族歧视，要求种族平等，而斗争方式的发展则起源于波尔战争。甘地在《南非》一书中，关于他所领导的印度人在这次战争中的行动的考虑，包括了他以后行动的重要原则。他的决策是律师研究案件时的思想表现。他认为这次行动是成功的，因此作了细致的说明并且指出他在一八九九年提出的论据到他写书的一九二四年仍然不需要改动，而且说明其中的原则就是后来运动提出的口号"坚持真理"（《南非》，第一一六——一一七页）。我们可以把甘地的指导波尔战争中印度人行动的思想作为他一生的政治思想的初步形成的体系雏形，所以必须对这个关键时刻的情况依甘地所述作一提要说明。

当英国人在南非建立殖民统治时，荷兰人后裔的波尔人还统治着两个"共和国"。英国金矿主曾联结境内境外力量进行袭击未成，帝国也干涉无效，终于演成战争，而英国提出的理由之一便是波尔人虐待境内的印度人（印度人当时是英帝国的子民）。甘地说，波尔人受攻击而保卫自己是有理的，他们打得勇敢，英国人开头吃了败仗。作战双方都是压迫印度人的，照理印度人是奴隶，应该是两边都不帮，而且胜败未卜，也不该冒险站在一边，甘地却提出不同的考虑。他指出印度人在南非是英帝国公民的身份，英国又说是为他们打仗，而且英国人一向对印度人作种种无根据的诬蔑，现在正是一个出来证明印度人并非那样而是有益于英国人的机会。尽管英国政府无理，甚至"宗教上不道德"。作为一个国家的"子民"，当战争时就有尽力的义务而不是讨论道德问题，更不能先考虑胜败而显出怯懦。甘地的论据在一个不自居于奴隶地位的人看来是不可佩服的，在一个不具备当时印度一般人所习惯的思想方法的人看来也是不好懂的，但是甘地说服了群众。他在书中着重说，如果他相信英帝国，相信在英帝国治下能获得自由，他在印度也同当年在南非一样，坚持这些论据，一字不改。他认为还没有发现反驳者使他改变看法的根据，而且这些论据底下就是以后政治运动的原则。这也说明了上文所说甘地屡次提出在英帝国中争平等地位的思想。这不符合印度传统"法论"规定的不平等地位的思想。但是，不论是非曲直道德，只尽法律规定的义务，这是英国法律思想，却恰恰又是印度传统"法论"思想，也是现代印度教圣典《薄伽梵歌》（神歌）的思想。二者在这一点上合一了。

我们应当看到，甘地的这个决策是用律师办案的方式提出的，是依据客观情况的，而且是有远见的，是预先分析了各种条件的可能变化而采取主动的。他用的那些词句是当时印度人和英国人都能听得懂的（虽然理解不一致）。唯心的语言（特别是在译成外文时）表达唯物的思想本来是印度文化传统的一个特点。其实，甘地的理由只是一个：抓住机会取得向英国人斗争的地位和依据，也就是无武器者取得思想言论武器并且"以子之矛攻子之盾"的办法。且看实际结果。英国政府本不愿让印度人参战，但在战败困难时不得已允许印度人组织救护队。甘地提出了一切印度人都出力，要包括自由人，"自由"了的合同工以至还在"合同"期间的"合同"奴隶。由于人力缺乏，英政府竟然也说服了种植园主让合同工"苦力"同其他印度"苦力"自由人一起去救护英国兵，只是老板还得派个人去"监工"。于是甘地组织了一千一百人的队伍，进行了战地救护知识的训练，使印度教、伊斯兰教等不同信仰的和从印度各地来的不同语言的印度人，"自由"和不自由的上等和下等"苦力"都结合到一起，克服了种种艰苦去实行战地救护。救护队中有三四百期满的合同工，其中有三十七人成为政府承认的领队。印度商人捐钱使救护队的生活和工作减少困难。这个队称为"印度队"，与欧洲人的救护队做一样的工作，而且对欧洲队中曾经进行反印度人骚动的人并不歧视。这样只经过了两个月，英国转败为胜，两个救护队都解散了。可是印度队的功绩却上了英文报，而且得到英国政府的赞许，印度总督还"赏赐"一位冒险救了英国兵的、立了大功的合同工奴隶一身"黄马褂"（克什米尔长袍），并且要求当地政府举行授奖仪式。当然，取得英国人的承认并不是真正收获，英国政府转瞬就"食言而肥"，抹下脸不认账。真正的收获是印度人由此试验了一次有组织的行动，使各种各样的人不只是自认为这地方或那地方、这一教派或那一教派、这一等或那一等的人，而开始知道大家都是印度人，受到了一次实际的民族主义思想政治教育。这正是甘地一生奋斗的目标的第一次获得成绩。他进行这种工作依靠的是，用印度的古代社会传统语言和方式说出了现代英国式资产阶级思想，以组织和团结、教育群众并指导行动。他是以宗教的方式实行律师的决策。只有这样才能以亿计的印度人听懂，使上层领袖和英国对手也都各照自己理解听懂，不懂的也许只有局外的外国人。这里面并没有什么神秘和奇特。不过甘地最终也不能使印度次大陆上的居民都承认属于一个民族和国家。他宣布了这一事实，承认了印度和巴基斯坦"分治"，变成了"多余的人"，结束了他的历史使命和自己的生命。这是后话，但有前因。

甘地在南非本来只预备住一个月，结果延长到了六年以上，一九〇一年冬回到印度，一九〇二年到孟买开业当律师，准备为全印度工作了。可是不过三四个月就被南非印度人急电召回，开始了著名的大规模长期政治斗争，直到一九一四年世界大战。斗争的起因很简单。英国人从波尔人手中夺得了政权，结果还是继承波尔人的歧视印度人法律，重新审查旧法律的委员会只取消了对英国人不利的部分。英国人还立了一个"亚洲人司"专门对付印度人，用了些从印度去的英国军人。他们对印度人怀有偏见，种种限制变本加厉。印度人的斗争也逐步发展。后来出现的形式是甘地独创的利用印度传统的"苦行"方式，并且公开征求印度语名称以代替原来用的英语的"消极抵抗"，由此得到了后来在印度也用的"坚持真理"（Satyagraha）的运动名称。往后甘地又用了另一个传统宗教哲学术语"不害"或"戒杀"（ahimsa）并译为英语的"非暴力"，成为国际上接受的名称。此外还有"不合作""文明反抗"等名称，并不固定。

现在简述斗争的起因。

波尔战争之后，英国统治者就着手于限制印度人入境并一步步赶走印度人。先是要求印度人重新登记，而且新来的必须先得到入境许可证。经过交涉，印度人照办了，于一九〇六年完成手续。但是英国人又进一步要求通过亚洲人法案。这个法案先是在一个邦内提出，主要是要求所有居住的印度人男女以及八岁以上的儿童都必须登记取得身份证，与政府任何机构打交道时都必须出示身份证，而且警察有权随时随地检查身份证，还可以任意到印度人家里检查身份证。所有登记的人都必须按手印（本来只是不识字的按手印）。甘地认为世界上没有任何地方有这种性质的法律来对待自由人（《南非》，第一五七——一五八页）。只有定期合同工需要种种通行证，但他们很难算是自由人。取手印据说只有对待罪犯才能用。妇女和十六岁以下儿童要登记也是新规定。英国统治者是打算以一个邦为起点，通过这个法案后就可以在其他各邦推行。法律规定若有违抗者就处以监禁或罚款，直到驱逐出境。这样就连印度富人也时刻有破产危险。再加上波尔人政府本来定下的亚洲人没有选举权和只能在指定地区才能有地产等种族限制，印度人显然无法再在南非生活下去，除非只充当不自由的劳工。甘地反驳了斯墨茨将军等人的所谓保卫西方文明的理论，证明真正原因只是商业和肤色。他认为，印度人的勤俭经商伤害了欧洲小商人所拼命追求的物质利益，而白人对有色人种的鄙视已经成为其心理的一个组成部分，连美国也不能免。这时甘地还在英国政府镇压祖鲁人起义的战争中作救护工作。他组织了二十来人的担架队。他认为祖鲁人的行动不能算是反叛，欧洲人又不愿为祖鲁人的受伤者救护，于是甘地的担架队也救护祖鲁人。担架队一个月就解散。甘地随即看到了限制印度人的法律草案，认为事态严重，必须及时采取抵抗措施。于是在一九〇六年九月十一日租用犹太人的戏院召开了印度人的代表大会。甘地在这里提出需要"一个统一阵线"（a united front），并且准备在大会通过一些决议后承受所带来的灾难。大会用古吉拉特语和印地语进行，不懂的人有人用泰米尔语和特鲁古语口头译解。大会由这个邦的"英属印度人协会"主席主持。他是当地最老的居民，著名大商店的老板。从名字"阿布杜尔"我们可以看出他是个伊斯兰教徒。大会通过的议案中最要紧的是第四决议案，即印度人庄严决定，如果该法案通过成为法律，就决不服从并承受由此而来的一切惩罚。这就是一场大斗争的开始。这次斗争延续八年，不但甘地成为领袖而且他领导的斗争竟扩大到印度本土，一直到一九四七年印度独立和他自己的死亡。

现在我们不再叙述这以后的历史本身，只考察到此为止的甘地政治思想。《南非》一书叙到这里（第十二章《坚持真理运动的到来》），接着就是论《坚持真理运动和消极抵抗》（第十三章），作了初步的理论总结，可见他自己也是这样把以前阶段作为序曲，到此初步完成了基本思想和行动的模式。我们现在只简略考察两方面：政治和宗教。

很明显，这次印度人的反抗运动是至今还在继续的南非反对种族歧视斗争的开始。甘地用的当时习惯用语"欧洲人"指的是英国人和荷兰裔的波尔人，也就是现在通常说的南非白种人。甘地反对依肤色区别的种族歧视实际是被压迫者对压迫者的反抗。政治斗争的基础是经济利益矛盾的表现。这一点甘地说得很清楚：如果印度人只当劳工，只当伐木和送水工人，欧洲人已多次宣布不会反对（《南非》，第一四五、一四七页）。甘地完全认识到，是因为印度商人和英商人的经济竞争才引起了英国人运用政治和法律手段来压制。但是这一区别和歧视以肤色为标准不仅是伤损了印度商人而且涉及一切有色人种。其实非洲人和印度劳工本来就是奴隶身份，矛头指的只是印度商人及其律师等雇用人员。甘地明知这一点，但在理论上和实践上都把印度劳工和非洲的祖鲁人等都算在自己一边。英国人口头不这样说而实际这样做，甘地揭穿了这一点，使印度商人的利益同劳工等等有色人种受压迫者的利益化为一体，并且由此争取到欧洲人中的同情者。约翰内斯堡有华侨约三四百人，其领袖也同甘地一起反抗并入狱，而且作为一方面代表同在妥协协定上签字。甘地特别提到这些中国商人和经营农业者并认为中国农业比印度发达（《南非》，第二二六—二二八页）。马克思早在一八四四年就指出，这种政治的革命的基础就是"一定的阶级从自己的特殊地位出发，从事整个社会的解放"（《黑格尔法哲学批判导言》，《马克思恩格斯全集》第一卷，第四六三页）。"在市民社会，任何一个阶级要想扮演这个角色，就必须在一瞬间激起自己和群众的热情。在这瞬间，这个阶级和整个社会亲如手足，打成一片，不分彼此……"（同上，第四六四页）这正是对甘地从南非到印度所领导的革命群众运动的本质的表述。这一点可以不必多说。

甘地领导的印度资产阶级向英国资产阶级要求平等权利的思想实质前面已经说过，不过应该注意，甘地用"自由"一词而不强调"平等"。他的"自由"是自由人地位平等的"自由"，不是卢梭式的"自由"。那种个人自由，甘地不但不同意，而且反对。他说他作为代表去英国时曾同一些印度的无政府主义者谈话，一九〇八年在回南非的船上写下了《印度自治》一书，答复在英国和在南非的有同样见解的人。他的南非农场命名为"托尔斯泰农场"，但他的乌托邦是实际的，决不是托尔斯泰的原始基督教式的乌托邦。甘地的政治思想的出发点和落脚点是英国资产阶级思想中的平等而不是法国大革命时群众思想中的个人自由，也不是指个人平等。无论"平等"或"自由"都是外来的资产阶级新思想，不属于印度传统。

但是甘地的斗争方式却是印度式的，否则他就无法发动群众，这就涉及宗教问题。甘地的苦行和宗教语言以及他后期的同印度最贫苦的人一样的苦行僧打扮，都使他的政治和宗教难于分辨。这也正是当年基督和佛陀、耆那等宗教领袖所做的。我们要从实际行动考察其社会功能以定其思想，不能只看语言宣传。

甘地的行动即其斗争手段也就是他领导斗争的战略和策略。就他的行为可以看出三点策略原则，其中贯串着一个战略思想：罗马大将费边的持久渐进战略（见罗马普卢塔克：《希腊罗马名人传》）。

一、甘地最善于利用法律小题目作大文章。南非的斗争不过是反对单独要求印度人受身份证束缚（事实上关系到全体印度人以至一切有色人种）。后来（一九三〇）印度的大规模抗盐税斗争也不是了不起的大题目（事实上关系到不能缺盐的广大贫苦劳动人民）。甘地在运动中从不提政治大口号作运动目标，而只以具体事件或法律为题目。他后来讲的"自治""独立""自由"等词多半是含糊其词令人捉摸不定。如果考虑到当时印度是分裂和落后的，而要对付的是"国旗上太阳不落"的英帝国老牌殖民主义，就很容易了解这种渐进的费边式持久、迂回、拖延战略。统治着比本国人口多十倍以上的殖民地的英帝国害怕连锁反应，不愿因小失大，是有可能逐步妥协的。

二、甘地总是在合法中进行违法。反抗身份证不登记是违法，却接受处罚入狱又是合法。甘地是律师，深通英国法律和英国人的法制心理。他决不给对方以口实和把柄。他公开活动，不搞秘密行动。他说："我的牌都摊在桌上。"（《论集》，第九五〇页）如果考虑到英国殖民主义的历史，就很容易了解，对付这个海盗加绅士的"约翰牛"最好不撕破脸。在法律范围内去破坏法律，这是律师的"高着"。英国殖民主义者是不怕（甚至欢迎）弱者动武的。必须充分估计脱下燕尾服时的流氓加海盗，最好是让他戴礼帽穿礼服谈判。他会背信弃义，但更揭穿自己，教育群众。这是避其优点而击其弱点。甘地是认识英帝国政府的骗局的（例如《南非》第一九六页所说）。后来在伦敦的圆桌会议（一九三一）证明甘地还善于进行外交谈判，身披土布周旋于燕尾服之间，坦然自若。

三、甘地总是要团结一切人，不仅自己人，而且包括敌人在内。若作为争取对方阵营中的人以扩大他提出的"统一阵线"是可以理解的。他在《南非》一书中不忘处处提到欧洲人中的同情者，但说是扩大到一个敌人也没有就有点费解。其实他的逻辑是一贯的，不对个别人伤害而要争取反对者屈服于真理。用我们习惯的说法是，使战犯变为俘虏，敌人就全部消灭了。不过甘地不用这样的措词，而说是根本不敌视任何人。他自己实行得如此彻底，在南非受反对而被帕坦人（阿富汗人）打后要求释放打他的人，最后解除误会化敌为友。据说在被刺身死之前他还举手加额为凶手祝福。这也是他在南非时一九〇八年就宣布了的（《南非》，第二五二页）。他为自己人中的团结统一奋斗一生。他在一九三二年为"不可接触者"（贱民）绝食时宣称，"我的出身是可接触者，但我自己选择做个不可接触者"（《论集》，第九五一页）。他反对教派、种姓的歧视，终于为此献出生命。

团结自己人是甘地的重要思想，一生为此奋斗而且在不断组织和教育群众中起极大作用。从在南非用救护队和协会和农场等方式到在印度组织手纺车协会都是为此目的。尤其是每次运动都着重在训练、增强、扩大群众思想和行动的组织性，而不必以大胜利结束。这可以解释他的多次受人反对的突然妥协（被刺也是为此）。从策略上看这是渐进战略的必然结果，由此才积小胜为大胜。从哲学思想说，也可以认为是印度教经典《薄伽梵歌》（神歌）教导的类似"莫问收获，但问耕耘"的原则的传统。

以上这三点是比较容易懂的，一般人难于理解的是他的斗争形式，苦行；如群众性的入狱和他个人的绝食。这是印度文化传统中一个突出点，却不是独有的。对苦行的崇拜是世界性的，不但欧洲中世纪有，旧中国也宣传"苦孝""苦节"等等。不可误会苦行是一般受苦，这是忍受痛苦以达到目的，用甘地的话是"自愿受苦"。具体说是，宁进监狱也不服从，宁死不屈。至于他个人的绝食，这也不是印度独有的。印度传统中宗教性的绝食如同旧中国的吃斋。中国人吃荤，吃斋就要吃素；印度人吃素，吃斋就要不吃。这是一种"仪式"，而且是有"技巧"的。因此甘地的"绝食"和一般的狱中绝食斗争还不相同。这是他回到印度以后成为领袖时的一项重要行动。从群众运动观点说，他的"绝食"是一个信号，"绝食至死"是一个加强紧急信号。印度人都明白，他们的对手英国人也明白。甘地一发信号立即引起大规模行动，直到国际上抗议。英国统治者决不能让他这样死去。因此，这是有时代和人物等种种条件制约的，不是一般的，一般的就不一定有效，所以甘地从不要求别人也采取绝食方式，而把他的"绝食"说成"净化灵魂"的宗教方式。这类传统苦行式的公开斗争及其理论措辞不易为局外人所了解。但从客观实践行动却不难理解。例如在南非似乎屈辱的妥协之后，政府背信，于是大会公开焚烧登记证表决心入狱长期斗争。在印度的抗盐税斗争中，甘地率领群众七十九人步行到海边去煮海水制盐以违反盐法（一九三〇）。这种浩浩荡荡的壮观的宗教式行动实际是发出信号，并给敌我双方以时间作准备。他沿途宣传，到达海边时动手制盐犯法，英国当局便逮捕他，这是替他发出立即行动的信号。每次一捕甘地便引起罢工、罢市、罢课、游行示威等种种抗议活动。这是双方显示力量的肉搏。当时实质上是从"自治领"到"独立"的口号的转变。运动中局势若有变动，甘地会宣布绝食，发出进一步的信号。因此甘地的苦行不是一般传说中的宗教苦行。历史上的这类大规模群众性宗教活动大概也是具有这种意义的，不能对当时的特定宗教语言作后来的一般了解。

甘地在《南非》书中专写一章论"坚持真理"不是"消极抵

抗"。他说人家都认为"消极抵抗"是无武器的弱者的武器，暗含着有了武器就会改变的意思，因此这名称不能再用下去。他说"坚持真理"是强者的"灵魂力量"，自认为弱者就不能用，所以不论有无武器都一样。但他也承认运动中的人并不都这样想。看来这不需要解说。"甘地主义者"是很少的。在南非运动中第一个入狱的印度教"学者"就未能坚持到底，不是由于受不了苦，而是由于享了福（英政府对策是处处照顾），得了荣誉后出狱当了逃兵。到第二次世界大战结束后，印度海军九艘军舰在孟买起义时情况大变了。在甘地等人的呼吁下，起义海军放下了武器。战争中在马来亚的"印度独立军"也解散了。但是英国不能不让印度和巴基斯坦独立，同时引起了一场流血冲突，使甘地由此去世。所以无论用什么措词，终究是如甘地自己在《南非》末章末尾所说，"坚持真理"仍然只是"武器"。用这种眼光观察，甘地的斗争中的"苦行"和宗教活动是不难理解的。

现在对甘地的"神"作一点考察。他从不用神的具体名号而只用笼统称呼。他说"神"就是真理。在《南非》书中甘地自述他第一次感到宗教的力量是在通过那个"第四决议案"之前的大会上。他听到一位领袖人物在会上对"神"宣誓，决不服从这个侮辱性的法律（《南非》，第一六二页）。以后大运动开始时又有人对"神"宣誓宁可绞死也不服从。以后反对他的人也指神发誓要杀他，他也承认这个"神"。见《南非》，第二五一页。这几人都是伊斯兰教徒，当然他们的"神"是伊斯兰教的"真主"，不是印度教的神）。这次大会终于通过了全体宣誓不服从新法案。当第一次向英国统治者交涉时提到那要求妇女按手印的条款，英国官员也震动了，终于在通过法案时取消了涉及妇女的一条。英国人不会忘记一八五七年印度兵的起义导火线是同宗教习俗有关的（传说是要用猪油擦枪）。甘地之所以重视对神发誓也是考虑到了这一点。在《南非》书中甘地提到的"神"和他的其他言论一样有种种涵义，但有一点很清楚，他并不向神祈求。他的祈祷是另一回事。如他自己所说（《论集》，第一〇六四——一〇六五页），"祈祷是纯粹出于需要"，如同吃饭。因为他在动摇绝望时可由祈祷得到平静。他说，本来在南非曾随基督教朋友做礼拜，却不能祈祷，不能相信。后来才感觉到"必要"。他说佛、耶稣、穆罕默德都从祈祷得到启示、觉悟。他说，如果说这是说谎，这个"谎"却给他这个"求真理的人"一种"魅力"，使他能活下去。他说"神"的存在是像几何公理一样不能证明的，只能像小孩子一样去相信。"如果我存在，神就存在。"（同上，第一〇六五页）他用的"神"字在英文中相当于"上帝"，但不只是基督教的。他在解释为何自认为印度教徒时说（《论集》，第一〇五四——一〇五八页），他信仰《吠陀》圣典，但不认为是唯一神圣的，而且不认为圣典的每字每句都是神圣的。他说他同样信仰《圣经》《古兰经》、拜火教经典。他说"神"的偶像不能引起他的崇敬感情，但他不反对，因为崇拜偶像是人性的一部分，"我们追求象征"。仅举此两处就可看出甘地对于宗教信仰是从实际需要出发的。他在《南非》书中（第三〇——三一页）指出，波尔人，甚至全欧洲，并不信《新约》，不听耶稣的教导，却读《旧约》，听从摩西的"以眼还眼，以牙还牙"的教导，照此行动。在《南非》书中，在叙述到运动来临以前，提到"神"不下十处，没有一处是当作至高无上的主宰而向他祈求的。这就是说，他在运动的预备期间才逐步发现宗教这个力量必须运用。宗教色彩的通用语言不但是印度人全体都听得懂，而且连欧洲人也听得懂，当然各有各的理解。我们不能忘记这是在十九世纪末到二十世纪初的时代，而地区是在非洲南部。

综上所述，从甘地自述的在南非的早期政治活动中考察他的政治思想，可以看出这时期所形成的是有统一核心的一个思想模式。英国资产阶级的法制思想是核心，斗争目标是印度人与英国人在同一帝国的法律中地位平等（首先是在南非巩固立足点），斗争的战略思想是费边大将的持久渐进，战术思想是力求将分裂的印度人统一起来，并争取最多的人直到包括对方在内的所有的人到一条战线上，尽量避免损失力量，就是说避免伤害，因此必须用全体能懂的语言和行为。总之，甘地的政治活动，从决策到一件小事（例如是否乘人力车，及化装逃出警察局，见《南非》第九三—九七页），没有一处不是从实际出发并考察到实际效果的。他能冷静分析要打死他的帕坦人（阿富汗人）的心理和客观因素（《南非》，第二五二—二五四页）。他常会突变，前后矛盾，说，情况改变，昨天是犯罪的事，情况一变，今日是高尚行为（《南非》，第二五〇页）。他由此而成功，也由此而死亡。如他所说："对公众为服务而服务如同在刀锋上行走。"（《南非》，第二八四页）他的政治思想是出发于实际并归结于实际的、十九世纪英国教育出来的、执行律师职务的、印度人的政治思想。这正是印度从一八五七年以后，至少是从一八五八年印度国民大会成立以后，印度民族资产阶级以至其他阶级、阶层绝大多数人的政治要求的体现。当时印度的政治领袖大都是一些律师或学过英国法律的，但唯有甘地能在语言和行动上使印度广大人民懂得他提出的要求因而团结到一起，因此他成为领袖，得到"圣雄"（Mahatma）即"伟大的灵魂（精神）"的称号并被呼为"父亲"（Bapuji）。他使新的资产阶级外来思想披上印度本地的外衣。

还有两点需要提到：

一是印度无政府主义者的暴力行动问题。这是二十世纪初年的尖锐问题。甘地路线刚好代替了那条以暗杀和夺取武器（吉大港事件）开始的武装斗争路线，也就是当时俄国民粹派和中国同盟会的革命路线（一九三一年印度国民大会会议的争论是个高潮）。历史的评价和理论的是非需要专题讨论，但为了理解甘地的政治思想和历史地位不能不注意这一点（参看《论集》，第三〇七—三〇九页，一九一五年演说的纪事）。

二是英国殖民政策问题。这与前一问题有联系，也需要专题讨论。为了理解甘地不能不注意他的对手（除本国的以外）的对策。从英国殖民主义的全部历史可以看出有两条突出的路线：一是坚决彻底执行罗马帝国的"分而治之"纲领。二是处处培养代理人。前者的历史结果是众所周知的。后者的历史结果是英帝国主义在第二次世界大战后几乎是有秩序地从殖民地一处处撤退，并和平移交政权给接收者。英国不留下烂摊子，却总是留下分裂的种子。以人所共知的麦考莱在英国议会的著名演说为政策理论基础，一八五七年英女皇接管印度后立即在加尔各答（东）、孟买（西）、马德拉斯（南）建立三所大学，并且确定在印度次大陆上，从小学到大学，进行以英语为正式语言的英国式教育（因此甘地那么重视使用本国语言）。英国的殖民政策和甘地的政治运动是相互联系的，而且可以说双方是互相了解的，每一方都是对方不可缺少的条件。历史阶段结束，双方一同离开历史舞台。

最后，关于甘地的哲学略说一点。甘地作为思想家，应当从言行双方考察其思想。因为他的语言不是一般能照字面理解的，必须联系行动。他的理论是统一的，但言行有矛盾，又必须分开来看。他的浩瀚的言论著作，长达半个世纪以上的政治行动，数不清的对他的思想和主张的评论、研究，几乎是无法概括的。然而用我们所熟悉的哲学分类语言说，可以认为他的哲学在本体论上是唯心主义的，在认识论和方法论上却有唯物主义成分且具备一定程度的辩证法。这就是说，从他的言论以及他自己认为的思想来看，他显然是将宇宙究竟归之于精神，可是从他的行动所显示的指导思想来看，他是周密考察客观条件及变化规律并作出预测然后制定决策的，并且对转变关键和预兆信息有惊人的敏感。因此，可以说他的思想体系及核心是西方的，英国式的，而他的思想化为行动时却是东方的，印度式的。这样外东方而内西方，似乎矛盾不可解，也许是东方哲学不同于西方哲学的一个重大差别。在东方哲学传统中这类矛盾没有什么不可解，甚至是平常的。印度的《利论》（Arthaśāstra）传统和哲学传统的关系正是这样，统一的集中表现是那部包括社会及政治各方面理论与实践的大史诗《摩诃婆罗多》。佛陀、耆那等可以说也是这样。中国的所谓"黄老"及道家哲学以及《孙子》兵法等也是这样。甚至儒家的《中庸》里也说"宽柔以教，不报无道，南方之强也，君子居之"的话。以"柔"为"强"，好比"内家"拳术。孔子的"仁"同"非暴力"（不害、戒杀）一样含糊。中国政治家很多"阳儒阴法"，印度政治家也可以亦"真"（实际）亦"幻"（表面），亦"东"亦"西"。若一定要用西方哲学分类语言说，这也许大致可说是客观唯心主义的一个特点吧？甘地在南非的早期言行显示出他的初步形成的政治思想正是"东方其外而西方其中"的矛盾结合模式。

　　本文为免过于冗长，不便多所征引，只是提供研究近代印度和甘地的专家们参考。

（一九八三年）

略论甘地之死

一九四八年一月三十日，印度民族独立运动领袖甘地在德里被刺身死。这时离一九四七年八月十五日英国殖民政府移交政权而印度得到独立不到半年。甘地为印度独立战斗一生，却在独立成功时被本国人而且同是印度教徒的刺客当众枪杀。这不是一次简单的政治谋杀事件，也不是一个宗教狂热分子的一时冲动的行为。试看当时报载和事后文献所记的值得注意的几点情况。

刺客是在甘地照例进行晚祷的群众大会上当众开枪的。他先向甘地鞠躬行礼，似乎是表示对他一生为民族奋斗的尊敬，然后连开四枪，打死甘地。随后他并没有在群众吃惊和混乱中逃走，反而大声呼唤警察，束手就擒。在狱中，他担心的是新政府可能遵照甘地的非暴力思想不判他死刑。在法庭上，他出人意外地用一般人以为他并不精通的英语发表供词（一九七七年由其弟出版），竟使法官与旁听群众为之动容。他说明他是为了印度母亲而向这位被称为印度父亲的甘地执行死刑的，因为甘地没有尽印度的父亲之职而成了巴基斯坦的父亲（这像是莎士比亚写的刺死恺撒的布鲁图斯的自辩词了）。他在一九四九年被判处绞刑，年纪还不到四十岁。

甘地在被刺中弹倒下时口呼神名"罗摩！罗摩！"以手加额表示为刺死他的人祝福。在十天以前，一月二十日，已经有这刺客的同谋者同样在晚祷会上用炸弹行刺未遂被捕。甘地要求对谋刺者宽恕；并且拒绝警察随身保护。这以前，甘地为印巴分治问题曾作一生中最后一次"绝食至死"。由于部分问题解决而复食以后，他曾向在他晚年侍奉他的侄孙女摩奴本（Manuben）表示过厌倦生命，不想再如自己以前所说活到一百二十五岁，并且预言他将暴死以及刺客必是同教者（印度教徒）；说他如果死在病床上还成什么"圣雄"呢？他身心日衰，却又不肯停止参加照例的群众晚祷。

在行刺十天以前，那个投炸弹的刺客在行凶前就和他的老师交换过意见。他的这位老师是孟买大学教授，五十年代初曾来北京大学教印地语的贾恩（J.C.Jain）。贾恩教授立刻通知了政府。这时警方已经掌握了这个暗杀阴谋集团的材料，有了名单及合谋人的职业，等等；但是德里、孟买、浦那的当局并没有采取任何预防措施。当时的副总理兼内政部长，当时阴谋集团所在地的孟买邦的内政部长，都是著名的甘地信徒。他们负责内政管治安，对于社会上已经公然传出来的要求处死甘地的口号和活动竟然视若无睹，或则是无能为力？

在甘地去世十几年以至二十几年以后，公开出版了一些重要文献资料。一九七一年印度政府发表了卡普尔（J.L.Kapur）的《谋杀圣雄甘地阴谋案调查委员会报告书》六卷。一九六二年甘地的侄孙女摩奴本发表了《"父亲"的临终前情况略述》《"父亲"——我的母亲》（按："父亲"即Bapu，是印度人对甘地的亲切称呼）。一九六七年刺客的弟弟和同谋犯发表了用马拉提语写的《甘地被杀和我》。一九六一年贾恩教授继他以前用印地语和英语写的有关的书以后，又发表了《甘地被刺的前前后后》。一九七三年美国出版了塔班·高斯（Tapan Ghose）的书《甘地被刺案的审判》。一九七八年德里出版了马尔冈卡尔（M.Malgaonkar）的《刺杀甘地的人》。当时审判此案的法官之一柯斯拉（G.D.Khosla）于一九六三年在伦敦出版了《圣雄甘地被刺案》。此外，还有许多书籍和报刊文章从不同角度和不同观点论述到甘地的死，例如培恩（R.Payne）在美国出版的《甘地传》（一九六八）。在六十和七十年代国际上重新论述甘地又仿佛甘地生前那样开始热闹起来。由于关于凶手的重要资料出现，原来美国好莱坞拍摄的关于甘地之死的影片《献给罗摩的九小时》（同名的书在伦敦出版，一九六二）中的形象也不对了。一九八二——一九八三年新影片《甘地》又以得国际电影奖而风行一时。

以上所说的情况不会是偶然的。这不但说明这一事件值得重视，而且证明当代人正在迫切希望了解自己，了解当代历史。

本文是想依据所见到的零散材料从文化角度分析这一案件中的两个对立面。问题是：刺客和被刺者是否在政治上代表了两种不同的现代印度文化的矛盾和冲突？引用资料除甘地言行依据他本人的原始著作外，刺客资料主要采自一九八〇年出版的南迪的《在心理学边缘上》（*Ashis Nandy : At the Edge of Psychology*，一九八〇，德里）。

英国殖民主义统治政策是印度民族主义的对立面，本文不能讨论，但不能不从此开始。一八五七年印度民族大起义失败，英国政府废黜莫卧儿帝国皇帝，又从东印度公司手中接过了政权而直接统治，这不是偶然的。当时英国处于维多利亚女皇时代，资产阶级政权完全成熟，新的殖民主义政策的基本路线开始形成，改变了旧的殖民主义的海盗式掠夺方式（英国十九世纪的金斯莱牧师的《西行颂》虽是历史小说，却表现了新教战胜旧教的表面掩盖着英国新殖民主义战胜西班牙旧殖民主义的实质内容）。东印度公司克莱武（一七二五——一七七四）以来的掠夺方式缺乏政治远见，继续封建时代习惯，不适合成熟的资本主义长远剥削要求（例如使主要根据地孟加拉自一七七〇年以来连续遭受大灾荒、大瘟疫。一七七〇年即饿死五分之二人口，后来甚至到一九四三年尚有人为的大饥荒）。因此英国政府在一八五七年接管后，立即在殖民主义造成的三大海口新经济中心——加尔各答、孟买、马德拉斯——建立三所大学，所属有许多学院，并且建立新学制，由小学到大学全用英语教学，直接从小孩子起灌输英国文化；同时又以保护和尊重为名对旧有私塾教育同宗教习俗表示不侵犯；还设立印度文官（I.C.S.）考试制度。这样培养代理人的精神奴役的效果，到一八八五年（不到三十年）就出现由一个英国退休官吏发起成立印度国民大会（国大党的最初形态），网罗受过英国文化教育而又继承旧高贵门第（种姓）的知识分子，企图利用他们在政治上为英政府效劳。这个组织后来转化为其对立面当然是英国人初料所不及的。

从东印度公司时代起，尤其是在英国政府直接统治后，在印度形成了新的知识分子阶层。首先出现的代表人物是在印度东部的孟加拉的罗易（Rammohun Roy，一七七二—一八三三）。他以倡导废除于经典无据而在这灾荒频繁期间内孟加拉流行的寡妇殉夫，并以建立不拜偶像的"梵社"知名。但是更重要的是在城市中出现了孟加拉人称之为"巴布"（Babu，先生）的官吏职员阶层。种姓、宗教等属于文化的重要方面随经济、政治变化也有了重大变化。例如农村中仍是毗湿奴派得势，在海滨新兴大城加尔各答已是"力"派的女神得势。迦利（时母或黑母）神庙至今还是每天大批宰羊，名曰作为祭神牺牲。另一方面，在西部印度的孟买出现了另一种情况。孟买是介于古吉拉特（北）和马哈拉施特拉（南）之间的海滨新兴大城。两方的语言和宗教、种姓等文化都有区别。马邦曾经反抗伊斯兰教势力南下，几乎没有所谓刹帝利（武士）种姓，而确实具有刹帝利精神的婆罗门的某些种姓占有优越社会地位，又有悠久丰富的封建时代文艺和习俗。古邦则是有源出于波斯的拜火教徒称为帕尔西人，有耆那教徒，有伊斯兰教徒，有印度教徒，文化复杂，而且擅长经商，远至南非洲。英国将二者合为一邦，以孟买为首府。人民中两种语言皆用，而政府以英语为官方及教育、文化语言。讲古吉拉特语的几种人在工商业上得势。如重工业巨头达达（拜火教徒）和轻工业巨头比尔拉（印度教徒）都是讲古吉拉特语的。讲马拉提语的只是在文化教育上有地位，擅长古典。由此，民族运动中的激烈的铁拉克和温和的戈克雷都是讲马拉提语的婆罗门。可是，甘地和真纳却都是讲古吉拉特语的；甘地不是婆罗门，而真纳是伊斯兰教徒，巴基斯坦的建国者。

东部和西部的政治经济和文化思想情况大不相同。这也是在历史发展的基础上英国殖民主义政策因势加工的结果。英国殖民主义先占领并经营的是孟加拉（指原先的地区），而印度的文化改革和民族运动也是先从孟加拉开始。一九〇五年由分割孟加拉引起大规模的反抗运动。随后运动中心由东部的加尔各答移到西部的孟买。情况先后有很大变化。

在这样的历史背景上不难理解政治的文化的反映。印度民族运动基本上原有两个思想体系，可说是一文，一武。领袖人物长期都是属于历史上占文化知识优越地位而现实中又受过英国教育的婆罗门种姓的人。例如主张由文化教育入手进到政治自主的罗易、泰戈尔、戈克雷、辩喜（维帷卡南达）和后期的奥罗宾多；主张用武力行动进行政治斗争夺取政权的铁拉克、沙瓦尔卡尔、前期的奥罗宾多。这些人的一个共同特点就是不联系劳苦群众，都是知识分子。他们的理论都是要"托古改制"，利用自己祖先已有的解释经典的祭司传统，对古代经典和宗教信条甚至习俗加以新的解释；名为复古，实是革新。他们虽有启蒙之功，却无真正力量，根本原因是脱离广大群众。

这种情况在甘地一九一五年从南非洲回到印度以后，在一九一九——一九二〇年他依靠在南非得来的经验和声望而领导的大规模群众斗争中，根本改变了。甘地属于吠舍种姓，来源于接近首陀罗种姓的小商人（"甘地"这词由"香"而来，他自己推测可能原为香料商贩。但应注意，英·甘地夫人的丈夫与这种姓丝毫没有关系，他是拜火教徒）。甘地不是婆罗门，也不是精通经典的学者。他处于耆那教徒、伊斯兰教徒、拜火教徒和印度教徒并居的古吉拉特环境中，由母亲得到宗教虔诚，由英国得到法律教育。这使他和以前的民族领袖大不一样。他是先有群众运动实践而后才得出经典根据的。他的"非暴力"的古语依据却是耆那教徒的基本信条"不害（非暴力，即戒杀）为最上法"。同时他是重视非知识分子远过于知识分子的。他显然以为用手纺车纺纱远比空谈古经典理论重要。而且他是看待非印度教徒（包括贱民）过于印度教徒的。这从他在南非活动以及回印度后的言行直到临死还呼吁印度教徒和伊斯兰教徒团结都可以看出来。

这里且引他的常被忽视的重要著作《建设纲领》十三条为例。这是一九四〇年他在刊物发表，一九四一年修订印成小册子的。随即由在独立后被选为首任总统的普拉沙德逐条又作了他的解释，一九四二年也印成一本小册子。这正是在德国进攻苏联和日本进攻美国的前后时机写出并发表的建国纲领。当时法国已经战败，英国正处于困境，印度政权归于印度人几乎指日可待，因此这不是临时画出的没有实际意义的蓝图。这里只要列出十三条纲领的题目就可以看出其主旨：一、教派团结。二、废除"不可接触"（贱民种姓）。三、禁绝烟酒。四、土布。五、其他农村工业。六、农村卫生。七、新的基础教育。八、成人教育。九、提高妇女地位。十、健康与卫生教育。十一、宣传国语。十二、热爱自己语言。十三、为经济平等而工作。在十三条之后还有讲"农民、工人、学生"一节和讲他的政治运动方式一节。显然，甘地所想要建设的是一个以教育和社会道德为基础的重视农村的国家，对于经济建设只有类似空想社会主义或蒲鲁东式或许行（《孟子》）式的想法。一九四一年十二月十三日（太平洋战争后不到一周）他最后写定并出版的初版英文本的十三条说明中，有些话值得注意："要把几个印度和英国城市靠剥削和毁坏印度七十万农村而生活的现状翻转过来，使农村大都自给自足而且将自愿供应印度城市甚至国外，只要彼此双方有利。""重工业当然必须集中并且国营，但只占广大的全国性的农村活动的最小部分。""为经济平等而工作就是消灭资本与劳动之间的永久冲突，就是一方面要把手里集中全国大部分财富的少数富人的地位降低，另一方面要把千百万半饥饿的裸体无衣的人的地位提高。……像新德里的皇宫和贫苦的劳动阶级的茅屋的对照在自由印度一天都不能存在下去，国内的穷人必须同最富的人享有同等权利。除非（富人）放弃财富及由财富得来的权力并为公共福利而大家分享，则必然有一天要爆发流血的暴力革命。""知识和劳动分离的结果是忽视农村，这是罪过。由此我们在国土上不见散布各地的美丽草房而只见一处处粪堆。""外国的统治尽管是无意地却是确切地在教育领域内从儿童开始的。初等教育规划如果不考虑到印度农村的需要，甚至城市这方面的需要，那就是一场滑稽剧。""如果我负责成人教育，我就要从教育这些成年学生认识他们的国家的广大和伟大开始。村民的印度只是在他的村庄之内。他到另一个村中就说他自己的村子是他的家。印度对于他只是个地理名词。……我所谓成人教育首先就是用口头语言对成年人进行政治教育。"从以上这些引语可以看出甘地所要建设的国家是不会适合地主阶级和大资产阶级和受过英国高等教育而没有背离的人的口味的。甘地还要求国民大会（国大党前身）每一人员"不论自己的宗教是什么，本人都要代表印度教徒、伊斯兰教徒、基督教徒、拜火教徒、犹太教徒等等，简单说就是代表每一个印度教徒和非印度教徒"。这等于在政治上取消了各教派；而在印度是每一个人都不由自主被打上某一教派的戳记作为标志的，"教派"不是只指信仰。甘地认为"团结不仅是政治团结，因为那是可以外加的。团结却应当是打不破的心理团结"。甘地不是仅仅用语言文字而是用身体力行来贯彻自己主张的。他穿着贱民一样的用一小块布裹下体的服装，自己纺纱，自己养羊喝羊奶。他用印度传统的摧残自己的苦行吸引广大未受学校教育的群众到自己一边来。他的晚祷实际上是每天召开的群众大会。他改变了以前只浮在上层或少数人实行恐怖主义的民族运动，使运动成为有广大群众参加的一种政治力量。一次又一次的妥协和失败只成为他不让统治者施展最后手段打击使群众遭受致命挫折的特殊手段。他以间歇来继续准备力量，一次又一次锻炼在手纺车象征下集聚起来的各种各样本来缺乏自信的人。局外人不易明白，为什么甘地每次到紧要关头就停止运动，进监狱，绝食，而下一次群众仍然相信他，跟他走。他是为了这个"建设纲领"的理想而企图稳步前进的。但是英国殖民主义利用教派分裂的强大传统力量终究使甘地这样实际是反抗传统的革新归于失败。在印巴分治时的几百万人"民族大迁移"的混乱和互相杀害中，甘地自己也流血而死了。

问题是：为什么那些明显不会同意甘地这种建设主张的知识分子政治家如尼赫鲁，以及大资本家如比尔拉，会跟甘地走呢（这里且不说普拉沙德立即对"建设纲领"作解释与甘地的同异）？其实很简单。甘地主义的信徒是不多的。没有一个政治家像他那样身裹一小块布又披上一块布去乘四等火车（因有二等半一级故名为三等实是四等）。但是，为向殖民政府夺取政权必须有真正力量，这力量首先是人的力量，这只能出于广大群众，当时却只有甘地能获得大量未受教育的群众（包括贱民）的拥护。因此，甘地说过："非暴力"在他是信念，在国民大会可以只作为政治手段。这一点，他心里很明白，他的信徒和追随者也很明白。所以，连他本人也不过是取得政权的工具。政权到手，自然就"得鱼忘筌"了。他的建设方案理所当然地从来也没有被掌握政权的人所重视。

从文化角度考察，甘地也是代表印度的悠久传统的，否则不会影响群众，产生力量。最简单说，印度传统文化有两条线，可以称为"婆罗门"文化和"沙门"文化，而世俗文化却被这两种文化的文献染上色彩掩盖下去了。公元前六世纪左右佛教、耆那教等教派的兴起都是有政治和社会背景的。甘地走的是佛陀和耆那的道路。另一方面，世俗文化是非常注重实际的，不管涂上多少"婆罗门"或"沙门"的色彩也遮盖不完全。不但《利论》《欲经》是无所顾忌地不讲"道德"，连各派"法论"（法典）也是残酷无情的。最明显的是大史诗《摩诃婆罗多》，以大神名义教授无情的"实际政治"（通行德语词 Realpolitik）。印度近代、现代的民族主义历史说明，政治思想虽是新的、外来的、资本主义的，而表现形式却总是离不开本身文化传统。不结合这种"国情"（现在常用 eidos 和 ethos 作为术语以代表集体意识形态的两方面），不能成为历史性行动。

现在我们来考察一下刺死甘地的人的情况。

戈德塞（Nathuram Vinayak Godse，第一字是本人名，第二字是父名，第三字是家族用的姓，这是西南地区婆罗门的习惯。他原取名 Ramachandra，后改用现名。现照中国习惯只称姓）属于西南婆罗门种姓的一个高级支派，称为 Chitpavan（"心净"？）。这种姓的祖先曾经在文化上和社会上居于很高地位，而且曾经从事作战，表现勇敢，自认较其他婆罗门支派优越。在几乎没有刹帝利种姓的地区，这一支可算是文武兼备。但是在英国统治下，地位大大下降。戈德塞的父亲成为政府的邮政部门的一个小职员。戈德塞是长子，前面有三个男孩都夭折了。因此他在一个小村中生下来时，照古老迷信被当作女孩子抚养，鼻穿孔加鼻环（同戴耳环一样）。父母都是虔诚印度教徒。他从小便在拜神像和本身种姓优越感的气氛中长大。但他未能通过大学入学普考；靠自学熟读背诵梵文经典《薄伽梵歌》（神歌）、《瑜伽经》等及马拉提语古典诗歌；深通马拉提语（本地语言）和印地语，当然也会英语。他还熟读甘地、辨喜（维帷卡南达）、奥罗宾多、铁拉克、戈克雷等民族主义领袖的著作。据说他身材匀称，肤色不黑，举止端庄，温和有礼，是这一支派婆罗门的理想典型，同时当然也从小就有高傲和勇敢的心理。他父母有四子二女，他又未能上大学，家庭生计困难。于是他十六岁时就开了布衣店。这对自命高贵的婆罗门来说自然是心理上的屈辱。生意做不好，布衣店关门，于是只好学当裁缝。成为手工业工人，地位又低下一等。大约二十岁时，正当甘地领导全国民族运动达到高潮的一九二九——一九三〇年，他投身政治运动，参加了以复兴印度教统治地位为目标的印度教大会（Hindu Mahasabha）及在其实际领导下的更激烈的组织"民族志愿服务者集团"（Rashtriya Svayam-sevak Sangh，简称 RSS，民族服务团），不久就成为浦那的该组织书记。同时仍当裁缝，还要教授裁缝手艺以弥补生活费用。他对这两个宣传复兴印度教的组织仍不满意，后来离开了，自己组织了一个"印度教民族集团"（Hindu Rashtriya Dal）。一九四四年得到一个出身于梵文学者家族的婆罗门阿普迭（Narayan Apte，一九四九年十一月与戈德塞同被处绞刑）的资助，买下了一家报纸《前锋》（Agrani），宣传反甘地和反伊斯兰教及其他非印度教教派的政治主张，为政府禁止，改名《印度教国家》（Hindu Rashtra）出版。他和阿普迭及弟弟戈巴尔·戈德塞（Gopal Godse），还有在他行刺前十天向甘地投炸弹的巴赫瓦（Madanlal Pahwa），是志同道合的小集团核心，也是行刺甘地的合谋者。

集团虽小，来历却大。它代表了印度原有的一股社会势力。从戈德塞个人的出身经历只能看出他为什么成为这集团的一员，而这集团的政治主张却反映出重要的社会背景。在英国统治时期，除了西北部有拉其普特（Rajput，大概来源于 Rajaputra，王子，贵族）及锡克教徒的武士传统应当别论外，旧文化中的武士传统比较集中于一东一西，即孟加拉和马哈拉施特拉，但这两地区旧有的所谓刹帝利种姓已经差不多绝迹了。印度教的这方面传统寄托于婆罗门中的一些支派，他们继承古代文化传统的"文、武"二路线之一。因此，使用武力的反英言论和行动，除西北部外，也出现于这两大地区（西北和东南另有情况）。孟加拉情况较复杂，伊斯兰教徒很多（他们以后建立东巴基斯坦，现成为孟加拉国）。西南部说马拉提语的却先曾反抗伊斯兰教徒，后又反英。这里的婆罗门种姓中有的支派特别坚持他们的传统。尤其是戈德塞所属的这一支，更加怀有新旧怨气。一是因为他们从莫卧儿帝国时期起就受过全国性的伊斯兰教徒统治的气，地位下降。英国统治时期，他们用宗教眼光看，觉得是基督教徒欺压他们。二是孟买工商业兴起，使浦那只成为文化中心（并且是英国的一个驻兵区）。他们谋生日益困难，必须从事自己素来不擅长的"低贱"行业。三是除本地区的新兴工商业者和新文化（英国教育下的）工作者以外，特别是孟买的新兴势力对他们构成严重威胁。除统治者英国人和英语以外，从古吉拉特来的商人日益得势；他们和同讲古吉拉特语的帕尔西人（拜火教徒，古波斯人后裔）的经济和社会力量占了上风。有悠久丰富的文学和宗教传统的马拉提语地位反不如政治用语英语和孟买商业用语古吉拉特语。婆罗门种姓各支派也由此分化。用宗教眼光看，这正是古代经典（主要是史诗和往世书）所预言的末世危机到来。据说这时必定要出现降魔的威力。戈德塞所崇拜的沙瓦尔卡尔（V.D.Savarkar，死于一九六六年）是这地区的所谓恐怖主义者的领袖，一生多半在监狱和安达曼群岛的流放中度过（甘地死时他六十五岁。他使人想起法国的布朗基）。标榜复兴印度教而与国民大会对立的印度教大会的社会基础正是在孟加拉和马哈拉施特拉而主要是后者。这一派政治主张的文化传统来源和经济、社会基础是很清楚的。

当时这一派人对曾经统治印度的伊斯兰教徒和正在统治印度的英国基督教徒的宗教仇恨心理是不问可知的；但是他们的矛头却指向同是印度教徒的甘地，对他特别仇视，终于置之于死地。这是为什么？

试具体分析一下戈德塞和甘地两人的思想同异。

思想共同点很多：一、同是民族主义者，都坚决要复兴印度。这也是说，不论自己是否意识到，两人都受到近代资本主义的民族观念的影响。二、同是印度教徒，而且同认为这是印度人中的大多数，是印度的主体，是印度取得独立的主力。三、同反对分割印度（指英国统治下的印度）。表面上戈德塞因为印巴分治而刺杀甘地，其实甘地是一贯反对分治的。他和真纳是同乡。真纳总是声称他们二人的多次谈判是两教、两族的谈判，而甘地始终不承认自己只代表印度教徒利益。最后实行蒙巴顿方案的决定权也并不在甘地之手。甘地除当过一任国民大会主席（一九二四年十二月）因而有"元老"身份外，后来甚至连普通会员都不是，也不是政府人员。他的死和最初在南非时几乎被帕坦人（阿富汗人）一棍打死的情况极相似。四、同是虔诚的印度教徒，苦行者。甘地情况人所共知。戈德塞独身不娶，不近烟酒，生活俭朴，睡硬板床，冬不穿棉。两人都可说是修瑜伽行者，又都自称是正统教徒（Sanatani）。戈德塞要求死后照正统经典规定宗教仪式火化。五、同认为印度教应该取消种姓制度。两人心中都有种姓，甘地自居为"贱民"，戈德塞自觉是高级婆罗门，但两人都主张教徒一律平等。六、戈德塞还表示政治要民主、平等，甚至同意甘地对伊斯兰教徒领袖作若干让步以使他们参加统一的民族运动。他以参加甘地领导的政治运动开始政治生活，以刺死甘地为结束，而行刺时对甘地仍表敬意。这几乎可以说是"大义灭亲",而照他的说法则正是实行甘地所提倡的圣典《薄伽梵歌》(神歌)的教导。对同一经典的截然不同理解,这才说明了这两个印度教徒的根本不同是各代表了印度文化传统的一条路线。

思想异点不多但是根本性的,可分表层底层两面看。表面上,戈德塞在思想上属于甘地领导运动以前的,十九世纪末到二十世纪初的,西方化了的政治运动人物。这些人物如前所说,是"托古改制"的,言必称古而思想则新。其中有两派,戈德塞接受的是主张用武力斗争改变现状的激烈派,而不是主张用社会改革和文化教育以求复兴的温和派。他是以浦那为中心的地区的婆罗门,受这一影响更强烈。甘地在一九三四年、一九四四年、一九四六年三次遇刺都是在这一带,而一九四八年最后两次的刺客又都是这里人。若追究到底层,则根源仍在印度文化。两人对印度教所传的文化传统的理解不同。以《薄伽梵歌》(神歌)为例。戈德塞接受其同乡前辈铁拉克的解说,认为这是以修行"业瑜伽"为主(即以行动为中心)的教导,而且照本文意义理解为教导战争并且不惜杀死本族尊长及亲属的理论。甘地却说这是指精神斗争,是从思想上教导伦理道德修养的"非暴力"理论。戈德塞遵循史诗和往世书所传的印度教,认为主旨是神消灭魔,战斗是中心思想,不过战斗要无私,即凭"神意"。他学的政治是大史诗里的政治,是无情斗争的事实,不是外加的伦理道德解说:"神意"就是道德。他在供词中竟然自认是学习大神黑天诛杀国王童护。甘地恰恰相反,以为精神力量能胜过物质力量,伦理道德和生活方式及信念才有价值,有意义,是主要的。戈德塞认为历史是既成事实(不可磨灭的"业"),近一千年的非印度教徒统治是不能忘记的,反对宽容与妥协。甘地却认为历史已成过去,其意义在于其精神内容,因此历史可以照现实需要加以解说,不必纠缠过去事实。两人的理解都是在史诗和往世书中有根据的。两人的一生表现出世界观的根本不同而且都不单纯。甘地的思想言论是唯心的，但是他的行动却往往是唯物观点指导下的，时时处处考虑现实情况联系最终目的作决策，所以得到群众而成功。戈德塞的思想有唯物的方面，相信物质力量，但是他的行动是唯心的，以为个人英雄行动可以改变历史，终于孤立而失败。甘地宣传印度人有精神力量超过统治者，自信是强者，失败者不应自居失败，可以拒绝合作置统治者于困境（如罢工、抗税），无武器也能战胜。他首先要鼓舞士气，唤起民族自信心。戈德塞则根本否认这种历史观，认为印度教徒将近千年被统治已经弱了，不能再弱下去，要提倡勇武，鼓吹战斗，不应"讲道德，说仁义"。因此他认为甘地削弱了自己人，成为障碍，必须除去。他的行动表明，他认为历史可由个人行动改变，愤怒和仇恨是勇敢；形式上虽和甘地的以宽容和仁爱为勇敢相反，实质上两人的都是唯心主义世界观和历史观。这两种思想，抽象说来是根本出发点相同，但具体表现却是互相对立，互相冲突，终于两人同归于尽。印度历史由此翻开新的一页。但是传统文化的两面性就不再起作用了吗？

印度文化传统是复杂的。不但历史发展过程复杂，而且本身从一开始就是包含了对立面的复合体。即就通常习惯用不恰当的名称"印度教"来称呼的所谓宗教文化而论，那传统也是很复杂的（在宗教徒心目中，宗教不仅是信仰，而且是"宗教—文化—民族—政治—社会地位—经济利益"的混合体）。两个相同而又相反的，都自称为纯正的印度教徒的人，竟然以一个杀死另一个以求解决并非私人的矛盾为结局。这种文化传统的基本思想模式（eidos 和 ethos 的共同核心），中国人是可以理解的。我们的最古文献《易经》卦爻就是以"乾、坤"或"阴、阳"相反相合建立体系的。"文、武之道"从来是不可偏废的。例如皇帝谥号，从西周开国就是"文王、武王"，曹操、曹丕父子也是"武帝、文帝"，汉朝也是"文帝、武帝"时期最盛。"文、武之道，一张一弛。"片面割裂文化传统会招致灭亡的。世界上有不少文明古国都灭亡了或中断了，有四千年以上文化传统历史不断而今天还存在的大国也许只能算上中国和印度了。这难道是偶然的吗？

（一九八三年）

创造的统一

　　如果纷纭的统一是印度的特征，那么，泰戈尔便可以说是印度现代的精神上的最高象征。因为他是含有创造性的统一，是矛盾对立的复杂的谐和。像无数闪烁的繁星组成一片美丽的天空，像四肢百体合成一个健康的活的美人，像大小长短的斑点与线条创成一幅鲜明的图画，他在精神上配合了东方与西方，古代与近代，在错杂万端的背景上烘托出一件新的完整的艺术品。他正是由不同的字音联缀成的一首诗歌，是纷杂的管弦之音所结合成的一章乐曲。

　　齐特拉在男子当前才发现了自己是女人，从"你"才见到了"我"。"邮局"里的小儿从死里面才显出了生。东方在西方的侵迫之下才现出了是东方。古代在近代的鲜明的对照中才分辨出它自己。一个民族在受外族侵迫之时才要努力证明他的"存在的理由"和生存的价值。在这当中最尖锐的感到矛盾的激刺然后以创造的力量达到新的谐和的，是诗人和哲人：真的亲证实践的哲人，不离于人情又超然不滞于人情的诗人。他透过了自己的精神的苦难而获得欢喜的谐和，他歌咏；他直觉的印证，他要说出来，做出来，表现出来，于是他本身成了一件艺术品，成了模仿的对象。他不能说教。不能指挥，不是领袖，不会使人人都了解；然而他却会使人感动，依然能成为偶像和商标。这样一个人会或在生前或在死后矗立人间如雪山之顶，却又像道旁的指路石一样，终于会被风驰电掣的奔忙的人类所瞥过而忘却。诗人和哲人只是一人。我们眼前这样巍然矗立着的便是泰戈尔。

在物质的泛滥中高咏精神，在西方的控制下标榜东方，在战乱的世界中鼓吹和平，在城市的蓬起中想创造乡村，在民族独立的对外抗争时宣言人类一家。这是违抗时代的叛逆者么？这正是时代的产儿。因此，第一次世界大战后的疮痍之中，泰翁的声名光芒万丈。这里面并没有玄学的奥秘，只有历史的背景。因为患难中并不再需要患难的刺激而只企求静谧，断肠人所想望的当是含泪的微笑，怀疑动摇的时代也自然向往于虔信，无论其对象是神，是人，是空洞的主义和口号，还是强烈意志的具体化的个人。

泰翁的诗表现了一种创造的冲动，一种对虚无与不可言说的努力把握，一种仿佛已经有了出路和对象的感情的宣泄。它不是荷马的民族史诗，因为泰翁没有记录出新的"大战书"。不是《神曲》，不是《失乐园》，因为没有基督教式的单一而确凿的虔信。不是《浮士德》，因为没有那么多人世的情趣以及个人的灵魂冒险。不是《尼拔能琪歌》《罗兰之歌》《伊哥尔的远征曲》，甚至不是波兰密克维支的《搭都斯先生》，因为没有中世纪的背景和充满故国之思的对民族英雄的歌颂。又不是吠陀式的新鲜的青年游牧民族的胜利的颂神歌曲，不是确证不可一说的"你是它""我是梵""非也，非也"（Neti，Neti）的《奥义书》，也不是中国的抒情酬答怀古刺今的短诗。是丽而未靡，信而不泥，以人情谐自然，借特殊的语言之美以传达不可译的风格的古印度诗坛盟主的诃利陀沙么？也许。再加上一点泛神的思想，一点现代的阴影。"是生错了时代的诃利陀沙啊！"是生在动荡矛盾艰难疑虑的时代的诃利陀沙。可是也缺了一点：诃利陀沙的"罗怙世纪"恰好比上罗马开国史诗，魏琪尔的《伊泥易德》，而泰翁却没有。

男女由对立而谐和，由此以孕育出新的创造品的孩子。爱的神秘在创造，创造便是爱，这正是诗的宗教，因此也是宗教的诗。泰翁的"献歌"（《吉檀迦利》）正是"歌中的雅歌"，矗立于诸诗之顶。人对人的努力亲近与把握，如果是有创造性的，这便是神性的模仿与不朽之追求，这不是故意把俗情美化。然而没有创造的徒然的感情的沙漠，便没有哲学，没有宗教，没有诗，没有真的人生，没有生活。神由自身创了宇宙，自己丝毫无损。生了孩子的母亲，更像神一样地增加了创造的荣光。《奥义书》的名句说："全中取全后，所余仍为全。"这是创造的爱的直陈。没有这种思想作背景，读诗作诗便成为呓语，有如街头负贩的呼喊，自己丝毫不觉所唤货品的真味。至于印度的苦行解脱思想以毁灭之神的大自在天为恒河水畔的苦行者领袖，而不肯拜创造之神的大梵。还有取中道的佛陀以慈悲智慧双运为教，感情理智谐和而去欲存情修禅立慧以达究竟为境，理烛有空，谛谐真俗，也是另一番境界。但这两种境界都是柏拉图的理想国，由哲人主政而屏诗人于境外的。泰翁还是诗人，不但与前二者无涉，甚至还在《奥义书》的泛神论的边缘，还没有到达亲证梵我合一的非诗之境，还没有脱离文字言说的美境而走向超乎美的不可思议；因此他还是人间的，时代的，语言文字线条乐句之诗的，一句话，还是我们的。

（一九四五年四月十五日）

泰戈尔的《什么是艺术》和
《吉檀迦利》试解

　　泰戈尔的《什么是艺术》是他在美国的一篇英语讲演，曾经几次译成汉语。他的《吉檀迦利》是他五十岁时的自选诗集，并且自己进行了英语散文诗体的再创作，也早有汉译。前者是理论，后者是实践。本文打算只就这两者作一点初步的试探性的分析，并不是对泰戈尔的美学和哲学思想以及诗的创作进行宏观的论述，而只能算是微观的窥测，而且只作解说，不作评价。

　　泰戈尔的这篇论艺术的讲演收入专集的发表时间（一九一七）离托尔斯泰的逝世（一九一〇）只有几年。然而托尔斯泰的同名著作《什么是艺术》却同泰戈尔的讲演看起来大有不同。托尔斯泰宣传"人民的艺术"，着重于伦理道德，而泰戈尔把艺术归于心灵，仿佛是脱离现实的东西。托尔斯泰说的"人"是"社会的人"，而泰戈尔说的"人"仿佛是"宇宙的人"。两位大作家都是具有唯心主义世界观的思想家，都宣传宗教，都出身于"高贵"门第，又都怀有救人救世的宏愿，然而他们关于艺术的理论和实践却有很大差别，由此可见宏观的概括以外还需要有微观的考察。本文先提这一点，为的是显出对一位作家的各别著作有进行具体分析的必要，并不是要对他们作比较的研究。

　　现在先讲一下这篇题为《什么是艺术》的论文。先分析外在条件，后分析内在因素。

时：二十世纪初期。讲演集初版于一九一七年。第一次世界大战还在进行。俄国十月革命尚未胜利。

地：美国。

人：泰戈尔。生于印度孟加拉。当时英国还在统治印度；从东印度公司开始控制孟加拉算起，已有近两百年的历史。

这显出了一个对立的矛盾：英、美、欧洲和印度孟加拉。这是政治和经济的，更是文化的尖锐矛盾。

若进一步分析泰戈尔在文化和思想方面的外在条件，就必须联系到他这篇讲演的内在因素。

这篇和讲演集中后面紧接着的一篇突出了艺术和科学的矛盾。泰戈尔把二者对立起来讲：

科学——抽象的，无感觉和感情的，死的。

艺术——具体的，凭感觉和感情的，活的。

这同前面的外在条件的对立正好配上：

科学——工业化经济——英、美——不自然

艺术——农业自然经济——印度孟加拉——大自然

不过，泰戈尔并不是否定科学，只是在艺术方面根本否定科学。艺术只能是大自然的，不能是"人工"的，只是形象的，不是"抽象"的。

什么是"抽象"？泰戈尔明白说，人类社会中有大批"抽象"的东西，名为"社会、国家、民族、商业、政治、战争"。甚至在"宗教"的名义下进行屠杀。这一大堆"抽象"的概念把"人"湮没了。政府和官僚制度对付的是一般概念而不是活生生的人。"科学"信条"适者生存"（生存竞争的规律）使人性的世界成为"单调的抽象物的沙漠"。这是一片"模糊的星云"，艺术却从这里"创造着它们的星辰"。在这里，泰戈尔是用着形象化的语言说明他所谓"科学"是什么。"科学"实际是一个代表性的名称。

这还只是表面。通观全篇就可看出：泰戈尔用的自然语言和科学用语，这是可以传译的。他又用了一些英语词如政治、社会、科学，等等，带有术语性质，但已吸收入汉语，也容易了解。但有些是他利用英语的词作为印度传统思想（照他的解说）的概念的代号，传达的是和英语原词不同的信息，这就容易产生歧义和误解。这本讲演集的题名以前都译为《人格》就是一例。"人格"这个词的泰戈尔用的意义，和英语中常用的意义，以及汉语中使用这个翻译新词的习惯用的意义，是很不相同的。这就会影响对泰戈尔所使用的思想范畴和他的思想体系的理解。

下面就几个这样的词作一点解说。这既是受近几十年来国际上分析语义的作法影响，也是受我国古代传统中一种作法的影响，如《易经》和清朝戴震的《孟子字义疏证》。不过这里只是极其粗略的起码尝试。为避免繁琐，不能先列材料再抽取说明，而只能作简单解说。

一、"抽象"：汉语的是译出的新词，和英语的大致相当。泰戈尔用的也是同样词义。但是他一开头分析了人的物质需要和精神需要，随即把人一分为二，接着又将世界也一分为二。他的说明正好同我们的相反：科学世界是不真实的"抽象"世界，反而我们的"人格"（暂用作为代号或密码）所"实现"（这也是一个利用英语词的代号，应当是中国古译的"亲证"）的世界才是真实的世界。科学离开了后一世界，但艺术却产生于这一世界。因此，艺术真实而科学不真实。"真实"一词可以照一般了解，可以说，眼见为真，耳听是实。

乍一看，这不过是唯心主义的颠倒了的世界观，但深一点考察就可看出并不那么简单。泰戈尔所说的正是我们的常识的看法，并不是神秘主义的玄虚。他说得很明白：我们由感觉和感情所得的世界是真实的，而由理智所得的世界只是影子。他不过是说：我们所见所闻的人的生活中的形象世界是真的，而凭分析推理得出规律的世界是只能知道而不能感觉的。这正同柏拉图的世界相反，而同贝克莱的世界也并不一样。若在今天，他大概会说，卫星在天上游行是真实的，而基本粒子和能量定律则是"抽象"的。艺术只能从真实世界产生，而不能从"抽象"的元素和定律的世界产生。

因此，对"抽象"一词必须就泰戈尔的话作具体的理解。泰戈尔把"抽象"排斥出艺术源泉之外，不过是为了指出艺术只能产生于现实生活，形象世界。

照泰戈尔的说法，他当时所处的世界才是个颠倒了的世界，把底层当作了表层。这就是说，认为世界只是化学元素，分子—原子—电子力的相互作用，能量和信息，而人呢，不见了，不过是一堆分子—原子—电子按照数、理、化定律在不断运动罢了。泰戈尔认为这就成了"抽象"的世界。

按照同一看法，泰戈尔反对给艺术下定义，却要追查艺术的"存在理由"、来源和用途。他这样作为的是对付从西方传到孟加拉来的，造成了混乱的迷雾的艺术评论。他反对清教徒的禁欲主义而提出印度传统的理论"享乐是文学的灵魂"（这是他将印度古文现代英语化的句子）。由此看来，泰戈尔并不是好弄玄虚的空想的人，他是很实际的。他论"为艺术而艺术"也是有所为而发的。

二、"人格"：这在泰戈尔的文中是一个核心词。他用的英语的这个词，是他所认为的"人"的代号。他的"人"的核心是感情。他引用了印度传统文艺理论的术语"味"（这个术语的涵义不只是感情）。因此，这个"人"和排斥感情的科学是对立的。艺术出于感觉和感情而不是出于理智。泰戈尔引英印政府从孟加拉的加尔各答迁都到新德里去时讨论新建筑风格为例。他说：莫卧儿王朝的皇帝还是"人"（有人性），生于印度，死于印度，能有建筑艺术风格，有"感情"（"味"）；可是英印政府不是"人"（没有人性），是个官僚机构，因此是个"抽象"，不能有风格。有个总督想模仿莫卧儿王朝的"御前会议"，这是不可能的。"礼仪"是艺术。抄袭、模仿，伪造，而没有"人"，怎么能行？艺术只是"人"的表现。艺术是"人"同世界的友好对话。两者是一体。他举例说，他和一个日本人同船到达日本，日本人一上岸就投入他的家乡和祖国，他的"人"，而不像印度人那样看见无数新奇事物。他赞美东方艺术，尤其是日本和中国的艺术，因为他们的艺术家认识并且相信这个"人"，这个"灵魂"，而西方人则也许相信个人的"灵魂"，却不真相信世界也有"灵魂"。

泰戈尔所说的"人格"即"人"，或说"人心""人性"，等等，其实大概是印度哲学传统中一个术语的涵义的译词。这个术语经过佛教文献的翻译成为汉语中的"我"；但佛教是标榜"无我"的，对这个词有种种解说。印度的所谓"吠檀多派哲学"和所谓"奥义书哲学"都是标榜"我"的，其实其中也各有种种派别的解说。近代和现代人又用西方哲学术语加以种种解说，更加纷乱。泰戈尔这一文中有他自己的解说，我们应当依照他自己的说法来理解他用的这个词的涵义。

三、"神"：泰戈尔说，印度的大部分文学是宗教性文学。他用的英语"神"字是第一字母大写的上帝；但这不是基督教的上帝或伊斯兰教的真主，也不是佛或所谓印度教的大神。佛教早传到中国，却在印度灭亡了几百年，近几十年才开始恢复。所谓印度教类似中国的道教，是个包括很多教派的众神殿。这些我们都能了解。但是泰戈尔说的"神"或"上帝"却不同。照他的说法，"神"不是远在天上，也不是只在庙里，而是在我们家里，"神"一再出生为我们的孩子，是个"永恒的儿童"，因此宗教歌曲就是爱情歌曲。"神"是真实的，不是"抽象"的，正如"哲学"和"无限"一样。

他引证古代印度一位女诗人的诗证明，妇女在自己的孩子身上认识了生命和"无限"。泰戈尔的"上帝"，"神"是"最上的人"（他用的这个词应是古词"最上我"），就是那个"人格"或"人心""人性"，等等，其实无非是指人的感情。由感情的爆发而产生艺术。

泰戈尔的这个"神"并不是他独创的，而是在印度近几百年来（甚至更久远）曾经流行于民间的一种教派思想的产物。这就是所谓"毗湿奴派"。还可以联系到伊斯兰教的苏菲派，以及与锡克教有关联的织工诗人迦比尔。这些教派的宣传者中很多都是诗人。苏菲派的米尔和伽利布是乌尔都语的诗人。迦比尔是印地语的诗人兼宗教思想家。许多"毗湿奴派"诗人是孟加拉语的诗人兼圣者。追溯上去可以到孟加拉的著名梵语诗人，《牧童歌》的作者胜天。这些人都被认为"神秘主义"者。他们的"神"是人间的，他们（也许应除开迦比尔）的很多颂神诗歌用的是爱情歌曲的形式，而且是灵肉结合的，不是抽象的，不是柏拉图式的。上述诗人中，除只在思想上属于苏菲派的两位伊斯兰教诗人外都是游行于民间的。他们的"神"无所不在。若用我们常用的术语来称呼他们的哲学思想，那就是"神秘主义"和"泛神论"，但这两词都不是确切的、科学的，而是含糊的、习惯应用的。

上面这一点说明可以从泰戈尔的作品《吉檀迦利》得到印证。

《吉檀迦利》直译是"歌之献"，译为"献歌"还不确切，因此泰戈尔直用印度语为书名。用汉语直译也还不得不加上一个"之"字。古代汉语可以说"芹献"，说"歌献"似乎不合习惯。这本诗集是诗人把他的诗歌献给他的"神"，其实也就是那个"人"（"人心"，等等，"最上的人"），像献香、献花一样。

不用追查哪首诗从哪部诗集选来（如第六十首又见于《新月集》），我们也可以看出全书的层次结构。前三首说诗歌由那个"神"或"人"即"无限"的人的感情而来，又用以献给无所不在的这"泛神"的"神"。随后转向人间,"神"在人中,在各个角落,一直到明显说出既是精神又是物质的国家民族(第三十三和三十五首),这却不是"抽象"的概念。诗的歌唱者有时自己说明是"丐女"(第四十一和五十首)。歌唱的对象有时是孩子,这就是那个"神","永恒的儿童"(第六十、六十一、六十二首)。有时是少女(第六十四、六十六首),是"上帝"(第七十六、七十七首)。是"女神"(第八十三首),是神的偶像(第八十八首),然后唱出死亡(第八十六、九十、九十一、九十五、九十八首),最后是献诗歌于不知之"神"(第一〇一、一〇二、一〇三首)。这本诗集仿佛是有起、有结、有主题旋律又有变奏的完整的乐章。

同一主题用不同的变奏来不断重复,这是上述那些诗人的共同特点。印度的传统音乐、舞蹈、雕刻和文学作品中也经常出现这种情况。我们不大习惯于这一点,会感觉单调。这也许是像普通外国人不大能分别我们的许多山水画一样吧?

又是谈爱,又是颂神,又充满物质人间的形象,说的又不像是日常生活中的自然语言,这使我们中国读者觉得神秘。

以上两点还不是我们许多人觉得这本诗集难懂的真正原因。说是不懂,实际是不能欣赏,有点格格不入。

可以有一个解释:这本诗是泰戈尔的艺术观的实践。他是言行一致的。他在诗中不要"抽象",而要他的那个"人"或"人格""人心""人性",人的感情。他只是抒发那种感情,不是描写和议论,而他的这种感情同我们所熟悉的大有距离。

诗是语言的艺术。语言在传递信息中具有三项功能:认识的(理智、知识),审美的(感情、信仰),行为的(道德、教育)。我们习惯于前后两种,要知道说的是什么,有什么效果,不大注重第二种。这从说"关关雎鸠"是"后妃之德也"以来就已经如此,其实这仍然不是真正障碍。泰戈尔的诗语言明白,说出事和人和道理，也有道德效果。我们也不是不讲感情，不懂信仰。问题还在于彼此中间的距离。

犹太教和基督教的《圣经·旧约》中的《诗篇》和《雅歌》和《箴言》，哪样能为我们较容易欣赏？泰戈尔的诗同上述那些印度"神秘主义"诗人的诗往往是《诗篇》和《雅歌》的合一，而我们习惯推崇的却是《箴言》这一类型。但是我们也并不欣赏在诗中发教训，也要求诗中有形象和感情。可见"文体"（这词是作为现代文艺评论术语）也还不是主要障碍。

关键可能正是彼此感情之间大有距离。

首先是我们对"神"和宗教的传统一向是"祭如在，祭神如神在"之类，讲"如"，讲仪式。所谓"宗教感情"在不属某一教派的人尤其是知识分子中是很稀少的。例如，辛弃疾的词句："众里寻他千百度；蓦然回首，那人却在灯火阑珊处。"这正好像是《吉檀迦利》的题词。但辛弃疾决不会想到他写的"人"是泰戈尔的"神"，也决不会有人认为辛弃疾的词中有"神秘主义"的宗教感情。我们还可以举现代的《教我如何不想他》这首诗和歌为例（其中"他"字作阴、阳、中性意义均可）。

更重要的大概是根本上的感情的距离或间隔。这种"神人合一"和我们的带有巫术气味的"天人感应"大不相同。泰戈尔所追求和表现的东西同我们平常所了解的很不一样。他的"神"不是下命令的主宰者，也不是英雄，不像是神化了的人，而像是人化了的宇宙，是全人类（第七十七首）。他自己也说是"说不出来"是谁，是什么（第一〇二首）。他的诗中的人对"神"的爱情决不是我们的"天仙配"。在胜天的《牧童歌》中，牧女所恋爱的牧童是人化的神。这种爱情是灵的又是肉的。双方又平等又不平等，却并不是社会地位的不平等，而是人和"神"的不平等。这和我们所熟悉的宝玉和黛玉，梁山伯和祝英台，卖油郎和花魁等人的爱情是距离很远的。我们的含蓄而他们的露骨，但在我们看来他们的反而"不近人情"。泰戈尔把露骨改为含蓄，使这种感情离我们更远。

感情不能完全脱离思想基础。这方面的距离很明显。泰戈尔所抒发的人神结合的感情，其思想来源明显和我们不同。他求统一而我们讲对立，他求谐和而我们讲矛盾，他求静寂而我们讲斗争，他求合二而一而我们讲一分为二。他的爱的对象又是"人"又是"神"，同我们的人和神的概念区别很大。

泰戈尔的这篇论艺术的讲演和这本诗集透露出他的思想感情中心是，在分歧中求统一，在对立中求谐和，企求以人的感情来创造艺术，解决世间的矛盾。他晚年所创作的画很像二十世纪出现的一些所谓现代流派，其实也是这一种艺术观的体现。他的诗和他的画同我们所熟悉的诗画之间距离很大，在我们看来似乎是"不伦不类"。只有他的叙事诗和小说还有故事和人物可为我们了解和欣赏，距离短了一些。他的戏剧却又不同。有些剧实际是诗。我们对于诗是有强烈的选择倾向的。例如，惠特曼的《草叶集》名声很大，却没有全译本流行。

如果以上说的不算根本错误，那么，这一距离也就是中国和印度的，如此相似而又如此相异的，两种文化之间的距离吧？

（一九八一年）

黑洞亮了

——从译泰戈尔诗赠徐迟谈起

这里我送给你我的诗，

在这本纸簿里密密地挤着，

好像满满一笼鸟雀。

青色的空间，环绕着星辰的无限，

那才是我的诗句飞集的地方，

却被隔在外面。

把星辰从夜的心中撕下来，

再紧紧编系为一串，

也许从天堂的郊外什么珠宝商那儿，

可以换取一笔高价，

但天神却感觉其中失去了

神圣不可言说的美妙价值。

试想一支歌儿，飞鱼似的突然跳出来，

从时间的沉默深渊里。

你也要把它用网打来，

放在你的玻璃笼里，

和一大群俘虏在一起展览么？

在贵族悠闲之广大的时代中，

诗人天天朗诵他的诗篇，
在他的仁慈的君主面前。
那时印刷机的幽魂还未出现，
还没有用黑色的哑静来点污
那响亮的悠闲之背景，
并且加上当然不合适的伴奏。
那时诗节还没有排成完整的字母包裹，
给人不作一声整吞下去。
唉，当年本为倾听的耳朵而作的诗，
今天却捆在一起像镣铐中的一行奴隶，
排在它们的善于找错的主人面前，
放逐到无声调的纸张的灰色中去，
而那些为永恒所亲吻的人
在出版家的市场上并无出路。
因为现在是匆忙纷乱的绝望的时代，
抒情诗女神要走上她的旅途，
去赴心的约会，
也得搭电车或公共汽车的。

我叹息而且愿我能生在迦梨陀娑的黄金时代，
而你是——可是胡乱的心愿有什么用处？
我是绝望地生在忙乱的印刷机时代里，
——一个生迟了的迦梨陀娑，
而你，我的爱啊，又是彻底地摩登。

你毫不在意一页页翻着我的诗集，
躺在你的安乐椅里。

你从没有机会半闭着眼睛

倾听音节的私语，

听完时给你的诗人戴上玫瑰花冠。

你所付的惟一代价，

现在只是几枚银钱，

给学院广场的

书店老板。

译者附记： 此为泰翁去年（一九四一）病故后，今年出版的他的英文诗集中第一首。本集大半为诗人自己所译，皆从未编入其他英文诗集。编订大体依照诗人的四个时期的作品次序，颇可代表其各方面，而不仅如《新月》《园丁》《吉檀迦利》等的只限于一面。诗中提到的迦梨陀娑为古印度之大诗人，即著名诗剧《莎恭达罗》著者。"学院广场"为加尔各答大学对面之书店街。售泰翁此集之国际大学书店亦在此。本诗在原文孟加拉语中为格律诗体，一九三二年作。以后拟译泰翁于一九〇五年印度"自主（独立）"运动时及其他有关政治作品。一九四二年九月六日译于加尔各答，寄徐迟。他正在重庆到处朗诵抗日诗歌。

译者新语： 残书旧纸里发现这篇译稿，好像从未发表。也许已有别人新译，我没见到。为纪念中外这两位已故诗人，想出卖旧货，但若不加上新包装，单是老古董，又非秦砖汉瓦，有点不好意思，只得画蛇添足，多说几句话。从诗里可以看出诗人半开玩笑说出他的复古心情（我在印度听说，泰翁是喜欢讲幽默话的。他晚年学画，画得也很"荒诞""先锋"。他作的乐曲也不守古法）。在这首诗里，他居然反对印刷。现在都进入网络时代了，这诗的思想太过时了。由此我想谈两件旧事，说些废话。

一是他来过中国，在一九二四年，离一九一九年的五四运动不久。欢迎他的人实际上没有反对他的人多。原因只有一个，就是双方都把他当作鼓吹东方古代精神文明，反对西方现代物质文明的人。当时印度还受英国统治，离独立还隔着一次世界大战。所以他是亡国诗人，又得了诺贝尔文学奖，受到西方人赞赏。同样事实在那时的中国人心中得到两种相反的评价。依我看，可以将两种想法简化如下：

欢迎的人：失了国土不能失去自信，失去精神，失掉灵魂。抛弃自己的精神文明，学了西方的物质文明，独立了，富强了，不但精神上是西方的奴仆，而且会导向侵略战争。眼前的日本继承俄国占领旅大，继承德国占领青岛，就是例子。必须发扬东方文明补救西方文明。泰戈尔是好样的，向世界宣扬印度文明，得到欧洲人看重，获诺贝尔文学奖。

反对的人：物质不行，吹精神，现代不行，夸古代，那算什么？说是用文明对付野蛮，可是用宗教对付科学，那又算什么？亚洲有那么多文明古国，现在（一九二四）只剩下三个独立国了（中国、日本、泰国，不算跨欧亚的土耳其），还鼓吹什么精神文明？以精神高贵自豪，掩盖物质上受奴役的屈辱。这明是反对西方，实是帮助西方继续统治东方。

据当时和他同行的人后来说，泰戈尔离开中国时，知道中国人对他的反应，有些迷惑不解，后来明白了，那是中国人内部的思想派系争论。他的小诗还是受欢迎的。他的书也译出了不少。他的短剧《齐特拉》在协和小礼堂用英语上演，演主角的是林徽音女士。看的人不多，但都是精英。他还保留着剧照（剧中女主角本是男装，后来见到大英雄，改回女装，实现了自我。故事出于大史诗）。中国人和他还是朋友。不过我看，直到他去世时，双方也没有真正互相理解。因为这里面藏着一个中印双方不同的根深蒂固的思想：

"天下兴亡，匹夫有责。"中国人说天下就是指国家，说国家就是指朝廷，匹夫就是指老百姓，责就是要跟你算账。兴，说是有你一份，其实没有你的份。亡，你就有份了，得跟着亡国朝廷去死，叫做殉国，或者现代化说是殉"忠"的文化传统。这本是做官人的事，也推广到老百姓了。印度人没有这个传统，没有"天下""匹夫"这样的词。现代他们说世界、人类、国家、人民、政府、政权、政党、权力、权利、王、宫廷、神，可是仍缺乏具有"朝廷"（不等于政府）、"忠君"（在古代等于爱国）这样的概念的词。印度没有像中国这样的长久帝国。曾在印度的三个大帝国时期兴旺的佛教在本国衰微，混入印度教（包含许多派系），但在传入中国、日本的神道帝国以后有大发展。由此可见中、印之间的异同。

泰戈尔反对机器文明，向往回到自然，因为他看到机器伤害了人性，所产生的文明发生了扭曲，毁坏了人情，导致互相残杀，害了世界、人类，不仅是印度。印度要独立，但不应该"以暴易暴"。以上说的欢迎和反对泰戈尔的两种想法照说并不一定互相冲突，可是确实大不相同，很难沟通。当然这是我的"一孔之见"。泰戈尔办的国际大学里，有一位英国教员，他收集了泰戈尔游欧时欧洲报刊上发表的对他的意见，编成一本书：《西方人眼中的泰戈尔》。从书中可以看出，当时西方（欧洲）人对他的看法也不一致，完全颂扬的不多。他在印度，除了孟加拉以外，声名好像还不如在中国大。这可能是由于他用孟加拉语写作，而现代印度的文学有十几种不同语言，各有千秋。

再谈一件事是泰戈尔得诺贝尔文学奖。六十年前我初到印度时，几乎没有听到印度人提起这件事，也不提泰戈尔愤怒辞去英国政府封他的爵士称号，好像这些对泰戈尔来说不是头等大事。我先以为是由于印度人拉曼也得过诺贝尔物理学奖，所以他们不以为奇。后来才知道，印度人尽管喜欢给人加称号，但不像中国人这样重视头衔、排行榜，把得到外国的什么奖都看成像运动员在国际比赛中得到世界冠军一样。这可能是从东汉班固的《汉书》列"古今人表"，排名次，和那时的"月旦评"论人物优劣起，就有这种心态、风气。印度人对于神都不分等次，各拜各的。三大神、男神、女神、各种化身，不在一起排队，不分高下，好像释迦牟尼佛、阿弥陀佛、大日如来佛、弥勒佛等许多佛不排名次一样。因此他们不大在意什么大奖。大概是认为，得奖的未必名次高，没得奖的不一定品格就低。所以，对泰戈尔也不认为他得奖就增加多大的光彩，仿佛中了状元。过久了才知道，其中可能还有别的原因。那时印度还没有独立，所以有识之士觉得西洋人赠送头衔也像是赏赐，不以为荣。当然以上这些都是我的猜测，也没有和印度人讨论过。

在印度时听说，泰戈尔领奖时发表演讲用的是印度古文，梵文。他不能用孟加拉语，那只代表印度的一部分。他只能用古代通行语作为本国语，决不能用外国人的英语。我想当时在场的人大概谁也不懂。他领了奖金用来维持并扩大他的事业。一是农村教育基地，取名"和平乡"（santiniketan），就是他办的在树下上课的学校。后来出名了，成为"国际大学"，也现代化了。另一个是农村生产基地，取名"吉祥乡"（sriniketan），是组织青少年农民养牛，出产乳制品，做一些由诗人设计图案的手工艺品。这一处不大兴旺。我去参观过。以后不知下文了。由此可见，诗人的设想是打下政治独立的稳固基础，建设自力更生，发展生产，普及教育的农村。这和独立运动的领袖甘地的理想一样。不同的是，甘地认为在外国人统治下，政府不会允许这样做，所以先要自己有政权。独立了，自由了，才能完成建设基础的工作，现在提出来，只能是政治运动的口号，不是行动的纲领。泰戈尔认为没有农村基础的建设，农民得不到独立，没有普及教育，政权是靠不住的。而且像日本那样只追求独立富强，发展了军国主义，更危险。所以要提倡印度古代传统的以农村公社为基础的文明理想，再工业化而避免带来的弊病，才稳妥。这两人都是貌似复古，实是革新，和貌似革新，实是复古的不同。可是两条路不能同时走，结果自然是政治家成功了，艺术家失败了。可是基础不稳。问题还是一大堆。理想和实际总是有距离的。想得好的做不到，做得到的不那么美妙，有时是适得其反，言行不一，南辕北辙。听说这两位大人物有过下列对话：

诗人：希望我们不要毁了艺术。

政治家：希望艺术不要毁了我们。

两人谈话用英文。这不是仅仅因为一个说东部话，一个说西部话，又不能用市场通行语，而是由于本国话还没有现代化，许多话语没有本国化。听说当年马建忠和辜鸿铭在新加坡相见时也是说法文，同样是由于这个原因，不是福建话和江苏话不能沟通。虽然那时已经译出了一些"格致"（科技）书，可是马氏作的《文通》里，语法还是"葛郎玛"。从前大学里上课可以完全不讲中国话，却几乎没法不讲一个外国字。这是不得已，和讲"摩登""酷""秀"另有用意不一样。

话说远了，再接着谈谈诺贝尔文学奖。

这个奖和奥林匹克运动会的奖、什么电影节的奖不一样，是由一些有指定资格的人推荐一些书给另一些有资格的人按照赠奖人的遗愿评选出来的，是给近年来创作的，或近年才显示出意义的，具有理想倾向的，具有文学价值的，优秀作品。由此可见，名为文学奖，但很难评定甲乙的语言艺术不是唯一标准。至于什么是理想、意义，什么是文学，也不容易确定范围。所以这决不是"以玉尺衡量天下士"，不是世界文学书的或畅销书的排行榜，中奖的不是世界冠军。说是作品，当然也不是以国家、民族、语言为单位作首先考虑。我以为，国际大奖值得重视，但不必过于看重，患得患失。许多得奖人的作品我们至今也没有翻译，甚至不知道。我觉得，大半个世纪以前，我所见到的印度人对于泰戈尔得奖的态度，以及他领奖、用奖的方式，不论深层原因是什么，还是不错的。

顺便看看从一九〇一年首次发奖起，一个世纪的得主和作品，也许可以看出一点门道。

一九〇一年首次发奖给一位法国诗人苏利·普吕多姆。恐怕除了学法国文学的人，谁也不认识他。作品也不见汉译。他本是属于所谓象征派（高蹈派）的诗人，又写所谓哲理诗文，都不好懂。在他以后得奖的诗人就是泰戈尔（一九一三）、叶芝（一九二三）、爱略特（一九四八）、聂鲁达（一九七一），都是我们熟悉的。从这些人的作品还看不出推荐、选拔中奖诗的倾向吗？这明显和我们的奖励标准不一样。诗艺的高低很难说。

一九〇二年得奖的是德国的蒙森，历史学家。他严格依据文物铭刻和原始文献作考证史学，又写出通俗著作《罗马史》，从意大利的统一讲到立志改革庞大而腐朽的罗马共和国未成被刺死的独裁者恺撒。他用冰冷的文笔传达出暗含的热烈的感情，即使英、法译文也掩不住德文原作的气势。特别是在讲恺撒时代的第五卷末尾，断言改革者虽死，改革终必在多少年以后成功。这不仅是暗示恺撒的继承人奥古斯都几十年后便建成罗马帝国。这书出版于十九世纪中期五十年代，没有续写恺撒以后。到七十年代普鲁士王威廉就统一德意志各邦建立帝国，自称恺撒，在德文里这词就是皇帝。这大概就是发奖标准中的所谓近来才显示出的意义吧？蒙森虽在《反杜林论》里被提到名字（记不准，未核对），可是不知为什么直到最近才开始出版译本。同样得奖的历史书是丘吉尔的《回忆录》（一九五三）。这就不用介绍了。从这两书可以看出所谓文学性质和显示意义的涵义了。

不止历史，还有哲学。一九〇八年得奖的是德国哲学家欧肯（倭伊铿）。记得他好像是和杜威、罗素在同一时期来过中国，出过讲演集，可是懂得他那一套的人很少，转眼就被忘掉了。一九二七年奖法国柏格森，一九五〇年奖英国罗素，一九六四年奖法国萨特，都是我们比较熟悉的。其中仅有萨特写文学作品，但他拒绝接受奖。二十世纪有多少哲学家写过有文学性质的著作，得奖的只是这几位，可见获奖不是中状元、得冠军，当带头人。

文学方面也和历史、哲学同样，不可能凭奖列出排行榜。一九〇三年第三届文学奖得主是挪威的比昂松（般生），戏剧家，和他的同乡同辈易卜生齐名而且作品类似。在中国，易卜生享有大名。他的《娜拉》（《玩偶之家》）震动了一代青年，特别是女性。一时流行一个从古未有的新词：人格。在世界，易卜生有过很大影响。据说马克思的小女儿和戏剧家萧伯纳曾经同台演出《娜拉》。他的不被推荐和选拔是不是和托尔斯泰的与奖无缘属于同类情况呢？以后得奖的戏剧家说来话长，就不谈了。至于得奖的小说家各有千秋，更不必继续评说了。若以国家作单位来看，例如，在日本，一九一六年去世的夏目漱石没有得奖。一九六八年才有川端康成得奖。这里说不出多少道理，或则是，有道理说不出。夏目漱石连日本政府赠送他文学博士头衔都不接受，大概也不会在乎这个奖。

合起来看一个世纪的得奖人，对于发奖标准所说的理想、意义、文学性质，显然推荐者和评判者自有一种理解，不能和别人都相同。所以，得奖很好，不得，也没什么不好。好像鲁迅说过，若是仗黄面孔得奖，他是不干的。我想，这是说，不必拉上民族、国家来考虑吧。

关于泰戈尔谈得太多，再说几句徐迟。一九三六年，他邀我到南浔他家住了一个月。他对我讲音乐。我继续译天文学书。两人的共同兴趣是诗和文学。我在印度听说他在重庆提倡朗诵诗。就译出泰戈尔的那首诗给他，有点开玩笑。一转眼，几年前，他向世界告别了。我忽然发现旧稿，想起他又想起天文，都是阔别已久了。

从前我曾经夜夜眺望灿烂的星空，作一些遐想，对那些发光的明星很想多知道其中的奥妙。抗战一起，我和天上的星星朋友也就分别了。哪知到了二十世纪后期，不发光的星引起天文学家的注意了。一九六七年给它们命名为黑洞。其实那不是洞，也是星，不过不发光。它们也曾经大放光彩，后来燃料消耗尽了，身体缩小了，质量加大了，引力增强了，什么都只进不出，连光也发不出来了，变成一个黑洞。地球的引力很小，有人造卫星的速度就可以出去不回来，在天上绕地球环游。可是黑洞的引力太大，连达到速度极限的光也离不开。所以它们的存在长期不被人知道。虽然两百年前（一七九八）已有天文学家依据计算预言会有这样的星，二十世纪（一九三九）又有天文学家依据相对论推断这种星确实能存在。一九六七年观测到了类似的中子星，于是大家努力去找黑洞。可是它们不发光，看不见。不过它们的引力使周围的天体活动受到影响，于是科学家发现了这个引力场和看不见的来源，居然发现了黑洞。现在可以在卫星上用仪器观测，发现的黑洞多了，而且有可能接到它们的辐射（边上弹出来的或是里面漏出来的）。黑洞成为窥视宇宙的一个新观测点。不仅是明星，黑洞也亮了。看不见的比看得见的仿佛更有吸引力，但不是靠发光而是靠本身的重量吸引了。黑洞的故事引起了我的一些联想，不说也罢，但有一点似乎还可以提一提。

诗人、作家也有点像天上明星。起先靠作品发光，大家看到的只是光。后来靠本人，靠名声，再后来可以像黑洞那样靠无形的力量了。读作品的人未必跟着作家的名声大而越来越多，也许时间一长，作品难懂，读者反而减少了。《西游记》原书的读者只怕远没有同名电视剧的观众多。听说徐迟在南浔，泰戈尔在北京，都有铜像了，不至于像黑洞吧。不过黑洞有引力，可以有辐射，还是明亮的。

二〇〇〇年五月

印度画家阿·泰戈尔的美学思想略述

　　阿巴宁德罗纳特·泰戈尔（Abanindranath Tagore，一八七一——
一九五一）是印度现代画家，是开创印度现代绘画的所谓孟加拉画
派的领袖人物。他也是我们所熟悉的诗人泰戈尔的侄子，在泰戈尔
逝世后继任诗人手创的国际大学的校长。他在一九一五年发表了对
印度传统的绘画"六支"理论的解说（有英文本和法文译本），可
算是他的美学思想的提要。本文拟主要以此为依据作一点介绍和解
说，由此一斑也许可以略窥全豹。

　　考察一个民族或一个时代或一个艺术派别以至于一个艺术家
的美学思想，最好是分析其发展过程中的新旧转换和矛盾冲突的焦
点。阿·泰戈尔正是在十九世纪末期到二十世纪初期印度文化发展
的关键时刻发表他的创作和理论的。他在这一时期除自己创作外还
培养并造就了一代新艺术家，声誉达到印度以外。很显然，艺术作
品和艺术思想不能脱离世界观（即对于世界的看法）的基本模式，
世界的变化当然也就不能不是世界观中的构成因素，即影响其形成
并从中得到反映的客观存在。这一时期的印度正是处在一八五八年
英国正式吞并印度并在文化教育上系统而全面地按照殖民主义的长
远利益进行改造之后，同时又是处在一九四七年印度宣布独立并在
文化教育上按照民族主义的根本要求进行改造之前。这九十年中间

的核心年代是重要的转换关头。怎样转换？这不能不是当时印度知识分子，包括艺术家，有意识或无意识地，直接或间接地，首先关心的问题。我想这应当是理解阿·泰戈尔的艺术作品和美学思想所必须注意的背景。

值得注意的还有：印度在这个转换关头的反映是达到了欧洲的。英国人哈菲尔（E.B.Havell）在一九〇八年说：英国用罗马方式教育印度，宣布并且使印度人相信，印度没有自己的艺术。他是被派往印度进行英国艺术教育的。但从他在十九世纪八十年代到印度以后，经过了二十四年，他尽力完成这个使命的结果是，发现了英国人的岛国思想的狭隘性，竟花了一个世纪时间才明白，欧洲人要从印度学习的比印度人要从欧洲学习的还多些。哈菲尔从向印度宣传欧洲艺术转变成为向欧洲宣传印度艺术。他向印度人指出：他们奉为模范的不过是英国的第三流艺术；而印度自己并不是没有艺术。他是第一个这么做的欧洲人。法国人卡尔佩勒斯（Andrée Karpelès）在译阿·泰戈尔那篇文章的引言中不但引了哈菲尔的话，还明确指出，一九一四年诗人泰戈尔的诗集《吉檀迦利》法译本出版时，印度的孟加拉画家也把作品送到了欧洲，这使一直受希腊、罗马以及希伯来文化教养限制的欧洲人开了眼界。这个法译者还明白指出，印度艺术理论和当时欧洲流行的重色彩及图形而轻视感情"普遍语言"的理论是对立的。

以上可说是我们了解阿·泰戈尔那篇文章的一把钥匙，下面就介绍并略加按语解说这篇文章本身。

所谓印度传统的绘画"六支"是一首歌诀：

> 形别与诸量，情与美相应，
> 似与笔墨分，是谓艺六支。

阿·泰戈尔对这"六支"，即六个要素（或肢体），一一解说如下：

一、"形别"。"形"是形象，视觉的和心灵的；"别"是差别，例如有生命和美的形象以及没有生命和美的形象之间的差别。研究和实习"形别"使我们能够照事物本来样子去看和画。

我们一生都不离"形"，用感官感觉它，也用心感觉它。印度古语说："光见形。"有外来的光，也有内心发出的光，光揭露各种各样的形象。

"形别"的意义是，对于我们的五种感觉和灵魂或心所给我们的各种现象的分析与综合。

我们若只用感官，那就只能感到物体外形的差别，圆、方、大、小、黑、白，等等。我、你、他所见没有多大差别。若对象是个女人，我、你、他所见都是女人；画出来，摄影，也只是个女人。即使从不同角度去画，正面、背面、侧面，或画其不同行为，取水、梳头、喂奶，或分别画三个不同女人，结果仍然是画了一个女人；除非写上字，就不能确定她是母亲、女儿，或女仆。不能说喂奶的一定是母亲，梳头的一定是女儿，取水的一定是女仆；因为乳母也可以喂奶，母亲也会梳头，女儿也有时取水。即使画出一个穿破烂，一个穿锦绣，分出主仆，又怎么画出母亲呢？加一个孩子也不行。正如画一对女孩子互相拥抱，怎么能确定她们是姊妹而不是邻居呢？而且穿破烂的也不见得必定是仆人，她也可以是一个穷家主妇。显然，眼见的仅仅是老少、胖瘦、黑白等等女人形象，而不能显出精神的内涵，或则说形象中的灵魂，决不能表现出真正的母亲或女儿，只能表现出演这种角色的演员。外形的差别只显出变换，显不出真实。

只有通过我们的内心观照所得的外貌知识才能使我们看出和显出形象的真正差别。

印度古语说："然而智造成差别。""智"即我们的心的感觉功能，这才能使形象显出真正差别。同一个女人，对我是母亲，对我父亲是妻子，对我舅舅是姊妹，对我外祖母是女儿，对其他人是朋友或邻人等等。若只用眼见的形象表现，那只是一个女人；若要画出母亲、姊妹等等，就需要心灵即真实差别的创造者在形象上来加工，改变其外貌，加进去母性等等的主要性质。

我们的心通过很多经验才获得对形象的真实知识（"形别"）。忽视心的感受而只凭眼见，那只是看或画"形"的不重要方面。这种外形无所谓美或丑。只有经过心的接触，它们才有美和丑。每一"形"都有其"流支"（梵文，"喜乐"）。"流支"的字面意义是一道光或美的光辉。心和任何在心前出现的事物都有"流支"本性。当我们内心的"流支"和外物的"流支"相符合或谐和时，我们就觉得对象是美的、可爱的，否则是丑的、可厌的。当对象，不论有无生命，出现时，我们的"流支"射出一道光，而对象也射出它的光。两者相合就好，否则互相离开另找"流支"适合的对象。这种"流支"的相合与不相合使我们见到美或丑。其实，除在我们心中以外，本无所谓美丑。自然界只对我们显出形象，孔雀或乌鸦，只是我们的心的"流支"的相合和不相合使我们说，这是美或这是丑。

用心的"流支"照明一切形象。并接受可见的与不可见的对象所发出的"流支"的照明，这就是获得"形"的真实知识。实习艺术中的"形别"就是提高心的发光和收光的能力。不是只用眼而是用"流支"的光去看，去画，这是规则，即"形别"的涵义。由"流支"照明的心是观察和描绘的最好引导者。

按：以上是阿·泰戈尔的话的转述。"流支"一词本义是光，常用义是"喜乐"或"爱好"，作为术语无相当的汉语词，故用古时音译。画家的话很清楚，美学观点很鲜明，不需要解说。他认为感觉所得只是对象的自然属性和物体外表，不能显出其社会属性和精神内涵。所谓心的"流支"也不玄虚，是指意识的分析综合认识作用和倾向（由下文可见）。有一点可以在这里指出：二十世纪初期，他发表议论时，欧洲已兴起新的绘画派别和理论，注意光和色彩和图形而抛弃内容、意义。法译者指出这是时髦而非永恒，译出这文章以表对立。这一风气对印度也并非没有影响。诗人泰戈尔在晚年从事绘画，风格颇有欧洲所谓"现代派"的味道。关于这一点，阿·泰戈尔曾有一篇谈话记录，其中主要是明确指出诗人泰戈尔的画决不是立体派，因为所画的都是现实中存在的，不是新的，并不混乱；并且说，诗人到晚年忽然作画，是几十年的积蓄如火山爆发，在文学和音乐之外，他要用另一些艺术形式表现。画家的这些话既是为他的诗人叔叔解说其思想与艺术的一贯性，也是表明他自己始终不同意西方的艺术新倾向。从他自己的艺术道路可以理解他的美学思想的由来（这到下文再说）。至于所谓"流支"相合的主客观统一的美学观点，大家会"见仁见智"，各有理解，不必多说。

二、"量"。"量"是使我们能判断所见的和所画的对象是否准确的一些规律，由此显出比例、远近、结构等等。

例如大海波涛几乎是不可量的，怎么能放在不过若干尺寸大小的一方纸上呢？只画出蓝色或波纹，涂满纸张也不能说这就是大海，因为这张纸只是有限的蓝色，显不出我们所见到的几乎是无限的浩瀚大海景象。这时我们的"量心"就来帮忙了。它的作用是先将天空和海岸限制了海的边，再决定海水在天空和大地之间所占的空间。然后，我们的"量心"确切地定出沙岸和阳光中天空的微细颜色差别，海、天空、大地的形和色之间的巨大差别。它为我们"量"出的不仅是浮云、波涛、沙岸的形状的比例，而且是岑寂的天空、喧闹的波涛和嶙峋的海岸所固有并且显现出来的动和静的确切程度。它还会告诉我们黑、灰、红、黄、绿等各种颜色的确切的量和质，使我们能用来画出明朗的天空、汹涌的波涛和在光或暗中的海岸。它还会指出对象的远和近，有多远或多近。"量心"是心的衡量工具。它既能量微细与有限，也能量广大与无限。它给我们确切的形状，确切的思想感情表现，确切的物体颜色。举例说，一个小孩子学唱歌，一开始他的关于音乐的"量心"还不敏锐，对于音的高低等等不能确切分辨，常犯错误；经过反复不断的练习、比较、纠正等，这种"量心"就发展了，能辨别而且正确掌握歌唱的秘密了。甚至低级动物也有这种"量心"。鸟在草上飞翔捉虫时，猫在捕鼠时，都要准确测量出距离远近和需要用的力量大小。鼠和虫也有这种"量心"以防敌人。泰姬陵的建造者是靠这种"量心"使那一建筑获得比例均衡的美，差了一点就破坏了整个结构。照古代哲学书所说，我们在一物之前时，我们的"量心"就促使我们的心投向它，使它为心所知。由此，心有了形的品质，形也有了心的品质。所以"量心"不是只测量形的大小，而且测量形的内外涵义。可以说，"量心"是所见的形或则所感的物的内和外的品质之间的桥梁。我们像蜘蛛一样张开一个网，凭这个知道触网的东西的情况。我们不断收到电报，不断运用"量心"，从出生直到死亡。

按：这一段话也很明白。这是在世纪初说的；到现在快世纪末了，信息论的说法成为常识了，心理学和认识论都有了发展，说起来可能不同些。需要指出的是，这涉及印度古代哲学传统中的重要问题。"量"是佛教汉译文献术语，很确切。这个词是逻辑和认识论的基本范畴或术语。这里用的是美学意义。"心"指心意，也是个哲学术语，不是一般的心字。前面译的"形"，汉译佛教文献照字面译为"色"。"量"在中国没有像在印度那样成为争论题目，而"色"在印度是普遍承认的词而在中国汉语中却有了多出来的涵义，"色""空"成了大问题。"色"和孔子说的"吾未见好德如好色者也"的"色"混淆起来了。这里就艺术和美学观点讲话，改译为"形"，并不难懂。若这样去读汉译佛典，许多话可能就明白多了。至于心、物、内、外的说法，这里也仿佛是针对欧洲世纪初兴起而至今未衰的所谓"现代派"的某些派别说的，就不必多谈了。

三、"情"。"情"的意义很多，思想、感情、意志、本性等等都是。在艺术中，我们用"形"在种种感情的作用下的不同状态来表现。

依照毗湿奴派美学，"情"是我们的心的自然本性由"别情"所致的变化；而"别情"则是我们对于抽象的或理想的事物的内在意义或外在现象的认识。"情"据说是使我们的身体的三类器官发生变化的原因。三类器官中，一是眼、耳、鼻、舌、身（皮肤）五知觉器官，二是手、足等五动作器官，三是"意"（末那）、"觉"（菩提）、"我慢"、"心"。"意"是思维器官，"觉"是觉察器官，"我慢"是自我即"为我"的器官，"心"是感受器官，这些是内在器官。

"情"就是我们的本来平静的心情中被引起的最初激动。心情比方是平静无波的水，无色，不动，"情"使它有了色和动。春季气候轻触树林，雨季在上空发动雷鸣，秋季天上出现一片浮云，冬季的呼吸微微拂过大地；这时，心就会兴起涟漪，各种感情出现，欢乐或悲哀、幸福或痛苦等等。鸟、蝴蝶、花草也都会感觉到变化，会歌唱、飞翔、含苞欲放。在这些花香、鸟语、水流潺潺中，在皱眉、闭眼、抹泪、嘴唇微颤中，"情"显现成为可见的了。

我们的眼睛能看见"形"由"情"引起的"外在变化"，可是"暗示"却是藏在"情"的外在表现下的，是"情"动于"形"的内在表现或真实意义，是所见到的或所感觉的事物的内涵和性质；这只能由心去发现。鸟鸣、晨雾、雷鸣等等有什么意义？只有心能告诉你，而不是眼睛。如果心受了"悲悯"之"情"影响，春天的艳丽也会产生哀愁。如果你此时去画风景，那就会使欢乐的自然界现出悲伤。这是心给它的"暗示"，而不是眼。形象的变换状态只是"情"的可见表面。除非我们用心去得到它的下面的"暗示"，否则就不会画出完美的画。音乐或文词的作品如果没有"暗示"也只能是下品。印度的"庄严论"（文学理论）认为只有富于"暗示"的作品才是上品。音乐、诗歌、绘画都是如此。"情"是双冠的蛇（眼镜蛇），如果我们只见其一个冠的"形"，画出来的是一个样子；可是另一个冠却隐藏在"暗示"之中看不见，而这才是"情"的细微的"形"。

如何使我们的作品富于"暗示"？这是我们最感烦恼的问题。我们要能确切地表现而又要能留下很多不确切，还要确定那个不确定，这就是我们要解决的问题。

在诗中，"暗示"是用不说那些在有限词句中说不出的话来取得的。例如这首诗：

一切未变，芬芳依然，山风吹凉甘泉，恋人娇躯宛转，般般照旧；却是我心情变了，一切都改换。

诗人在这里有意把要说的话不说，而使这些欢乐的象征反而暗示悲伤。设想有位画家要把它画出来。画什么？不画什么？怎样选择？这就是难题。用文词暗示比起用音乐或图画暗示要简单得多。例如要画一个乞丐的讨饭碗，仅仅画出一个碗决不能暗示出乞丐来，因为很多富人也用这样的碗；即使画一个又脏又破的碗也不行，因为它也可以是一个穷人或懒人的，而不一定是乞丐的。我们可以加上一个乞丐来克服困难，但那画就变了，画的是乞丐而讨饭碗处于无足轻重的地位了，画题不能是讨饭碗而只能是乞丐了。在这种情况下，我们只有运用"暗示"：不画乞丐而画出暗示乞丐生活的东西，例如破衣或几枚铜币，或将碗画在富人的大理石阶前以显出对照。艺术家愈伟大，其运用"暗示"的手段愈高。

在艺术中，"情"的作用是给"形"以其本来面目，而"暗示"的作用则是揭露那变动不居的"形"下面隐藏的"心"和意义。

按：这一段话把画家阿·泰戈尔自己的、也是现代印度流行的、同时是被认为印度传统的美学基本观点说得再明白不过了。他所说的表现讨饭碗属于乞丐的例，同中国传统的以一个和尚向群山里走表现"深山藏古寺"的手法是一样的。这里需要作注解的只是：所谓"毗湿奴派"是印度教中的一个教派，其哲学属于吠檀多派。这一派不但在印度从中古（经典依据在上古，成派在中古）流行到现代，而且现在已传出了国境。其实这一派中也还有不同派别，也有历史发展变化。这被认为是印度教的主要宗派，而事实上另一宗派"湿婆派"或"大自在天派"势力也不小，也许还普遍些；其中也不止一派，也有哲学和美学。可能由于这一派中的神秘主义气味更浓，而且不大合乎印度以外的人（尤其是西方人）的口味，不易被理解和接受；所以一般不大重视，而且不易分清两派在哲学上有什么大不相同。将毗湿奴、湿婆这两位大神和另一位大神梵天合并成了"三位一体"，实际上这是毗湿奴派的说法。在汉译佛教文献中，自在天和梵天可能是比毗湿奴出现得更多的。

此外，印度现在认为美学的传统范畴主要是"情"和"味"，而到后期"味"更重于"情"。"六支"中恰好没有"味"。阿·泰戈尔讲了"悲悯"，这是八"味"或九"味"之一。他特别说了"暗示"，这又是另一美学范畴"韵"的内容。这里不多说了。

阿·泰戈尔认为诗比音乐、绘画更容易作"暗示"。印度美学思想中对语言、声音、形象三种手段的艺术持相通的看法；阿·泰戈尔将三者作比较时的这样一句插话似乎是罕见的，也是值得注意的。

十四种"器官"之说并不是一派独有的。虽出于"数论"派，但大家都承认，连佛教也有这些词，所以用了古代汉译。不过"器官"古译是"根"。佛教承认知觉有六"根"，所以说"六根清净"，指眼、耳、鼻、舌、身、意，不承认"数论"的"内在器官"，另有解释。

四、"美相应"。这是指将艺术性或优雅注入作品之中。

"量"限制"形"的量和比例，"美"（优雅）则对"形"受"情"的影响进行限制而使之不至于过分，也是为了调整"情"的活动使之合乎艺术要求。

形象为感情所激动会自然失去控制而缺了美和秩序，这时"美"就来给予魔术般的一触，消除过分和歪曲。"量"如同专制者下命令，"美"如同母亲用爱抚注入美。

按照毗湿奴派美学，"美"类似明珠的光辉。珠子的圆"形"若没有光辉还成什么明珠？在画或诗或乐曲中，形和色的匀称并没有意义，只有在"美"（艺术性）注入了高贵、美丽、平静之后才有意义。

"美"这个词在印度语中来源于盐。正如食品有盐才有味，多了、少了都不行，宁可没有也不要过分。"美"就是纯洁和克制。它像试金石上划出的金色线，像面幕边上的金边。它决不强迫，很谦恭，却又是高贵和优雅。在艺术中它有很大作用，却又最少强迫性。

按：这一段话不多，却不很明白。"六支"中的"美"这个词是个术语，不是一般泛指的美（那另有一个词）。这里的"美"可以译作"雅"，但"雅"字在汉语中另有意义，与"俗"相对，而印度这个词则不同。这位画家的解说近于"雅"，指不过分，不歪曲，指出不可强求。但这个词的原来意义并不如此。这一"支"原意应当怎么解说，很难确定。这一句歌诀也有不同解释。"相应"

是单指"美"还是兼指"情"？原文是复合词，同汉语译文一样不明确，因此可有两种说法。这里是一种说法。"相应"采用古汉译，与"瑜伽"同词源，本义为相联系。

看来阿·泰戈尔这样解说是有所为的。他在本世纪初期强调这一点好像不仅是针对西方新画派及其对印度的影响，而且同他的诗人叔叔正相对照。诗人开始作画也是在世纪初期，正好是不依照"量"的。但是其中有没有"美"呢？诗人为什么要那样画呢？前面提到的画家侄子对诗人叔叔的画的评论，似乎是辩解，其实含有批评之意，不过以晚年为解嘲。由此可见叔侄二人的美学观点并不完全相同，尽管讲的理论都是毗湿奴派，用语一致而思想并不见得完全一致。这大概也可以算是从现代到当代的印度艺术家中的不同美学思想的一种体现吧？（下文再详说）。

五、"似"。"似"是指形态和思想的近似、相等。

老妇唱民歌："纺车是我的儿子、孙子，它是我的财富，它的力量在我的门前拴住一头大象。"一个小孩子能在一片木头上看出船或马，老妇人也同样能在纺车上看出儿子、孙子和门前的大象。这里我们看不到一种"形"仿另一种"形"，像画葡萄仿真葡萄那样的相似，而是一种"形"引起我们的思想或感情同另一种不同的"形"所引起的相似。再举一个例：诗人往往把头发卷比作蛇。这在诗中可以，因为只是说形似。若一个画家把头发画在地上而把蛇画在妇女头上，那显然错了。他损害了自然的法则和秩序。他也没有创造出什么譬喻而只是创造出一幅讨厌的谑画，毫无意义。另一方面，若将赶苍蝇的牦牛尾比方头发，那就符合它们的性质和形态，彼此互换也无妨碍。可是自然界中形状完全相同的东西是很少的，所以我们求"似"就不得不更依靠事物的性质而不仅依靠外表。

就诗中的"似"而论，诗人不仅用譬喻以表达自己的感受，而且要使读者产生类似的感受。诗重神似过于形似。例如诗人说情人面如月，那不是说脸形像月亮，而是说情人的面容引起如同见到初升皓月那样的欢乐感情。同样，艺术家雕刻女神的"莲足"，决不可把女神的脚刻成莲花或则把莲花刻得像脚。他只能雕出足踏莲花座。他知道若只求花和脚的形似，那将一无所得，产生不出他要传达的印象。因此真正的"似"是指感情而不是指形态。尽管形不相似，其所引起的感情也必须相符，同表现我们心中的感受。

古书说："心流入形，成为形，如熔铜汁流入模，取所刻之印记。"将这话倒过来就是"似"的意义。书中所说的"心"得"形"的印记，倒过来就是"形"触"心"而与心中感受合一。音乐中的"似"只能是琴音与心中音乐相谐，相合。绘画中的"似"也只能是线条和色彩符合我们心中的感受。仅仅外貌相似，如同照相或则昆虫拟态以迷惑敌人，那对艺术表现不但无益而且有害。

按：中国向来有形似与神似之说，但怎么是神似？是否神态之似？阿·泰戈尔在这里照印度哲学传统在心和物的关系上立论。这不容易说清楚，所以他引了一些比喻。印度多蛇，误以绳为蛇是哲学家常用的比喻，而诗人说美人发如蛇也不奇怪。中国人会感到毛骨悚然，西方人会想到复仇女神或那个魔女脑袋。发卷虽形似蛇，而所引起的感受不同，因此不是真"似"。这可算是对神似的一种解说，中国古时似乎也有。至于心与物遇的哲学观点则是另一问题，这里不论。

阿·泰戈尔常将诗、音乐、画互比，而认为音乐与绘画相近，而诗则有所不同，似乎是另一类。前面已经说过，诗比画容易有"暗示"，说是简单些；这里又说到比喻的"似"也是诗与画不同，而画与音乐却可以并提。若说绘画、雕塑是空间艺术，音乐、舞蹈是时间艺术，以语言为工具的文学是符号艺术，这样指出各自的特点和主要条件，也许可以解说这位画家的思想。因为语言不论是声音还是文字都是符号，指向并非本身的意义，所以本来就带有暗示性。绘画、雕塑和音乐、舞蹈脱离语言，故不相同。诗与造型艺术的同异，莱辛的"拉奥孔"所说为大家所熟知。王维的诗中有画，画中有诗，又是另一方面。不同艺术类型之间的同异及其依据大概也应是美学或艺术哲学的一个课题吧。

六、"笔墨分"。"笔墨分"是指用画笔和颜色的描绘。

大自在天对雪山女说过："若不知颜色文字的真实意义以及形状的光与性，则一切诵经咒与修苦行及虔信神皆无效果。"不善用笔就不会画，只能乱涂。"形""量""情"的知识可以由眼见或心的认识而来，可是"笔墨分"的知识只能由练习运用笔和颜色来。

我们执笔临纸为什么手指会发颤？因为在作画或写字时面前不是一张纸而是我们灵魂的宝镜。古书说："小小种子中蕴藏整个大树。"一张纸包孕着并反映着我们的灵魂、心的种种形态。我们必须克服疑惧之心，手必须坚定，要使笔听从指挥。

完全控制执笔的手是掌握"笔墨分"的第一步中最难的事。运笔自由且自信，这是主要的一课，也可说是唯一的一课。你必须运用手指迅速、坚定、精细。使笔锋写下去明确无误，画出稳定的线条，眼的弧线、颈的曲线、唇边的微笑或啜泣的纹路。

剑术中最难的是劈开空中摇摆的飘带。用剑可以轻易砍开铁条或则象头，可是只有剑术大师才能用迅速、坚定、精细的一剑将一条丝绸飘带劈为两条。

使笔在纸上飞速运转，使颜色凝聚为欢乐或则溶化为泪水，这就是练习"笔墨分"。笔触多样，如同音乐中有升降音调。试画一个女郎的脸的轮廓，一笔下去，在不同部位上笔的轻重用力不同：额如象牙，笔触须尖锐、坚硬、有力；颊柔软平滑，笔触须流动、滑润；到了下颌，笔一挥而就，不能过于用力，也不能过于柔和。

从额到颔是一笔，可是手指用力和笔触粗细并不是始终一样，既刻板，又流畅。

"笔墨分"并不仅是指调色，还要求了解颜色、图形、下笔等等的真实性质和意义以及正确画出所感受的事物。

当我们用笔墨画风景时，心中必须感到画出的颜色不只是黑的，而是有各种颜色的，可以是青的或红的，可以热如火焰，凉如蓝天，明净如绿宝石。《舞论》对于化妆用色有严格规定，同样定下了颜色的性质和意义；认为只有知道它们的法则和用途，演员和画家才能动手去画脸或面具。要想自认为是"颜色艺术家"就必须先掌握什么颜色强调什么形状和思想而别的颜色不行，什么颜色使人精神焕发而什么颜色使人颓唐丧气，什么颜色能揭露画中的形状和思想而什么颜色却能隐蔽它，如此等等。是手执笔而心指挥手吗？常言说是笔、墨、心的合作。

我们心中有光的图形和暗的形象，手指感觉到这些，手中的画笔中有光的七色和暗的多少倍的七色。

心看见东西的真实颜色并能表现一切真色。感觉只能告诉我们绿、蓝、红，有时还会看错，可是心有更准确的视觉，能辨别各种各样色彩及其意义。眼只看见颜色，而心能见颜色的音和香。颜色随季节、光和心情的变换而变换。

"笔墨分"不是只为了表现花上的阳光色调，还要表现出花的香和晨、午、晚的太阳所给的热。

若要画史诗中著名公主的选婿大典，不单要画出公主、侍女、宾客、天神的形状，还要画出他们戴的花环的香气和香油灯上的光辉。若要画雨季，只画雨云形状和俯下的树木就失去雨季美的一半，若色不确切，画的就不会像雨云，不会使我们听到云中雷声隆隆，树上的绿叶不会有百花绽发的香气，草地不过是一片绿而没有雨水浇淋下的湿润泥土气息。

真正调色的不是眼而是心。心决定夜空的颜色是青还是黑。心准确衡量自己的颜色，这些必须也在我们的颜色盒中。

捉住不同心情所给予颜色的变化就是知道了"笔墨分"的秘密。

用墨可以表现全部颜色，只要能把我们的心的色调加进墨的黑色中去。那时墨就不仅是黑的了。迦利女神（时母、黑母）是黑的，如果你不是俯伏在她脚前，大海是黑的，如果你离它很远。让女神住在你心里，到海边去，你就会发现黑色消失了。

按："笔墨分"中的"笔墨"一词本义指色彩又指笔，又是演员的面具和化妆，所以译为"笔墨"。"分"因意义复杂不确定，故照字面义译。

这一"支"说得较多，无疑仍像是针对只见光与色与图形的画家说的。他讲的不是画法而是画理。值得注意的是他在水墨画中看出了他的理论的证实：一色能显多色。他大约正是在本世纪初（一九〇一或次年）结识了日本画家的。日本画和中国画是相联系的。看来中国和日本的水墨画给了他很大启发，而他的画也就成为由西方画法入手而融合了中国和日本画的印度画了。水墨画的一色显多色经他一说就同印度的吠檀多派哲学的"分歧中的统一"（可说是多色合一色）相暗合了。他在前世纪末期开始作画（一八九〇），受西方绘画传统训练。先学油画，由于要学人体解剖见到头颅骷髅而惊病放弃；改学水彩画，旅行写生，画风景。他的转变在一八九五年，看到印度的波斯风古画，发现西方有些画和印度有些画根本上没有不同，转而为孟加拉的毗湿奴派古诗作装饰画、插图。他在一八九七年认识了哈菲尔，见到了许多印度中古名画，随后又由于哈菲尔的推动任美术学校校长。他的艺术风格和美学思想的完全成熟是在本世纪初年，在熟悉了印度传统的绘画又吸收了日本和中国的传统画法和画理以后，这时有创造性的新印度画大量出来了。因此，他的理论虽然用语和举例都是传统的，却决不是因袭的。同时他又不是日本画和中国画的模仿者，尽管他的画明显有东方而非单纯印度的色调。他和一些画家朋友，还包括不同画派的人如他的哥哥格格能德罗纳特·泰戈尔（Gaganendranath Tagore），共同在加尔各答创出了孟加拉的新印度画。从此，"印度没有自己的艺术"这句话对于现代也同对于古代一样成为谎言了。

有创造性的新的艺术理论和实践不会是一帆风顺的。反对的人不少，其中有画家的亲戚朋友。他的理论文章《艺术的三形一体》发表时受到许多责难。他的画也不是得到一致赞赏。他的画不合解剖学和透视法遭到批评，不合传统规范也受到指责，而称赞的人也不认为完美。甚至有出于愚昧无知轻信讹传的胡言乱语评论说："中国画显不出画家致力于表现光和影；不能因此假定他们的老师印度画家也不注意这方面。"还可以举出两件事：他在前世纪画毗湿奴派所崇拜的黑天与其情人罗陀，为一位毗湿奴派著名宣传家看见了。那位信徒惊呼：这是罗陀吗？自己说是一见之下几乎目瞪口呆了。画家没有把这位著名的妇女，大神的情人，画得丰腴一些，而是画成了纤瘦的印度农村妇女。这同那位毗湿奴派古诗人游行乡村歌唱的颂神名义下的情诗不是更相称吗？更有印度现实情调吗？当哈菲尔主持一次印度画展览时，收了些阿·泰戈尔的作品。当时的印度总督来参观，看中了一幅。哈菲尔定的是高价。总督要讲价钱。哈菲尔坚持不让。画家泰戈尔不肯把这幅画免费献给总督，却在会后把他的展品都赠送给哈菲尔。哈菲尔将画留在画廊永久展出。一个是统治印度的殖民主义者，一个是长期在美术学校任职的艺术家，这两个英国人对待艺术和印度艺术家的态度是多么悬殊啊！画家的坚定的独立人格也由此二事可见，既不顺从宗教成见，也不对统治者屈服。

阿·泰戈尔强调所谓以"灵魂"入画。用印度传统语言，"灵魂"即古时所谓"我"，用现在一般语言，就是要全心全意注入自己的思想和感情。他曾在一九○九年对学生说：要画风景就去园中或河边画树木花鸟，用这样的廉价的网能捉住美吗？美不在外而在内。先读古诗人的有关诗篇，再去望自然界的云和海，见其节奏韵律，再动手画。他后来三十年代在加尔各答大学发表了一系列演讲时又指出：当时印度的神像个个一样，如同玩具，只靠坐骑、"手印"等等细节不同标志出什么神。但吠陀经典中的神是各有形态的；正如希腊的神彼此不同，古希腊雕刻家才能在石头上刻出吹动女神衣衫的风。以上这两段话也许可说是他所谓内外"流支"相应的注解。

他在失去女儿的悲痛中放弃了绘画，由于哈菲尔的鼓励又拿起了画笔。第一幅画的是"沙加汗"。沙加汗是印度莫卧儿王朝的一个皇帝，为悼念去世的皇后而修建了名闻世界的泰姬陵，在晚年因儿子篡位而遭到囚禁。画上显露出沙加汗从囚牢窗中遥望泰姬陵。这幅画展出后立即为各方人士承认是杰作。这难道是个人思念女儿吗？这难道不是被囚的印度遥望过去的光辉吗？无怪乎各种印度人和同情印度的人都在这幅画中看到了自己的心情的流露而起共鸣了。中国人可能更会欣赏那幅"玄奘"。画面上这位唐朝和尚背着行李和经卷，手拄一根不十分直的杖，走在从一座山石中横长出来的一株大树的两大分枝之下，目视远方。左下方画家签名也竖写如同汉字旧时习惯。构图手法是写实的却富于象征意义而色彩又极谐和：浅绿色的枝叶下是绿的中国古代长袍，而袍脚下又露出为印度人所喜爱的赭色，配合上身后巨石的深浅不同的赭色，上面是一部分苍天，下面是一部分深浅不同的草地。这幅画是画家对于中国和印度古今同命运的"灵魂"的感慨，却又不是忧伤，而是在玄奘的眼光和侧面容颜中吐露着对遥远未来的坚定的希望，同时身后的巨石和脚下的草地和顶上的苍天又给了恰好的对照。这是一九二一年到一九二二年的作品。当时正是甘地领导发动大规模反英群众运动之时，画家画了"狱中甘地""甘地和泰戈尔和安德鲁斯（C.F.Andrews，英国牧师）"，又画了"玄奘"。这难道是偶然的吗？这就是画家的美学语言中的"情"和"似"，是印度传统哲学中的"我"和"梵"；画家的个人心情和印度的民族心情"合一"了。是不是可以这样揭露"上下文"而作为对画家的美学思想和实践的解说或"诠释"呢？

应当指出，一九〇五年不仅是印度处在重要关口，而且这也是个世界性的关键时刻。当时英国殖民主义要分割孟加拉（当时的广大地区，不是现在的邦和国），激起了印度第一次广泛的民族主义反抗运动，这和俄国的、中国的革命运动无形中互相呼应。这次运动中的口号是"国货运动"（Swadeshi），不仅是抵制英货提倡国货，而且是精神上的民族独立，要求一切都"国货"化。诗人泰戈尔和画家泰戈尔都热心地参加了这个运动。这是一个重要背景。这个要求独立自主的精神贯穿于画家的理论和实践直到他的艺术教育。他对学生的指导是，不要他们模仿和拘泥，而鼓励他们走自己的路。他认为艺术不是教得会的。他的著名大弟子，后来任国际大学画院院长的难陀拉尔·博斯（Nandalal Bose）有一次作了幅"雪山女乌玛苦行"的画给他看。这位老师提了些修改意见，但是第二天清早就又跑去告诉他的学生不要修改。据他说是一夜不曾睡，发现了自己的错误："我怎么能去干涉呢？他是画出了自己心目中的苦行女神，怎么能照我的意思修改呢？"他救出的这幅画后来果然是使这位弟子成名的杰作。画家这种尊重艺术家走自己独立道路的思想正是同他自己的沿传统而创新的美学见解和本国、本民族、本时代的民族独立精神完全合拍的。

他先为古诗作装饰画，后来的画也各有标题，表面上似乎是画神话继传统，其实每幅的画题和所装饰的诗句都不仅不是（甚至根本不是）传统成见的或庸俗的，而是有他自己的人格和他意识到与未意识到的时代精神的。无论是黑天和罗陀、雪山女、佛陀、玄奘、甘地、诗人泰戈尔，都充分显露出画家所要表现的"情"，也就是充分富有"暗示"的"味"。头戴新月颈围蛇的"雪山女"像（一九二一年），并非美人脸而眼和嘴角流露出的深沉的表情以及全画的明亮照人的彩色，怎么是一般的女神像呢？即使没见过印度的庸俗神话画以相对照的人也可以看出这不是一般女神像。她的面容包孕着无限的深情，也许会使人联想到达·芬奇的"蒙娜丽莎"？如果知道她和头戴新月颈围蛇的大自在天的恋爱故事并懂得一点印度传统及现代哲学思潮和政治、社会背景，这幅画就更有广泛而深刻的意义，可说是余味无穷了。还有给诗人泰戈尔的《新月集》作的插图（一九一三年），一个小娃娃在海边，正是尺幅之中有千里之势，恰好作了画家解说"六支"中"量"的话的形象注解。不同海波、一片沙岸、小儿的神态，只用了简单的几种颜色、几个形象，就显出了《新月集》的诗的主要精神。这大概就是他所说的"流支"之光吧？

现在过了将近一个世纪了，我们看阿·泰戈尔对"六支"的解说，也许会觉得平淡无奇，不过是现实主义加上浪漫主义成分，反对形式主义，有民族主义精神却没有脱离印度传统的唯心主义哲学，如此等等。"简化"以揭本质未可厚非，但历史地看来，在本世纪初年，甚至要在英国人那里才能看到印度本国古画，要向印度人证明印度艺术有价值，要争论裸露上身的女神画像是不是秽亵，在这样的物质和精神重压下，那时印度的艺术家要抬起头来以充分自信的心情再举起脚步前进是多么不容易啊！这是不是可以说是指出了他重新解说传统"六支"的心情，又是不是他画的"玄奘"中的"流支"所在呢？

阿·泰戈尔是本世纪初新旧交替时期的艺术家，他的创作和理论是新的开始也是旧的结束，是东西方传统画法和画理的印度现代总结。和他同一时期的诗人泰戈尔同样讲吠檀多派的哲学，但是晚年绘画却大不相同，以致还需要这位画家来辩解。这不能仅仅以画家有过传统基本训练而诗人没有来解释。我没见到诗人有晚年美学论文解说自己的画，但显然他是以创作开辟了他所预感的以后艺术发展，而决不是趋时。这里可以提供一些资料以作本文结束。那是在一九二三年年初，画家侄子到国际大学小住几天，同诗人叔叔谈到艺术，各发表自己的见解。有人在日记中记下，后来发表了。大意如下：

诗人：艺术是属于直觉的、无意识的、多余的，是整体的活动，不能"肢解"，也不能讨论的。西方人问：什么是艺术？这表明他们达到了枯燥的阶段，否则就不会去作细入毫芒的分析了。艺术是"无限"的表现。需要形，但形不是一切。形要能使人瞥见无形。例如有一幅画，画的是佛陀，形体消瘦。当然这大概是表现佛修炼苦行，但这不是艺术，艺术要求暗示佛心中的将要成道的乐。艺术不是仅表现苦乐或历史事实等，要通过这些来表现无限，否则只是技巧（技艺）。人在有限中是奴隶，但在美、艺术、"喜乐"（按：在孟加拉语原文应是引梵文的"阿难陀"，未必是"流支"）之中却是王，像游戏中的儿童一样。创造不是模仿。人不是禽兽。低等动物的创造中有模仿，但不在人的创造活动中。在日本时看到的日本画中的天空暗示着无限。绘画材料有内有外。积累事实不是创造。那是保险柜。人像神一样不断创造，用艺术创出自己的乐园。生活不是像西方人说的战争而是"游戏"，通过"美"和"喜乐"表现真。小孩子在墙上写"某某是驴子"，他不是表现某某的一般形貌而是抛开了这些去表现他的对某某的怒气。这才是艺术。艺术家创造了一个"喜乐"的不朽世界。

画家：艺术家应当把所见到的一切放在自己的天才火焰中熔化。他应当使自己和他的对象保持一定距离，不让他的人格潜入他的那个对象。他的创造所传送的应当比准确情况多得多。那应当是他所画的对象的生命史的表现。艺术是线条的表演，艺术家应当充分了解其象征意义。一个伟大的艺术家把他的技巧或艺术藏在他的创造里。使人惊奇或嫌厌的是低级的艺术。因为艺术的目的是吸引观者的心。充分掌握技巧是必要的，因为只有这个才能使艺术家有把握自由用笔。

诗人随后分析了艺术家与其对象之间为什么要有"脱离"的精神。因为一切事物都有非主要方面，只有通过距离之门，事物的真实才能进入艺术家的人格的王宫。但艺术家与其对象之间还应当有深挚的同情。

上述这些话的记录未必准确，但仍有启发。诗人和画家叔侄好像是互相补充，其实是各有一套。诗人在这里大概真的是直接说出了心里话。"某某是驴子"，这才是艺术。它不是描写客观事物而是抒写主观感情。诗人到处以艺术与科学对立，明显是出于一种思想体系。其背景就是认为科学技术产生工业，工业造成英国资本主义的殖民主义对于印度农村的大破坏。艺术生命的来源是"宁静而和谐"的印度农村，因此艺术与破坏这和谐的科学相对立。科学是冷静的分析，艺术是热情的感受，本身相互对立。要印度有艺术就要回到英国"科学"占领以前去。在哲学和美学上就是回到非科学的印度神秘主义。这恰好同本世纪初西方的非科学的标榜直觉等等的哲学思想（例如柏格森）和艺术实践（某些所谓"现代派"，但不包括承认科学分析的后来派别）合拍，其实两者的"上下文"不是一回事，不过所否定的对象却是一个——科学。诗人讲的许多关于科学等等的话应当看作同"某某是驴子"一样，是艺术语言而不是科学语言。诗人说的"人格"是哲学语言，就是主观的"我"，不过要照印度哲学了解，不是一般意义，或者毋宁说就是精神。

画家却和诗人不完全一样。出发点相同，归宿也相同，因为彼此的"上下文"相同；但是文章却不同，所以两人画的画大不相同。侄子没有叔叔那么大的愤慨，而且是东方西方兼收的。提出他的"距离"说，就是还得要承认客观并以客观为主。这也就是说"某某是驴子"不能是艺术。或则说，诗可以，画不可以，如前面所引的说头发如蛇的话那样。因此诗人接着就来说"脱离"。在孟加拉语原文中可能是引用印度哲学中常用的一个梵文词，古代汉语佛教用语的"舍"，即"无爱无嗔"，并不是画家所说的"距离"，所以又追加上"同情"。诗人的解说仍是着重在艺术家的创造，观点并未改变，仍与画家有所不同。画家提出技巧重要，似乎也是在"纠偏"。

记录者未必看出或相信这一点。他是重其相同方面的。我们现在不知两人当时口头用的孟加拉语原话，只从英译大意推测，当然不能肯定。不过这次谈话前后诗人已经开始作画了。诗人的画的主观性之强大大超过了画家，这是明显的；画家为他的画辩解也是勉强的；所以说两人的美学思想有异也不算无理吧？而且据记录者所说，谈话次日两人去看所办艺术工厂之时，画家大讲其艺术创造中的"喜乐"（应是"阿难陀"或"流支"）精神，而诗人却说手足动作都要有艺术性，说这是人兽之分。诗人并且说在日本时见到日本的"下女"连叠衣服的动作都是艺术的，使他感到处处是韵律节奏和音乐。两人似乎又合拍了。因此，就两人的美学思想说，若说诗人的是主观唯心主义而画家的是客观唯心主义，就太"简化"而不确切了。若说诗人的画是非现实主义的而画家的画基本上是现实主义的，而这与他们两人的美学思想有关，也许稍贴切些。不过这都是"简化"的说法。

阿·泰戈尔晚年喜欢用废物拼凑或略微加工使成为艺术品，在墙上或纸上利用污迹加工成为画。有些简直是点石成金，令人惊叹。例如枯树皮和枯树枝一拼即成为巨鹰蹲在枝头，在照片中其投影更显神似；墙上的污迹加工成为大自在天像；一条条杂乱污迹中加一只半身小鸭子成为池塘小景；如此等等。这使人不能不觉得在这位画家的美学思想和眼光中、手指下，到处都是美，到处都有艺术品，需要的是艺术家的发现和加工，而这就是创造。这真是"文章本天成，妙手偶得之"了。是不是这样可以将一位艺术家的创作实践和他的美学思想结合起来，发现他用语言表达的思想不应单从语言理解，而更需要加上作品才可以更好理解呢？哲学家和美学家的美学理论之外，艺术家的美学思想是不是也值得注意，使我们不单是从鉴赏角度而且也从创作角度来研究美学呢？本文所重是介绍，按语中所说的是外行揣测居多，聊供参考而已。

附：汉梵术语对照表

六支 ṣaḍaṅga

流支，喜乐 ruci

量心 pramātṛ caitanya

空 śūnya，śūnyatā

别情 vibhāva

觉（菩提）buddhi

心 citta

形别 rūpabheda

量 pramāṇāni，pramāṇa

形，色 rūpa

情 bhāva

意（末那）manas

我慢 ahaṃkāra

心，心意 Caitanya

暗示 vyaṅgya

美相应 lāvaṇyayojana

美 lāvaṇya

似 sadṛśya

笔墨 varṇikā

阿难陀，喜，喜乐 ānanda

游戏 līlā

根 indriya

我 ātman

悲悯 karuṇa

相应 yojana

瑜伽 yoga

笔墨分 varṇikābhaṇga 舍 upekṣā

分 bhaṅga 味 rasa

韵 dhvani 梵 brahman

（一九八五年）

印度阿旃陀壁画

提起阿旃陀，我首先就想到了十年以前我去参观的情景。

到阿旃陀去，先得在海德拉巴邦的乡间路上步行一段路。清晨的微风驱走了夜车旅行的倦意，并且使人更有精神去抵抗即将来临的印度西南部的德干高原的正午炎热。路上虽有些荒漠，但也不缺乏偶然望得见的绿树围绕的村庄。走不多久就转入一边溪谷一边山岭的境界，世界著名的阿旃陀石窟已排列在面前了。

我的第一个印象是这一群石窟的气派。它和我在国内所见到的云岗以及在印度孟买省看过的迦尔勒石窟不同。云岗是峭壁耸起像巨人一样站在面前，迦尔勒也并不深藏在谷内。两处都只有雕刻没有壁画。阿旃陀却是在山谷环抱中，凿入山腹的一连串的藏有画廊的宝窟，正像一些东方的寓言中所说的藏宝的地方。一排二十九个殿堂式的石窟表现出了印度的无数人民艺术家穷年累月和自然不息地战斗的成绩。这既不是供给帝王享乐，也不是仅仅产生于宗教崇拜的感情。如果说是只为了一些出家人修道，那么又何必在石窟中绘上那么多色彩鲜艳表现尘世各种人生形象的图画？我好像看见了那些在几百年间孜孜不息工作的艺术家，他们的姓名虽然已湮没无闻，他们的艺术却藏之名山，要流传到后世，供未来的人民赏鉴。佛教说人世无常，而这些艺术家却似乎要以艺术来战胜那消磨一切的岁月。

不但在工程上可以一望而知决非一手一足、一朝一夕之功，就画来看，也显然是群众智慧的创作，艺术传统的发展。除了没有完工和已遭毁坏的石窟以外，保存得比较完好的石窟里的壁画都有宏伟壮丽复杂的布局，壁画和窟顶互相照应结成一片。有些修道的禅房就在画与画间点缀成一所所小窟。壁画是自成体系的，显然这些画是许多人在长时间内共同工作的结果。画的布局紧凑而不机械，不是自然界的摄影，而是变化无穷的人生的展出。就连屋顶的装饰图案和动物的描绘也是以生动的形象互相照应。刻板的形式上必有活泼的飞天，牛在斗，鹿在跑，鹅群在表演各不相同的姿态。有四只鹿在一起而共一个头，我想，这正突出表现了这种结构布局的意图。四鹿一头是荒唐的，但一头可以在不同位置的四只鹿上都现出自然的姿态，正像舞蹈着的湿婆神的六臂，任何左右一对都能构成一个姿势一样。印度艺术家想以这样的方式来表现活的现实的动的姿态。我国的《清明上河图》不也是这样的布局么？当然这只是我这个美术门外汉的想法。

这样的工程，这样的艺术，这样生动复杂而又互相亲密联系的广阔的布局和构图，没有集体的劳动能够创造出来么？若没有惊人的魄力，没有坚持不懈的毅力，没有许多人的智慧和才能，而更加重要的，若没有把群众的智慧与才能组织起来的能力，单凭一两个画家能够创造出这样多伟大的作品么？显然是办不到的。

就壁画本身来说，我感觉特别深刻的是它的现实主义精神。在壁画中出现的并不是虚无缥缈的"极乐世界"，而是大家生活在里面的人间。它表现的图景是各种各样的人物，人物的种种各样的活动，纷繁的姿态和细腻的表情。一个个人体的描绘固然富有实感，而许多人物组成的佛教传说的故事画更饶有生活的气息，表现这些故事的画面选题也极有戏剧意味。处处可以见到画家所要着重传达的并不只是一些故事，而主要是要表现真实的人，人的形象和感情。

例如著名的佛返家度妻的一幅画面。佛穿比丘（和尚）衣在门前乞食，里面有人报信，有人端食物出来，有人面对王妃仿佛在说话，王妃身后，有人在聚精会神听着，有人背过脸去。画面中心的王妃的姿态和表情都显示出她在认出乞食比丘的声音相貌的一刹那间的惊喜交集疑信参半的心情。门前微低着头的比丘取着持钵化缘的姿态，而脸上现出宁静却又悲悯的、若隐若现、似激动非激动的表情。配合人物的门和亭台虽然简单，却也丝毫不苟，恰能使在不大的地方集中的七个人物得到很好的布置和衬托。画的构图不是按照现实的尺寸用透视法搬上去的，却突出表现了现实生活中的形象和感情。可惜这幅画损坏得很厉害，但是就这残留的情形也还不难想象出当初完整的鲜明的图画更会多么动人。

又如第十窟中的另一故事，连续展开了三个戏剧性的场面：先是王后对国王诉说前生遭遇，要报复本来的丈夫大象，接着国王下令猎象，随后是王后看见人挑了象牙来惊得昏过去。同样人物在不同情况下的情绪通过生动的姿态和细腻的笔触表达了出来。周围的许多人的动作也都符合戏剧的要求。人物的肢体和装饰也画得很细致。

还有一处画着听了佛的教化后准备出家的国王，当他把这个主意告诉王后时，宫廷中起了波动。这幅画中有十几个人物集中在一起，表现各种情态，有一个侍女惊得手中拿的花都掉下来了。

壁画中有些人物简直是今天的一些活人的写真。如第一窟第二窟中画的一些婆罗门，从服装和态度就可以指出谁是北印度贝纳勒斯的，谁是东印度的，谁是中印度的。

壁画中的奏乐的场面也是现实的再现。吹笛击鼓的姿势和今天的并无二致。乐器的构造还足以作为印度音乐史的资料。印度著名物理学家拉曼论证印度乐器的构造和声学的成就时，这一千五百年前的奏乐图就为印度的鼓的发明和改善提供了证据，说明印度很早就能制出奏鸣七个不同音阶的一个鼓。

这一类的例子是举不胜举的。

阿旃陀石窟不是供人礼拜的庙宇，不是给少数人出家修道的禅房，实在是一所极其珍贵的艺术宝库。因为这种艺术是现实主义精神的，所以它又具有历史资料的价值，是生活的真实图画，是对现实的人的深刻的观察和生动的表现。在全人类的文化遗产中，它占有光荣的地位。

为什么佛教的石窟中能出现这样的艺术品呢？我想，从佛教本身说，它也提供了创造这样艺术的有利条件。佛教不仅有一些传教的"经"，论述哲学的"论"，而且还搜罗了无数的民间传说汇集在一起。加以佛教主张济世度人，教义虽然要脱离人间，宗教行动却不离世间。这样，它就给文学艺术的发展留了余地。佛教借艺术来宣传，艺术也就和佛教联系起来而得到发展。凡佛教传播到的地方，印度的文学艺术也就随之而去。

当然，艺术为人民所创造，人民的社会生活和文化传统才是艺术繁荣滋长的根源。印度的古代美术理论中有所谓"六支"。这见于《艺经》，又见于《欲经》的注。这传统理论虽然已失去更古的记载和详细的说明，但是还可以和印度美术的实际相印证。

所谓六支是：一、分辨形象。二、量，即正确的知识，或认识对象。三、情感。四、美。五、相似，就是说要像真实的人或物。六、用色彩和画具的技术。我们从字面上也可以看出，这种理论本来是很着重对现实的观察、了解与表现的。由阿旃陀壁画可以看出这六项原则的确是印度古代画家所遵守的。也就是说，这是他们实践的概括。不必说人物画，就是像第二窟中殿顶上的一连二十三只个个姿态不同的鹅，几乎表现尽了鹅的一切形象，完全符合这六项原则。

这"六支"和我国南齐谢赫所说的"六法"有没有什么关系呢？一般提到印度的"六支"的往往喜欢提一提中国的"六法"，但我不懂美术，不能乱说。

不过中印绘画艺术的联系，阿旃陀和敦煌的相似，是很明显的。印度有人还推测在阿旃陀的壁画工作中可能有中国人参加。倘若这一点能够证明，自然是千古美谈；但是即使不曾有过这样的直接的合作，而玄奘法师所著的《大唐西域记》是记载阿旃陀的最早的文献，此书还帮助了考古学家重新把石窟探查出来，这不也可以算作功绩么？

（一九五六年八月）

印度文化古城贝纳勒斯

  印度有一座古老的城市，全世界谈印度名胜的书都提到它的名字，可是它既不是国都，也不是工商业中心，也没有异常美丽的风景，它的成名和世界上其他名城不一样。这是一个著名的宗教的圣地，同时是几千年来的文化教育中心，又有从古就驰名的手工业。无数的外国游览者把它描写成为一所奇特的宗教地区，尤其是欧美的游记作家更喜欢把它形容得极为古怪，使人对印度人民产生歧视的心理，无形中便容易接受殖民主义者对待印度的反动观点。其实，正如我们所知，印度是我们的一个伟大的邻邦，印度人民是勤劳智慧的人民，而这座古城也正是历代印度人民所创造的一所古老的文化地区，而并不是一个离奇古怪的地方。

  这座城的名字照现在的译名是贝纳勒斯，我国古代译作波罗奈城，伟大的旅行家玄奘译做婆罗疱斯。它处在印度北部偏东的地方，现在属于北方省。从加尔各答到德里，或者从孟买走北边一条路到加尔各答，都可以坐火车经过这座城市。

  贝纳勒斯是沿着印度北部的大河恒河岸边建立起来的。恒河河源远在喜马拉雅山中，它穿过印度北部大平原一直向东南奔流到孟加拉湾。像埃及的尼罗河一样，它造成了一片广阔的肥沃的流域。勤劳的印度人民在远古时期便沿着它披荆斩棘从大森林中开辟出一处处田野和居住地区，征服并利用了自然的力量，发展了农业和手工业，同时创造了高度的文化。正因为如此，恒河在印度人民心中就成了母亲，在古代宗教信仰中便具有了神圣的性质。从恒河源直到入海口，沿途形成了许多人民集中的城市，许多地方便成为宗教上的朝拜的圣地。传说中的恒河女神是从天上下来的。围绕恒河步行一周，就和围绕神像走一周一样是虔诚求福的一种宗教仪式。但这种仪式不是人人能做到的，所以就只有到河边上的一处圣地去。恒河是最神圣的河流，恒河岸上的圣地又首数贝纳勒斯。于是，虔信印度教的印度人固然一生都想去一次贝纳勒斯，而好奇的外国游客一到印度就也不免要去做一次临时的香客了。

现在我们且抛弃一切偏见和欧美游人的渲染，自己来看一看这座名城。

火车到贝纳勒斯了。可是别忙着下车，先看看是什么车站。原来车站有两个，一个是"迦尸"，迦尸就是贝纳勒斯地方的古名。不过普通火车票上一定是注明到另一个车站，游览的客人也一定是到另一站下车。这个城并不大，为什么要有两个车站？不错，城沿着河建起来，是长条形的，但是也没有恒河边上另一古城巴特那那样狭长。为什么有了迦尸站而又要有另一站呢？原来这另一车站有个英文名字，意思是"驻军区"。这个区域是新建的，下车以后，有很好的柏油路引你到一处很幽静而且相当考究的旅馆去。这是本城唯一有现代设备的旅馆，是印度的一个由欧洲人办的旅馆托拉斯的事业之一。里面常常很冷清，但是价钱还是和各游览地的同一系统的旅馆一样，可见它是诚心为亚洲以外的欧美两大陆的游客以及和他们同等的人服务的。为的是使住的欧美游人不至于忘记了自己的身份，不必改变自己的生活习惯，先舒舒服服地住一晚，享用点威士忌、啤酒和鱼肉，然后"按图索骥"去观赏一下游览的先驱者们描写的景象。

不过，我这说的是十年前的事了。现在时代变了，我们还是一直到城里去吧。城墙是没有的，我们也辨别不出原先殖民主义者创造的"驻军区"的边界在什么地方。好在我们的目的是看看这个城市的人民的真实生活，就暂时不去管它的地理上的行政区划吧。既然我们不想受那些冒充主人的人们的招待，我们就也不按照他们所指引的方向去观光，而先在市内街巷中走走。

街道是狭窄的，也往往崎岖不平，可是市场一带人很拥挤，看起来和我国一般城市没有什么区别。偶尔也有小小的公共园地和新式楼房，不用问就知道是什么政府机关或新式的学校。此外还有什么？如果我们不去看那许多游客都看的恒河边和庙宇，还能看到什么？当然，用外国人眼睛是看不到什么的，可是我们和印度人民是老朋友。一千三百年前我国的旅行家玄奘就来过，他在游记中描写的就是这样一所富足的城市："闾阎栉比，居人殷盛，家积巨万，室盈奇货，人性温恭，俗重强学。"而今呢？"巨万"和"奇货"不是家家都有，不过"强学"还在。看吧，街头巷尾往往有些破旧门上有印度文字的小小的牌子，这就是"某某梵文大学"。如果你还能更熟悉一些印度情况，就会知道还有许许多多没有牌子的"大学"，没有衔位的"教授"。你再仔细听一听人们说的话，就会觉到，除了当地用的印地语以外，还有印度各地的语言，可是有一种语言似乎别处很少听到，可是这儿也居然偶尔有人说几句。说这种话，好像在唱歌或吟诗，更像我们朗诵古文。说的人并不一定是老人，也有青年，还有十几岁的小孩子。这是什么语言？这就是印度的著名的古典语言梵文啊！梵文私塾充满了贝纳勒斯。各地来的学梵文的人不计其数。专为这些婆罗门子弟和教师设的免费的食堂和宿舍就有几十处，不过都是没有招牌的。照印度的古代流传的习俗，学问不是出卖的，老师要养学生，不像从前中国一样学生养老师。可是如今老师自己也没有人养了，于是大家只好都到那些想布施婆罗门来行善求福的人所设的食宿处去了。当然有些著名的"大学"是有经济基础的，学生在里面可以免费学习梵文。千百年来这个城就是全印度学习梵文的中心。无数哲学家、诗人，都在这儿写下他们的著作。近代印地语的无人不知的大诗人杜尔西达斯和迦比尔达斯也都是在这儿创作了他们的不朽的诗歌。这许多诗句流传在北印度城乡人民口头，他们常常不知不觉吟诵出来。大诗人迦比尔达斯本人就是贝纳勒斯的一个织布工人。古往今来不知多少学者文人在这儿保存了古代的光辉文化传统，使三千年以前的作品由口头传到现在，连半个音都不错，不仅如此，他们还唱出了人民的生活、思想和感情，使今天的劳动人民还能由耳听会，由口唱出来。这是贝纳勒斯的伟大贡献，而这却是那些住在"克拉克大旅馆"和"巴黎大旅馆"之类的游客所看不见也不想看见的。

在印度，像这样的文化名城还有一些，如西南部德干高原的浦那就有"新迦尸"的称号。在这些地方，走进私塾去，往往可以看见一张虎皮铺在地上，上面坐着一位老师，嘴里滔滔不绝流水一样说着古文，面前一张纸也没有。学生坐在旁边，偶尔手中拿本书或本子，倾心听讲。这就是"邬波尼煞昙"这个词的原意——"坐在附近"。这个词现在已经成了世界闻名的许多印度古代哲学典籍的名字（译意是"奥义书"）。

我们不要以为这些老师和学生全都生活在我们的时代以外。这些学塾的存在就表示了一种矛盾。一方面有些人是要用这造成一种隔绝时代的藩篱，另一方面也有不少人是要用古文去对抗新学校中一切用外国文的教育；一方面有人苦心孤诣要保全本民族的古代文化免于衰亡，另一方面有更多的人被新式学校的学费"闭门羹"赶到这儿来求免费教育。十二三年前这儿的一所"迦尸学院"就突然空无一人，几乎全体"阿阇黎"（老师）都被关进了监狱。我还记得，一个十几岁的小朋友曾对我吟出古代梵文诗句来发抒他对金钱至上的不合理的社会的愤恨。

有钱才有朋友，有钱才有姻亲，
有钱在世为人，有钱就有学问。

　　市南郊外有一所印度教徒大学。这是一所现代的大学，校园很大，约有两英方里。照校名看来，它是以提倡印度教为目标的，因此校园中心要修一座庙，但同时它也有一所设备很好的工学院。它有文、理、法、商等学院，也有研究印度医学的印度医学院和东方学院、神学院。十年前这个大学的副校长（正校长是政府首长兼任名义）就是现任印度副总统，宣扬印度教哲学的著名唯心论哲学家拉德哈克里希南。
　　现在我们再在市场走一趟就到河边去。贝纳勒斯的工商业要到市场区才能看到。那儿有许多大小店铺，可是著名的店和货物只有熟悉这城市的人才能找到。例如有一家很大的梵文书店就深藏在弯弯曲曲的小巷子里，进了门还得穿过几层屋子，然后由狭窄的小楼梯上去，才能到达目的地。这个城市的最著名的出产就是丝绸。贝纳勒斯"纱丽"（印度女服）已经成为一种专名。从遥远的古代直到如今，以贝纳勒斯为名的丝绸畅销全印度。到了这样的地方就好像到了苏州、杭州，连街面都相仿，不过人物和布置不同而已。古代贝纳勒斯的雕刻，尤其是象牙雕刻，也很著名。到现代这种精巧的技术在本地似乎失传了。现在还有小贩到旅馆来，可是他向客人兜售的却往往只是整段的象牙，而不是雕成的珍品了。
　　在街上我们可以看到有些妇女头顶着罐子走，这就是到恒河取水的人。跟着她们，穿过卖铜器的、卖石器的等等街巷，渐渐走近很多人挤来挤去的一个地方，这是著名的"宇宙之主"的神庙。这一古庙本来很大，照玄奘的记载，曾有过高达百尺的石像。可是后来庙毁了，现在的是十八世纪重建的。庙很小，人很多，每天去献花和泼水有一定的时间，因此格外拥挤。非印度教徒或是印度教的"贱民"是不能进这个神殿的，不过从小窗户中可以望见那座亭子似的神殿中央只是一个象征大自在天湿婆神的石头柱子。

经过了庙就可以顺着高高低低的石头路一直走到恒河边去。出了一个巷子就由一级级的石阶下去，望得见面前横着宽阔的恒河。若是在早晨，太阳从河对岸升起，照得河水闪闪发光。对岸是一片细沙，映着阳光，耀人眼睛，衬着远处的绿树乡村，使刚从小巷中走出来的人眼界忽然开朗。到河边顺河向北一望，河这岸的景象完全不同。沿河一带一直排过去是一处处下河的石阶，每一下河的石阶梯都有名字。有些是专用的，是王公富豪给自己修的，有些是公共的。水边和水里有许多人身上裹着一块布在沐浴祷告向神顶礼。专用的石阶下往往冷冷清清没有人。间或有坐轿子来的，轿子会一直进到水里，原来轿是没有底的，不过是不许外人看见轿内的一层布围墙罢了。这里面往往是妇女。岸边有些小船，多半是给游客坐了在河上游览的。不过有几只是固定的，上面有人盘腿坐着，身后支着一把遮阳光的油纸伞，有的手里还拿本像"贝叶经"似的书在看。这是些上了年纪的人，据说他们的生活就是在死前修道，以便一旦死亡就借恒河之力升天。岸上不时飘起一缕缕青烟，那是火葬场，火葬完毕就把尸灰撒在恒河里。根据传说，恒河下凡就是为的冲洗一些王子的尸灰使他们复活升天，所以虔信印度教的人就摹仿这种行为，而贝纳勒斯为外人所宣传的也正是这个特点。岸上还有一二自由自在的神牛在悠闲地观看这据说是几千年没有改变的景色。到了黄昏，太阳在城市背后渐渐沉下去，对面的一片恒河沙也暗淡起来。这一岸的水中香客稀少了，只有小船和修道人还在。天上的明月光辉代替了刺眼的热带阳光，恒河的色调便由雄壮化为柔和，奔腾着的浅黄的流水面上蒙起了一层银白的闪光的薄雾。火葬场上的青烟在无风的静夜中直上天空。可是这时我们也不必流连夜景，还是回到城里去，说不定这一天正是印度教的什么节日，晚上有不少处在表演民间歌舞剧或者说唱大史诗罗摩的故事呢。

绕行贝纳勒斯一周也是一种宗教仪式。步行自然虔诚，但在人事匆忙的现代，有的人就坐上一匹马的小马车甚至坐汽车来完成这敬神的仪式了。坐小马车到近郊去一趟是很值得的。说到郊区，有两个人我可以一提。一个是现代印度批判现实主义的印地语大作家普列姆·詹德。他住在乡下，对农民生活极为熟悉。他的小说是印度农民的强有力的控诉书。他已在一九三〇年逝世，他的声名现在比生前更大。他所创办并担任第一届大会主席的印度进步作家协会，现在还是印度进步文学的中坚力量。另一个人是一位无名的奥国女郎。她在维也纳学音乐，据她说是听了一次印度人宣传印度教的演说，就跑到这儿来，在郊外一所学校里教小孩子弹钢琴。这两个人出身于不同的社会环境，走着不同的道路，却是由于相同的原因：现代的资本主义和封建主义残余的不合理的社会制度。一个出自民间大声反抗，一个逃向宗教舍弃青春。贝纳勒斯这个地方何尝是万古不变的宗教圣地，其中正孕育着现代的一切矛盾呢。

至于贝纳勒斯郊外的佛教胜地鹿野苑，那就更是一个小小的地方包含着多种多样的情景，值得雇一辆小马车专为它去游览一番，却不能算在贝纳勒斯城的范围之内了。

（一九五五年十一月）

197

辑三　艺文杂识

印度文学

——人类文化的一所宝库

印度是世界最古老的国家之一。印度人民在文学上的辉煌成就，是人类文化宝贵的一部分。印度人民历来爱好艺术，几千年间，他们在音乐、舞蹈、绘画、雕刻、建筑等等方面的成就，是十分绚烂的，也对邻近许多国家起了广泛而深远的影响。在我国丰富的艺术遗产中，也往往可以发现吸收印度艺术的痕迹。在敦煌壁画、云岗石刻以至新疆舞蹈中，都有明显的表现。印度文学随着佛教的流传来到中国，也没有为我们的善于吸收他人优点的先人所忽略。

究竟印度文学中有些什么值得我们重视的主要的作品呢？下面我们就作一番简略的叙述。

谈到印度的古代文学，我们首先得从吠陀文献谈起。吠陀文献是两三千年以前印度人民长时间创作的总汇，它是古代印度人民生活的巨幅图画，直到今天还是印度一般人心目中的圣典。吠陀文献中最古的，而且成为核心的，是《梨俱吠陀》。《梨俱吠陀》是一千零十七首诗歌的总集。把《梨俱》的诗作为歌词重加编选排列的集子，是《娑摩吠陀》。包括祭祀用的祷辞以及进行祭祀的各种仪式说明的集子，是《夜柔吠陀》。《夜柔吠陀》以有无说明以及各派解说的不同而有"白""黑"两种和各派传本之分。还有和《梨俱》内容不同的另一部古诗汇集，是《阿达婆吠陀》。这四部集子合称为四吠陀。接着便是一层一层一代一代的对吠陀本集的补充和说明，这就是梵书、森林书、奥义书，其中有诗，有散文，有关于祭仪的描写，有神秘的哲学议论，有反映古代人民生活与想象的故事、传说，乃至生动的对话。结束吠陀时代，标志新时代的开始的，又有一些总结古代风俗习惯以至于科学成就的经书。

几千年间，这些古典制作是以口口相传的方式流传下来的。因此，现有的吠陀文献当然不能包括当时所有的人民创作；就是流传下来的，今天也还有一些未经好好校印和整理。这一套文献的分量是惊人地巨大，世界上还很少民族能够和印度相比，像他们保存了那么多远古的文化遗产。

吠陀文献中有许多美丽的文学作品。特别是《梨俱吠陀》，表现了上古人民对大自然的惊异、探究和歌颂，包括了一些真实与想象交织的往古事迹的回忆。其中还有一些纯朴的抒情小诗，如：

人人愿望各不同：木匠等待车子坏，医生盼人跌断腿，婆罗门希望施主来。苏摩酒啊！快为因陀罗大神流出来。……

我是诗人，父亲是医生，母亲磨粮食，大家都像牛一样为幸福而劳动。苏摩酒啊！快为因陀罗大神流出来。……

《阿达婆吠陀》却反映出另一种思想情绪：人类对自然不是惊异、歌颂，而是想征服、加以控制和运用。它表现了许多原始人民企图用巫术来控制自然的努力。禳灾、治病、求子、催眠，等等，便是这一部诗集的主要内容。

吠陀文献包括一个悠长的时代，但是随着时光的推移，到后来这一方面的创作活动就只属于当时掌握文化的婆罗门，而吠陀文献也脱离了一般人民。于是，人民另外创造出了一部伟大作品，这就是篇幅超过荷马两部史诗总和八倍的大史诗《摩诃婆罗多》（"摩诃婆罗多"的意思是"伟大的婆罗多王后裔"）。它曾被称为"第五吠陀"。

这部史诗是无数人长期的创作，是网罗一切的古代印度人民生活、思想、感情的百科全书。它的核心故事是叙述婆罗多王族的十八天的大战，参加大战的另外也有古印度许多别的部族。史诗的主要故事的精神，是要求国家的统一。在这核心故事上附加了无数人创作的古代生活的图画。在数不清的"插话"之外，还有显然是婆罗门加工的关于宗教、哲学、伦理的一些长篇诗体论著（例如到今天还据有印度教圣经地位的《薄伽梵歌》，便是其中之一）。这部史诗是几千年来印度人民取得知识的宝库，是许多文学作品的泉源，它对印度人民的影响是无法估量的。直到今天，庙会中、节日的聚集中，人民还在歌唱它的故事，颂赞史诗中的英雄。直到今天，许多戏剧、舞蹈、绘画的题材还是出自这部史诗。诗中的著名插话如《莎维德丽》《那罗与达摩衍蒂》等不但在印度脍炙人口，而且流传欧洲，蜚声世界。苏联自一九三九年起即在巴朗尼可夫院士领导下进行将全诗译成俄文的工作，到一九五〇年出版了全诗十八篇中的第一篇的散文译本。

人民的创造力是无穷无尽的。除了庞大的《摩诃婆罗多》之外，古代印度人民还创作了一部巨大的史诗《罗摩衍》。这部史诗的篇幅约当前者的四分之一。如果把原来的双行四句诗译成我们的四行诗，则前者约有四十万行，而后者也有十万行。《罗摩衍》的主题和《摩诃婆罗多》不同，它叙述英雄罗摩的生平，歌唱了父子、夫妇、兄弟、朋友的真挚感情。罗摩是印度人民的理想人物，他是具备一切优秀道德品质的神化的英雄，在人民心目中占有崇高地位。"罗摩治世"至今还是"太平盛世"的代用语，好像我国从前说"尧舜之世"一样。两部史诗在体裁上有相同的地方，它们都同样在核心故事中间穿插了无数的插话。

两大史诗被称之为吠陀以外的印度古代文学的汇集。但是印度古代人民的创造还不限于此。他们又创作了无比丰富的寓言、故事、短诗、格言、谚语。这种体裁的作品成了印度文学的一大特色，是印度人民对世界文学宝库的重要贡献。对这些汇集得最多的是佛教典籍。巴利语的《佛本生故事》，就是庞大的故事汇集。许多寓言故事保全在我们的汉译佛典中，成了我们的古代文学遗产的一部分。耆那教经典中也包含了无数寓言故事。此外还有一部诗体的大作品《故事海》。另一部寓言故事《五卷书》，通过了阿拉伯文翻译辗转流传到欧洲，被译成许多种文字，在世界文学作品的流传历史中是一件特出的美谈。

在上述这些作品以外，还有类似史诗体裁的十八部《往世书》，里面包括了神话、传说和想象与事实相混合的历史纪述。

公元后一千年间，印度文学作品都用梵语。出现了许多杰出的诗人，创作了大量的诗歌、诗剧、散文和小说。其中享有世界声名的，是迦利达莎。他的最著名的诗剧《莎恭达罗》已经有了许多种文字的译本，我国也有由法文转译的两种散文译本。迦利达莎的作品流传下来的还有两部诗剧、两篇长诗、一篇抒情诗《云使》、一册抒情诗集《六季杂咏》。我们还得提一提那位佛教中的菩萨马鸣。他的《佛所行赞》（原文只发现前半部）是美妙动人的叙事长诗，另一部《美难陀》（无汉译）也是一首美丽的叙事诗。马鸣是梵语文学的先驱之一。还有一位诗人伐致呵利，他的诗集《三百咏》像我国的《唐诗三百首》一样流行，其中有浓厚的人情味。他的诗曾有六十一首译成了中文（载一九四八年《文学杂志》）。此外还有些论诗的理论著作，也用诗体写成。小说有两部最为人传诵，一是

《十王子行纪》，一是《迦丹波利》，都是用词藻华丽的散文写成的。

印度的无数书籍现在还是手抄本，藏在许多地方，近一两百年来校印出的只是一部分。将来大量整理校印出来，一定还会有许多被淹没的珠宝出现。

近一千年来，印度人民中形成了各种语言，许多诗人都开始用各地人民的语言进行创作，他们的优秀的作品在人民中间传播很广，现在我们只极简略地谈一下印地语、乌尔都语、孟加拉语中的文学创作；至于其他语言的作品，由于篇幅限制，在这里就不谈了。

用北印度人民口语而不用梵语（文言）创作诗歌，这件事本身就表示出诗人的进步倾向，在当时的历史条件下，人民的各方面生活几乎都与宗教相联系，因此，他们的诗歌也带有宗教的色彩。但在印度，宗教一词含意极为广泛，并不单是信神或拜神。诗歌中，如著名的诗人胜天（约在十二世纪）的名诗《牧童歌》，是颂扬大神克利什那（黑天）的，但内容只是咏爱情，写化身牧童的神和牧女的恋爱。这些诗都是用人民语言歌唱人民的感情，具有清新的生活气息，打开了和梵语文学时代不同的另一种精神世界。这些诗歌在印度农村广泛流传，为广大农民所喜爱。这些诗人中最为杰出的有两人：一是织布工人迦比尔，一是杜尔西达斯。

迦比尔反对宗教上的偏见，他用纯朴的口语歌唱真挚的感情。关于他的身世有许多传说，确定的只是他是织布工人，生存在十五世纪到十六世纪初年。他的诗至今还为人民所爱好，在北印度文学中居很高的地位。

杜尔西达斯（一五三二——一六二三）是梵文学者，作品很多，但在人民中广泛流传的，只是他的白话长诗《罗摩衍》（本名是《罗摩功行之湖》）。这部诗的故事就是史诗《罗摩衍》的故事，但是原来庞杂的史诗现在却被诗人重新加以整顿和创作，有了新的面貌。语言自然，感情深厚，形象性和音乐性非常强烈。这部诗活在人民的口头，在北印度农村中经常可以听到人吟唱杜尔西达斯的名句，无数人由于它而唤醒了民族自豪心。这部长诗在苏联已经由巴朗尼可夫院士用诗体译成了俄文，在一九四八年出版。

和这些农村诗人并行的，还有城市中的一道文学主流，这便是以德里和勒克瑙地为中心的另一种口语文学。这种文学语言容纳了不少波斯语词汇的北方口语，现在一般称为乌尔都语。在王公贵族的宫廷里，在经常举行的"诗会"上，涌现了很多诗人。诗体深受波斯诗体的影响，但诗的风格和语言，还是印度的。那些诗人虽然与宫廷贵族有联系，但实际上多数诗人都是"主上所戏弄，倡优所蓄"，而且穷途落拓，接近人民情感的。十八世纪乌尔都语诗人弥尔有"诗歌之王"的称号，他就是不逢迎贵族，潦倒终身的。他的诗明白如话，与另一些追求形式的颂赞之诗相反。他自己在诗中就表明了他的诗不是为贵族而写，而他的诗之所以能流传至今，也只是靠了广大人民的爱好。

另一位诗人迦利布，生于十九世纪，经历了一八五七年的大起义，亲受亡国之痛。他享有超过所有其他乌尔都语诗人的崇高荣誉。他的作品到现代还常在无线电台广播。有人甚至说：上帝给了印度两部诗，一是《梨俱吠陀》，一是《迦利布诗集》。从这里我们可以看出他在诗创作上的卓越成就。迦利布的诗具有深湛的思想，许多人曾为它们作过注释，但他写诗用的语言是口语。关于弥尔和迦利布，民间还流传着一些他们反抗王公贵族的故事。

还有两位诗人，他们也各具特色：一是纳齐尔（一七四〇——一八三〇），他打破传统，独辟蹊径，把人民生活、饮食、风俗、节日都做了诗题；一是哈里（一八四〇——一九一六），他把政治引入诗歌，写了不少鼓吹民族情感的诗篇。

不少乌尔都语诗人在风花雪月的词句中表现民族的哀痛和对帝

国主义侵略的反抗，有的还直接参加革命斗争。一八五七年大起义时，被帝国主义者绑在大炮口上轰死的烈士中，就有一位诗人。今天，有许多乌尔都语作家继承了光荣的传统，他们都倾向进步，为人类和平与进步而奋斗。

乌尔都语诗人中有一位不能不提到，这便是曾享盛名的伊克巴尔（一八七五——一九三七）。他的爱国诗篇曾传遍全印。

到了十九世纪，欧洲文学影响了印度，近代小说开始在印度出现，其中最著名的是沙尔夏尔（一八四六——一九〇二）用乌尔都语写的《阿沙德传》。这是一部描写勒克瑙社会各方面的生活、充满着幽默与讽刺的长篇小说。沙尔夏尔主编一些杂志，并曾把《堂·吉诃德》译成乌尔都语。

印度现代文学的兴起主要还是在孟加拉语中。孟加拉的班金·查特尔吉（恰托巴底耶雅，一八三八——一八九四）是现代印度小说家的先驱者。他的最著名的小说是《阿难陀寺院》，它描写了"山耶西"（出家人）的起义，充满爱国热情。这部小说中的一首诗——《礼拜母亲》，成了印度民族革命的进行曲。在印度独立前，它就是印度人民的国歌，群众集会时，爱国烈士殉难时，都唱这首诗。继承班金·查特尔吉的小说传统而把创作风格由浪漫主义转向现实主义的，是孟加拉语的另一小说家沙拉特·查特尔吉（恰托巴底耶雅）。他描写了社会生活和家庭生活，他的作品传诵很广。

用孟加拉语写作的诗人泰戈尔，是世界闻名诗人，他曾到过我国，为我们所熟悉。他不仅是诗人，而且是散文家、小说家、戏剧家、音乐家。他的作品译成英语的仅仅是其中一部分。他一生追求理想，热爱人类，而对于腐化堕落、侵略成性的帝国主义、军国主义深恶痛绝。对中国怀有特殊的深厚友情。他在一九三〇年访问苏联短短几天中获得了极其深刻的印象。他说："到底来到了苏联。所看见的全是奇迹。任何国家不能和它相比。从根本上就完全不同。这些人把一切人都彻头彻尾唤醒了。"他的作品充满爱国热情，经常想到印度人民的苦难生活，在《苏联通信》的结束语中他说："我心中构成的关于苏联的图画后面是悬挂着印度苦难的黑色帷幕的。"他一生孜孜不倦寻找的是印度人民的出路，人类的出路，和平、自由、人性的全面发展，各民族和平友好的大同世界。他曾于一九三九年亲自主持印度进步作家协会的第二次大会。他在印度人民心目中得到超乎其他文学家的地位，决不是偶然的。

现代作家中一个特出的人物，是在一九三六年主持印度进步作家协会第一次大会的、用印地语和乌尔都语写作的小说家普列姆·詹德。他出身农村，对农民生活极其熟悉，他在作品中生动地表现了印度农村生活与农民的思想感情。他以极其生动的人民语言，怀着热烈的爱国感情，在许多作品中，描绘了印度二十世纪前三十几年的社会生活与政治生活的各方面。他的杰作，印地语长篇小说《戈丹》（"献牛"或意译为"牺牲"）是表现农民的一首优美的现代史诗。他深刻地揭发了农村的阶级矛盾，对农民的苦难有着深厚的同情，他对于知识分子的软弱无能和腐败的殖民地教育常予以辛辣的讽刺；对于妇女的崇高品格和辛酸生活，他也有动人的描写。他一生不断追求进步。当一九三六年高尔基逝世消息传到印度时，他不顾家中人的反对，从病床上起来，写了一篇哀悼文，亲自送往报馆。据说，他当时说过："高尔基不仅是一位苏联作家，他是世界性的大人物。"这篇文章成了他的绝笔，过了几天，他也与世长辞了。普列姆·詹德的印地语和乌尔都语的作品在印度传播各地，并且深入农村，为农民所爱好。他所创造的农民典型人物，如《戈丹》中的何利，集中表现了印度农民的善良性格和悲惨境遇。

当代印度作家承继了这样丰富而且优越的文学传统，吸收了外国文学的进步成分，在印度人民争取进步、保卫和平的斗争中正起着日益巨大的作用。小说家安纳德和诗人哈伦德拉那特·查托巴迪雅亚都先后访问我国，已为我们所熟悉。用马拉雅兰语写作的南印度诗人瓦拉托尔也曾领导印度艺术代表团来过我国。乌尔都语的小说家克里希那·钱达的几篇短篇小说也已译成中文。他的写一九四三年孟加拉饥荒的中篇小说《给粮食的人》（英译名《我死不了》）对帝国主义者发出了强硬抗议。他现在是印度进步作家协会的秘书长。乌尔都语诗人贾佛利的长诗《亚洲醒来了》和《向新世界致敬》都传达了印度人民的真实的革命情绪。最近孟加拉语文学中出现了第一部以描写二次世界大战中军队生活为题材的长篇小说《新兵》，被认为近几年来最优秀作品之一。现实主义的文学在印度正在蓬勃地成长。

最后，我们不能不提一提印度作家对中国人民的感情。一九二七年以来，中国革命过程中的大事件都为印度许多进步作家所密切关心，在印度文学中有所表现。孟加拉语文学中就有不少以我们抗日战争为题材的诗篇。南京失陷和武汉失陷时，他们都发表诗歌，痛斥侵略者，歌颂中国人民为争取自由解放的斗争。中华人民共和国成立后，印度又出现了许多祝贺的诗篇（其中有一篇曾译载《人民日报》的《人民文艺》）。印度文学界的朋友们对我们的这种友谊，不能不激起我们的感谢心情。

印度是我们的邻邦，中印两国人民有着一千年以上的和平的、文化的交往。今天，我们为了美好生活的共同愿望，为了保卫亚洲和全世界的和平，已经日益亲切地携起手来。周总理访问印度后，中印两国关系又展开了新的一页。中印间已经一再互派代表团访问。中印人民的传统友谊日益光大，文化交流日益密切，这是完全可以预期的。

（一九五四年）

《印度古诗选》序

　　这本译诗集名为《印度古诗选》，先要说明两点：一是"选"的范围，二是"古"的范围。

　　所谓"选"，并不是在印度古诗中选出最好的精华，而是选其几个重要方面的一些例子，由此"一斑"还不足以见"全豹"，但是印度古诗的面貌特征也可以由此见其仿佛。这些也不能说是代表，只能说是样品，更准确些说，是诗史中的抽样。

　　所谓"古"，也不是指现代以前，而是指约一千年以前。那时印度有通行的文化语言，称为梵语，即"雅语"，仿佛我们的文言。另有些"俗语"，也接近"雅语"，例如佛教文献中用的巴利语。梵语中最古的文献是《吠陀》，用的语言更古老，称为"吠陀梵语"或"吠陀语"。这里选的诗是从吠陀语、梵语（或称古典梵语）、巴利语的文学作品中选出来的。

　　这些古语的文学大致在近一千年间僵化了，衰退了；尽管到今天还有人用梵语写作，甚至翻译，但是作为通用的文化语言，它早已让位了。这里面原因不止一个。用得长久了，定型了，陈词滥调多了，同日益变化发展的口头语言之间的距离越来越大，因而除少数文人之外，它脱离人民，不得不衰退以至濒于死亡。这同我国的文言的情况相似。这是一方面的原因。另一方面的原因是更重要的，而且是中国没有的，这就是政治和文化上的情况的改变。从公元八世纪起，信仰伊斯兰教的一些民族从西北方进入印度，逐渐扩大势力，由建立一些王国发展到统治南亚次大陆的大部分，成为莫卧儿帝国。这些统治者民族不同，语言不同，用的官方语言是波斯语，这也是他们的文化语言。这当然动摇了梵语的地位，而使许多地方语言在民间发展起来。首先在南方，后来在其他地方，以民间口头语言为基础，借宗教形式为外衣，在民间创作并传播了不少文学作品，主要是诗体的，也有非诗体的（包括戏剧性的）。这是一次重大变化。

梵语和这些新的语言的发展受到的最沉重的打击是在欧洲人侵入南亚次大陆以后。英国统治了这块地方，以英语为官方语言和文化语言，从小学到大学的教育一律用英语进行，大力宣传西方文化，主要是资本主义时期的文化，也夹杂着希腊、罗马、中世纪的文化。英国文化作为主体压倒了其他一切文化。这样的政治和文化的压力，使印度文化经受了史无前例的、远超过伊斯兰教徒统治时期的巨大冲击。由于印度民族和文化的强大生命力以及世界潮流的进展，现代印度不但在政治上恢复了独立，而且在文化上也有新的发展。今天印度政府承认的语言就有十四种，都有自己的文学。全面介绍印度的诗，即使是限于古诗，也不是一个人和一本小册子所能为力。因此，这本书只以伊斯兰教进入印度为断，只译了约一千年以前的梵语、巴利语的诗。

译出的这些古诗虽然数量很少，却也包括了几个重要方面。

印度的最古文献是《吠陀》，其中最早的是《梨俱吠陀》和《阿达婆吠陀》。前者的编集比后者更早些，是人类保存的最早和最多的诗歌集，编订成书约在公元前一千多年，其创作离现在至少已有三千几百年。这两部集子，一是作为祭祀用的祷词，一是作为驱邪用的咒语，编集以后一直被当作神圣典籍小心保存到今天。《梨俱吠陀》有一千零十七首,《阿达婆吠陀》有七百三十一首。这些诗尽管有宗教和巫术意味,但仍应算是文学作品,因此不能不译一些。

史诗是印度的蜚声世界的大著作,有著名的两大史诗,《摩诃婆罗多》和《罗摩衍那》,以及十八部作为历史的"往世书"。这里只收了《摩诃婆罗多》的一个著名插话。《罗摩衍那》已有全译,"往世书"与史诗类似,都没有选。这一插话在印度传诵最广,地位最高,大概是因为它宣扬了"三从四德"性质的封建道德,同时,也有相当高的文学价值。我的译文曾载一九五四年《译文》。史诗和吠陀恰相对照,可以看出时代和社会文化有了变革以后,文学作品的内容和形式的变化。

格言诗是印度古代文学的一个特色。不但大史诗《摩诃婆罗多》中充满了含有道德教训的诗句,而且许多宣扬宗教以及政治等等的书也采用诗歌形式。当然,有很多只是为了便于传诵和记忆的歌诀,可是也有不少是有文学意味的。中国所谓"言之无文,行之不远",为了宣传也需要有点艺术。印度古人喜欢以诗体发道德教训,称为"妙语",许多作品中都时时出现这样的诗句,还有编成集子的,这类诗真可说是成千累万,不计其数。格言、谚语本是各民族都有的一种文学类型,也许是在印度古代特别发达。这里选了三部书的,其实都是集子。《法句经》是巴利语的佛教经典之一,是佛陀的语录。在南亚和东南亚的佛教徒中,在全世界对佛教感兴趣的各种人中,这是最主要的无人不知的典籍。在新疆也曾发现梵语的残本,但是全世界流行的是这包含四百二十三节诗的巴利语本。我国古代曾有两个译本,还有加上故事说明的本子,以及别的书中引用的诗句;这些和巴利语本详略及编排不同,从来不曾流行。因此,这里译了十五节较多文学而较少宗教的诗以见其体裁。《三百咏》署名为伐致呵利所作,但流传的几百首中只有约二百首可推定为原来的集子。这已经由我译出，由人民文学出版社出版。这在印度是几乎读古书的无人不读的诗集，仿佛我国的《唐诗三百首》。这里收了二十一首以见文人作的这类诗的体式。为教育儿童将格言谚语诗和故事编在一起的《五卷书》已有汉译。另一部较晚的模仿《五卷书》的《嘉言集》，是教梵语的教科书性质，很流行。这里从中译了二十三节诗。将这三部书的格言诗一对照就可以看出其异同，对这类诗歌也可以有所了解。这些诗显然是群众中流传的不知名的作者的作品，只有一个伐致呵利被认为文学作家将名字传了下来。我们可以看出这些有署名的作品中多少显露出来的作者的身份和个性。若看《三百咏》全书自然更明白些。

史诗已经表现了叙事诗和戏剧性的诗的体裁，抒情诗还需要有点样品。《三百咏》中有不少是抒情诗，但是，可以说是世界公认的印度古代抒情诗的高峰的是大诗人迦梨陀娑的《云使》。这诗只有一百一十五节，我已经译出，于一九五六年由人民文学出版社出版，再版还未见出，因此这里把它收进了。《妙语集》是较晚的由一位佛教和尚编选的诗集（约在十二世纪），原来的写本在西藏，还有个写本在尼泊尔，原书名直译是《妙语宝藏》。印度的高善必和郭克雷据照片校订后，于一九五七年由美国哈佛大学出版。现在从中译出十四首，以见晚期连佛教徒也欣赏的抒情诗。还有著名的《牧童歌》，以艳情的形式作宗教的颂歌，别具一体，为近几百年间新印度语言中一部分诗的渊源和典范。本想译出一点，终于因为原诗音韵铿锵，辞藻华丽，情意双关，我衰老无文，实在难以汉语转译，只好作罢。

印度古诗有格律而无脚韵，但都可以吟咏，并很重视句中的谐音。汉语诗除现代一些新诗外几乎都有脚韵。佛经译诗不加脚韵就不利吟唱，和尚诵经时唱的调子难分诗与散文。本书中的译法是尽量直译而采用脚韵。原诗一般是双行诗节读为四句，长的诗句中有规定的停顿。吠陀诗中有一节读为三句的。每句音节，最普通的是八音、十一音，以至后来发展的十几音到二十一音，更长的少见。还有计音量、不计音数的格律，每句长短不一。从这里的译诗中略可看出原诗句的样子，但韵律就难以见到了。不过我还是努力以直译尽量保存原诗的不同风格和形式。原诗是没有标点和句读的，译时照汉语现代习惯加上了标点，并分行排以便阅读。古诗总是有些难词难句和典故，本应都加注解；但考虑到这本诗选的目的，只是提供爱好文学的读者认识并了解一点古印度文学，并不是作为研究资料；读诗不看注打断，虽有点疙瘩，也不致妨碍了解全诗，若欲追索，可以查原来发表处和我的有关文章（只有几首吠陀诗和《法句经》《嘉言集》《妙语集》是新译未发表过的）；因此，除《云使》外，一律不加注，以省篇幅。原诗都没有题目，现在给吠陀诗和《妙语集》几首诗加了题目，以便了解诗意。有的译音词后面在括弧中注了本义。诗节后注的数目是原书中的诗节序数。

　　印度古人说，尝一滴海水即可知大海的咸味，希望这本小册子能起这种作用。至于对这些诗的思想性和艺术性作历史唯物主义的分析和评论，我想读者比我高明，不劳我饶舌了。正是：

> 春花秋月忆当年，
> 禅院孤灯诵简编。
> 人事蹉跎余太息，
> 难将爝火照琴弦。

一九八二年四月五日清明

《梨俱吠陀》的三首哲理诗的宇宙观

　　人类最古的文献之一，印度的上古诗歌总集《梨俱吠陀》（Ṛgveda），反映了它所属的那一时代和那一地区的社会中一部分人的生活和思想。这部书的一千零十七首诗中，除一般表现世界观的和一些零散的富有哲学意味的诗节、诗句以外，有十来首诗比较集中地探讨宇宙起源等问题，被认为是哲理诗，也就是说，用我们现在的眼光看来，这些诗讨论或陈述了对于哲学问题的看法。其中有三首诗是几乎所有论及印度哲学思想史或社会思想史的书都提到的。对于这些诗中的涵义，历来有各种解说和推测。本文拟就这三首诗作一点初步介绍和分析，其他诗概不涉及，并不是探讨全书的复杂的哲学思想。

　　印度传统奉《梨俱吠陀》为圣典，认为一字一音不可更易，从大约三千几百年前保存到今天，可是在很古时候，可能是在把这些诗歌编成总集以后不久，它就主要依靠在宗教仪式中起的作用而存在，它的内容（甚至语言）和保存并应用它的人们就逐渐分离了。大约公元前十世纪以后，纷纭的解释已经出现；公元前五世纪已有解说难词的书。此后，《梨俱吠陀》的地位高于一切，但实际上是一部封闭了的书。不仅是圣典不许凡人问津，禁止"贱民"接触，便是传授圣典的公认为祭司种姓后代的婆罗门也说不出其中奥妙，只是断章取义，把它作为宗教祷词，或则作为无上神圣的权威来引证。到了十四世纪才有一部全书注释，于十九世纪刊行，另一部注可能稍早，但到二十世纪才发现并刊行。十九世纪，印度的近代民族意识觉醒之后，知识分子开始宣传并研究吠陀；但是直到今天，他们所谓吠陀主要不是指原始的诗歌集（《本集》，Saṁhitā）而是笼统指一大批吠陀文献，实际着重的是那一时代末期的一些奥义书（Upaniṣad）；他们所宣扬的也主要是奥义书中的一种思想（并非全部）。那些书同编集前的《梨俱吠陀》诗歌的创作时代相隔已将近一千年，甚至其中有些已经不引证吠陀诗句为权威了。十九世纪欧洲人在近代科学影响下用现代方法进行研究以后，二十世纪印度才出现了用非传统的方法和非保卫传统的态度的吠陀研究，但他们基本上是承袭欧洲人的方法，而且极少对自己传统表示怀疑。

印度古代传统把承认吠陀为权威和否认吠陀为权威的分为正统和异端。实际上，正统的（例如瑜伽派）是表面承认，异端的（例如佛教）是笼统否定，所肯定和否定的往往是另一回事，同吠陀本身并不相干。对于吠陀的几部"本集"，尤其是《梨俱吠陀本集》，差不多都是当作一个神龛，并不向内窥探。他们的争论其实是一些教派或社会思想派别之间的矛盾表现。

由欧洲人开始而现在已经传到美洲、印度和日本的吠陀研究，本来依照对待印度传统解说的态度可以有尊重、怀疑和折衷之分；后来，随着文化人类学和比较宗教学的发展，原先依据比较语言学的研究继续前进，对于祭祀仪式文献的研究开展了。六十年代起，对吠陀神话试探作新解释的有两支：一是在布鲁塞尔出现的"三分法"，一是在莫斯科出现的"符号学"。这些研究主要是为了应用自己的新理论。

以上极简略地说明关于吠陀研究的情况，为的是便于了解下面的翻译介绍和探索的渊源和依据。需要指出的是，近代吠陀研究从一开始就是依靠比较其他古代文献的方法，但是国际上至今还不见有应用汉语的上古文献对吠陀作比较的研究。这是中国人义不容辞的工作。这种比较文化（cross-cultural comparison）的研究对于我们了解自己的古代文化应当也是不无益处的。

下面先译出这三首诗（照梵语原文直译）：

A. 第十卷第九十首

1. 布卢沙（人）有千首，
    有千眼，有千足；
    他从各方包围了地，
    还超出了十指。

2. 唯有布卢沙（人）是这一切，
    过去的和未来的；
    而且还是主宰不死者，
    和超越借食物生长者。

3. 他的伟大是这样，
    布卢沙（人）比这更强；
    他的四分之一是一切存在物，
    他的四分之三是"不死"在天上。

4. 布卢沙（人）的四分之三向上升了；
    他的四分之一在这里又出现了；
    由此他向四方扩散，
    向着进食者和不进食者。

5. 由此生出毗罗吒（王），
   在毗罗吒之上有布卢沙（人）；
   他生出来就超越了
   地的后方和前方。

6. 当天神们举行祭祀时，
   以布卢沙（人）为祭品；
   春是它的酥油，
   夏是柴薪，秋是祭品。

7. 他们在草垫上行祭祀，
   灌洒首先降生的布卢沙（人）；
   天神们以此行祭祀，
   沙提耶（天神）们，还有仙人们。

8. 由这献祭完备的祭祀，
   聚集了酥油奶酪；
   造出了那些牲畜，
   空中的，森林的和村庄的。

9. 由这献祭完备的祭祀，
   产生了梨俱（颂诗）、婆摩（歌咏）；
   由此产生了曲调；
   由此产生了夜柔（祭词）。

10. 由此产生了马；
    还有那些有双行牙齿的；

由此产生了母牛；
由此产生了山羊、绵羊。

11. 当他们分解布卢沙（人）时，
将他分成了多少块？
他的嘴是什么？他的两臂？
他的两腿？他的两足叫什么？

12. 婆罗门（祭司）是他的嘴；
两臂成为罗阇尼耶（王者）；
他的两腿就是吠舍（平民）；
从两足生出首陀罗（劳动者）。

13. 月亮由心意产生；
太阳由两眼产生。
由嘴生出因陀罗（天神）和阿耆尼（火）；
由呼吸产生了风。

14. 由脐生出了太空；
由头出现了天；
地由两足；〔四〕方由耳；
这样造出了世界。

15. 他的围栅有七根，
还造了三七〔二十一〕柴薪，
当天神们将那祭祀举行时，
缚住了布卢沙（人）畜牲。

16. 天神们以祭祀献祭祀；

   这些就是最初的"法"。

   那些伟力到了天上，

   有先前的沙提耶天神们在那里。

   这首诗里已经出现了三部吠陀和四大种姓的名称，最后一节中出现了"法"，即"达摩"（古词形 dharman），这是后来通行直到现在的词，在《梨俱吠陀》中本义为"支持"，转义才同后来的"法"相近。这诗明显是歌颂祭祀的。一切都由祭祀产生，这是吠陀时代的祭司思想。天神们和布卢沙祭祀的先后混乱，可见印度人当时的时间观念和我们的不同。他们似乎不是在一条时间直线上排先后次序。

B. 第十卷第一百二十一首

1. 起先出现了金胎；

   他生下来就是存在物的唯一主人。

   他护持了大地和这个天。

   我们应向什么天神献祭品？

2. 他是呼吸（精神）的赐予者，力的赐予者；

   一切听从他的命令，天神们〔听〕他的〔命令〕；

   他的影子是不死，他的〔影子〕是死。

   我们应向什么天神献祭品？

3. 他以伟力成为能呼吸的，能闭眼的，

   能行动的〔一切〕的唯一的王。

他主宰这有两足的和有四足的。

我们应向什么天神献祭品？

4. 由他的伟力而有这些雪山；

大家说海和河流是他的；

这些〔四〕方〔八〕面都是他的，是他的两臂。

5. 我们应向什么天神献祭品？

由于他，天高强；地坚定；

由于他，天宇支撑稳；由于他，天穹〔稳〕；

他在空中使大气得流行。

我们应向什么天神献祭品？

6. 呐喊的两军对垒求支持，

心中颤抖着对他望。

那里照耀着升起的太阳。

我们应向什么天神献祭品？

7. 洪水那时来到世界，

持着胚胎，生出了阿耆尼（火）；

由此众天神的唯一精灵出现了。

我们应向什么天神献祭品？

8. 他以伟力观察水，

〔水〕持有陀刹〔能力〕，产生祭祀，

他是众天神之上的唯一天神。

我们应向什么天神献祭品？

9. 愿他莫伤害我们，那位地的产生者，

　　或则那位天的产生者，有真实"正法"者，

　　那闪烁发光的洪水的产生者。

　　我们应向什么天神献祭品？

10. 生主啊！除你以外没有

　　环抱这一切生物的。

　　愿我们向你献祭的欲望实现！

　　愿我们成为财富的主人！

　　这诗的最后一节，同一些其他诗一样，是一个尾声，因此有人认为是后加的，也有人说是对上面问题的答复。第九节中的"正法"即前一诗末节中的"法"，是"达摩"。在《梨俱吠陀》中，被认为表示宇宙及社会秩序的词是"正道"即"梨多"（rta）；而"达摩"则首先表示"支持"，词形也稍异，是中性不是阳性。因此，这两首诗里如果是用"达摩"代替"梨多"，对宇宙和社会内部运行的情况已经由"行走"（词根√r）变为"支持"（词根√ dhr）了。这首诗里面的宇宙原始是"胎"和"水"，不是祭祀，但是将宇宙"人"化这一点还和前一首同属一条思想路线。第二节中的"呼吸"一词后来成为"我"，是重要的哲学术语，但在这里仍是吠陀的常用义，抽象化也只是指精神。

C. 第十卷第一百二十九首

1. 那时既没有"有"，也没有"无"，

　　既没有空中，也没有那外面的天，

　　什么东西转动着（或：覆盖着，包孕着）？

什么地方？在谁的保护下？

是不是有浓厚的深沉的水？

2. 当时没有死，没有不死，

没有夜、昼的标志；

那一个以自己力量无风呼吸，

这以外没有任何其他东西。

3. 起先黑暗由黑暗掩藏，

那全是没有标志的水；

"全生"由空虚掩盖，

那一个以"炽热"的伟力而产生。

4. 起先爱欲出现于其上，

那是心意的第一个"水种"。

智者们在心中以智慧探索，

在"无"中发现了"有"之连系。

5. 他们的准绳伸展了过去，

是在下面呢？还是在上面？

有一些持"水种"者，有一些具伟力者，

自力在下方，动力在上方。

6. 谁真正知道？这里有谁宣告过？

这（世界）从哪里生出来？这创造是从哪里来的？

天神们是在它的创造以后，

那么，谁知道它是从哪里出现的？

7. 这创造是从哪里出现的？

   或则是造出来的？或则不是？

   它的看管者在最高的天上，

   他才能知道？或则他也不知道？

这首诗中又有"水"，但用了两个不同的词，都和前面一首的"水"不一样，所以还不是术语，是指一般的水。"水种"是吠陀中常出现的，中国道家称为"元阳"，这里生造了一个词以代替不便用的普通词。这仍是将宇宙"人"化，不过怀疑气息很重，追索也更深远了。

这三首诗（下面以 A、B、C 依顺序分别代表）本来在印度古代并不是突出的，到近代为欧洲人所注意才显得特别重要。其中一个原因是：欧洲人以基督教文化为思想背景，当然要对有关"一神"和"创世"的宗教思想有兴趣，这三篇诗恰好中选。另一方面，印度知识分子从公元八世纪以后首先受到伊斯兰教文化传入的冲击，后来过了不到一千年又受到基督教文化的更强烈的冲击，对于"一神"和"创世"也自然感觉到是个重要问题，于是也对这三首诗重视起来。我们现在却不必从这样的宗教角度考虑这三首诗，而应当着重就当代哲学问题来结合分析，作为中国人，更要以我国的最古的《易经》卦爻来对照，可能有点新的看法。

过去研究这三首诗作介绍和分析的，不外两种方式：依现代西方哲学的模式作解说，或照印度传统思想作说明。借用文化人类学的术语（也是语言学的术语），可以说一是"属外"的（etic），一是"属内"的（emic）；也就是说，或是把观察者的"参照系"（frame of reference）放在观察对象的外部，或则放在其内部，简单说就是，用观察者的观点描述，或则用对象自身的观点说明。不少论述是两者混杂的。现在我们可以试一试依照问题作分析，明说观察者的"参照系"，并且用其他对象的"参照系"和这个对象的相对照，以求分清对这问题的不同答案，由此探索对象的思想体系。

在不同的文化思想间作对照，首先碰到词义问题。即使是翻译术语也不可能双方完全相当；即使是音译或新造的词，在不同的文化系统中长久了也会有转义，内涵和外延也不能不变动。因此，前面引的三首诗的译文，尽管直译，也不能当作数学公式一样准确。何况还有不少意义难明或难定的词？下面论的只是对思想体系和关键概念的探索，而且只及部分，不是全面，仅属初步。

现在打算提出两个问题来探索。一是因果关系，一是时间和空间，宇宙（"上下四方曰宇，往古来今曰宙"，见《淮南子》，可说本义指时空，即包容一切的存在）。这两个问题既是古代印度哲学思想发展中的重要问题，又是当前世界上重视的哲学思想问题。中国最古的《易经》是否也有对这问题的看法，因而能联系对照？也不妨提一提。吠陀语言中有那么丰富的动词时态变化，可见当时人对时间是敏感的。若同古汉语中的时态表现法比较也许可见双方时间观的同异。但本文不能涉及。

因果问题是贯串在印度哲学思想史中的中心问题之一，表达得最清楚的是佛教文献中的说法（这里只是说其哲学内容，不论其宗教内容）。佛教把"外道"的这方面思想归入两类。一是"常见"，一是"断见"；前者是"因中有果"（Satkārya），后者是"因中无果"（asatkārya）。所谓"见"大致相当于现在我们说的"哲学思想体系"或观点或世界观的"观"（参照系）。按照一些佛教思想家的习惯，可以把这个因果问题分为四种看法：因中有果，因中无果，因中亦有果亦无果，因中非有果非无果。他们认为只执其一点就是"边见"，或说是有片面性，只有佛教自己的利用"因、缘"作术语而定下的"缘生"（Pratītyasamutpāda）法则才是全面、正确。但

225

是"亦有亦无"和"非有非无"实可归入一派。与佛教近似，所以仍是三派。这里所谓"常"指永恒不变，"断"指割裂分析。"因、果、常、断"这些词都是有一定涵义的术语，但也可以用我们现在的语言作大致相当的说明和了解，只有佛教的"缘生"不能简单用现在的语言来说明和理解，就是说，不容易把"属内"的译成"属外"的语言。这三派理论的内和外，还有各种理论，涉及面太广，这里限制一下。说"因中有果"的是"数论"（僧佉）派，汉译《金七十论》是重要典籍，有大体相当的另一传本的原文可依据。说"因中无果"的是"胜论"（卫世师迦）派，汉译《胜宗十句义论》是这派中的一个不知名的支派的书，未见原文，印度流行的是说"六句义"或"七句义"的。所谓"句义"（Padārtha），现在照西方人译法多指为"范畴"，其实并不完全相当，这是将印度的术语纳入西方体系的说法。"句义"本身所指是"词义"，而对"词"和"义"印度有一整套从语言学研究来的哲学思想，也不能简单作转"属内"为"属外"的说明，这里不论。佛教说"缘生"的文献多，现依《大乘稻芉经》（有五个译本，现依敦煌本书名）和《大乘缘生论》（有两个译本，现依唐朝译本书名）。这两书都未见原文，但解说比较集中且明白，其他处说法这里不论。

若用佛教的"参照系"说一个例，生物学发展史中的"预成论"和"新生论"正好类似"因中有果"和"因中无果"的两种理论，不过后者距离稍远一些，因为印度的"胜论"着重的是分析而不是发展，佛教才讲发展变化。若说摩尔根的遗传学说算做"因中有果"一类，米丘林的学说就近似"因中无果"一类，也许生物遗传理论的新发展会接近亦断亦续、非断非续、内因外因交互、如火焰相续的"缘生"理论吧？可不可以说这里面会有辩证法的意味呢？

现在考察一下前面引的三首诗是否回答了这个因果问题。

三首诗中都有一些难词难句，费了不少人的心思去探测；又都有些像是没有逻辑连续的神秘主义呓语，赞之者称其奥妙，鄙之者薄其原始。我们应当以客观的科学态度承认这并不是有意骗人的或则无意识的胡言乱语，而是由其客观历史条件产生的。这些诗本是不外传的，无欺骗的外在对象。古人也不是没有自己的思想中的逻辑顺序，作者和传诵者不会都是疯子。应当认为在上古的社会和自然环境（包括生态、能源等及生产力）中生活的人有他们的不同于现在的人所遭遇的物质和精神的问题，而他们的表达思想的语言的习惯方式也和现代的不同。同时，这些诗是当时的祭司、诗人、"智者"（实际上三位一体都是指知识分子）的创作，为了保存和流传以及在当时社会生活所需要的祭祀仪式中应用，也不得不采取当时他们所熟悉而后来的人所不了解的语言符号，以隐晦的形式传达他们所宝贵的内部信息。这是一方面。另一方面，尽管古今有这样大的差异，就全体来说，人类和社会和自然究竟有其延续下来的共同点，尤其是从现在的复杂情况去观察过去的较简单的情况，再加上对现代世界上许多不同生活情况的不同社会的人的生活、行为、思想、感情的越来越多的知识和理解，这些诗的原来意义也不是不可以侦测出来而用现在语言作说明的。至于价值判断则是另一回事。

先大体解诗：A诗中心词是"布卢沙"（人）。B诗中心词是"金胎"；诗节末是半独立性的，可能是后加的尾声和一些其他诗一样，因此，"生主"一词可以不计。C诗中心词却是不提名的"那个"。三首诗中出现了一些后来印度宗教和哲学中用的重要术语，这里不论，只对诗的哲学意义稍说几句。

A诗在现代被征引最多，主要是为了它是最古提出四种姓的唯一的文献依据，这个问题现在不论。全篇以祭祀为思想背景，显见这是在婆罗门祭司行业已经发展的时代背景中。至于这是否以人为牺牲的原始祭祀仪式的回忆，尚难断定。"布卢沙"（Puruṣa）就是"人"，直到现在印度语言中都是普通词，但也作为宗教的和哲学的术语。除在这里出现以外，在"数论"派的理论中也有，《金七十论》译为"人我"，与"自性"或"本"（Prakṛti）相对。照它的理论，用现在的话说，"人"是精神，"本"是物质，两者结合产生世界和人类，修行者的"解脱"就是要使精神脱离物质而独立。因此，布卢沙（人）在这首诗中还不能说是相当于"数论"哲学中的术语，因为体系不同，但是显然有关系，因为两者对布卢沙和万物的因果关系的看法属于一个类型。两者同认"人"在宇宙中，但又有不同，"数论"认为"人"是精神，是独立的，而 A 诗却认为"人"本身化为宇宙，"人"就是一切。因此两者的思想体系是不相同的。

就因果关系问题而论，A 诗同"数论"一样属于前述"因中有果"一类，是认为世界永恒存在的"常"的一派。万物都由"人"分解而出，"人"就是一切。"人"怎样分解？第六节诗说明是出于祭祀。谁执行祭祀？是天神们。全世界是一个整体的分解。因果不能分离，由因分解出果，局部属于全体。这是祭祀中分割牺牲的反映，是祭司的世界观，所谓天神就是祭司。

B 诗仍然是祭祀的产物，但和 A 诗不同了。每节末句重复，其意义有很多推测，现在不论。在这首诗里，A 诗的"人"成了"金胎"，"在众天神之上"（第八节）。这里明显是天神和祭祀的地位比在 A 诗中降低了。"金胎"不是自身化为世界，而是"主人"、"王"、主宰者了。世界好像是本来就存在的，有洪水持胚胎，生出火。这首诗所反映的问题不是宇宙起源而是宇宙主宰了。对于因果关系只提出了"胎"，这也是常用词。在这一点上，只是将分解改为变化，以胎生作说明，有进展但没有新理论。

C 诗不同，祭祀不见了。天神也在创世以后，是属于宇宙的了。宇宙起源是一片混沌，是水，是没有对立和分别的，世界的出现是"全生"（ābhu 暂且照字面直译，就是"全面出现"，各种解释现不论）。世界出现的动力是"炽热"（tapas），最初核心是"爱欲"（kāma），产出它的是"心意"（manas）。这三个词往后一直是常用词，不过"炽热"由于后来特指一种行为，一般译作"苦行"了。这诗里也没有因果理论，只是用几个词代替了"胎"（garbha），但还是用了"水种"（retas，元阳），进一步分析了胎。

从这三首诗来看，诗中思想是由具体而抽象：A 诗是说祭祀牺牲的公割，B 诗是说胎主宰一切，C 诗是说由"心意"的"爱欲"的"炽热"而出现一切。三首诗对宇宙本原（因）及其演化（果）作了不同的探测和说明，但对于因和果之间的关系却只反映当时的简单认识，只看出分解和胎生。这也是因为"因中有果"的体系是不分割因和果的。这种"常见"后来一直为许多派哲学思想所共有，尤其是在近代、现代占统治地位的吠檀多派中更是如此。值得注意的是，A 诗是作结论，建立肯定的教条，B 诗提出带根本性的疑问；C 诗更进一层对矛盾对立全面提出疑问并且认为本来对立物是统一而不可分的，其分别是出于"心意""爱欲""炽热"，而出现的方式乃是"胎孕"。这是理解印度哲学思想发展历史的很重要的一个关键。例如：大史诗《摩诃婆罗多》和一些往世书和《摩奴法典》都是依从这个思想体系的，是接近"数论"一派的。直到现在还非常流行，甚至传播到全世界的《薄伽梵歌》（《神歌》），也是包含着这种理论的。曾经有人（德国的加尔伯 R.Garbe）甚至以为这部圣典本来是以"数论"哲学为基本体系的。这三首诗里所用的几个关键词所含的关键思想是印度古代哲学思想中的重要术语，其意义的内涵和外延的演变和异同是研究印度思想所不可忽视的。同时，理解这些思想又是理解相反的或则相分歧的其他派思想（例如"胜论"、耆那教和佛教甚至顺世论）的必要条件，由对照才显现出其矛盾所在。

又如，卫护吠陀权威地位的正统派，由语言学研究而发展出"声是常"的理论，立"常声"（Sphoṭa），认为一个词（声）的涵义（所指，包括物和观念）本来就存在，讲出来不过是以声音为符号显现原来有的客观存在的对象（包括物质的和精神的）。这样就没有因果问题。否认这样浑然一体永恒存在的另外的派别认为一切不过是"极微"（或"邻虚"）的集合变换，这些原子式的基本存在物（包括物体和观念）只能分别部居，彼此实无联系（关系也是独立的存在物）。这样也没有因果问题。佛教为了树立因果报应和"无常"，提出了"缘生""因缘"理论，反对"声是常"，认为词和语言是人为的，借以否定吠陀的永恒。但是必须解释，"声"是"念念生灭"，何以通过语言彼此能互相理解？前一"声"已灭，后一"声"方生，何以能连续表达一个意思而为对方所接受理解？不但要从心理学上作关于意识和记忆的说明，而且要从哲学上作系统的说明。佛教依据的是"行"（Saṃskāra）的理论，即前一"声"虽灭，却遗留下影响于后一"声"，因此，又有相续，但又不是同一物（影、响，信息传递？）。如火焰相续，后一火不是前一火，但无前火不能有后火，所以叫做"非一、非异"，"不常、不断"（《庄子》的"薪尽火传"？）。在因果问题上的各派争论，尽管所争的是他们当时认为有意义而我们现在看来是无意义的问题，尽管思想争论的背景是社会上的生活斗争，但是就其认识世界的哲学思想内容的发展来说，却是值得注意的。这些思想的渊源都与最古的吠陀中哲学思想有关系，因此这三首诗是重要文献。

现在用"属外"的语言简略列举一下大的分别：

甲、"因中有果"：由一演化为多，由统一而分歧，由一化出对立物，因果是本身的发展变化。这是由吠陀开始的思想。"数论"、史诗、法典延续下传。

乙、"因中无果"：一切本来是分类排列的基本原素；所有的集合物都可以分解为最根本的点，认识这些类和基本点就认识了世界；因果只是机械式的互相结合和分离，这是"胜论"、耆那教等的思想。

丙、"因缘生果"：一切都可以分解，但又互相联系而且互相影响；分析到最后的占时空的点仍然是个过程，是"刹那生灭"的；互不相合，又连续不断，构成不断变化的复杂的世界；总的是互相联系的一个整体，分解起来却是一个个随时生灭的基本点（过程）；前因引出后果，各自有"因"又互相为"缘"。

由此，必然要引导到追究他们对于时空（即"宇宙"）的认识。现在再回到前引的三首诗上来。但为避繁琐只能更粗略地论述这个问题。

三首诗都是内含着时间和空间的概念的。时间由变化（先后不同）而知，三首诗都讲了变化。空间由复杂（彼此不同）而知，三首诗都讲了不同的事物，说到上下的方位。问题是诗中假定的是什么样的时间和空间。时空不是抽象的，是由具体事物及其变化过程而被认识的。印度的哲学思想中历来不把时空作为从数学推理出来的抽象概念范畴，而是当作有实物可证知的。说空间总是以方向代表。专指空间的空（ākāśa）是实的，不是空无所有（śūnya），后来还成为五大基本元素之一，与地、水、火、风并列。吠陀用的指太空的词（不止一个）也是实的。吠陀语言中的动词变化有几种不同的过去时形式，可见当时人对于时间是有认识的，对事物变化是有分析的。

A 诗讲世界的过去和未来，但只是已经分解的世界的变化。在这一段时间的前后，明显是还有存在物，但只笼统指为"人"和先前的"天神"。空间是有限的、可分的，有上下和四方，可分为四分之三和四分之一，可量出超出地的"十指"。但又明白说这个

"一切"只是祭祀中的牺牲，当然这有限的以外还有空间。

B诗同样是只讲"金胎"出现以后的变化，因此时间也是从此算起，那么这世界的以前和以后呢？空间也是一样，包孕了天、地、水、火以及人、天神，但"金胎"是不是无限的？"胎"是有限的，有限之外呢？

C诗讲混沌不可分的演化，时间也是从这里算起，第一句就标出"那时"，但是末两节却发出了对这以前的时间的疑问。对空间是提出了一个模糊的说法，第二节说"这以外没有任何其他东西"。"以外"指什么？

吠陀诗中提出的关于时空的问题在后来发展的哲学思想中逐渐明白了。几乎是大家公认的，他们所讲的宇宙是有限的但又是"无始"的，因而也是无终的，是有限而无穷的。几乎各派互相争论时都共同承认这个前提条件，都默认所讨论的只是时间中的这一段和空间中的这一块，然而其全体是无始无终无边无界的。

这里不能罗列印度从古至今的各种说法，只能最简单地提出一个较能概括的说法。

我们所习惯的时间和空间是线性的，是直线图形的，而印度思想家心目中的时间和空间是环形的，是曲线图形的，是球面的。他们惯于说"轮"；"法轮""转轮王""轮回"等由佛教而为我们熟知。循环往复，不能定哪里是始点或终点，因为每一点都可以是始或终，因此是"无始"。他们看事件是循环的，因而时间、空间也是曲线的。也许可以打比方说，大家一般处在牛顿的宇宙中，而印度思想家所想的宇宙却近似爱因斯坦的。若以直线眼光看曲线，以方范圆，就会觉得对方是颠倒错乱，似乎没有明确的时间和方位观念。其实是彼此相对，所以"枘凿"难通。试看《大智度论》（鸠摩罗什译）一开始解说"一时"就论"时间"，所分别的两种时间正是印度古文和白话直到今天都通用的两个词：kāla 和 samaya。本来的哲学涵义是，前者指整个时间，后者指其中的一段一点。汉语却分不开，只有一个"时"字；若用他们的眼光看，反而会觉得中国人的时间观念模糊了。又如吠陀语言中动词表示时态的形式变化很多，而古汉语只以句中附加词表示，由彼观此是不是也会认为我们的时间观念笼统呢？

我们习惯的对宇宙的分析最后达到基本粒子而且想无限分割下去。印度思想家却认为"极微"已经"邻虚"，是可分而又不可分的"刹那生灭"的，或则是同整个宇宙一样的对立物统一的浑然一体。

这些显然是从 C 诗的"非有非无"引出来的。印度人思想中的宇宙人生循环的概念是由来已久的。"如环无端"，"周而复始"，内是排列组合的"法"，外是浑然一体。这种印度思想是众所周知的。在中国，《易经》不是说"无往不复"（《泰卦·象辞》）吗？"地天泰"之后接着"天地否"；"山地剥"之后接着"地雷复"，"剥极必复"；"山泽损"之后接着"风雷益"。一看卦象就明白，都是互相颠倒的。上古时期，循环思想和数的思想是相连系的，这是观察天象"定四时成岁"（《书经·尧典》）以利农牧生产的反映，转过来又由社会思想影响社会生活。不过各家讲因果，因先果后，都是见其同，只有《易经》见先后因果相异，甚至相反，这又近似"因中无果"了。

由此，我们可以把《易经》的卦、爻和卦辞、爻辞中的思想和《梨俱吠陀》中的思想对照考察。印度的出发于祭祀，我们的出发于卜筮。现在的人对这两者都很生疏而且都鄙夷不屑一顾了。所谓祭祀，除家中祭火以外，指的是我国古代也有类似的一种宗教仪式。不仅《仪礼》《礼记》里面有描述，而且《史记》有《封禅书》，《汉书》有《郊祀志》，都是记载这类仪式的。北京的天坛的建筑是为祭天的祭祀仪式用的（这不是指对偶像烧香磕头，虽然那也是一种仪式）。当然，吠陀时代的祭祀的规模远不能和我国记载的比它较晚的秦汉祭祀相比，但性质是一样的。至于卜筮，这是中国的，印度只发展了星占。《易经》的卦、爻是数学的排列，所以扬雄将三爻改为四爻，发展出了《太玄》。用五十根蓍草（"大衍之数五十，其用四十有九"，见《系辞》）的分列，区别阴阳，由下而上列出爻和变爻（注意"用爻"，见乾坤二卦爻辞），以占卜吉凶，是《易经》的卜筮。印度的祭祀并不只是求告而是去影响宇宙的变化，是使那机械组合又不断变化的一体中产生局部的影响。中国的卜筮是求预知以"趋吉避凶"，也是认为宇宙中有秩序安排，有机械变化，因此可以预知。甲骨卜的方法虽不同，但思想属一类。这些都带有交感巫术的性质。这是中国和印度在古代思想中的彼此类似点。这是近代科学出现以前，人类不能操纵自然和掌握自己命运时期的思想，但对宇宙的基本看法却并没有随祭祀和卜筮很快灭亡。印度的祭祀方式和祭坛与中国的不同，这里不说了。中国的从二开始并以二为基本的数学变化思想模式，和印度的以一和三为基本变化而后发展到四的思想模式也不同。《易经》的卦的排列，乾、坤之后接着"水雷屯"和"山水蒙"，直到"水火既济""火水未济"，是有规律排列，有思想模式的（《序卦》的说法是后起的）。中国在以后才提出"太极""无极"，而印度则前引的三首诗（尤其是C诗）中已着重这一方面了。我们的"易"和道家（广义的、包括医道）的行为指示虽早已成为过去，但其内含的思想是不是还值得探索呢？在印度哲学思想（尤其是对中国有过影响的佛教思想）的对照之下，中国的道家思想可以比较明白地显现出来了吧？当代科学难题如宇宙演化、基本粒子、生命起源、人工智能等正在吸引许多人的思考，这里面是不是也有哲学思想问题值得研讨并需要外部的借鉴呢？古代迷信当然应该破除，但是在辩证唯物主义的基本原理指导下，曾经对中国科学（尤其是医学）起过很大作用至今还需要钻研和解释的，中国古代的道家思想（《易》《老》《内经》等等），是不是值得同本国的（例如藏医）和外国的（例如印度的宗教、哲学、医学）作比较呢？国际上已经有人注意到甚至已经开始研究了（例如李约瑟及其他人），我不过是"姑妄言之"而已。

（一九八二年）

《摩诃婆罗多插话选》序

《摩诃婆罗多》是印度古代一部大史诗。本书是其中一部分插话的选译本。

这部大史诗曾经被认为世界上最长的史诗，共有十八篇，号称有十万"颂"（诗节）。它并不是单纯的史诗，实际上包括了三种内容：一是史诗故事本身，二是许多插话，三是关于法制、风俗、道德规范的诗体著述。插话可以独立成篇，而且文学性较强，所以选成一集。

大史诗的故事并不很复杂，不过是叙述古代名王婆罗多的后代有兄弟两支，一有五子，一有百子，互相争夺王位，终于发生大战，结果是同归于尽。"摩诃婆罗多"的意思就是"伟大的婆罗多族的故事"。插话有长有短。许多著名插话集中在叙述先世的第一篇《初篇》和描述森林生活的第三篇《森林篇》。五王子兄弟被放逐在森林中度过了十三年，有些婆罗门仙人来看望并安慰他们，给他们讲了不少故事；因此这篇中的插话更丰富。这本选集都是从第一篇和第三篇选出的。

大史诗有不止一个层次，显然不可能是一人一时之作，这从插话里也可以看出来。例如许多格言谚语式的诗句明显是逐渐加进去的。各篇思想背景也不完全一致。这些都可以一望而知。尽管如此，大史诗以及这些插话仍有内部的统一性。

这本选集所选插话共十五篇，当然不能说是包罗了所有优秀的插话；大史诗第一篇和第三篇中也还有不少很好的插话未能选入。但是基本上显出了插话的面貌，可以算作一个缩影。最著名的几篇插话已收了进来。其中上卷八篇出自《初篇》，下卷七篇出自《森林篇》，排列次序依照在原书中出现的次序。章、节体例概照原文，但每篇中标出的章数则照本篇算，因此和章后的原文序数不一样。

下面先说明选这些篇的意图，然后对插话和大史诗稍作解说。

关于"蛇祭"的故事共四篇，是这部大史诗的开头，但和史诗故事本身并无关系。这里面又套进了一篇大鹏鸟的故事，实际是"鹏"族和"蛇"族之间仇恨起源的故事。这里面又套进了一篇众仙搅乳海的传说。这是个极有名的传说，其他许多印度古书中都提到。现在我们译出史诗中这一部分，分为四篇，还可以看出史诗的一个套一个的连环故事的形态。这种形态在《五卷书》和《一千零一夜》(《天方夜谭》)中也是基本格式。中国小说如《西游记》和《镜花缘》也有这种形态。我们全译出"蛇祭"这一部分，将这一形态的印度的最早出现形式提供给读者。其中第一篇的体裁也值得注意。它是散文加引诗。这又是讲故事的另一种形式，几乎各国都有。译出来也有资料意义。至于内容，这几篇中充满了矛盾和斗争，有两族的斗争，有两种人(仙人和王族)的斗争。这和全部史诗的斗争主题，即由人物故事表现出来的思想模式，是一致的。由此我们可以看出，这一大部书的编集者的心中是有一个统一的思想方向的。编集者可能不止一个人，甚至有许多人，但是他们和各篇原始作者、听众、读者都是一部流传的大作品的共同创造者。作品无论表面上如何杂乱无章，内容的思想结构却可以是有统一性的。这也许可以说是上古书的一个共同点。理解这一点对于理解中外上古书，例如《易经》《诗经》和《旧约》会有帮助。

第五篇《沙恭达罗传》和第十四篇《罗摩传》，和古代印度文学中两部最著名的作品，史诗《罗摩衍那》和戏剧《沙恭达罗》，讲的是同一故事，但讲法很不相同。那部史诗和那部戏剧都已经译成汉语，现在又译出大史诗中这两篇插话，并不嫌重复，反可以对照。罗摩的故事是史诗《罗摩衍那》的全部，在这里只是一个插话。谁先谁后，学者们的考证这里不必讨论，因为我们译这一篇不是为了考证时代，而是为了比较主题。大史诗中这两篇插话的主题，一是神和魔的斗争，一是仙人之女和王者的结合和斗争。这和大史诗的整个主题是一致的。史诗《罗摩衍那》中所着重的家庭伦理（包括猴国兄弟）在这里并不重要。戏剧《沙恭达罗》中的人情在这里也不突出，只是插进了一些格言。这里显现的是天神降魔的战斗和乡村修道仙人之女对城市贵族王者的斥责。这里的共同主题思想是"法"，即正义，但这里的"法"和那两部作品中的伦理道德、人情大有不同。因此，故事重复而表现并不重复。这又是印度古代文学作品的一个特色。罗摩的故事从古到今不知产生多少作品，其中凡能站得住而流传下来的，也就是为成群的读者所接受的，都有适应当时社会的一种要求的各自的主题。理解这一点对于理解印度古书也会有帮助。中外其他古书也有类似情形。

　　第六篇《钵迦伏诛记》，译出来可以和中国的《西游记》中高老庄类型相比较。这个类型是一种模式，不是印度或中国独有的。中国有不止一个高老庄型故事，连《水浒》的鲁智深打周通也是。还有轮流献人供妖，如《李寄》《河伯娶妇》，也可算属于这一模式。这在西方也不是没有。至于彼此先后影响问题，由于这部大史诗的成书年代的复杂性（不是一时所作），难以追究。

　　第七篇《炎娲》和第十二篇《妙娘》是和两个女性有关的故事，但主要不是写女性。炎娲故事仅背景似沙恭达罗故事。太阳神的女儿炎娲作为先世，明显指出了氏族本出于母系。帝王族系必出于神，又有浓厚的东方色彩。这短短的故事表明一种广泛的传统。国王迷恋太阳的女儿以致造成大旱，又是"天人感应"的巫术思想。《妙娘》也是短短的插话，是一篇看来荒唐不经的故事，但是其中却有复杂的内容。不但表明了天神、仙人和凡人的关系及斗争，而且指明了医神本来也是下等。仙人的威力在于其苦行法力，也就是巫术力量。由此可见，婆罗门仙人一方面是祭司，一方面又是巫师，二者一体。"醉"分散人许多东西，来源是巫师的创造，连天神也害怕，这是大史诗中常见的一种联想方式。

第九篇《那罗和达摩衍蒂》和第十五篇《莎维德丽》是以两个女性为主题的故事。这两篇故事在印度流传多年，家喻户晓，一再重复改编。这两篇被现代许多人认为大史诗中最好的文学插话。《那罗和达摩衍蒂》更为西方人所欣赏，多年作为读梵语的课本。这两篇在我国都已经译出发表，现在仍收入本集，不仅是为了保留插话名篇，而且是为了理解印度人和现代西方人欣赏古代描写女性作品的思想标准。把达摩衍蒂、莎维德丽、史诗的和戏剧的沙恭达罗、两部史诗中的罗摩的妻子悉多，以及本选集中其他女性的形象对照，有助于我们理解印度古代不同社会"群"的思想中不同价值观念对于文学作品主题的影响。

第八篇《极裕仙人（婆私吒）》和第十篇《投山仙人（阿伽提）》是两个所谓仙人的故事。仙人是婆罗门种姓的修道人的尊称，但有些著名仙人各有特性。王族出身的王者被称为"王仙"，以与祭司出身的"梵仙"相配，这种"仙"好像中国的"圣"，可以有"诗圣""棋圣"等。专称的仙人又当别论。中国由于佛教的传入和发展，往往以为印度出家人都等于中国的和尚、喇嘛，其实双方并不相等。这两位著名仙人的故事和"蛇祭"几篇中的仙人故事，可以使我们对印度古代的出家人、在家人以至婆罗门种姓得到依据原始资料的知识。《投山仙人》一篇中还包含一连串著名传说，如大海起源、恒河下凡等，这是两部史诗和一些"往世书"中共有的。这种重复和前面所说不同时代的改作又不一样。

第十一篇《持斧罗摩》是一个武艺高强的婆罗门的故事。婆罗门本是祭司，但并不仅仅是祭司，甚至不是祭司，而持斧罗摩竟是武人。他和大史诗故事中两族兄弟的武术教师而后来成为军队统帅的婆罗门德罗纳正是一类。持斧罗摩对王族武士的刻骨仇恨标明为婆罗门对刹帝利的仇恨，以致要一次又一次消灭刹帝利全族。《罗摩衍那》中又宣传他为王族的罗摩所败。持斧罗摩在大史诗中多次提到，有学者考证认为与大史诗的最后总编订者的家族有关系。这说明，这个人物形象的到处出现是有历史背景的。故事简单而含意深刻。介绍持斧罗摩的故事有助于我们超出《摩奴法典》之类有片面性的半理想规定而了解史诗时代的上层种姓（婆罗门和刹帝利）的群众承认的形象。

第十三篇《洪水传说》是世界流行的一个传说的印度版。这是印度流行的一个"创世记"，正好同《旧约》的《创世记》以及我国的大禹治水传说相对照。一个传说的三种不同说法是否表现印度、犹太、中国三大民族的古代传统思想的模式？这也值得考虑。

从这十五篇插话我们可以看到种种矛盾、冲突和斗争，却并不全是善对恶的斗争，也不全是"正法"对"非法"的斗争。这种"法"与"非法"的斗争是大史诗全书的主题，所以插话中也不能不反映出来，但并不是处处都占主要地位。特别是《莎维德丽》，歌颂一个女子向死神（也是正法）追随不舍，终于索回丈夫生命，胜过了命运。这一斗争和大史诗中其他斗争很不相同。除了一个忠于丈夫的妇女形象符合史诗歌颂对象外，故事却是特殊的。诗中歌颂妇道的"正法"，竟使法王阎摩改变决定。这种胜过命中注定的死而得延寿的故事模式在印度少于中国。这是不是和印度传说逃过洪水而中国传说大禹治水的模式同样有各不相同的思想根源呢？中国的神话传说，从盘古开天地、共工触破天、女娲补天，到鲧和禹父子治洪水，都反映出人定胜天的思想。这在印度是少见的。由此我们可以说，这些插话中的斗争主题大都和全诗的斗争主题相联系而且基本一致，只是最后一篇《莎维德丽》有所不同。

"法"与"非法"矛盾冲突的主题和全诗的性质是一致的，因为大史诗的性质是一部文学形式的"法论"（或"法典"），这从插话中也可以看出来。大史诗的编订者念念不忘教导他们的"法"。我们的传统是"文以载道"，他们的史诗传统可以相应说是"诗以传法"。格言、谚语、寓言的丰富是印度古代文学一大特色，而在大史诗中特别明显（这由佛教文献尤其是佛本生故事而为我们所知）。就这一点说，这些插话和大史诗全诗也是一致的。大史诗所传的"法"是什么？下面试作几点"解说"。先从人物说起。

这些插话中的一些古代印度的女性形象，反映了现实，也表现了理想。古代印度文学中的几个妇女理想形象都出现了，是作为大史诗中主要妇女黑公主的陪衬而出现的。达摩衍蒂、莎维德丽一直是以大史诗所刻画的形象为原型。沙恭达罗在史诗里只是最初形象，后来流传的是较晚出的戏剧中的形象。最著名的妇女形象是罗摩的妻子悉多，史诗《罗摩衍那》的主角。她在这里却黯然无色，不占重要地位。表面看来，这些全是古代社会中男子所宣传为理想的妇女典型，讲"三从、四德"。"从父、从夫、从子"，处处可见。但是大史诗中以黑公主为标准的妇女和别的书中有所不同。这些妇女中，能配上罗摩妻子悉多（神之妻）而在现代还得到歌颂的只有莎维德丽（救夫）和达摩衍蒂（认夫）。沙恭达罗的形象在史诗中和在戏剧及后来人心目中是不一样的。这或者可以用两部史诗的女主角来说明其异点。基本要求，双方都达到，不出奴隶—封建社会中定下的妇女道德规范，因而还是理想人物；但是黑公主类型的大史诗中妇女不是，或不完全是，附属品，而悉多形象，尤其是蚁垤仙人的史诗《罗摩衍那》以后的中古和近代的形象，却是不独立的。用现在的语言说，前者是带"进攻型"的，而后者是带"防御型"的；或则说，前者的"人格""个性"是独立的，至少是半独立的，而后者的是"非独立的"。从历史说，前者的从氏族到奴隶社会的妇女"个性"多些，而后者的封建社会的妇女"个性"多些。再换句话说，两者的心理"原型"不是一个。自己选婿，双方一样，但黑公主是五人共妻，而悉多是从一而终。大史诗中只有莎维德丽是和悉多同型，连达摩衍蒂还曾用计谎称要再嫁。黑公主要求的复仇是带血腥气的战争和处死，而悉多所要求的并不这样粗犷凶狠。由此可以知道，为什么大史诗的《罗摩传》中着重降魔战争而不重视悉多守节了。即使是莎维德丽，也并不那么温顺。她自主嫁夫，不听父母劝告，穷追死神不舍，都是有独立性的或说"进攻型"的。沙恭达罗更不必说了。读大史诗很容易感觉到，里面的妇女比其他处的自由得多（只赶不上《吠陀》），有些事甚至是有点出乎我们意料。如果说，妇女地位是一个社会的"文明"的一个"指示器"，这里的妇女形象就值得分析。如果说，妇女的"个性心理类型"能反映出一个社会的心理或思想感情结构的一方面，那么，大史诗中的妇女形象也提供了资料。当然，文学作品中的形象是有理想加工的，难道《摩奴法典》等书中就没有理想成分吗？理想是有方向的。史诗作者中未必有妇女，但是男子写的也是自己眼中所见加上自己的理想化，不可能是完全脱离当时社会的凭空捏造，否则不会被人接受。

这些插话中出现很多的是王族武士和所谓仙人的形象。这和全部史诗也是一致的。武士对武士的斗争是大史诗的第一主题。这里选的是侧重仙人对武士的斗争，这可说是史诗的第二主题。从"蛇祭"的故事到持斧罗摩的故事，差不多处处有这种斗争的描述。对天神实际上也是对武士，天神是王族武士的影像。下面简略分析一下史诗中所见的人物结构，主要是仙人和武士的社会地位和彼此关系。

在史诗和"往世书"中出现的人物可归纳为三类：武士（刹帝利）、仙人（婆罗门）、平民（吠舍）或城镇居民（有两个并列的名称）。当王族五兄弟被放逐出城时，史诗中所写的送行群众就是婆罗门加平民（城镇居民）。这里的平民应是包括生产者和生产组织者，而奴隶和外族人以及他们的妇女是不会列入的。那些应是所谓药叉、健达缚、罗刹之类，出现很多，但不作为主要角色和仙人、武士并论。平民只是提到，没有具体描绘。史诗所写的是武士加仙人以及他们的家属。这两类人不是直接生产者，但也不是完全脱离生产的。仙人的生活依靠采集、牧畜、种植、"乞讨"。武士的生活依靠狩猎、劫掠。掠夺对象是外族人和本族的生产者，甚至是仙人的道院（或净修林）。有的道院实际上是仙人组织门徒的采集、畜牧、种植场。有的仙人不但组织生产而且依靠"乞讨"和得"布施"，即向武士或生产者索取生活资料。仙人和武士是两个互相依存又互相矛盾的社会"群"，本身的内部组织关系主要是氏族血缘关系。这两类人又可以互相以婚姻联结。由于所谓法典规定的半理想的种姓隔绝（实际只是对"低贱"种姓的隔绝），史诗中也加些理由说明这种"非法"结合是"合法"，其实这是本来很自然的社会关系。两类人又可以互相转化。众友仙人本是武士（刹帝利），终成仙人（婆罗门），但仍与仙人作对。有的武士王者失去"国土"，进入森林，成了所谓修道人，也就是无称号的仙人。王族五兄弟初从森林到城市，出现时是修道人（仙人）打扮。仙人可以成为武士王者的祭司和教师，自己也可以成为武士，如持斧罗摩。至于工匠奴隶，史诗本身故事中突出了一位修建华丽宫殿的建筑师。当时的财富还是以乳牛为代表，"如意神牛"为象征，"牛"又是土地。工业除工具和武器的生产外主要是建筑。另一种以狩猎、劫掠为生产的象征是马。战争依靠的是车。由此可见，农、工、商业都还未达到和狩猎、牧畜平等的阶段。社会生产才有初步的大分工。说到财富也未必是货币。史诗故事中的五兄弟匿名当宫廷奴隶，插话中那罗变相貌当车夫驭马，表明三种人之外还有奴隶劳动者。但他们的地位不同，身份有时还比外族人如罗刹之类稍高。

以上概略说明史诗社会人物情况。这在插话中比在史诗本身故事中更明显。这还是较原始的简单的社会结构，上距《吠陀》时社会不远。由于生产不发达，以劫掠或赌博或勒索（都是我们的用词）等手段取得财富的事经常发生而且不受谴责。受谴责的只是武艺不精和赌博中用诡诈手段之类。妇女也可以是劫掠的对象或赌注。祭司兼巫师以祭祀和巫术的法力"乞讨"，或毋宁说是勒索。他们有自己的特殊"职业地位"。祭祀和巫术的性质是一类，祭司和巫师也不严格划分，这分别不过是照我们现在的说法。无论物对物或人对人都没有平等交易关系。不存在等价交换的概念。这就是史诗中社会的全部文化的物质关系基础。同类型的社会在亚、非、拉美已发现很多，在印度似乎也还未绝迹。

文化是全社会共有的，其中包括生产者的劳动技术和艺术，武士兼王族的取得财富的运用武器技艺，祭司兼巫师的取得财富的带有神秘性质的法术，连同他们的无文字和有文字的配合乐舞的诗歌创作。平民和奴隶是掌握社会物质生产文化的主要人物，而擅长"礼、乐"的所谓婆罗门则是掌握社会精神生产文化的主要人物。从社会文化着眼，这个社会的人物结构，从一方面看，是王族武士加平民，从另一方面看，是祭司兼巫师和奴隶及非奴隶劳动者分掌精神生产和物质生产。这可以说是这部大史诗中所表现的古代印度社会中四个所谓"种姓"的实际意义，和后来社会的以及"法典"书中规定的并不完全相同。这种情况从这里所选插话中也可以看出来。史诗当然不等于史料，但是它不能超出社会背景所允许的范围凭空杜撰。当然最后编订时期已晚，因此包括了许多"法典"词句，但人物故事是传统，没有重大更改。不同层次是可以分出来的。

大史诗中反映的共同信仰体系，可以说是以社会中人的不平等关系的永恒性为中心，这就是所谓"法"（或"正法"）。在大史诗中，"法"是天经地义，一切以"法"为准。"法"是社会传统秩序的代号。人生而不平等，这就是信条。然而这种不平等又不是单纯的阶梯等级制或家长制。社会细胞不是大家族，更不是小家庭，而是各种不平等的个人的组织，从一夫一妇到一个生产兼教学组织——道院（或净修林），一个王族宫廷。父子关系只是生前和死后的彼此养育关系。人是生而不平等的，但又不是一个人必然在另一个人之上的统治关系（奴隶除外）。一群人对另一群人不能有平等对待的关系，但又不都是上下的关系，更多的是高低的关系。标尺是法术、武力、计策并重。彼此之间没有平等契约关系。供养祖宗和传宗接代义务是"法"的规定，不是契约关系。夫妇也同样，是本应如此，妻属于夫。值得注意的是"法"又允许了"非法"，甚至需要"非法"。框架是不能改变的，但是其中的成分、个体却是可以在框架中变动的。这种变动可以凭借自力或他力，却不一定是武力，因为框架中的不平等关系不一定是上下统治的关系而往往只是高低的关系，是力量大小的对比关系。改变的力量从何而来？除武力、欺骗、恩赐等等以外，有一种对"法力"的信仰，也就是对巫术的信仰，特别是对语言巫术和"苦行"巫术的信仰。这一信仰和对"法"的信仰互相补充。"法"是固定的永恒框架，法力（苦行）是改变本身地位而在框架中自由活动的力量。因此，"法"既是永恒的，又是可变的；"非法"并不是"法"的否定，而是它的补充。形象化的表现是：天神不统治人。天神和他们的敌对者阿修罗也是不能互相消灭的。阿修罗可以说是另一种天神。大梵天只能预言、指示，而不能下命令；他能创造，但对所创造的没有权力。大史诗是掌握狭义文化即文献著作的人的产物，当然他们不忘吹嘘自己的地位之高和法力之大；这并不能超出基本信仰体系之外。这种信仰体系既能维持社会内部成分关系的稳定，又能容纳不稳定成分（包括外来成分），使它不致成为过度的破坏力量。这种意识形态是符合生产不发达和结构简单的社会的基本要求的。当然，很明显，生产一发达，分工一发展，要求交换和流通，框架中的流动成分多起来，旧的"法"就维持不住了。信仰体系的变化和它同社会发展要求相一致或相矛盾是有密切关系的。

信仰体系中的高低差别是依照价值观念体系衡量的。善、恶、美、丑等价值观念，伦理道德观念，是另一套思想体系。这比较复杂。社会结构简单些，并不一定这种体系就简单些。只能说，简单社会中表现的花样少些，而复杂社会中倒可能是表现的花样多些而这种体系反而简单些。在早期社会中，在人的心目中，自然界和人的社会是合在一起的。那时人远不能控制和改造自然，因此，尽管以人自己为中心观察外界，却并不觉得自己是宇宙的中心。同时，那时所见的宇宙和现在所知道的比较起来很小，但在人的心目中却很大，而且几乎所有的人都感觉到宇宙，即"三界"，而人不过是处于其中的一部分。现在的人所知道的宇宙大得几乎无穷无尽，但在人的心目中却很小，而且各自想的是自己的小天地，以自我为中心来衡量外界；时刻感觉到宇宙之大的人不多。当初人处于荒漠的自然界中，人很少，动物很多，人不像现在这样在城市包围的动物园中看动物。自然界和动物远不是观赏的对象，而是包围人类的威严可怕的庞然大物，人自身却是为生存和生殖而时时焦心的。食物和后代是那时的两件大事。由此，我们可以理解，大史诗中最羡慕的对象是天神，因为他们既不愁食物，又不会死亡；最大的力量是苦行法力，因为它可以改变现状。这是理想的形象化，即价值观念的具体化。苦行的原词是"热烤"，这无疑同印度的处于热带相联系。大神自在天（湿婆）修苦行常住雪山之上，洗涤罪孽污秽的是从天上到雪山再到人间的恒河，最和人亲密的祭祀中不可缺的天神是火，这些都明显是生产力低下时生活于热带森林环境中的人的思想感情反映。大史诗中两个显著的最高价值的形象化是饮苏摩酒的天神生活和能抵抗自然威力的"热烤"，即苦行。天神的生活是享受人生；苦行的法力是征服自然。这是大史诗中的理想，也就是出发于生活要求的价值观念体系的中心。另一方面，"法"的信仰转而成为宇宙的本原，社会的基础，由此而成为伦理道德体系的中心。这就是说，传统的社会中人的结构关系即风俗习惯规定是不可动摇的。"法"就是一切。这是宗教，也是道德。"法"是达到并保持最高价值标准的规范。"合法"为上，"非法"为下。罗睺不能饮天神的苏摩酒，身在天神中的双马童医神也不能享受苏摩酒，武力终竟屈服于苦行的法力，为生儿子可采取特殊手段（《旧约》中也有）以便祖先得食等等一系列的行为规定都不出上述价值和伦理体系之外。还有，大史诗中对于武艺、技艺是歌颂的。选婿也要显示技艺，和中国古代传统在小说中表现的"才子佳人""郎才女貌""英雄美人"类似。妇女美貌是大史诗中处处不忘描写的。总起来说，这个价值观念体系表现为大史诗中常提到的"人生三目的"，即"法、利、欲"。以后才加上"解脱"为四。用现代人眼光看来，祭祀天神，迷信苦行，服从命定，施展诡计，贪图享乐，等等，都是野蛮和愚蠢；但是，如果用历史的、唯物的、不以我们现在同样限于历史环境的思想观点为唯一正确的标准，而以客观的态度去考察，那些就是合乎当时历史环境客观要求的合理的了。不可理解的荒唐事情实在是可以理解的。

从上面几点分析看来，大史诗至少可以扩大我们的视野，多理解一点人类文化的历史。至于如实理解之后如何取为我用，那是另一问题。

大史诗不完全是现在人所说的文学作品。古时不是现在这样严格分类的。古书往往是为延续传统而作的文化百科全书。作为文学作品，插话更可以表现出这方面的特点。它可以对我们有认识价值。它所反映的社会结构及其意识形态，上面已经简略论述。它又可以对我们有审美价值。这需要从内容和形式两方面分别考察。

就内容来说，这些外国古人的行为、思想、感情恐怕很难为现在的中国人所欣赏，不过也不一定不能为我们的现在"上下文"中的"解说"所"照明"。这些简单朴素的印度男女古人的荒唐事里难道一点没有我们所能欣赏的东西吗？欣赏的条件是理解，却不必是同情和共鸣。效果也不必是"受教育"。我们如果不斤斤计较那些夸张的不可能的表面现象，是可以感觉到诗中的生动的人物而产生爱或恨，或发出微笑，或引起思考的。例如，那罗的抛弃妻子，莎维德丽的嫁必死的丈夫，难道不能使我们想象到他们的复杂心理状态吗？对于那么多的仇恨和斗争难道我们都无动于衷吗？只要不是像小孩子一样只听故事情节，而加上一点想象和思索，这些插话是会给我们一些审美感受的。孙悟空、猪八戒的形象并不是现实人物，他们就不能给我们以现实感受而引起带有深思的想象吗？读古书不是必须为了向古人学习，这没有问题吧？这涉及美学理论，我想还是交付读者的审美实践去判断吧。

就形式来说，这不能不涉及翻译，下面略作说明。

大史诗和另一史诗《罗摩衍那》及一些"往世书"基本上都用的是八音一句、四句一节的"颂"体。许多"法典"及各种口诀也常用此体。西方人照他们的习惯从形式上把这诗节看作"双行诗"，实际上是写成双行，读作四句。这种体式适合于梵语诗的吟唱，以音节长短定时间节奏。每一民族语言都有自己的吟唱诗体格式，以便长时间吟唱而不致使听者厌倦。西方人从荷马以来就找出了适合他们的各种语言吟唱的各种诗体格式。印度古代，在《吠陀》时期，诗的格律本来不少，但"颂"的原始形式用得较多。后来"颂"体在吟唱的诗中占了上风。中国最早是四言诗即四音一句，后来盛行五言，最后流行七言。从变文到弹词、鼓词等吟唱诗歌，七言一句而两句成一联的诗体格式成为基本诗律。若将梵语的八音一句转为汉语的七言句，恰好相当，但这样既难免改动凑韵，又过于像中国诗。因此，这些插话的翻译保持了原来的诗体句、节形式，却没有多用汉语的七言诗句型。这样用诗体译诗体，用吟唱体译吟唱体，只能说是一种尝试。插话多篇，译者众手，诗体也不能一律。但还是希望能使读者感觉到外来形式，而又不违背汉语习惯。有些地方很像中国旧有诗体，这并不都是出于译者有意，而是由于本来吟唱体裁类似。个别篇全用七字句译，有两篇译诗节没有全照原诗节行数，这些都仍保留各译者自己的译体，没有强求一律。一个选本中，体式略有参差，想无大碍。

至于文学风格的成就，看来不能脱离文体来评论。史诗体裁是全世界几乎各民族都有的。口头吟唱是共同形式，英雄故事是共同内容，因此有共同风格也就不足为奇了。但是表达手段却又各有民族特点。举例说，夸张手法是普遍有的，用神的面貌以便纳入超人的描写，这也是平常的，但印度史诗却异乎寻常地喜欢这一手法，而且是将奇特当作寻常来写，以致夸张仿佛平淡。从中国传统习惯观点来看更为显著。我们习惯的所谓夸张不过是将平常事推到极端或则推出可能的界外；印度史诗却不止于此，往往出现一些异乎寻常的联系。这可能同印度古代人深信巫术有关。中国的巫术不过是祈求长生不老，制伏自然，拿妖捉怪；卜筮也自有规律。印度的巫术超出了这个范围，可谓"法力无边"，说一句话就不可抵抗，自己也不能改变，还胜过中国较晚起的符咒。使用法术和妖怪等文学道具，在中国文学中向来不列为上乘。《聊斋》《西游》的成功都在于将"非人""人化"。印度却好像是习惯于将"人""非人化"。就这一点说，彼此之间也是有似有不似。如果读者注意到了，不完全以我们的习惯为标准，也许有助于理解和欣赏这些插话的文学性。

编订大史诗的总目的是将风俗轨范传下去，因此格言谚语极多。还有不少的世系和称号是未全脱离氏族结构母胎的社会所重视的传统。许多倒叙、插叙、重复都表明口头流传的史诗不是一人一时所创作。不少称呼显然是为了填充诗律音节而一用再用的套语，这也是口传诗歌的特点。这些文体情况在插话中也可以看得出来。

对文学作品的艺术性的分析、评论，由不同文学理论而各有不同。上面只略就所见提出一点看法和说明，进一步的分析留给读者。

翻译依据的本子是所谓"精校本"。这部大史诗本来口头流传，写下来的本子也有各种传本，互不相同。本世纪有一位印度学者苏克坦迦，集合印度和外国的一些学者，根据现存的各种写本，校勘出了这个本子。他没有完成即于一九四三年去世，但工作有人继续下去，终于完成。这是一个遵照一些校勘原则重订的本子，目的是想根据现有写本推出较古的本子。但是史诗本来是流动不定的，所以这实际是一个推定本，和任何一种流行传本章节词句都不完全相同。

史诗中有无数的专名，译文中采用了从前汉译佛经的办法，音译和意译并用，这样可以读起来少些疙瘩。

希望这十五篇插话可以帮助读者增加一点对邻邦印度最流行的古代文学的知识，也扩大一点文学的视野。但这决不是史诗的全面。好在《罗摩衍那》已有全译，《摩诃婆罗多》的全译也有人着手，故事和节要另有单行本，中国人民对印度史诗已不觉生疏。两国人民的悠久友谊将随更多的互相了解而增进，这是我们的希望。

（一九八四年）

"最初的诗"《罗摩衍那》

古典长诗的典范

《罗摩衍那》或《罗摩传》常和《摩诃婆罗多》并称为印度两大史诗，是印度人民对世界文学的重大贡献。它在印度文学史中占有极其重要的地位，成为后代的古典文学作品的一个伟大典范，并且从古至今对印度人民有着不可磨灭的深刻影响。

这两部史诗大体上是同一时期的作品。诗的主题的性质和故事的背景也有些相似。在《摩诃婆罗多》的《森林篇》中有《罗摩传》插话，是《罗摩衍那》故事的提要，和《那罗传》《莎维德丽传》一同作为安慰流放中的坚战的插话。这三篇插话都说的是流放的国王复国的故事，都歌颂了一对理想的夫妇，又特别刻画了一个忠于丈夫的贤妻的形象。史诗《罗摩衍那》写的也是王国内部的争夺政权的斗争和王国之间的交战。这又是同《摩诃婆罗多》合拍的。两大史诗都是印度人民在奴隶制时代的文学创作。至于两者之间哪一部更古，现在还不能确定。两者同样是相当长的历史时期中的产物，经过了修订、加工，在人民中间长期流传，它们的性质跟后代文人的个人创作不同。不过，《罗摩衍那》比起《摩诃婆罗多》来更接近后代的作家文学传统。它在印度被称为"最初的诗"，它的作者被称为"最初的诗人"。后代的诗人一直把它当作最古的典范。在这一点上它和《摩诃婆罗多》不同。那部大史诗在印度古代只叫做"历史传说",而不叫做"诗"（吠陀诗歌更不被认做诗）。只有《罗摩衍那》才叫做诗。它给后来的长篇叙事诗树立了榜样,奠定了格式的基础。

《摩诃婆罗多》像一座大森林,里面充满了各色各样的内容,穿插着很多插话和教训,出现了各种类型的人物。《罗摩衍那》的内容却比较单纯,除了头尾两部分外,中间几乎没有什么与故事无关的插话,也没有长篇大论的法典和宗教哲学,人物的描写比较集中。它更接近于我们现在所谓史诗或长篇叙事诗的类型。

《罗摩衍那》的意思是"罗摩的游行",即"罗摩的生平"或"罗摩传"。全诗分为七篇,现在的传本大约有二万四千颂,篇幅大致相当于现存的大史诗《摩诃婆罗多》的四分之一强。它的内容是英雄罗摩和他的妻子悉达的一生。故事只等于大史诗的一个长篇插话,与大史诗中的《罗摩传》插话大体相同。可是诗人把这个故事写成了一部篇幅巨大的史诗,因而描写得比大史诗更为细腻,更像后来的古典长诗。两者所着重的主题也不一样。

《罗摩衍那》的诗的格律基本上和大史诗《摩诃婆罗多》一样,是三十二音为一节的颂体。但它在每一章的末尾都改变格律;这是大史诗没有的格式,而为后来的叙事诗所袭用。大史诗有"某某人说"的形式,类似戏剧对话,《罗摩衍那》却没有。它一口气叙述到底,不另标明问答;这也和后来一般的叙事诗体相同。

现在印度所保存的《罗摩衍那》的许多写本分属于三种传本,彼此详略不同而且有很多词句异文,但主要故事还是基本上一致的。刊印本很多,但统一所有写本加以校勘的工作近年来才完成。

上述的三种传本是史诗原著,此外还有许多其他《罗摩衍那》。有的是它的改作或缩写,有的只是在书中假借了罗摩的名义。至于把它的内容改编成戏剧或其他形式作品的就更多。印度现代语言的文学兴起以后，各种语言几乎都多次翻译（实际是改作）了这部"最初的诗"。其中有的已经成为古典，例如在北印度流行的印地语的一种方言的《罗摩衍那》（十六七世纪）和在东印度流行的孟加拉语的《罗摩衍那》（十五世纪）。这样重写罗摩故事的作品直到现代还继续出现。在印度从古到今没有另外一部作品受到过这样长久不断的因袭和改作。这大概是一则由于罗摩的故事虽然出于奴隶社会，却包含着适合于封建社会各阶级利用的内容，二则由于这部"最初的诗"的艺术处理产生了强烈的效果，在人民中间非常流行，使后代的人往往企图去加以改造或模仿。

"最初的诗"的传说中的作者是"最初的诗人"。他被称为蚁垤仙人，音译是跋弥，或瓦尔米基。关于这位"最初的诗人"如何创作这一部长诗，在《罗摩衍那》里面的头尾部分都有叙述。诗的开头说这位仙人得到神的启示，作诗赞颂罗摩的一生。最后一篇里说他收容了被罗摩遗弃的妻子悉达，教育她的两个儿子，创作这部长诗给他们背诵；然后，罗摩听到他们诵诗，才重新认妻、认子。开头一部分显然是附会的。后面这一部分跟全书的故事不协调，而且说到诗已经创作成功以后的事，也不会是诗中的原始成分。所以，罗摩的故事和创作《罗摩衍那》的故事，是两个传说，现在合并在一起了。因此，究竟蚁垤仙人是不是作者，也还是问题。不过，我们应该承认这诗最初有一个作者，他在传说中得到蚁垤仙人的称号，因为据说他修炼苦行长期不动，以致周身堆满了白蚂蚁筑窝的土。这位仙人在《摩诃婆罗多》中也出现过。他显然是一个跟贵族有关系的仙人。从诗的思想和风格的完整看来，它应该是曾经由一个作者写成定型的。在定型之前的原始材料和写定之后的许多附加成分，当然不会是他的手笔。这一点和大史诗不同。大史诗明显有简本、繁本，经过不止一人和不止一次的写定和编定。《罗摩衍那》

里没有那么多层次和复杂成分；除了第一篇前半和第七篇以外，无论思想、风格和体例都是比较统一的。

这两部史诗所描绘的主要国家都是在印度北部，婆罗多族的王国都城稍偏西，而罗摩的都城稍偏东。两部诗里都说到了全印度的广大区域，而《罗摩衍那》还着重写到了南印度和一个岛国（一般认为这是斯里兰卡）。两诗所写的地理范围都比吠陀时代扩大，可是其中的国家还是一个个的小王国，大统一的帝国只是一个模糊的概念和理想。两者都属于同一个悠长的奴隶制王国的历史时代。

《摩诃婆罗多》里包括了许多氏族传说和来源不同的故事，而《罗摩衍那》里只在头尾夹杂了一些插话。其中三个较大的插话都是同罗摩有关联的。一个是他的祖先怎样促使恒河下凡的前因后果。这是一个反映古代挖渠兴水利的复杂传说。一个是他的武术教师怎样和他的家族祭司斗争，实际也是他的教师众友仙人的传记。这是反映贵族和仙人之间矛盾的传说。这两个故事在《摩诃婆罗多》里也有，不过在《罗摩衍那》的第一篇里得到了集中的描写。第七篇追述了罗摩的敌人十首王在与罗摩结仇以前所做的事。这表面上是罗刹和天神的斗争，却似乎反映了北印度人心目中的南方异族的活动以及对他们自己的斗争。

在罗摩的故事以及他的祖先、师傅、敌人的故事以外，现在的诗的开头把罗摩神化了，说他是大神下凡来完成消灭罗刹王的使命。这样，罗摩便成为神的化身，直到今天还受到印度教徒的尊崇和迷信。不过原来史诗里面的罗摩却没有很多神的气味，还不像《摩诃婆罗多》里的黑天那样处处被说明为神，甚至自己夸耀神性。神化罗摩的是后来的其他《罗摩衍那》而不是这篇"最初的诗"本身。可见崇拜黑天的人曾经直接在《摩诃婆罗多》上大大加工，崇拜罗摩的人只在《罗摩衍那》上加了一顶帽子，而主要用另外改作的方法达到宣传宗教的目的。由此可见，两部史诗的编订过程有所不同。此外，帮助罗摩的一个勇敢的猴子也在第七篇中神化了。对这位神猴的崇拜在封建社会后期直到现在很为流行，崇拜神猴和崇拜罗摩联结起来了。

除了以上说的这些成分以外，《罗摩衍那》是一篇统一的长诗，是叙事诗的最初的典范。这部巨作不但在艺术上是完整的，而且在思想上也有鲜明的创作目的。它不像《摩诃婆罗多》那样着重描写战争和明显的政治斗争，而更多企图通过一些斗争来宣传一套伦理的理想。那一部大史诗里面所宣扬的道德主要是社会和国家的正法，至于以家庭为中心的伦理关系在那里完全是另一种情况，似乎更充分地表现了奴隶社会的情景，甚至保存着一些氏族社会的遗迹，包含了不少用封建社会眼光看来是不道德的行为。《罗摩衍那》里的家庭内部关系却更接近封建社会的家长制。作者要求确定这种关系，但没有在上面特别加上神圣的正法或神意。很明显的，在那一部大史诗的创作环境里，以男权家庭为生产单位的经济还不占绝对优势。在政治上，统治阶级也是往往由母系或妻系的关系缔结同盟，婚姻制度还很紊乱。在《罗摩衍那》作者所处的环境里，男性家长制的家庭在经济上和政治上有了重要的意义，作者力求使这样的关系稳定下来，把它作为道德的基础。因此，两部史诗所写的政治斗争背景虽然类似，两书所宣扬的中心思想却很不相同。两者在封建社会中的不同命运可能是由此决定的。不过，《罗摩衍那》的道德标准仍然不够封建社会所要求的水平，因而不断遭到改作（包括民间艺术中有进步意义的或颂神的改作和封建文人的有民主性的或反动的改作）。这样，《罗摩衍那》就以它的史诗形态和以后不断被改造过的形态，对印度社会起着重大的作用，直到今天还有很大势力。因此，《罗摩衍那》里著名的一节诗可以说是实现了的预言：

但有山峰还伫立，

但有江河地上流，

《罗摩衍那》将永在，

人世流传永不休。（第一篇第二章第三十六颂）

开辟新时代的艺术成就

　　伟大的文学家总是根据自己的阶级观点用种种不同的艺术手法来表现当时的社会矛盾和斗争的。只有先进的人物才能看得到重大的矛盾，而且敢于去揭发它。无产阶级革命以前各时代的作家一向是受着阶级条件的限制，但是伟大作品所达到的高度仍然能够超越自己的前驱和堕落的后辈。印度的两部伟大史诗正是这样的作品。依艺术观点说，在表现能力的丰富一方面，《摩诃婆罗多》胜过了《罗摩衍那》，而在艺术手法的发展一方面，《罗摩衍那》却比较精致细腻，更接近古典文学，成为它的前奏曲。

　　《罗摩衍那》在楔子中说到蚁垤仙人创造了新诗律。这当然不是事实。两部史诗所用的基本格律是吠陀诗歌中早已有了的。然而这个故事却是用来表现全诗的一个常为人忽视的基本精神的，不能不加以分析。

　　据说蚁垤仙人有一次在河边散步，看见一对水鸟正在欢乐中歌唱，一个猎人把雄的杀死了，雌的悲啼着伤悼血迹斑斑的伴侣。蚁垤仙人不禁脱口说出了有韵律的几句话：

叫声行猎野蛮人！

水禽一对喜盈盈，

一箭使他两离分，

千秋万世受恶名。（第一篇第二章第十五颂）

说出口以后，连仙人自己也感到惊奇，他随后便用这一诗律创作了《罗摩衍那》。

这个著名的故事象征地说明了全诗中大力描写的罗摩和悉达的不幸分离。这种对破坏和平幸福生活的野蛮猎人的谴责实质上也可以认为是古代人民对奴隶主直到封建主的一种抗议。我国从写"南山有鸟，北山张罗"的古诗起就有反映这类矛盾斗争的作品。我们能够从这一点理解蚁垤仙人的憎恨强暴和同情受害者的思想和情绪。

悲夫妇的无辜受害而别离，恨吃人罗刹的强暴，进行抗争，这是《森林篇》《猴国篇》《美妙篇》里的主要情调。罗摩等三人一到森林不久，悉达就被一个罗刹掠去。这是后来的更大不幸的一个预兆和缩影（《森林篇》第二章至第四章）。那个罗刹是森林中的一霸，"带武器巡行全森林，吃仙人的肉，要以悉达为妻，喝罗摩兄弟的血"（第二章第十二至十三颂）。罗摩见他抢去悉达，便一阵悲伤，想起了离国之恨，竟说："没有比悉达被外人触到更使我痛苦，失去王国和死去父亲还不能相比。"（第二章第二十一颂）罗奇曼却大怒，责备他说："你是众生之主，为什么像孤儿一样痛苦？我是你的奴仆，我要一箭射死强徒。"（第二章第二十三至二十四颂）这才开始了战斗。他们经过一度挫折，终于杀死罗刹，救了悉达。

在这一段小故事里，正像前后的许多情节中一样，罗摩是个软弱的受难者，而罗奇曼是个愤怒的斗争者。这个屡次自称为"奴仆"的弟弟代表了向恶魔斗争的一面。罗摩思妻总是哭哭啼啼，罗奇曼复仇总是怒气冲天。情节和情绪的发展是：从受难到悲伤，转为愤怒和斗争，经过挫折，终于胜利。剥去那些无聊的和带反动性的杂质，我们可以看出，诗的主要情节发展和人物对事件的反应不但突出了当时弱小对强暴的矛盾，而且强调了消极诉苦和积极斗争的矛盾，并没有倾向于对恶势力妥协求和，而归结于通过斗争达到胜利。这是蚁垤仙人创作的一个精彩方面。

悉达的形象是一个成功的创造，感动了千百年来的无数男女。她的特点是受难而不屈，敢于对恶魔反抗。她遭遇千辛万苦，始终保持着坚强的意志和斗争的精神。她坚持随罗摩去森林，不畏艰苦。丈夫历述森林生活的困苦，对她表示消极的怜悯，她没有接受。当十首王劫她的时候，先是用贵族的各种享受诱惑她，说无数妃子都不如她，要立她为皇后。悉达拒绝了，并且给他警告，又说："你是个豺狗，竟想得到我这个牝狮，你不能碰到我，像不能碰太阳一样。"（《森林篇》第四十七章第三十六颂）自从遭难以后，悉达的表现有两方面：一是悲念罗摩，一是痛骂十首王。既富且贵而又吃人的罗刹之王不能使她动贪心，也不能使她生恐惧。当大颌神猴见到她，要救她出险，背她逃走时，她考虑到发生战斗时的不利情况，不肯跟他去，要罗摩来救她。最后她说："如果罗摩来杀了十首王和这些罗刹，把我救走，那才是配得上他的行为。"（《美妙篇》第三十八章第六十四颂）当罗摩摆出一副男权代表人的丈夫面孔责备她不贞而不肯收留时，她也没有表示软弱，而是据理力争，责备他，并且投身入火、入地。把悉达当做百依百顺的软弱的女性，是错误的。当然，她是一个忠实的贤妻，思想不超出所谓对爱人的专一，但她对丈夫也并不是处处退让顺从的。重要的是，她是个坚持正义原则的意志坚强而勇敢的女性。这在古代社会中是难能可贵的，是应该肯定的为人民喜爱的形象。我们可以肯定，两千多年来，她必曾获得无数被压迫妇女的同情，鼓舞她们坚持抗暴，并给她们以胜利的希望。

在分析了诗的基本情调和主要正面人物的性格以后（对于罗摩兄弟的分析已见前节），我们可以进而考察诗中的一些主要场面，由此探讨诗人的思想和艺术创造力量。

第二篇的宫廷内部斗争揭穿了贵族家庭的黑暗和争夺权力的阴

谋活动。作者所描绘的道德化身的罗摩是一个理想的典型，但对我们没有什么吸引力。这个形象有些概念化，几乎没有感情，和后来在森林中不一样。我们所重视的是作者为了衬托这个人物而描写的各种矛盾。作者和我们同样憎恨这种贵族家庭。他在这一方面真正发挥了艺术创造才能。

第一个矛盾焦点出现在夺位阴谋的实现过程中。丑宫娥对她的主人那位王后是忠心的，但只是个牺牲他人而自私自利的奴才。她在说服王后时暴露了当时贵族家庭内的丑剧。这是一个典型概括。她所刻画的老王十车是无道昏君，太子罗摩是伪君子，指出不夺得权力就必然要受害，使本无恶意的王后转而相信谗言，对她大加赞美，夸她驼背而美丽，许下许多赏赐。然后是王后要挟老王，老王虽有内心矛盾却终于听从了。这一连串的细致描写是有现实基础的。诗人的憎恶是我们所能同意的。我们可以把它看做对自私自利的阴谋诡计直到对贵族后宫的丑恶内幕的谴责。这会使我们想起《史记》里写汉高祖晚年宫中吕后与赵王如意的母亲戚妃相争的地方。两者的结局不同，但性质一致。

接着是阴谋的后果，爆发为一系列的矛盾。罗摩的母亲的哭泣和挽留，罗奇曼的愤慨，罗摩的说教，构成一个历时相当长久的场面。同样我们可以把它看做宫廷内幕的揭露。罗奇曼代表了当时现实中的争权的贵族子弟或者家臣，同时他也发泄了平民对于专制帝王听从谗言倒行逆施的憎恨和反抗情绪。他还着重指出罗摩应该为王不是根据长子继承法，而是因为罗摩有德，得人民拥护。诗人在这里显示了他的才能，生动地表现了不同思想的矛盾；不过，他借罗摩的嘴宣传的宿命论和伦理是我们所不能接受的，也无助于情节和人物的描绘。

以后是悉达和罗摩的对话，十车王的悔恨，婆罗多同他的母亲的对话以及他对丑宫娥的惩罚，婆罗多和罗摩、罗奇曼的会晤。这里面虽然夹杂着大量的说教，但诗人仍然发挥了他的刻画人物的能力。他对贵族人物的熟悉使他能只凭借对话便勾描出性格的轮廓。这在印度文学史中是一个里程碑，是重大的艺术成就。我们感到兴趣的是他淋漓尽致地专题描写了人民的悲伤和随罗摩去森林的愿望。他甚至写到十车王也要把人民和一切都送去森林而让婆罗多统治空虚的国土。连那夺位的王后也说："没有财富的国土像喝干了的空酒杯一样。"（第二篇第三十六章第十二颂）这些地方诗人用朴素的语言写出了人民的强烈的爱憎，激昂慷慨，同时也对帝王提出了警告。

《森林篇》在我们看来是比较完整的一篇。背景从宫廷转入森林。人物也变了。罗摩夫妇成为乡村居民，罗奇曼是他们的随从和武装保卫者。矛盾冲突移到了和平居民和强占山林的、劫人妻子的、吃人的罗刹之间。十首王对悉达自夸富贵，明显标出了他的贵族身份。前一篇中的滔滔不绝的伦理说教这儿没有了。罗摩也不是满嘴仁义道德循规蹈矩的圣人了。诗人的艺术手法得到进一步的发挥。森林（乡村）中的生活和冬季自然景象的描写，战斗的场面，悉达被劫的情景，十首王对悉达的引诱、恐吓和迫害，悉达的抗拒，罗摩的悲痛和愤激，两兄弟四处找寻悉达，大鹏鸟的仗义和牺牲，这些就是这一篇的主要内容。它开创了印度古典长篇叙事诗的体式。政治、爱情（生离死别的相思）、战斗、风景，这四者成了后来长时期内长诗的必不可少的主题。蚁垤仙人所创始的诗篇当然不免粗糙，而且现存的传本里还夹杂着一些累赘的、空洞的诗句；但整个说来，它是用了白描的手法，朴素而生动，没有词藻的堆积和长篇大论的说教，在我们眼前展开了一幅古代社会斗争的图画。这是印度古代文学发展中一项划时代的成就。

《猴国篇》再现了兄弟争国和战斗的政治内容，特点是更强烈地描绘夫妻的感情。本篇开始就是罗摩对春景伤情，悲叹妻子遭劫。战后他又为雨季来临而感伤。秋景也有专章描写。这些加上前一篇里的冬景，就把漂泊者和相思者眼中的各季节山林景物都写到了。这给以后的长诗留下了范本，而为《摩诃婆罗多》所不及。前一篇着重写罗摩的思妻，这一篇着重写猴王长兄死去后他的妻子的哭夫。这个女子被写成很有智慧的形象，这使她的悼念故夫更能引起同情。夫妻生离死别的感情在这两篇中有了较充分的表现，给后来的古典诗歌中的同类篇章树立了榜样。在奴隶制和封建制社会里，夫妻的平等相爱的感情是难得的。而在一般的人民生活中，这种伉俪关系受到外力破坏又是常见的。资本主义社会中得到宣扬的以个人幸福为基础的爱情，所谓自由恋爱，在它以前两个社会阶段中还是稀有的。因此，这样的感情的描绘在把妇女当作奴隶的多妻制的社会中是有民主性的、可贵的，而在赤裸裸的金钱商品关系的资本主义社会中也是值得珍视的。就这一历史的和社会的意义说，《罗摩衍那》的这类描写不但启发了古典诗人，成为他们创作的重要内容，而且是表现了进步思想的艺术成就。

《美妙篇》在宗教迷信眼光中是歌颂神猴的，在封建道德眼光下是称赞贞节的，资产阶级思想又会把它看做宣扬个人爱情的超政治、超阶级的艺术品，我们则更看重悉达的坚决抗拒有财有势的吃人罗刹的斗争精神。诗人在神猴眼中详细描写十首王的都城和后宫不是无所为的。他把罗刹王的穷奢极欲的生活大加渲染，完全刻画出一个奴隶主的社会形象。把这样的贵族和吃人的恶魔结合在一起，正是作者认识了当时统治者本质和民主倾向的表现。在这样的富贵加上凶残的压力之下，悉达的抗拒才是更为动人的，才是代表了过去阶级社会中受迫害者的反抗思想和情绪，因而我们今天还能欣赏它。在罗摩和悉达的爱情的表现上，两人也有所区别：罗摩更关心自己的和家族的荣誉，而悉达在"以夫为天"的思想之中还表示了其核心乃是对罗摩个人的感情，因此更为接近受压迫者的自由理想。这对封建礼教说是进步的，对资产阶级的虚伪的不负责任的所谓恋爱也是一个对照。我们在这样的历史和阶级的背景上观察悉达，应当承认创造她的形象的诗人达到了一个上古的艺术高峰。除去后面显然是外加的神猴大闹魔宫的一部分（第四十一至五十六章）以外，本篇也是很接近后来古典作品的一个比较完整的诗篇。

《战争篇》篇幅较长（约占全诗四分之一），内容复杂，以罗刹国为背景写两军大战，归结于罗摩复位和太平盛世。这里面重现了以前的一些抒情主题，而主要是写强弱双方各向自己的反面转化，以显非正义必败而正义必胜。这一篇人物众多，场面纷繁，矛盾冲突尖锐，可算是全诗的高潮。可惜现存的本子显得杂乱。关于作战的描写过于夸张而且往往单调重复，未能胜过《摩诃婆罗多》，使我们感觉有些像《封神演义》。

《罗摩衍那》在揭穿贵族的阴暗丑恶的内讧方面开创了新局面。作者用贵族、猴子、罗刹三个国家的三种不同情况下的内部斗争形象地表达了自己的思想。贵族人物是阴险狡猾的，猴子是反复无常的，罗刹是富贵而凶残的，权势就是他们的公理。诗人在表现典型环境和塑造几个典型人物的性格方面获得了惊人的成就，不愧为"最初的诗"。继承和发展它的，后来的许多古典作品在细致方面可以超越它，但整个画幅的雄伟和史诗体裁所独有的朴素真挚风格却难有人赶上。

蚁垤仙人塑造形象的本领是卓越的。他从各方面集中描绘出几个主要人物在不同环境下的性格表现，比较大史诗《摩诃婆罗多》更为细致，而且人物与环境的结合也更为密切。史诗的体裁使叙述情节显得拖沓，结构也松懈，这当然不应当以后来的标准去衡量。全诗的语言是流畅的，大量运用了譬喻。抒写感情也很真挚；只是常用各种称呼凑合韵律，诗句不够精练，这与说唱体裁有关，不能和古典作品相提并论。

《罗摩衍那》在印度文学史中有划时代的意义。它在主题以及艺术手法甚至修辞譬喻的技巧上都树立了典范。古典诗人的前进道路是它开辟的。单就语言技巧说，古典文学有很大的发展，但是往往在袭用旧主题和手法时发展了形式主义的趋向。在诗的正确创作道路上，《罗摩衍那》一直是古典诗人的光辉的先驱和典范。

《摩诃婆罗多》在自己的类型中是划时代的、空前绝后的作品，但是它的意义和影响不限于文学。就全诗说，它不是古典文学的范本；就局部说，它不如《罗摩衍那》那样接近古典文学。因此，两部史诗在文学上的地位是不同的。这不是分高低，而是区别类型。

以罗摩的故事为题材的作品，或则打着罗摩的旗帜而宣传其他东西的著作，还有罗摩、悉达故事所产生的思想影响，等等，都是奴隶社会后期和封建社会的产物，需要在另一种社会背景上来说明，不能直接算在蚁垤仙人的《罗摩衍那》的账上。

（一九六四年）

《三百咏》引言

　　这是在印度流行了一千几百年的一部梵文短诗集。原名一般称为《三百咏》，或分作三个"百咏"，即《世道百咏》《艳情百咏》《离欲百咏》。所谓"百咏"是将一百首左右的短诗集在一起的总名。这些诗大致有相仿的主题，但并不严格一致。这类的诗集还有阿摩卢的《百咏》，是以妇女为题材的；《太阳神百咏》，是歌颂太阳神的；以及其他。这些"百咏"之中，流传最广远的是这部《三百咏》。历来认为这些诗的作者名为伐致呵利（Bhaṛtrhari），所以常称为《伐致呵利三百咏》。

　　这书名为"三百咏"，其实流传下来的各种本子的诗数多少不一，且互有不同。印度的数学家兼历史学家高善必（D.D.Kosambi，一九〇七——一九六六）以多年心力校勘了几种注本，最后根据现有的他能得到的三百七十七种写本（传抄本）校订出一部"精校本"。他估计现存的写本数量超过三千份，而他所知道的印本，从最早的一八〇三年刊本算起，已超过一百种。他校勘的结果是：从各种传本中校出的可靠的伐致呵利的原作只能有二百首，另有一百五十二首是可疑的，还有五百首是散见于少量的不同写本中的，三类合计共有八百五十二首。他校勘出这些诗的"定本"；但只在前二类诗下附了详细的各本异文；第三类诗出现不多，异文中只举了主要的。他于一九四八年在印度孟买出版了这部"精校本",并在书前用梵文题词:"献给马克思、恩格斯、列宁"。

我现在译的这部诗集就是以高善必的"精校本"为根据,照他所校勘定下的原文译出,只有两处附注了异文。我所译的只是高善必认为确切无疑的最古的伐致呵利的二百首诗,他认为可疑的诗中只摘译了八首附在后面为例,以见其风格与前面的大致相同。事实上,这二百首诗虽然有个署名的作者,却也可能像我国的《古诗十九首》一样是同一思想和风格的诗的集子,因此有各种不同的增补本。

我曾在一九四七年根据高善必一九四五年校印的一个注本译出了这《三百咏》中的六十九首诗,并在前面作了介绍,发表于《文学杂志》第二卷第六期(朱光潜主编,商务印书馆出版,一九四八年)。那篇介绍文末尾记着"五月三十一日夜于珞珈山"。写完这文后没有几个小时,六月一日凌晨,武昌珞珈山的武汉大学就发生了反动政府逮捕并枪杀学生的"六一"惨案,我也和另四位教授及一些学生一起被押去拘留在"警备司令部"三天。由于群众运动和舆论的力量,我们才被释放。告密和杀人的凶手在武汉解放后不久就由人民政府逮捕镇压了。原先我在那篇介绍文末尾题了四句诗:

> 逝者已前灭,
> 生者不可留,
> 如何还相续,
> 寂寞历千秋。

仿佛是个"预兆"。

全国解放后,高善必访华时,我告诉他这件事。以后他把一九四八年的"精校本"和一九五七年他校勘的一个颇为博学的注本寄给了我。现在我的译文和诗的序列都依据他的"定本",诗义的解说则参看他所校的两种注本和孟买版的另一个很流行的注本,按照我的理解处理。

现在距我最初译伐致呵利的诗已经三十三年,毕生致力于中印友好的高善必也已去世了。他的父亲法喜·侨赏弥居士是在印度鹿野苑教我学习梵语的老师。我译这些诗当然不是只为了我和他们父子两代的师友之谊,也是为了我国人民了解邻邦印度的古代文化,同时提供一点外国文学的知识。

下面介绍一下这些诗的署名作者伐致呵利。

古代印度的作家几乎都是无名氏;作品上有个作者的名字,却没有作者的年代和生平可考。伐致呵利也是这样。提到这个名字的资料既少且乱,说法大致有三种:国王、出家人、文法家。说是国王(见藏语的多罗那它《佛教史》),年代不对,历史无依据。说是国王出家,又说出家原因是由于女人,作为证明的是一首诗(第三百十一首,译在附诗中),这诗完全不像国王口气,也不会是一个人出家的原因。作为文法家,有一部诗体文法书传下来,署名相同,书里面还讲哲学。但内容和诗体与《三百咏》全不相同,而且《三百咏》中诗句甚至有文法错误,不像是文法家的手笔。以上的三种说法都只能算是传说。关于伐致呵利的生平的史料中,最明确的是我国唐朝义净和尚的《南海寄归内法传》。其中第三十四节提到一位佛教徒作家伐致呵利,说到他著有一部讲"因明"(逻辑)的书,书名《薄迦论》,仿佛是流传下来的那部文法书的名字 Vākyapadīya 的前半译音,"因明"或为"声明"(文法)之误。义净还引了他的一首诗,说他七次出家,七次还俗。并且说他在义净到印度前四十年逝世。义净是七世纪去印度,所以伐致呵利应当也是七世纪人。义净还说这位作家"响震五天,德流八极",是著名的佛教徒。所有这些确切的说法大概可以应用在那位文法家和哲学家的身上，却不易加在这位诗人的身上。首先，诗中表现的作者不是佛教徒，所说的出家往往是空话，没有多少佛教色彩，只是印度各种各样教派的出家人的普通话。这同许多佛教徒的诗歌一比较就可看出来。其次，义净没有说他是诗人，引的诗在高善必搜集的许多诗中连影子也不见。义净引的诗是依附于七次来回于入世出世之间的事的：

> 由染便归俗，
>
> 离贪还服缁；
>
> 如何两般事，
>
> 弄我若婴儿。

诗的思想和情调与《三百咏》并不类似。所以，根据这个中国史料还不能断定伐致呵利是七世纪的诗人。此外，至今还没有发现更确切的史料。因此，关于历史上的这位作者生平只能存疑。只有作者时代决不能比七世纪更晚，而且可能还要早得多，则是可信的。伐致呵利的诗中有一首（本书第六十三首）见于大诗人迦梨陀娑的名剧《沙恭达罗》中，若他的时代较晚则掠夺名诗是不合情理的。不过美国哈佛大学教授因格尔斯（Daniel H.H.Ingalls）仍认为诗人和文法哲学家是一个人，时代应在公元四百年前后，即四至五世纪（见他的《梵语诗选》引言，一九七九年第三版）。

可是作品中的作者确实有鲜明的人格。高善必校出的二百首诗的思想内容和情调风格是一致的。这些诗中显现着一位有血有肉有灵魂的诗人。这位诗人还是很有典型性的。他的诗吐露出古代印度穷婆罗门文人的矛盾心情，发泄了这一社会阶层或集团的依附王者富豪吃饭而不得意的愤慨。这对我们理解古代印度的社会、思想、文学都有帮助。对此应当作具体的知人论世的较细致的分析。我打算另文研究；这里只提供作品，作为古代印度的文学遗产，先请读者自得印象，自行分析，批判。

我的译诗是尽量依照原文的词句甚至其先后序列，力求不加增减，但在汉语的选词造句和文体上则又求像古代人的诗，不只是用现代汉语述意。原诗每首都是分双行写，分四句读，但格律不同，有长有短，长的每句中有固定停顿处，与中国的词、曲（但无衬字）体较似，而短的则像汉语诗的绝句。原诗以长短音配格律，如我国词的平仄，可以吟唱，但没有脚韵，而常用谐音。译诗无法依原来格律，只好都作四行诗而大半加脚韵，可能时模仿一点原诗句的格调。原诗多用譬喻并好用双关语，这是印度诗的传统。伐致呵利应属于较早期的诗人，无论内容与形式都还在由素朴走向堆砌的初期，语言还比较自然。这也是这部诗集成为千百年来印度人学习梵语的流行读物的一个原因。当然更重要的是它艺术地表达了古代印度一部分文人（知识分子）的心声，因此为人历久传诵不衰，因而也反过来对形成这部分人的社会心理起了"反馈"作用，甚至在现代印度社会心理中也不无痕迹。

这里的介绍只能算是解题。较详细的分析，如果我还有能力作出来，也只好俟诸以后了。

一九八○年十月

印度的绘画六支和中国的绘画六法

　　几部关于中国美术史的著作大多提到了中国的美术理论"绘画六法"和印度的美术理论"绘画六支"，可是两者间的关系却说不清楚。究竟这是怎么回事？这里提供一点原始资料。

　　这一说法的来源是英国人勃朗（Percy Brown）的《印度绘画》（Indian Painting）。他在书中说：印度的《欲经》（或《欲论》Kāmasūtra）中说了"绘画六支"，而中国的南齐时的谢赫也说了"绘画六法"。《欲经》在前（约三至五世纪）而谢赫在后（五世纪），所以他说中国的"六法"是从印度传来的（见原书一九三二年第四版，第二三页）。

　　这个论断是错误的。

　　印度的"绘画六支"的诗体歌诀并不是在《欲经》的本文中，而是在《欲经》的注中。这个注是《欲经》的最古的也是唯一的注，名为"胜利吉祥注"（Jayamaṅgalā），年代是在十三世纪，远在谢赫之后。这个口诀最早出于何时，现在不能断定，但是根据《欲经》判断中国的"六法"出于印度的"六支"是说不通的。五世纪的人怎么能抄袭十三世纪的书呢？何况《欲经》本身的年代也没有确定，也可能是在五世纪左右，也不足作为同在五世纪的谢赫从印度学来"六法"的证据。

"六法"和"六支"在内容上有没有什么关系？最好把双方都介绍一下。

印度的绘画"六支"流传已久，传统美术奉为金科玉律，但解说却随时代和派别而不尽相同，诗句本身读法也有差别。我现在大体依照现代印度孟加拉派画家的领袖人物阿巴宁德罗那特·泰戈尔（一八七一——一九五一）的说法，对原文译解于下，但是我没有用他的宗教的和哲学的解说，只采用他的读法和字面说明，并将不同读法也另作说明。译词及其解释是我的试作。

所谓"六支"原文是ṣaḍaṅga，即六个部分或六项、六条，aṅga即肢体，我国旧译法是"支"。

《欲经》注在说明本文第一章第三节第十六段说"六十四艺"时，引了一节诗说明绘画。诗只是一个"颂"，分写两行，读作四句，列出六个名目。这是传统口诀，注中也未加解释。这诗照我国旧译法直译出来是：

形别与诸量，情与美相应，
似与笔墨分，是谓艺六支。

一、"形别"（rūpabhedāḥ），指各种不同形象的差别。

二、"量"（pramāṇāni），指大小远近等各种比例。

以上两个词都用的复数。"形"照佛经旧译应是"色"，指形象，并非指颜色，此处未照佛教及哲学术语译。"量"也是哲学术语，用了佛经旧译词，是这词的本义。作为哲学术语是指认识的来源和标准，也是逻辑用语。这里是美术理论用语，应是本义。

三、"情"（bhāva），指心情、情调等。

这词是文艺理论术语。见《舞论》（Nāṭyaśāstra）。

四、"美相应"（lāvaṇyayojana）。

"美"（lāvaṇya）有文雅、优美之意，不只是美丽。这个词来源于"盐"（lavaṇa），可以解为"有味"。

"相应"（yojana）用同源词"瑜伽"（yoga）的旧译，是意译，意为联系、结合。

"美相应"即加上"美"，具有"美"。

原诗中"情与美相应"合为一个复合词：bhāvalāvaṇyayojanam。因此也可作为一项。

五、"似"（sādṛśya）即相似。

六、"笔墨分"（varṇikābhaṅga），指用笔设色。

"笔墨"在梵语用的是一个词 varṇikā，既是色彩，又是画笔。

"分"（bhaṅga）本意是破、触、分。

这首诗的另一读法是把"情与美相应"一个复合词作为一"支"，将"笔墨"与"分"不作为复合词而分为两"支"。这样，对"分"或"破"就单作解释，而对"情与美相应"又另作解释。《欲经》的印度《迦尸梵文丛刊》本（一九二九年版第三十页）和《欲经》的史密特（Richard Schmidt）的德文译本（一九二二年第七版第四五页）都是照这一读法。我在上面采用的是阿·泰戈尔的读法。

这首诗诀除两种读法外，还有不同解说。阿·泰戈尔也是解词很少而发挥很多，把美术和宗教、哲学联系起来。

现在再看中国的"绘画六法"。

南齐谢赫在他的《古画品录》的序中说到"六法"：

> 虽画有六法，罕能尽该；而自古及今，各善一节。六法者何？一、气韵生动是也。二、骨法用笔是也。三、应物象形是也。四、随类赋彩是也。五、经营位置是也。六、传移模写是也。惟陆探微、卫协备该之矣。

他对"六法"未作解说。

唐朝的张彦远在他的《历代名画记》中的《论画六法》一节的开头说：

> 若谢赫云：画有六法。一曰气韵生动；二曰骨法用笔；三曰应物象形；四曰随类赋彩；五曰经营位置；六曰传模移写。自古画人罕能兼之。

接着他说"彦远试论之曰"，用自己的见解大加发挥。

这里的第六法，一书作"传移模写"，一书作"传模移写"，两书原文我都是依明朝汲古阁刊本，本来不同，无更古版本校勘。好在词序虽异，意义无别。

以上介绍了双方的原始资料。"六法"与"六支"有无相联系之处？这要美术史家和画家来研究，我没有发言权。不过，虽然不能证明"六法"出于"六支"，却不是说中国和印度的古代美术界不会有理论方面的接触。不但敦煌和阿旃陀的壁画可证画法相通，而且印度画家也在中国留名。陈代姚最的《续画品》中列举"外国比丘"三人："释迦佛陀、吉底俱、摩罗菩提。"唐代张彦远的《历代名画记》列此三人于梁代。僧吉底俱和僧摩罗菩提只注为"外国人"，但下面又列"僧迦佛陀"（应是姚最记的释迦佛陀，这里称之为"迦佛陀"，两名都未必准确）。注云："禅师天竺人。学行精愿，灵感极多。初在魏，魏帝重之。至隋，隋帝于嵩山起少林寺，至今房门上有画神，即是迦佛陀之迹。"可是对这三个人的评价，姚最说："既华戎殊体，无以定其差品。"张彦远说："姚最云：以上三僧，既华夷殊体，无以知其优劣。"看来评价标准有所不同，画法理论难说一致（张彦远注三人皆为中品，但仍引姚说）。张彦远又列隋文帝时来中国的"天竺僧县摩拙叉"，说他"亦善画"，以《三宝感通记》的画神传说为证。至于所列"金刚三藏"，则说是"师子国人"，应是斯里兰卡人。张彦远在评价画家时几处提到"六法"，称赞能够"备该"。可是印度的"六支"却是一个体系的各方面，不能分割而只长于一项。可见"六法"与"六支"不是一事，就现有的原始材料而论，大概只能这样说。

（一九七九年）

略论印度美学思想

印度美学思想有自己的发展道路，其基本范畴和思想模式也与西方的、中国的不相同。本文试就这三方面作简略的论述。

首先，考察一下探索印度美学思想所依据的资料情况。

艺术实践先于理论，印度很早就有各种艺术品。颂神和巫术诗歌可上溯到公元前一千几百年；乐舞不会比这晚。但是在早期文献中却还未见论述艺术的篇章。约公元前四世纪的《波你尼经》语法第四章中提到"舞者"和《舞经》以及大史诗中英雄人物的名字，可见戏曲和史诗已经流行并可能有理论。确定属于公元前三世纪的阿育王的石刻铭柱的柱头狮子，现在还是令人惊叹的古老艺术品。古希腊的亚历山大东征印度在公元前四世纪，印度和古代波斯及希腊的文化交流开始应比这更早。然而现存文献中的关于艺术的著作最早的是《舞论》，年代不能推到比公元前后时期更远。这种情况和印度的文献流传方式有关。在印度，口头传授是主要的，记录下来已经很晚了。同样，关于文学的理论，公元前有诗律学，但无书留下来。公元后有年代不明的《火神往世书》中论诗部分。到七世纪才有两部诗论专著传到现在：《诗庄严》和《诗镜》。论艺术的著作最早的有《毗湿奴最上法往世书》中论画部分，年代未定，未必比《诗镜》早。从四五世纪的《欲经》看，当时的城市中各项艺术活动已经很多；它列举了"六十四艺"，包括绘画等技巧。在公元初期，造型和建筑艺术已经有相当发展，随后石窟造像和壁画涌现。可是艺术理论文献远远不能配合，只有延续不断的诗论同诗的作品有些联系。戏剧理论同现存剧本也不全合拍。近一千年间虽然艺术文献增多，情况却未改善多少。伊斯兰教的传播使建筑、绘画出现新的风格，却并未见新的理论。各地的音乐、舞蹈有不同派别，理论阐述也不足。现代画家所持理论仍然力求符合古代传统，尽管在实践上已经大有变化。这种文献断续不全以及理论和实践不大配合的情况是值得注意的一个特点。

另一方面，历史上，西方美学总是隶属于哲学，而印度的哲学有浓厚宗教色彩，不发展世俗艺术理论。其实，印度的宗教本是入世和出世并重的，而且宗教宣传尤其着重艺术。同时艺术也结合宗教。《舞论》还假借大梵天的名义。大自在天湿婆既是苦行者，又是舞神。哲学的较古派别"数论"的经典中还以戏曲表演作比喻（见汉译《金七十论》）。然而哲学和美学长期不相合。讲艺术的着重形式技巧，讲哲学的不论美的本身，以致在一千年以前，从公元初的《舞论》到八九世纪的《韵光》，尽管已有美学思想体系，却没有得到哲学的发挥。近一千年来情况发生变化，从十一世纪的新护（阿毗那婆笈多）以《韵光注》和《舞论注》的形式建立美学专著起，"韵"的理论发展起来。由八世纪的商羯罗和十二世纪的罗摩奴阇等发展起来的吠檀多哲学各派成为美学的哲学基础，一直到现在。

直到二十世纪初，西方人还只把印度艺术品当作古玩而不认为印度的画是画，因为不合西方的透视法和解剖学（见布朗的《印度绘画》）。后来承认了印度艺术，但不认为有美学。十九世纪末只有个别梵文学者才介绍《舞论》，开始注意印度的古建筑和造型艺术中的美学思想。到二十世纪初二三十年间，印度人古玛罗斯瓦米在美国波士顿博物馆工作，写了不少的书，向西方介绍印度艺术和艺术理论。法国的雕刻家罗丹曾对湿婆神的雕像发表过赞赏的评论，古玛罗斯瓦米并对雕像作了解说（见《亚洲艺术》第三卷，一九二一年）。但是看起来这些努力仍未能使西方人了解印度美学；因为那些传统的美学范畴（或说核心术语）用现代印度语言都不易说清楚，很难翻译成另一种语言；而美学中的哲学思想（吠檀多"不二论"）总被西方人看做神秘主义，难以理解；或则用康德、黑格尔等的哲学来解释，仿佛中国晋时的"格义"。

文献断续残缺，理论和实践配合不紧，美学和哲学由分而合，特有的传统术语难于解译，这些就是我们探讨印度美学时所依据的资料情况。可能由于这些，至今尚未见到有全面的印度美学史。

其次，试依据现有资料探寻印度美学思想的发展道路。

在文献和文物还不够全面、民族和语言复杂、历史分期至今未明等情况下，探索几千年的美学思想发展，当然是不容易的。各时代的经济基础和阶级关系背景不明，文献及作者的年代、地区、生平大多茫无资料。因此，对印度文化中的具体历史问题不能像对历史界限明确的西方一样下判断，也不能像对中国一样讲年代，论身世。依据现有的主要原始材料，只能大致分为四个时期：从公元前一千几百年直到大约公元初《舞论》出现前是第一期，《舞论》到大约十一世纪的新护的理论出现前是第二期，十一到十九世纪是第三期，二十世纪是第四期。这和印度哲学史的分期不相同也不矛盾。如果这样分期，我们可以从各期美学思想的特点大致看出其发展的历史道路。

一般论述往往着重历史发展中的一贯性。例如《舞论》所提出的"情"和"味"，以及诗论的总名"庄严"，都可以远溯到最古的《吠陀》时代。许多后来的修辞格式及说法也见于巫术诗歌的最早结集《阿达婆吠陀》。在《韵光》以后约一千年间，虽有"曲语"等不同说法，但主要论述的还是"情""味""韵"。二十世纪在西方美学的影响下，印度的美学理论家如诗人泰戈尔和他的侄子画家阿巴宁德罗那特·泰戈尔（阿巴宁·泰戈尔，一八七一——一九五一）及其他人都仍然坚持传统而加上西方美学的部分理论。若依照这些现代、当代解说，那么印度的美学思想从来就是吠檀多哲学的体系，从主要的几部早期《奥义书》直到两位泰戈尔是"一以贯之"，连佛教的文学和艺术也不出其范围。这当然不会是全面情况。这是奉远古经典为来源又吸收西方哲学和美学的现代印度人的说法。

事实上，历史有发展，前后不相同，并不是始终一贯。

第一期的特点是艺术品创作大有发展，而美学思想却没有系统化，现存文献中不见有完整理论。传授吠陀经典的学问"六吠陀支"中有一门诗律学，却没有当时的书流传下来。在公元前六世纪各教派哲学兴起时期，文献中也没有一处系统讨论艺术问题。例如佛教讲修行时禁止出家人欣赏乐舞等娱乐并说是要求信徒厌弃肉体，但是在宣传上却大量利用各种艺术手段，连宣传佛陀语录都用诗体，还说唱故事，编戏，发展造型艺术，造塔，雕像。在理论上佛也不是不讲美。他说一切皆苦，并没有说一切皆丑。他依然承认花香等是美（《法句经》），只是强调真正的最高的美是超脱报应和生死的"涅槃"。这虽然是宣传，却也是后来第三期中一个重要美学思想（寂静味）的前驱。这种情况是值得注意的。这表示出家人对美的一种看法。若以为这一时期的文献是祭司、巫师和出家修道的人垄断文化的产物，就认为完全没有美学，这是不确切的。在后来的美学理论中，许多思想和术语的萌芽可以远溯到《吠陀》文献。在讨论"梵"的神秘意义时，《鹧鸪氏奥义书》已经提出从第三期直到现在的重要美学思想萌芽："这是味。得味者欢喜。"（见该书第二章第七节）尽管原意不一定是像后来的解说那样，但这句哲学语言中的"味"和"喜"不能不是后来美学引作经典渊源的根据。因此我们应当认为这一漫长时期中已有美学思想的萌芽。对于艺术技巧的研究也大有发展，不过这是艺人的传授，同那时的文献一样是口口相传，到《舞论》进行总结时，以前的传授本子就汇而为一了。语法学的情况是个例证。集大成的《波你尼经》出来后，以前的语法书都失传了。其他专门文献也是这样。只有分了派别的，各传各的，才保存了一部分不同的书。中国先秦传经也有类似情况。这样才可以解释为什么在公元初会突然出现那样全面总结的巨著《舞论》。

这一期的美学资料虽然已有些学者搜集，可惜他们总是依照后来的美学范畴和模式去找寻根源，不是查究当时的美学，因此成绩有限。现在只能笼统说一点意见：这时的美学思想主要出于艺人。他们肯定客观现实的美的存在，并且承认人的主观感情的美。至于对美的道德评价就不是艺人十分关心的事。艺人重视的是技巧，是艺，由此引出《舞论》。这从艺术品中也看得出来。

第二期中不仅艺术发展，文献也较多，但同样是集成的著作一出，零散的前驱就散失。但是脉络仍然可见。这是印度美学思想的一个大发展时期。从四五世纪的《欲经》看来，城市的发展促进了艺术的繁荣和艺术理论的系统化。

《舞论》全面总结了戏曲和有关的艺术。它在理论方面论到了戏剧与现实的关系，戏剧的目的、效果和教育意义，戏剧的基本因素及其相互关系，戏剧如何通过表演将本身的统一情调传达给观众，等等。它承认现实生活是戏剧的基础和源泉，戏剧应当全面反映现实，模仿现实生活。它认为戏剧应当有统一的基本情调（"情"和"味"），而一切必须与此结合并为此服务。它关于"味"和"情"的分析建立了印度美学的基本范畴，直到今天。《舞论》将戏剧作为综合艺术，认为包括一切艺术在内，其他艺术只是一方面。

《舞论》实际是艺术总论。

诗论系统化的最古文献，现在只有年代不明的《火神往世书》中的一部分和七世纪的《诗庄严》和《诗镜》。这些书实际是供作诗人用的手册，正像《舞论》是供艺人用的一样。这些诗论称为"庄严"（修饰），认为诗是语言所构成，是表达某种意义的词的连缀，因此着重诗的"形体"，大讲修辞分类。诗要求词与义相合即形式和内容一致。《诗镜》传入西藏，有藏译。

和这两书差不多同时，哲学中一个原来解说《吠陀》和祭祀的正统派别有了发展。为了尊重《吠陀》地位，反对佛教以"无常"否定《吠陀》永恒，便对语言作了新的探究。语言学方面出现了哲学解释，分析出"声"（词）所含的不同意义。八九世纪的《韵光》在诗论中发展了这种语言理论，提出了"韵"这个新的美学范畴，简单说就是言外之意，是暗示。这对后来影响极大。

造型艺术的理论。有绘画"六支"的一首歌诀，出现在《欲经》的十三世纪的注里，但来源可能在这一时期。其中只提出了六个绘画基本因素。论述画理的最早的现存文献是《毗湿奴最上法往世书》中的一部分。这书年代不明，可能是八世纪左右。这部分文献称为《画经》。其中明白说出画与舞的一致关系："若无舞论，画论难明。""论"不一定是指一部书，同样可以指一门学问；而"舞"可以是综合性艺术的歌舞，即戏曲。这种关系从印度的石窟壁画和雕塑可以看出来。我国的敦煌石窟壁画明显有印度影响，舞姿也是画的重要内容。印度画家到过中国，有人认为印度阿旃陀石窟艺术中也有中国艺人的创作。为了解印度现存最早画理，不妨引《画经》中的几节诗，直译如下：

波浪、火焰、烟、旗帜、云衣等，若能画风行，可称知画者。

睡者有知觉，死者失心意，能分低与高，是乃知画者。

似欢舞向地，似恐惧，王者！甜蜜似带笑，宛似有生命，……

又似有呼吸，此画乃妙品。……

大师赞线条，智者赞生活，妇女爱妆饰，众人爱色彩。……

若画得形似，如在镜中影；

自称画无因，若依此作画，仅形相丰富，应知是"未入"；

若"艳情"等"味"，一见即能得，……

诗中后三节是将画分为三品：仅得形似如镜中影像者，名为"已入"（已被刺入）；若不依据什么客观东西而作画，只有丰富的各种形、相，名为"未入"（未被刺入）；若一望见即能得到"艳情"等"味"的，名为"味画"（有味的画）。所引第一节中的"云、衣"是一词两义。这节诗使我们立刻想到"曹衣出水，吴带当风"。第二节说，若能将有知觉、心意（原文两词一源，后者出于前者）的睡觉的人和没有知觉、心意的死去的人画出分别来，又能画出低和高的分别来，即能在平面上表现出立体，这才算"知画者"，即精通画艺的画家。这两节所说的画家之外，第三种是能画出活的生命，他的画才是"妙品"（具妙相者，有美的特征的）。然后又分出"已入""未入""味画"三种画品，以有"味"为高。由此，乐、舞、诗、剧、画的艺术标准统一了。所有艺术都要求有"味"，这正是《舞论》的美学体系。

由此可以说，第二期是第一期的发展。美学思想体系已经建立起来，各门艺术理论相通了。这时虽然已经要求技巧以上的、由总体显现的、更深一层的东西，与哲学的发展联系起来，但还是以现实为主体，没有超越现实的神秘主义。可以说，从具体分析"情"和"味"的《舞论》，到强调言外之意的《韵光》，以及造型艺术理论的《画经》，都不是以主观的审美为核心。

第三期表面上仍然继续解释以前的美学基本范畴，略有出入，例如有以"曲语"（巧妙措辞）代替"韵"的。但是实质上是前一期向对立面转化。美学观点由注重创作方面的技巧及艺术品的要领和精神所在，转移到鉴赏者的美感，即精神感受方面，要双方呼应，也就是说，包括主观和客观双方的审美居于重要位置了。鉴赏者心中先有"味"，才能赏识创作者赋予作品的"味"。所注意的不仅是艺术品的问题，而是创作者和鉴赏者双方一致的精神享受问题；中心由物移到人，精神境界成为核心了。

这一期的首要著作是十至十一世纪的新护（阿毗那婆笈多）的《韵光注》和《舞论注》。虽名为注，实际是专门著作。新护解说"韵""味"的理论，为后来特别是现代人所推崇，因此可以从他划出另一个时期。

新护的理论主要是提出"喜"（阿难陀）以解"味"作为最高原则。这是一种精神境界。艺术品的"味""韵"必须能令人达到"喜"的境界，即"物我双亡"，主客合一。由此才能解释为什么"恐怖""厌恶"之类也能列入"味"。新护认为艺术的最高境界是同"瑜伽"修行者所达到的最高境界一致的。这就是说，要舍弃个人个性，人同宇宙合一，人神合一，"梵我合一"。这个宇宙作为大神的具体化就是大自在天湿婆。他是"力"的体现，是"力"的源泉。他是苦行修道者，又是舞神。他和妻子同住雪山，分别创造刚和柔两种舞蹈。他的八形（地、水、火、风、天、意、觉、我）显示艺术八"味"。他的象征是全印度最常见的石柱形（林加）。新护理论的根源是这一教派的信仰，即所谓迦湿弥罗（克什米尔）的神秘主义。这地方处于印度的西北角，历来是中亚和南亚各种文化相接触的一个焦点。这种神秘主义教派又和东部印度（孟加拉）流行的崇拜湿婆的妻子的化身难近母和时母的"力"派相联系。一般统称为神秘主义，包括传入西藏的"密宗"。

这一期的美学理论和实践不仅是以大自在天教派为限，东部及北部印度流行的信仰遍入天毗湿奴及其化身黑天和罗摩的一些派别，在民间游行诗人中也产生了不少作品，为人民所传诵。这些教派的共同精神也是求人神合一，但以"虔信"为主。崇拜黑天的更以牧童黑天和牧女的恋爱为诗歌和舞蹈题材。于是毗湿奴的妻子吉祥天女本是富裕之神，又以"室利"之称兼了美和艺术女神。

上述情况也适用于西部和南部地方。

这一期的诗追求形式，又着重"艳情"，而以宗教感情作解释。由于这是不可以用语言说明的，因此只能由形象、感情、信仰来表现和达到，所以被认为神秘主义。其实这和西方的中世纪神秘主义仍有区别。

这种既继承又否定前一期的美学思想的哲学渊源是八九世纪的商羯罗和十二世纪的罗摩奴阇的哲学理论。两人都主张唯心主义一元论，都称为吠檀多派的"不二论"，但一个是"纯粹不二"，一个是"殊胜不二"，即一元而个体和全体（人和神）仍有区别。两人的主要著作是各自的《梵经注》。商羯罗的开篇就说：你和我（客观和主观）的对立是像光明和黑暗一样明显的，怎么能合一呢？接着加以解释，使对立成为统一。他主张物我双亡，主客尽泯，二原是一。从这一时期直到现代在印度占统治地位的哲学和美学理论都以这一点为出发点和归宿。不仅"情景交融"，而且是要求合一。这合一的精神境界便是"喜"。"不二论"的一元真实的特点由三个词标明：真（真实存在，不变化，永恒）、心（精神）、喜（欢喜、最高的福乐）。

这一期思想变化的社会历史根源是可以追溯的。从八世纪起，信仰伊斯兰教的阿拉伯人开始进入印度次大陆，十世纪以后，伊斯兰教信徒逐步在印度北方建立王朝，在十六至十九世纪建立了莫卧儿帝国。在艺术上，他们反对偶像，破坏庙宇，引入重装饰的波斯建筑风格（例如泰姬陵）。语言上推倒了梵语作为雅语的地位而代以波斯语，终于产生了以首都德里语言为基础的北方普通话及其文学。各地的民间语言文学蓬勃兴起。民间艺人地位大变。前一期的依附城市与宫廷的梵语（雅语）诗人被这些俗语诗人比下去。除大型壁画以外。小型的便于携带的单张人像画在北方发展起来。波斯诗人中的苏菲派的神秘主义和波斯诗的格律及风格也传入印度。因此这一期的印度艺术各方面都有很大变化和发展。我们所说的美学理论主要是出自对民间艺术的解说和对思想界矛盾的解决要求。二和一（一中有二论或二中有一论）的问题，分歧和统一（分歧中的统一）的问题，一直是最尖锐的思想问题，一直延续到英国统治时期，甚至到二十世纪印度独立以后。

美学思想由重现实转而重精神，有个明显标志是所崇拜的大神变了。在前一期中，那位有四张脸向四方的神——大梵天的地位是崇高的，是首先受歌颂的。《舞论》和《诗镜》都一样。只有《韵光》前面颂词歌颂毗湿奴。大梵天是创造之神，他的女儿辩才天女是文艺女神。承认现实世界和感官认识世界的艺术家从事创作，当然以这两位为他们的保护神。到第三期中，大梵天的地位降低。辩才天女在大史诗开头还被歌颂，这时也光辉大减，让位给吉祥天女了。神的实际功能是生活和愿望的一个象征。神的变换不仅标志上层保护人的崇拜对象变换，也标志生活、思想、感情的变换。

第三期本应以莫卧儿帝国灭亡，印度民族大起义失败，英国女王自称兼任印度女王的一八五七年告终，但就美学思想说，还是以二十世纪为新时期较简单明白。现代美学的开始出现是在十九世纪末到二十世纪初。

第四期的特点是，在西方哲学、美学、科学，特别是继伊斯兰教而来的基督教的冲击之下，印度有了新的思想家和艺术家。这里当然有民族主义的背景。因此，坚持传统以解说并抵制或吸收新知是主要特点。哲学基础比前一期更强调吠檀多的"不二论"。综合性的《薄伽梵歌》（神歌）特别流行。这部可能出于公元初期的诗，原属于大史诗《摩诃婆罗多》，后成为单行的圣典，已经流行到全世界。现代印度美学思想与这里面的综合思想有密切关系。

这一期的美学思想属于现代印度整个思想范围，难以单独概括，只能简单提到。

从上述四个时期的情况看来，印度美学思想在公元以前千余年中还没有形成完整的体系传下来；公元前后，首先在综合性艺术戏曲的艺人中有了对音乐、舞蹈、诗、剧等的技巧分析和基本理论的总结。《舞论》在第一章中首先宣布，"戏剧是三界中全部情况的表现。""戏剧具有各种各样的感情，以各种各样的情况为内容，模仿人间的生活，依据上、中、下三等人的行动，赋予有益的教训。……对于遭受痛苦的人，苦于劳累的人，苦于忧伤的人，各种受苦的人，及时给予安宁。""这种有乐有苦的人间的本性，有了形体等表演，就称为戏剧。"这样开宗明义，指出了艺术的人间性与现实性。诗论也是从作诗人方面着眼，重视诗的"形体"，"词和义"以及文体、"德"和"病"等。到八九世纪，《韵光》才提出暗示性的"韵"，但仍然是从词义引申出来的。尽管诗论中引诗重"艳情"，但还没有以此为最高。"情""味""韵"也不注意抽象的意义。到公元十世纪以后，社会和思想情况大变，美学和当时的哲学及宗教的迫切问题相联系，产生了脱离现实，追求神秘不可言说的"喜"，进一步要求从创作到欣赏都将主观和客观融为一体。于是似乎不可调和的艳情和苦行，人性和神性，合了。唯心主义和神秘主义的说法进入了并未脱离人间的艺术的理论中。民间艺术的美学说明也蒙上宗教的色彩。印度哲学思想中有一独特的现象，现实的"法、利、欲"和非现实的"解脱"并列为人生四大目的。而且人之一生也分为四大阶段以配合，在"解脱"出世之前必须入世。作为纯粹欢乐幸福的精神的"喜"成为人生的也是艺术的最高境界。艺术欣赏得到同修行入定一样的精神境界。这成为近一千年间印度美学思想的主要线索。在二十世纪，西方的非理性哲学思想，西方人以康德、黑格尔哲学语言对印度哲学作的解释，都产生了影响。在民族主义作为思想主流的背景上，分歧合一及矛盾统一的"不二论"哲学流行并成为美学的基础。画家创作的画可以像是西方现代派，但他讲理论却用印度传统哲学术语。两三千年的印度美学思想的发展仿佛是从现实出发越来越向超现实前进，而这正是反映了历史发展的现实要求和趋势。超现实的语言掩盖了现实的内容。因此，我们不能将印度的美学思想和艺术创作和社会变化割裂开来寻求理解。

第三，对印度美学思想的几个基本范畴略作说明。

印度美学史中一个特点是常在重复用的术语中加入并不重复的内容。这不同于西方，也和中国不大一样。中国还不那么习惯于用旧瓶装新酒，而印度却在各方面都往往这样（例如国际关系五项原则叫"潘查希拉"即佛教的"五戒"）。这类词没有概括的名称，姑且称为基本范畴。讲印度美学离不开这些，而讲这些几乎是讲全部美学。下面只举几个主要范畴为例，略加解说："庄严""情""味""韵""艳情""似"。第一个指诗论或文学理论，末一个专用于绘画或造型艺术（不是汉译"因明"的"似"）。至于"喜"，原是哲学术语；还有其他如"德""病""曲语""色""相""量"等，还有不止一词且意义宽泛的"美"，都不提了。

"庄严"。这是我国佛教的旧译语，就是妆饰，和现代汉语的意义不同。七世纪的《诗庄严》用这词为诗论书名，以后"庄严"成为文学技巧和理论的总名。这表明以形式为主的美学思想。各种修辞格式分类排列是诗论的大部分内容。现代还以"庄严"之名讲美学。

"情"。这个词源出于"存在",变为名词又可以出于"使存在"。《舞论》第七章解释说:因为这些"情"把具有语言、形体和内心表演的诗的意义去影响、感染、注入观众、听众,所以叫做"情"(使存在)。又指出这词的来源还可以有被布满、受影响、受熏染、被做成的意义。这是印度传统的利用词源解释法;但由此可见,《舞论》中"情"的原意是指艺术的创作和表演,以诗人心中的"情"去影响对方,所传达的东西叫做"情"。现汉译为"情"可兼"情景""情调"等义,也不是专指感情。"情"有"别情",指具体的可分别的,"随情",指传到对方的。又分为"常情"即"固定的情",有八种,"不定的情",有三十三种,还有内心表演的"情"八种,共计三类四十九种。以上是《舞论》规定的原始意义,以后就发展了,成为包括演者和受者双方共有的东西。再以后,"情"的意义更宽泛,虽然与"味"并列,但已处于附属地位了。在现代语中,这个词作为普通词,多半指感情、性格等。

"味"。这是个普通词,在《吠陀》中本是指"汁""味",《奥义书》中加了哲学内容,后来又作为五感觉对象(色、声、香、味、触)之一。《舞论》最初赋予它以艺术理论的重要意义,在第六章中阐述,所分析的是综合性艺术戏剧。"味"指渗透一切的东西。"味"产生于"别情,随情和不定的情的结合","正如味产生于一些不同的佐料、蔬菜和其他物品的结合"。还指出"味"有"被尝"的意义。"味"和"情"的关系是互相联系,是"味"出于"情"。"味"分为八种:"艳情、滑稽、悲悯、暴戾、英勇、恐怖、厌恶、奇异"。后来才增加了第九"味"——"寂静(平静)"。"味"和"情"的关系长期有争论;两者的涵义也有各种解说;但从《舞论》看来，本是出于具体的分析，着眼于由创作通过演出以影响对方的全过程，提炼出由所有局部成分构成全体的思想感情内容并加以分类，定出关系。这个美学体系是出发于现实而且归结于实践的，本没有神秘哲学意义。

"韵"。本指声音，一般不用；用作声音的词是"声"。"声"既是五感觉对象之一，同时是语言中的"词"。这个另外指声音的词现在汉译为"韵"，与原文意同，但没有"叶韵"之类意义。最初提出这个词作为术语的是《韵光》。它在第一章开头就标明"诗的灵魂（个性）是韵"，随即列举各种反对意见加以驳斥，说明这早已应用于诗中但无人揭露，是"所有真正诗人的诗的秘密"。诗的重点在于意义，而词义有两类："字面义"和"领会（暗示）义"。诗的灵魂在于后者，正像女子的美是和她的各肢体都不同的东西。诗中暗示的意义是可以和字面意义大不相同的。以"味"或"情"为主的"领会义"是主要的，是通过字面意义而又突破它的。这种以暗示意义为主的诗称为"韵"。这才是诗的美。这一理论后来经新护大加发挥，成为重要美学学说。但在《韵光》中还是容易了解的，并没有很多脱离现实的神秘涵义（原词"暗示"又指辅音，"韵"一解为词末音即元音）。

"艳情"。这个词就所指的内容说译成汉语"艳情"是相当的，但是意义和作用却大不相同。在中国诗中这是低级的，在印度诗中这反而是高级的，甚至有时成为主要的"味"。这种诗来源很古，公元后大盛，诗论中引例连篇累牍。这当然可以说是依附于贵族富豪的文人清客作品。但也不尽然。在十世纪以后，连出家人编诗集也不离这一方面（西藏也有作情歌的达赖喇嘛仓央嘉措）。各地方俗语诗歌大发展时，歌颂大神毗湿奴化身牧童黑天和牧女的爱情的诗人，游行于民间唱出不少情诗。这不能比拟冯梦龙的《山歌》，却有点像《旧约》中的《雅歌》；但不同的是印度诗人把对神的虔信和男女爱情合为一谈。据说这里面不能有欲望。这自然极难得到外人的体会。可是若不了解这一点，不但对于印度的诗，甚至对于文学、艺术、宗教、哲学、文化等都会往往难于明白。有些话说的是什么，或为什么那样说，就很难理解。这不仅在古代，现代也没有断绝。值得注意的是，诗论书中所引艳情诗不都是雅语（梵文）的，还有俗语的。十二世纪的《牧童歌》是雅语的，后来许多颂神情诗就是俗语的。波斯化的德里口语乌尔都语诗中也有此情况。这类诗并不仅属于社会上层，同样流行于民间。如何解释，这里不论，只引《舞论》中论"艳情味"的话表明早期说法："它以男女为因，以最好的青年（时期）为本。它有两个基础：欢爱与相思。""富有幸福，与所爱相依，享受季节与花环，与男女有关，名为艳情。"这列于八种"味"之首。

"似"。流传很广的绘画"六支"歌诀出于《欲经》的《胜吉祥注》（约十三世纪），没有解说：

形别与诸量，情与美相应，似与笔墨分，是谓艺六支。

这六个绘画成分或要素中的六个术语（相联系的用语也属术语，可另算）是："形"（古代汉译"色"，但不是颜色，是形、相），"量"（是古代汉译词，此处指大小远近比例），"情"（与《舞论》的术语同），"美"（指文雅、优美等，就词源说是"有咸味"，或解有"媚"义，另有更泛用的美字），"似"（相似，类似），"笔墨"（一词两义）。现需要单提出"似"，因为这本指相似，但现代有新解，认为有象征的涵义。大概一是由于唯心主义美学体系要求，二是因为印度的绘画和雕塑并不完全似真。英国艺术批评家罗斯金在一八五八年的演讲中说："印度艺术是表现毫无意义的颜色、线条或则八只手臂怪物的歪曲形象。"现代印度解说指出"似"不是模仿而是创造，是表现本质，是现实的提高。阿巴宁·泰戈尔和古玛罗斯瓦米都作过说明。当然这未必是古代原意。如何解释那些象征性的程式化的雕像，那些"三曲折"的美？是"似"，又不"似"。佛经及其他教派文献中有关于造像的资料说，造神像之前要在心中先有完美的神像，虔信神在面前。神秘主义教派经典《阿笈摩》中说："应先成神再祭神。"这些是将"似"说成对客观作主观创造以再现的依据吧？

最后，试对印度美学思想模式稍作考察。

现代印度人常企图用一个公式总结他们的哲学（应说是现代吠檀多哲学），如"分歧中的统一"或"二中有一""一中有二"之类。本来应当取一部古书或一位现代人来试究其思想模式，但那需要专题研究。现在只就所见简略提出四点如下。

一、分析计数。这从《梵书》就开了头，《波你尼经》语法有完整体系，佛教"阿毗达磨"最为典型，好像是分类词汇或索引。《舞论》的基本理论模式正是从各方面分析，分类排比，《诗镜》也一样，都可以排出系统表来。这是认为宇宙一切或所论的对象是有限的、可分析的、可以明确规定数量的，各部分之间的关系也是可以确定的。这可以说是一种机械论的模式。一直传了下来，不过近一千年来减弱了。

二、综合同一。这也是从《梵书》开始就有的。《森林书》《奥义书》加以发展，《薄伽梵歌》（神歌）最为典型。这是用"同一"的方式使矛盾分歧归于一致。《韵光》将这一方式用于诗，但还不典型，因为还承认其他，只是将"韵"列为主要和上品。不过"韵"的解说开了先路，新护才建立、发展了"喜"以解"味"的理论，即这一模式。《奥义书》说的"你是它"是其渊源。

以上两个相反而又相成的哲学思想模式在七八世纪完成体系。一被称为前弥曼差派，一被称为后弥曼差派，即吠檀多派。两者都维护《吠陀》经典，其实都大有革新。美学思想显然受这两方面影响。《韵光》是徘徊于二者之间的，以后有些诗论著作企图两者并用，其实这正表明综合的倾向越来越强烈。

三、感觉的内和外。印度哲学一向是承认感觉所得的知识的，列为逻辑和认识论的"量"的第一位，"现量"。同时承认有在感觉对象之内而又超越感觉的东西。整体大于其部分的总和（可对照格式塔心理学说法）。艺术理论着重这一点，似又不似。如四臂的湿婆舞像，每一臂都是自然的。大梵天神像有四张脸，面向四方。毗湿奴神像有四臂。还有半男半女合一的神像。用形象语言表达抽象思想，极为常见。"色不异空，空不异色；色即是空，空即是色。"（《心经》）佛教哲学也有此模式（"色"不是颜色，"空"不是无，不是说同一）。文学中注重"艳情"，同时宣传"虔信"；既说是"喜"，又说有"舍"（无感情）。这和前一模式有所不同；是要探寻既在外又在内的第三者；也许可以说是企图探索现象与本质的对立统一。

四、"欲"的肯定和否定。"欲"是一种冲动，是创造性的，以大梵天（更早是"生主"）为象征。印度宗教哲学从来就肯定"欲"的存在，无论讲出世或入世都一样。对"欲"既肯定又否定，同对感觉一样。对这两者都要肯定其存在又否定其永恒究竟。这对美学有重大意义：肯定世界和人生而以否定为标帜。

本文因所知有限，资料缺少，只作简略说明；但有自己看法，故名略论。为免繁琐，不多征引；原始资料可由拙译《古代印度文艺理论文选》（人民文学出版社一九八〇年版）稍见一斑。

（一九八三年）

辑四 梵佛究竟

《梵佛探》自序

　　现在将我发表过的研究或论及古代印度文化的二十四篇文章结成一集出版，以便读者参阅。这些多是"草创"之作，不足入"方家法眼"，但也许还可以借给后来人做垫脚石。其中有不少附了译文，也是为了便利读者。除说明是出自古译的书以外，文言的、白话的，都是我直接从印度古文（梵语）译出的。有些还附了原文和对照表，以供核对。这增加了印刷排校困难，但方便了读者。我希望这些文章能有研究印度的专家以外的读者，所以尽量写得不那么专门，使有些读者看时可以略去专门的内容而依然能懂。《梵语文学史》和《古代印度文艺理论文选》（人民文学版）和《中印人民友谊史话》（中国青年版），尽管已经绝版而且估计不会再版，也仍作为专著单行，不收入集。关于有些文章，下面再略作说明。

　　《梵语语法〈波你尼经〉概述》列为第一篇。《波你尼经》是一部概括全部梵语语法的"经"体的书，是用符号语言编成口诀仿佛咒语的封闭的书。照印度传统，学文法的人只背诵零散经句作为口诀。除专门学习"声明"（语言学）的学者以外，很少人读原著。国际上从十九世纪到二十世纪陆续出版了德文、英文、法文的译注本，也是只能供专门学者应用。照我所知道的情况说，到二十世纪八十年代初期，国外还只有极少数学者对此书作单方面的专题研

293

究，缺少全面系统而且"通俗"写给注意语言思想文化的读者看的书。我这历尽沧桑终于在"劫余"写定的《概述》，曾于八十年代初《语言学论丛》第七期（商务版）得到发表，后来收入《印度文化论集》（社会科学版）。现在排为首篇，不仅是有"敝帚自珍"之意，而且想引起注意，希望多些人知道这部名声极大而读本文者极少的"经"体的书。我在文中还提出了和别人不尽相同的意见。我不认为这仅仅是教人学习梵语的手册，而认为是概括表述当时知识界内形成的通行语（梵语）的规范，是一种文化思想建构的表现。波你尼总结前人成果编成口诀，一为容易记诵，二为可以保密以见"神圣"，三则是自觉发现了（实是建构了）规范语言的总的结构体系，以为是发现了语言的规范，亦即思想文化的，亦即宇宙一切的规范，因而必须作成"经"体，赋予神秘性。这部《经》和我们的《内经》《参同契》有类似之处。现在我又觉得这部语言符号的文法书更类似形象符号的《易经》。两书虽都以符号组成，但所蕴含及传达的信息和传达信息的方式彼此不同，而符号网络的构成及内含的思想根源却有相通之处。可惜我这八十老翁纵使竭尽衰年余力也难以一字一字写文来谈这世界上的两部"难念的经"了。

第二篇是《梵语语法理论的根本问题》。这也是据我所知很少有人注意的。古印度人口头传授经典，不写下来，不重文字，只重视声音符号的语言，以为语言存在于口头声音。他们从语音表现的词搜查语根，分析语法，建立结构体系。这里出现了一个哲学思想问题。名词（概念）在先还是动词（行动）或称"述词"（述说行为的词）在先，即，是不是名出于动？有两派争论，以主张"名出于动（述）"的胜利而结束。全部语词归于不到两千语根，全是动词，即"述词"。这样分析并归纳声音语言为语根和中国人分析并归纳形象语言的文字为五十"部"，而建立"部首"是同一思想路线。一个是以声音为主的语词网络系统。一个是以形象为主的文字网络系统。印度的《波你尼经》成于公元前几百年，而中国的《说文解字》成于公元后百年。较早的《尔雅》的语词分类体系不知是不是也可以算是同一思路而以意义为准。汉语将汉字作为通行语的符号，重视形象。《说文》的《序》中就以伏羲观象画八卦为文字开始。印度正统思想认为"声是常"，认为声音语言永恒，即，口口相传的《吠陀》经典永恒。反正统的佛教思想认为"声是无常"，即，《吠陀》不是永恒的。他们的"声"就是词，就是中国的"字"，就是语言。中国人重视形象，以字为词，文字也就是语言。重音的以为名出于动，行为在先。重形的是不是以为名是第一？一动，一静。在方音不同而文字统一的中国人看来，音有生灭而形常在，如八卦。用希腊语写成的《新约·约翰福音》开头就说，"太初有道"。这"道"字是 logos，逻各斯，亦即语言。记得歌德在《浮士德》中写浮士德博士宣布"太初有为"（行为，Tat）。音和形，动和名，行为和语言，不同理论出于同一思路。中国人思想重形，重名，两者相通（形式，符号）。孔子立"名"，老子破"名"，都是重视语言符号。中国人的传统宗教思想是祖先崇拜。拜的本来不是偶像而是"神位"。是"木主"，是碑，是文字，是名，代表活人或"死而为神"的人。基督教在拜占庭罗马帝国时期改变了原来希腊（地中海）的文化思想。东方影响了西方。伊斯兰教入印度，影响了印度人本来的哲学思想。佛教入中国也影响了中国人的传统思想。两者都是从西到东的影响。这三大系的文化思想都有前后两大时期的差异。如不把前后时期分开对照以见其有同（传统）有异（变化），研究思想史就难以深入思想内涵而停留于排列组合。古代印度的文法理论中讨论这一名动问题的材料虽留下极少，但可能是点明这一问题的现存最早文献。因此把这篇放在《波你尼经》概述之后，希望引起注意。这和前一篇都不仅是语言学问题，而是语言哲学问题，又不仅是古代哲学问题，而是连贯下来的思想文化问题。人的群体思想是不可能拦腰一斩"彻底决裂"的。

《试论梵语中的"有——存在"》，这一篇是由语言析思想的试作，还不能说是论哲学思想范畴。近年出版的汪子嵩、陈村富、范明生、姚介厚四人著的《希腊哲学史》第一卷（人民版）中引了我的文章并且和希腊语联系分析。这正是我想做而未能做的。我曾受史学家傅孟真（斯年）指引并鼓励从希腊语入手学习历史。因为抗战时乡间找不到书才学拉丁语从罗马史入手。随后到印度忙于学梵语，以致始终未能学希腊语，让后来得到的希腊语的字典、荷马史诗、《新约》在书架上至今嘲笑我的遗憾。

《印度哲学思想史设想》只是在已有的哲学史框架外的一种构图，将哲学史作为人类思想发展史是黑格尔早已提出了的，是作为绝对精神之展现。作为人类认识发展史来写的有汪子嵩等四人的《希腊哲学史》。能不能用比排列组合更统一而明白的表述法来绘思想发展的地层图？明白过去的思想是为理解现在的思想打底子，又为照见未来提供方向。解说历史往往是自觉或不自觉地解说现在。解说现在又往往是投射向未来。获得第二届诺贝尔文学奖（一九〇二）的德国蒙森（Th.Mommsen，一八一七——一九〇三）的注重考据又有文笔史识的《罗马史》（一八六五——一八六七）恰好是以普鲁士为首的德国统一（一八七一）前夕的产物。罗马的恺撒是不是德国的"恺撒"（德文 Kaiser 是皇帝）？史学家能觉察出历史趋势，但不能受雇佣去造假。假的揭穿了会伤害制造者。历史惩罚不知道历史的人、隐瞒或抹杀历史的人、以为历史可以伪造的人。我相信历史学到二十一世纪必将有如同十九世纪对以前那样的突破，因为人类思想将有突破。中国有最丰富的历史经验和文献、文物。例如历代农民起义"史不绝书"，这是任何其他国家比不上的。这里有史事、史料和史识，不仅是给人供给史料。从《尚书》和《春秋》开始，历朝历代都有"官修""钦定"的史书。一开国便拟编订史书，也就是改造以至创作历史，为第一位的文化工作。那时的人已经懂得，要摧毁对方，要稳定自己，统治者都要从改造历史修订史书入手。若不能定出新调子而只是破坏旧的，结果是自己也难稳定下去。原地踏步，善破不善立，善战不善治，多乱世而少太平，"资治"的《通鉴》已用史实说明这一点。现在该要突破《通鉴》才能"资治"了。中国的史学也将不会被外国人看做提供资料给他们写史的了。史学的突破需要哲学即思想的突破，所以突出的史家是以人和事的语言符号演算的数学家。蒙森的"罗马的"（Römisch）历史写的是活的罗马。历史书如此，哲学史也如此，所以我把哲学家的对外界的认识发展看做在思想继承中不断回答当代问题。当然，我所说的只是一种设想而以印度为例。

《略论印度美学思想》及译解《吠陀》诗和以下各篇不必一一说明了。这些文章是介绍加上我的解说、阐释。例如从《蛙氏奥义书》引出一种思维结构模式，对于婆罗门和沙门两种人两种文化的看法，关于佛教哲学中的"意识流"问题，都是可以一望而知不是因袭来的意见或为已有结论作证明。二十世纪初王国维提出要以出土文物和文献对证古史。他那时依据的殷墟甲骨书契和敦煌写本仍是文献。以后的发展说明，无文字的文物，如兵马俑、编钟，和有文字的文献，如汉简、帛书，同等重要。到二十世纪末期，国际上更有加上对活人的调查的趋势，而且不只是为证古史，同时也是以文献、文物、人互相对照并结合以了解文化以及人类的过去、现在和将来。这不仅是打通了文和物和人，而且打通了古和今，现在和过去、未来。这一趋势刚刚开始，窒碍多而且大，下一世纪当有新的面貌出现。常有人说，不要割断历史，心目中以为历史是可以割断的。这是不知历史，不知今人是古人的延伸，古人是今人的影子，未来的人是今人的投射，是从今天的人脱胎而出的。根本不存在"割断"历史的问题。不说，不写，不知，也不是"断"。"割断"是由无知和自大产生的想象。"反"往往是"返"，本是一个字。将"返祖""复归"当作创新，这是历史对掩盖它的人的惩罚和嘲弄。由今天理解昨天，结果是可以望见明天。这不是为古而古，也不是取来利用，是寻找对事实的解说。历史允许不同解说。如何将文献、文物、活人和死人打通，而且从文，从物，到人，再到人的行为和语言，再到深入解析指导人的行动的思想，这个问题，我想到二十一世纪当有进展。我这些文章仍然是文献研究，但已经注意到人及人的语言、思想，注意到文化，本族和外国，古人和今人，算是望见苗头。

这里我必须提到半个世纪以前在印度佛教圣地鹿野苑退隐的愉赏弥老人（Dharmananda Kosambi）。是他在给我讲梵语时提出试验"左右夹攻"《波你尼经》，指导我和他一起试走他自己一直没有机缘尝试的途径。也是他提出对沙门的见解，更是他使我能亲见亲闻一位今之古人或古之今人，从而使佛教的和非佛教的、印度的和非印度的人展现在我面前。我若没有因缘遇合这位毫无现代学历而任过哈佛大学和列宁格勒大学教授的老人，就不会有这些文章。以后几十年间我"枉抛心力"于他处，只在晚年才能赶出一点微末答卷来还债，远不能达到他的期望，只好说是"缘尽于此""非人力所能左右"了。我之所以还把这些文章结集出版，也是由于我无法"传薪火"，姑且留此"雪泥鸿爪"以待后人了。

人的思想总是不断变化的。现在我翻看自己的文章，几乎对于每篇都有满意和不满意之处，都想改写或者删补。不过，不仅已无此精力，而且，一则文章发表以后除法律产权外便不属于我私人所有而属于读者，二则现在的意见不一定比以前的好，将来还会有新意见，改不胜改。自己看自己的文章也不过是一读者。我既不想，也不能修改古人和外国人的书，又何必对署我的名字的印刷品那么介意呢？

一九九四年初，癸酉岁尾，立春日

古代印度唯物主义哲学管窥

——兼论"婆罗门""沙门"及世俗文化

　　古代印度的唯物主义哲学思想称为顺世派（Lokāyata），意思是世间流行的思想，我国古代曾音译为"路歌夜多"。因为其哲学代言人和倡导者是遮伐加（或译斫婆迦 Carvaka），所以又称为遮伐加派。其创始人又被认为祭主（或音译为毗诃跋提 Bṛhaspati）。我国古代（梁、陈，五世纪）翻译的《金七十论》中引了《路歌夜多论》的诗：

　　　　能生鹅白色，鹦鹉生绿色，
　　　　孔雀生杂色，"我"亦从此生。

意思是：鹅天然生成白色，鹦鹉天然生成绿色，孔雀天然生成杂色，"我"（人的精神）也是这样自然生出来的。这是主张一切生于自然，人的精神也由物质产生；否认有上帝创造世界，否认有独立存在的灵魂。这正是唯物主义的论点。《路歌夜多论》书已失传，但有些诗句和论点在一些别的书中以类似的词句出现，这可以证明，古代印度确曾有一部唯物主义经典后来失传了。

　　据印度达斯古普塔的《印度哲学史》（*S.N.Dasgupta : A History of Indian Philosophy*）第三卷第一四〇页注一中说，祭主（毗诃跋提）的《经》传下来的有头三句：

> 以下解说元素（或译"谛"，真实存在）。
>
> 地、水、火、风是元素。
>
> 由此生出意识（或译"心"）。
>
> 如从造酒原料生出醉人力量。

　　这三句在形式上完全是各派哲学《经》的开头口诀体裁。不论是否确属原《经》，这是古代印度唯物主义者解决心和物关系的基本理论，是无可疑的，因为还有其他一些佐证。

　　现在的印度哲学史论著中常引证的唯物主义资料还有十一二世纪间的戏剧《觉月初升》（Prabodhacandrodaya）第二幕中的一节。那里有唯物主义祖师遮伐加和他的弟子出场。那一大段的主要内容已大致包括在下面译的《摄一切见论》（Sarvadarśanasaṅgraha）的论述遮伐加派哲学的一章之中，而且也译出来列入我写的对该剧的介绍文《概念的人物化》中，这里就不重复了。

　　下面引古代印度唯物主义资料的另外两篇的译文。

　　第一篇的来源是十三至十四世纪间出于南印度的《摄一切见论》（这是照古代译法，现在可译为《各派哲学概述》）。这是一篇专题论述唯物主义的文章，经常被引用。但这书是唯心主义者的著作，其中的转述不能认为等同唯物主义者原著。这里不但强调唯物主义中享乐主义一面，而且中间一段论证是照繁琐哲学方式用晚期"因明"（逻辑和认识论）的公式，用语晦涩，同前后的朴素唯物主义思想和语言完全不是一回事。这一段好像是唯心主义者的代言，未必是唯物主义理论原貌，而且不明白"因明"（或"正理"）的术语和公式的人也很难理解那种繁琐论证，因此中段略去未译。

　　第二篇是八至九世纪间唯心主义哲学家商羯罗（Śaṅkara）的

《梵经注》(Brahmasūtrabhāṣya)中的一段。《梵经》(或称《吠檀多经》)是公元初期的唯心主义"经"体著作,用的是口诀体裁,语言晦涩。后来几派唯心主义者都用给它作注的形式宣扬本派哲学。商羯罗是"纯粹的不二论"(绝对唯心主义一元论)一派的祖师。他的哲学后来很流行,到十九世纪为近代许多哲学家、思想家所宣传,在二十世纪竟成为印度知识界中占压倒地位的哲学思想(尽管各家解说不尽一致)。这一段虽然很短,但抓住了要点。他指出了唯物主义所谓"神我"(或"我",即灵魂)即肉体说是从根本上推翻了宣传因果报应和天堂的宗教,他介绍唯物主义哲学基本理论是灵魂不离肉体,就是说,精神不能脱离物质,精神由物质产生。这正是前一篇中反宗教思想的哲学基础。

下面译文中,加括弧的是原文没有而译文增加以便理解的话,加"按"字的是译者注。有的术语加了引号以便了解。原文没有标点,译文中标点依照汉语习惯。梵语原文,《摄一切见论》据浦那版,《梵经注》据孟买版。原文诗句前后重复而词句略异,译文也照样稍改词句。

先列译文,然后再略作按语,兼论古代印度几种文化类型。

* * *

(一)《摄一切见论》(各派哲学概述)

遮伐加派(顺世派)哲学(颂诗略)

何必说什么至高无上的大神能赐给幸福?因为那个信奉祭主(毗诃跋提)的教义的无神论者的首领遮伐加完全否认了这一点。遮伐加的主张是很难驳倒的。我们可以看到,几乎所有的人都会这么说:

活着就应把福享，

没有人能不死亡；

一旦身体烧成灰，

再要重来无法想。

（他们）都信从这首民间流行歌谣，按照讲世故和情欲的理论与书籍的说法，认为人生目的就是利益和欲望，否认另外一个世界的一切。（他们）追随遮伐加的主张。因此遮伐加派就得了一个名实相符的顺世派（按：意即世间流行的一派）的称号。

这一派以为有地、水、火、风四种元素（按：旧译"四大"）。这些元素构成身体，从这里产生意识，正像从造酒的原料里产生出醉人的力量一样。这些（元素构成的身体）消灭了，（意识）也就自动消灭了。（经书上）说："知觉的集合体从这些元素产生，也随着它们消灭；死了以后再没有知觉。"（按：引文出于《广林奥义书》）因此，灵魂（按：旧译"我""神我"）不过是以有意识为特征的身体，因为离开身体的灵魂是毫无"知识来源"（按：旧译"量"）的根据的。因为他们认为感觉是知识的唯一来源，不承认推理等等是知识来源，所以就没有根据去推论灵魂的存在了。

肉体享受的种种快乐就是人生的目的。说这类快乐和痛苦相连因此不能具有"人生目的"性质，这种说法是不能接受的。因为应当把不可避免的痛苦除去而只享受快乐。这正像一个想得鱼的人得到有鳞有刺的鱼，他把可取的尽量取去才罢休；又像一个想得米的人得到有壳的稻子，他把可取的尽量取去才罢休。因此，由于害怕痛苦而把感觉舒适的快乐抛弃，这是不对的。不能因为有野兽就不种庄稼，不能因为有乞丐就不烧锅做饭。假如有胆小鬼抛弃看得到的快乐，那就是畜生一样的傻瓜。

诗云：

人们接触外界对象产生的快乐，

因为连系着痛苦就应当抛去；

这是蠢人的考虑。

请问有哪个求利益的人，

会因为有壳子和灰尘，

愿把满装白米的稻谷放弃？

如果说，设若另一个世界的幸福不存在，为什么有学问的人们要进行花钱财很多又费劳力很大的"火祭"等等呢？这也不能算做证明。因为（《吠陀》经典）有不真实、自相矛盾和重复啰唆的缺点，那些自命尊《吠陀》经的人又互相攻击，尊"业"（按：即尊祭祀）派攻击尊"智"（按：即尊智慧）派，尊"智"派攻击尊"业"派；三部《吠陀》经典不过是无赖之徒的胡言乱语；所以"火祭"等等只是（僧侣）维持生活的手段。正如这段俗话说的：

火祭以及三《吠陀》，

手持三杖，身上用灰抹，

只是愚人懦夫借此谋生活，

这是祭主之所说。

因此，地狱只是（身上）扎刺等等产生的一类痛苦。上帝只是人间公认的帝王。解脱只是身体的分解。由于认为身体和灵魂（按：旧译"我"）为一，说"我胖"，"我瘦"，"我黑"等等（特性）归于共同依据（的身体）才是明白合理的。至于"我的身体"这样的应用，则像"罗睺的头"（按：罗睺只有头没有身体）一样是譬喻性的说法：

总括上文如下：

肉体享受的快乐，
就是人生之目的；
扎刺等等生痛苦，
就是人所谓地狱。
人间公认的帝王，
就是上帝无别样。
身体毁坏是解脱，
智慧不是解脱方。
世间只有四元素，
就是地、水与火、风，
正是由此四元素，
精神（按：或意识）才能得产生；
造酒原料相混合，
产生力量能醉人。
"我胖""我瘦"等等话，
共同依据是一身；
由于连系"胖""瘦"等，
只有身体是灵魂（按：即"我"）；
若说"这是我身体"，
这话带有譬喻性。

这算是这样成立了（这种理论）吧。假若（灵魂的存在）没有推理等等论证，这一愿望就可以算是这样成立。可是（那些论证）是存在的。否则怎么看见了烟后聪明人就立刻想到了火呢？怎么听说河边有果子的人立刻去河边呢？（按：这是引对方反驳的意见，说灵魂可用推理等所谓知识来源的逻辑公式论证，而说灵魂不存在则不能用同样方法证明。）

这是胡思乱想的说法。

（中略）

由此可见，所要证明的不可见的原因（按：即命运、报应）不存在。

如果你说，不承认不可见的原因，世界上的复杂情况就会是没有原因的了。那也不对。这种情况只是由于本性产生。

诗云：

> "火热、水冷，
> 风普遍触人。
> 谁造此不同情景？
> 一切出于本性。"

这一切都由祭主说过了：

> "没有天堂，
> 没有解脱幸福，
> 没有存在于另一世界的灵魂、
> 种姓（按：指社会出身等级）和
> 人生阶段（按：指依种姓不同
> 而规定的从少到老生活守则）
> 等规定的行为，
> 也不能有后果从中产生。
> 火祭以及三《吠陀》，
> 手持三杖，身上用灰抹，
> 创世者创出这一切，
> 只是为愚人懦夫谋生活。

苏摩祭中所杀牲，
如果都能升天庭，
那么为何祭祀者
不肯去杀他父亲？
假如死去的人
由祭品能得饱餐，
那么灭了的灯，
加上油还能冒火焰？
行路的人完全用不着
准备旅途的干粮，
因为家中行祭祀，
必可使他路上得饱尝。
天上能够吃饱
地上给的东西，
为何屋上的人
吃不到地上的食？
活着就应把福享，
借债也把酥油尝，
一旦身体烧成灰，
再要重来无法想。
如果他脱离身体，
就走到人世以外；
为何他想念亲人，
却不能再走回来？
因此为死人举行祭祀，
不过是婆罗门（按：即
祭司）所创造，

他们借此谋生，

此外绝无奥妙。

《吠陀》作者有三个：

小丑、无赖和妖魔。

'遮罗婆利''罗帕利'

（按：这两词是《吠陀》经中用

的，类似咒语）等等话，

都是那种学者所创造。

主妇须手执马势（按：一种祭

祀中的一项仪式），

这是小丑所宣称；

其他种种的规定，

同样是无赖所发明。

规定吃肉也如此，

正是妖魔的言论。"

因此，为了造福众生，应当归依遮伐加的理论。

（二）商羯罗《梵经注》

（《梵经》第三章第三节第五十三句经文）

有些人（主张）"神我"（按：即灵魂）由于在身体中存在（所以不单独存在）。

（商羯罗注）此处为了成立从（生死）束缚中解脱出来的能力（的理论），论证了离开身体的"神我"的真实存在。若没有离开身体的"神我"的存在，就不能令人寻求另一世界的果报（按：即升天报应），也不能教导"梵"（按：即宇宙精神）"我"（按：即"神我"，个体精神，灵魂）的性质了。（中略）

现在有一些顺世派的人见到"神我"只是身体，就认为离开身体的"神我"并不存在。他们说，虽然在合起来或则分开来的外界的（地，水，火，风）等等（元素）中看不见意识，但在转变成为身体的形象中却会有（意识），意识就是从这些元素产生的；知觉是像醉人的力量一样（从粮食等物质的和合中产生）；人就是以有意识为特征的身体。没有能够升天或则得到最高幸福（按：即解脱）的离开身体的"神我"，因为意识就在身体之中。他们主张，身体本身就是意识或则神我。他们说的理由就是（经文中的）"在身体中存在"。因为，（如果）那样东西存在，这样东西就存在；（如果）那样东西不存在，这样东西就不存在；（由此）就可以决定这样东西是那样东西的属性，正像热和光是火的属性一样。主张有"神我"的人认为是"神我"属性的生命、活动、意识、记忆等等在身体内可以得到，在（身体）以外就得不到，不能证明有离开了身体而具备这些属性的东西（存在），（所以）这些东西应当是身体的属性了。因此，"神我"不离开身体（而单独存在）。（下略）

＊　　＊　　＊　　＊

　　从以上引文可以看出顺世派的哲学思想只是朴素的唯物主义，其要点是：1. 人的精神由四种物质元素（地、水、火、风）集合成身体而产生，天然如此，出于本性。2. 人的精神不能脱离身体而存在，没有死后灵魂，死就是"解脱"。3. 因此，没有灵魂上升天堂，不必祭祀祖先的灵魂，不必寻求"解脱"的幸福。4. 享乐只有凭借肉体。人间帝王就是神、上帝。肉体痛苦就是地狱。

　　引文中表现的论证方法很简单。其推理的依据，一是凭感觉所得证明有无；二是凭类推，举酿酒原料集合便产生醉人力量为例，证明四种元素集合成身体便产生精神。印度逻辑一般承认认识的可靠来源（"量"pramāṇa）有四种，各派有增减，但基本相同：一是由感觉所得（"现量"Pratyakṣa）。二是由推理而来（"比量"anumāna）；推理方式的正误，各派自有说法，但有共同守则以便辩论。三是依靠类推（"譬喻量"upamāna）。四是依据"圣言"（"圣言量"śabda, āptavacana）；当然各派所尊经典不同。这四项是以认识论、逻辑、辩论术为主体的正理派哲学的内容。佛教称为"因明"，自有一套，且有发展变化，但大体类似，辩论时仍照共同准则。从上面唯物主义论点可以看出其论证方法也是如此。照《摄一切见论》所述那样开展的论证也是就此四点辩论。尽管文中说顺世派只承认感觉为唯一的"知识来源"，但仍然有类推的推理论证。

关于理论本身只需要讲这一点。我们不能要求一千年以至两千年以前的印度唯物主义哲学像十八世纪欧洲唯物论（例如《自然的体系》）那样有丰富内容。

需要研讨的是其社会的实践意义，即对其所处的一定的历史条件进行考察。

我们应当注意这些引文（包括《觉月初升》中资料）所反对的是什么事，什么人，所赞成的又是什么。

显然，顺世派肯定人世，否认死后另有世界。他们攻击的是，否认人世而追求另一世界。因此他们反对祭祖、祭神，作为祭祀的依据和祷词的《吠陀》经典，求"解脱"的苦行，指出这些不过是仗此维持生活的人们的谋生手段，是小丑、无赖的骗人术。看来这是一语破的，入木三分。

这里暴露出古代印度一种社会矛盾。

靠祭祀和苦行谋生的是什么人？"婆罗门"和"沙门"，即在家的和出家的，依靠给人办婚丧庆吊礼仪，为人求福避灾，央告人或吓唬人以"化缘"谋食的人，这就是"婆罗门"和"沙门"。这"婆罗门"不是那名称下的"种姓"中的一切人。那"种姓"中人可以做官、习武、经商，做各种行业（现代还可以当炊事人员，在火车站卖茶水）。这"沙门"也不只是佛教和尚，还包括耆那教出家人以及"事天"的"手持三杖，身上用灰抹"的苦行僧。

何以知之？吠陀文献和史诗、往世书文献，佛教、耆那教文献中有大量记载。主要的有年代可稽的正式提法则是无可怀疑的公元前三世纪的阿育王（Aśoka）的石刻。这是以文物证文献。

阿育王的主要铭刻之一（《诏令》第十三，有四处刻文）明明以"婆罗门"与"沙门"并举。先说："那里住着婆罗门，沙门和其他教派的出家人和在家人。"后又说："没有地方没有婆罗门和沙门的无数教派。"（据印度合校刊本）这非常清楚地说明了出家人中教派是归纳为"婆罗门"和"沙门"两大类，而在家人也随着这两大类再划分为各教派的信仰者。

遮伐加派反对的就是这些"婆罗门和沙门"教派的出家人。因此印度两部大史诗中，都把反对诗中所歌颂的、遵从婆罗门教导的帝王的人算做遮伐加派的人。

阿育王对当时的宗教旗帜下的社会结构的分析和概括不是出于教派偏见，而是出于统治者的观察。阿育王虽然明显有尊佛的倾向，他在佛出生处建立石柱（柱上铭文有苏曼殊译文，见《曼殊全集》），并且推荐了七部佛经（印度憍赏弥居士 Dharmananda Kosambi 已在巴利语佛经中将这七部经都核证出来，见一九一二年二月《印度考古》Indian Antiquary），但从他的诏令铭文中宣布的道德规范和禁令看来，他还不是尊一禁百的统治者。他的描述应当是可信的。这些就是顺世派所反对的人。

这样，我们可以看出，古代印度文化分为两种：一是世俗文化，其哲学代表者是顺世派，现在还存在的专著是《利论》（政治学 Arthaśāstra）、《欲经》（Kāmasūtra），也许还可以算上《舞论》（戏曲学 Nātyaśāstra），以及其他类似文献甚至"法典"等等。一是"出世"文化，又可以分做"婆罗门"文化和"沙门"文化，其中各各又分为一些不同的教派（阿育王铭刻曾明禁"裂教"，即佛教所谓"破僧"，足见分裂已成事实）。他们的理论，除所尊的神不同外，可大体分别为两种：一是行祭祀，祷天神，以求"生天"（升天）；一是修苦行，修善行，以求"解脱"。两种人的共同之处是都依靠王者、贵族、富人以及其他人的"布施"为生。歌颂"布施"是最古典籍《梨俱吠陀》中已经有诗为证的。因此两种理论的哲学上共同之处是承认一个独立存在于物质之外的精神，至于如何称呼它和解说它则各派不同。这一点是同否认精神能独立于物质之外的顺世派相反的。没有独立的精神，人死了有什么去升天堂和得"解脱"呢？祭祀和修行都无用，人何必花费财物去"布施"那些"婆罗门"和"沙门"呢？他们的生路就断绝了。因此顺世派指出这些"出世"文化归根结蒂是这一种人的谋生手段。

显然，这里引出一个问题。世俗文化的代表者和推行者是不靠"布施"生活的。他们有自己的经济来源。值得注意的是《觉月初升》剧中把遮伐加及其弟子算作国王的游行于民间的部下。《利论》和《欲经》的作者和读者以及实行者只能是贵族和富人。这些书也不是给一般人读的，而是给特定的人内部用的。像《利论》和《欲经》这类的书现在翻译出版恐怕都不能全部公开发行。流传的顺世派诗句中有的也不便公诸大众。这类书的长久埋没和失传是很自然的。它们不是一般读物。

这也许可以解释为什么古代印度文献中世俗文化那么少。这类独立的和专门的著作虽少，但挂着"出世"招牌而讲世俗的"法典"（dharmaśāstra）和"世道"（nīti）的书却并不少。这些本来也是供统治者集团的人用的。

古代印度文献中有大量挂着"出世"旗号的文献，只有文学作品多属于世俗文化，"出世"色彩较淡，而娱乐性强，像是清客作品。这说明那时的知识分子集中在依靠布施为生的，创造"出世"文化的一边。甚至后来出现了以入世讲"解脱"的书，如巨大的《瑜伽伐室湿它》（Yogavasiṣṭha）。这一方面因为世俗文化的创造者和实行者是实干家，不需要花言巧语立论求布施谋生活，另一方面也由于"出世"文化的创造者情况已有变更。他们之中有些人很早就有了自己的经济基础。"婆罗门"的是所谓"道院"或"净修林"（āśrama），"沙门"的是佛教所谓"精舍"（vihāra）之类。这样，"出世"文化又分裂为两种文化：其一可以叫做"寺院"文化，另一种可以暂称为"游方"文化。前者养了大量的知识分子从事著作；后者则游行教化，靠民间养活，越来越多的人从事口头创作。前者的作品供自己人传授和辩论用，往往深奥不要人懂；后者则为了宣传和便于记忆，大都较为浅显。法显、玄奘、义净的著作描述了当时的寺院。

这种情况在古代印度文学作品中有明显反映。《觉月初升》剧中描写了各派出家人，把顺世派也算作出入宫廷与民间的修道人之一种，而歌颂当时照剧中人自说是还不十分流行的民间新教派，即崇拜毗湿奴神的教派。这部约在十一至十二世纪间的戏剧提供了当时的政治和文化背景。其他作品中的"婆罗门"情况也可由此说明。他们是高者为国师，低者为宫廷丑角；上者自有庄园，下者到处乞食；有的文理高深，有的几乎不通文墨。这都由于"婆罗门"一词包含的歧义而来。他们在自己的著作中过分吹嘘自己，而不仗此吃饭的作家反映出一点真实情况。较早期的书如《他氏梵书》（Aitareya Brāhmaṇa）还不讳言，"婆罗门"卖子，而卖的就是《梨俱吠陀》圣典中不少诗篇的作者犬阳仙人（这故事中的三个儿子的不雅的名字，犬尾、犬阳、犬尻也可显出这种"婆罗门"的地位）。到了他们制成法规的"法典"中就不然了。"婆罗门"成了高贵人物，乞食好比"演礼"了（我们有周"礼"传统，对同样性质的"法典"不难理解）。"沙门"中也照样有婆罗门种姓出身的人，但不属于"婆罗门"教派。对"婆罗门"一词也要作语义学的分析。

至于"出世"文化以及其中的"游方"文化的来历，也不难说明。从社会历史发展来说，最早的社会上分化出来的知识分子（或孟轲所谓"劳心者"）是巫师兼酋长。这些人并不像后来人想象的那样得意。按照那时习俗，他们要定期被贬逐入森林并被杀死。人类学著作《金枝》（*The Golden Bough*）中关于"杀神"有大量材料（我国商代也是管卜筮的巫师为知识分子）。后来生产发展，祭司与巫师情况有了不同。但在古代印度，进入森林"流放"以及开垦的习俗似乎一直继续下来，成为传统。在城乡之间来去仿佛是一些"知识分子"的生活道路（可谓"出入山林与廊庙"。七世纪小说家波那 Bāṇa 的自叙可以作证明）。社会发展，寺院也发展，他们成了挂着出家招牌的俗家，因此"出世"文化的文献中夹杂了世俗文化。但游方的却不然。他们与民间有较多联系，因此当寺院随政治统治集团的倒台而大量毁坏之时，反而民间游行教化的新旧教派大大发展了起来。这就是十二世纪伊斯兰教徒大举进入古代印度北方时的情景。《觉月初升》剧为我们提供了一面概念与真实互相交错渗透的镜子。

顺世派的唯物主义思想起源可上溯到《梨俱吠陀》，以后一直未断，也有脉络可循。不过这并不像是一种独立的系统理论，而是包括有各种不同派别，并打着各种不同旗号，以许多不同面貌出现的，除已经失传的那部《经》以外，都不能当作整体一概而论。这是同古代印度知识分子（"婆罗门"和"沙门"以及"清客"式的文学作家）的生活环境与生活道路密切有关的。这一直影响到文献中的语言和文体。要研究清楚古代印度的唯物主义思想史，不可不分析古代印度社会结构中知识分子的历史地位及其变化，分析古代文献的结构。甚至一部著作的内容也要有结构层次的分析。笼统地评论或则采摘式地利用古代文献是不容易得到比较确切的科学结论的。

至于"婆罗门"和"沙门"文化最初各代表什么人的问题，这可以从他们的重要主张的区别得到信息，找出线索。这不是单看他们的理论，而是看其理论主张对于实际社会行为所起的作用。有一个重要的信息是：

"婆罗门"重祭祀，就是要屠宰牲畜，这是以狩猎和牧畜为主要生产的人的生活习惯。

"沙门"（佛教和耆那教）重戒杀，反对祭祀，就是反对屠宰牲畜，这是以牲畜为劳动力，以农业耕种为主要生产的人的生活习惯。

这两种人的主张的对立，代表了两种不同的拥护者的要求。两种文化的经济基础是两种生产方式，两种生产力；还可能出于不同地域的不同部族。哲学派别的号召者与拥护者都是有实际利益为背景的；最初必起源于生活要求，不能只是出于幻想或则欺骗。

当然，这种设想和推究虽不无依据，也还需要依靠有分量的文献和文物的证明。

以上的一些说法未必正确，不过作为对所译资料的一点说明，提供研究古代印度哲学思想的同志们参考。

（一九八一年）

印度哲学思想史设想

一、**解题**："哲学"是出于欧洲的一个词，在中国和印度都是新词。我们用的大概是出于日本的汉字译名，而在印度除直接用欧洲语原词以外，一般用的印度词是古语的"见"（ darśana ），其语源和中国佛教译经中说的"正见""邪见"之"见"相同。这些都是用欧洲原词的涵义来分别出自己的同类的对象。这从一方面说是个比较明白的现代分类，但从另一方面说又不免把古代思想割裂。因此用较模糊的"哲学思想"来概括和欧洲的同类而又不完全相同的研究对象，也许比较合适。这是指有整体性和系统性而不专对某一方面具体事物的思想，或则说是宇宙观，包括人生观。这样，哲学和数学在性质上有些相同。哲学成为不用符号和公式的数学，或则毋宁说是用语言符号的数学。这样看法对非常看重数的中国和印度的哲学思想可能更合适些。这又可以包括宗教行为和社会风俗以至政治经济活动中所蕴含的底层思想在内，对于中国和印度也许更切合实际，因为古代这里都缺少欧洲那样的专业性较强的哲学行业，更像欧洲的中世纪。

"印度"泛指历史上中国所称的印度，即南亚次大陆。所谓"天竺"，包括了现在的印度、巴基斯坦、孟加拉国，还涉及尼泊尔、不丹和阿富汗等国。在公元八世纪以前，这些几乎是分不开的。八世纪至十二世纪以后，尽管在文化和哲学思想上还很难划清地域边界，但比较可以逐渐限于现在的印度国境内了。

"史"指的是一八五七年以前。一八五八年英国宣布解散久已统治印度的东印度公司，英政府直接管理整个印度即南亚次大陆。以孟加拉的社会改革家罗易（Ram Mohan Roy，一七七二——一八三三）和德里的诗人迦利布（Ghālib，一七九六——一八六九）的哲学思想来结束这部"史"，正好标志承上启下的特征，而且两人分别代表了当时还不像以后那样严重对立的印度教徒和伊斯兰教徒。

二、背景：印度哲学思想不是一个封闭体系，因此仅仅从本身的社会历史背景解说还不够，需要扩大范围，考虑到欧洲、阿拉伯、伊朗、中国。这样可以看出古代印度是从西到东的一个文化枢纽，不涉及外国是说不清古代印度的哲学思想的。无论从内部结构或外部联系上考察，都可以大致划分前期、后期，以公元八至十二世纪作为过渡时期。伊斯兰教在七世纪兴起统一阿拉伯以后，迅速向东方和西方扩展。这对东方，尤其是印度，特别有影响。这段时期在中国正是从晚唐、五代到南宋的分裂时期；随后便是蒙古崛起（一二〇六年起），统一中国，还联合其他族西征中亚，其继承者侵入印度次大陆，最后建立帝国（一五二六）。正是在元以前的这段时期内，中国出现了程颢（一〇三二——一〇八五）、程颐（一〇三三——一一〇七）、朱熹（一一三〇——一二〇〇）的理学体系；印度出现了商羯罗（Śankara，约八九世纪）和罗摩奴阇（Rāmānuja，约十一至十二世纪）的"不二论吠檀多"体系。把这些作为类似背景上的思想反映的平行现象，也许能有利于说明印度"不二论"体系的发生和发展以及其内在核心和对外作用。同样情况也出现在印度莫卧儿帝国亡国（一八五七）前，英国东印度公司把在印度生产的鸦片运到中国引起战争（一八四〇）时期。正在这一时期，印度出现了以绝句式的哲理诗集和书信集闻名的乌尔都语诗人迦利布（一七九六——一八六九），中国出现了思想家、诗人龚自珍（一七九二——一八四一），写出《己亥（一八三九）杂诗》绝句集等名篇。以上提到的中、印哲学家和诗人彼此之间差别很大，但可以说是对类似的时代大问题的各自依据不同文化思想传统作出的不同形式的回答。这些思想影响在二十世纪的印度和中国也还没有完全绝迹，是特别值得注意的。

三、**依据**：考察哲学思想首先自然是依据文献。在古印度，个人是不被重视的，往往只留下一个名字，甚至连名字也没有。不少文献是世世相传，代代修订，层层积累的。因此不能照讲欧洲哲学家或则中国秦、汉以来的历史人物那样讲古印度的书和人。文献就是有发展变化的人。要像分析一个人那样分析一部书。这还不够，还得根据文物考察哲学思想。举例说，在古希腊马其顿王亚历山大入侵古印度（公元前三二七—前三二五）以前，古印度是否有神像且不论，而这以后，犍陀罗艺术兴起（公元一世纪后），佛教成为"像教"，非佛教的各种神像也遍及各地。本来拜佛只是修塔，代表大自在天的只是一段石柱形"林加"（linga），阿育王（公元前三世纪）建立的也只是大石柱和塔。流传至今各地崇拜不衰的仍是"林加"。伊斯兰教反对拜偶像，因此进入印度以后，毁了许多庙宇和神像，将阿拉伯的图案艺术带进了印度。从象征到图像，又从图像到象征，有形和无形的神的标志（符号）是和哲学思想中的宇宙及人的概念相呼应的。注意到文物还不够，还得依据社会风俗即人群活动来考察哲学思想。除了石窟造像和壁画等古代遗留下来的遗迹以外，还有当前活人的传统习俗行为。这也向我们用行动显示传统思想。举例说，以崇拜罗摩或者黑天为中心的节日活动很多，很形象化，故事化，显然是男神为主。崇拜另一对神大自在天和雪山女的种种化身的节日活动就是另一样。大自在天是苦行之神，又是舞蹈之神，他们夫妇的神像是象征性的，崇拜活动也富于象征性，而且显然是女神为主。这样的大规模的长时期的人群活动在哲学思想上当然有反映，有呼应。因此，考察古代印度的哲学思想，以口头流传的和写下的文献为主要依据，又必须以沉默的文献（文物）和行动的文献（民俗）为依据或参照。对这三种文献读解出其结构和意义，互相参照而发现其内在系统，才比较可以看出印度哲学思想的全貌，也比单独依靠流传下来的写本为可靠，因为印度是十九世纪初才开始印刷古书的。

四、主题：一种哲学思想体系总是为或多或少的一些人所接受并传播才能存在下来。这种思想必然影响人的行为，两者互为表里，却又不会完全一致。任何抽象思想之所以能为人群接受，必然是对其生活、行为能起作用，也就是回答了他们的思想上和实际生活上的问题。这个问题和答案，我们可以称之为主题（theme）。有大的主题，是一时代和一地区的大多数人关心并接受的。有小的主题，是一时期一部分人（阶级、集团）所接受的。哲学思想不是个人的事。历史上没有无人理睬的个别人的孤立的思想会流传下来。因此，把种种哲学思想体系作为对一种主题的种种答案，为种种人所接受、传播，比较合乎实际。一种哲学思想体系，不论表达得如何抽象，或则是离我们现在所容易理解的情况如何远，它能为人群所接受必定是当时的人对它有所了解。这样才能共同构成一个"场"，含有吸引和排斥的力量。不论它如何简单或则繁琐，它必自成一个系统，包含着一个信息核心。它还不可能没有矛盾和歧义，这样才能产生变化。在一个层次上，这是个封闭的体系。在另一个层次上，它还是开放的体系。它本身可以是个"格式"（scheme），同时又是个"框架"（frame），成为知识的格局，又是思想的模式。它还反映在一个人以至一群人的思想中，成为个人行动和社会行动的指导者和组织者。所有这一切都围绕着大小主题而产生、发展、衰减、变化。这些哲学思想表现为一些语言符号系统，各有"所指"（signifié），又各有"意义"（signification, sense），都可以直接或间接追溯到社会以至个人对自然界和社会的观察、认识以至行动的需要上去。照这样了解，我们就可以分析出它本身的内在思想结构（封闭性体系）和它的外在社会关系结构（开放性体系）。还可以把不止一种的哲学思想联系起来，较全面地认识其意义。这样，自然也会联系到我们现在的思想参照系上来。以上的看法至少在印度哲学思想史中是不无根据的。

照上面所说这样考察印度哲学思想史，我们就有可能提出一些新问题，作新探索。例如，古印度的一地区的一部分人对于"有（存在）""梵""我"问题曾分别提出，作过探究，而后又联系起来，其"所指"和"意义"是什么？这同社会性的"祭祀"和巫术仪式有什么关系？为什么会用同一个语言符号表达不同时期不同情况下的主题？又例如佛教思想中最得普遍承认的是"三宝"（佛、法、僧）。这是"皈依"（原语是"走向避难所"）的对象。什么是"皈依"？"三宝"是如何"应运而生"的？这个核心体系的内在涵义（结构）和外在作用（上下文）是什么？为什么它能在一个时期内为上自帝王，中至商人，下至妓女和强盗所接受，却并未见为生产者（狩猎者、农民、工人）所拥护？作为宗教，它所宣传的究竟是出世的"寂灭"，还是人世的"轮回"？为什么佛教在楞伽岛（斯里兰卡）和缅甸保持兴盛时，在本土却大分裂，为大乘佛教所攻击，双方都衰落，大乘佛教传入中国兴盛时，却在本土衰落；大乘佛教传入日本兴盛时，中国的大乘佛教又为在印度东部兴起的密宗（喇嘛教）和在中国兴起的禅宗、净土宗所代替而衰落（元、明、清）？这些不同时期、不同地区的各种佛教各自回答什么问题，也就是说，各有什么主题？佛教和耆那教相似，为什么佛教传出境而兴旺却在本土终于灭亡，耆那教不传出境而在本土分为两派传到现在？"苦行"（tapas）、"戒杀"（ahiṃsa）究竟有什么"意义"？由此形成一些什么思想体系？各有什么主题？为什么历两千年而不衰？在印度，超然的"出世"身份更便于发挥世俗指导者的作用，"无私产"（aparigraha）更便于运用他人私产，这样的社会结构在哲学思想结构中有什么样的反映？从《利论》《欲经》中的现实世俗哲学思想是否可以联系到上古印度人对待科学、技术、年代历史、战争、权力、享乐等的态度和思想？十世纪到十九世纪中，战争、劫掠、反抗、镇压、残杀连续不断，在哲学思想中有无反映？如何反映的？"虔信"（bhakti）和"力"（śakti）的"意义"应如何分析，如何"解说"？诸如此类问题可列入或联系各种主题来考察。当然，作为"史"，还应当注意尽可能排列出时代和地区和各阶级、阶层、社会集团的人群，但不必预作价值判断。

五、读解：在整个格局中，我们应当说明背景和主题，而内容则让所考察的对象自己说话，我们只进行"读解"。这样和我们论述而摘引原书作为证明不同，更方便读者自己思考和提出不同问题及意见，并且便于引导他们进读全书。印度古人著作除歌诀体外，常用对话辩论形式，照引原文更为生动、自然，不比转述难懂。这样便需要引出系统较完整的全篇或核心而撇开繁琐的罗列。略举几部佛教文献为例，《大般若经》（及"现观庄严"）、《大智度论》、《大毗婆沙》、《瑜伽师地论》之类带丛书性质，不能也不必征引。阿育王选定的七部经要说一下，也不必引。《转法轮经》（巴利语本）、《缘生论》、《五蕴论》、《般若波罗蜜多心经》构成一个发展系统。《中论·观因缘品》《辨中边论·初品》《阿毗达磨俱合论·破执我品》又可成一个系统。依此类推。这些可以照现代人习惯的新形式排列。好的古汉语译文经过这样编排后不必句句译成白话亦易了解。对本文先作"读译"（分析性封闭型解说），后作"读解"（综合性开放型解说）。对于《吠陀》《奥义书》以及许多哲学著作自然也只能照上例摘引自成系统的部分。直接读文献时，术语是个难关，但不需要一一下定义，因为不能孤立了解而且总含有歧义。说明术语需要先明体系，在整体结构中考察零件。分别说术语的如《俱舍论》《集论》，其实不是词典，而是用术语合成的一个结构。若离开系统，互相关联的术语便会失去主要意义。读解语言必须联系"上下文"或语境。读解文物和民俗更是这样。至于如何"读解"，需专题讨论，这里不谈。

六、篇目：为了说明，暂试拟大的篇目如下：

上编　一、最初的探索　　　（约公元前六世纪前）

　　　二、百家争鸣　　　　（约公元前六世纪至前一世纪）

　　　三、显学与暗流　　　（约公元一世纪至七世纪）

下编　四、冲击与会合　　　（约公元八世纪至十二世纪）

　　　五、地覆天翻　　　　（公元十二世纪至十七世纪）

　　　六、陆沉时的觉醒　　（公元十八世纪至十九世纪中）

这样分段落就可以把几千年的印度哲学思想史在十九世纪中叶截断而自成系统，仿佛一个有机整体的分段发展，一部英雄悲剧。既作为整体，那就不能以偏概全，只说零星部分，所以不限于学派、人、书。六篇分上下编，以七八世纪伊斯兰教进入为界。显然是在二十世纪的"参照系"上不得不这样看，而且也符合截至十九世纪中叶的历史发展实情。这样可以把哲学思想和社会历史结合起来而考察其整体结构和意义。

下面再略说对各篇的点滴设想。开头稍详，算个引子，和旧时一般说法不大相同，主要是从整体解说局部，不以局部代替整体，同时搜寻一个语言符号系统的上下左右的"意义"。

第一篇《最初的探索》中，首先要说明自然和人的上古环境。那时整个印度次大陆上森林覆被，河流交错，三面环海，北有雪山（喜马拉雅，即"冰雪堆积处"）隔开了中国，仅有一线可通；向东陆上通连缅甸；西北方山中有条通道直达境外；南北东西各地散居一些部族；在西北部早就出现城镇，有两处已经发掘出来，估计还可能有。发现了上面有类似文字的陶片，但没有文献流传，也弄不清是什么人的遗迹。不知为什么这些城镇消失于地下，不知究竟是由于生态的变化、自然的灾害或则人为的迁徙、战争的消灭。由此可见上古时这块次大陆上有着一些不同文化的部族居住。其中有一些人聚居在五河流域（旁遮普，即"五河"），文化发达，留下了丰富的文献。这种文化后来向东方和南方传播，有了发展和变化，其他地区和其他部族（包括那些消失了的城镇中的居民）没有遗留这样古老的文献，但是东部和南部的不同文化有可能后来逐渐渗入了文献总集，不过是用原来较发达文化的通行语记下来或则改作的。因此印度的上古文献需要分别层次。源出西北部的一个有较高文化语言的部族的诗歌文献，是第一个层次。这称为《吠陀》，就是"知识"。

《吠陀》社会中的人的结构可说有三个部分。一是专门从事采集、狩猎、游牧、耕种、纺织、制作工具和武器的人，是直接生产者。以后社会分工发展，这部分专业生产者由种种来源分化成为两部分，其中一部分的社会地位降低，成为另一种人。二是能用武器保卫本族并掠夺他族财富的男性，是另一类的"生产者"。三是会用巫术一类的方式掌握自然和人事的变化的人。有这种知识的人掌握了由现实和想象构成的虚的世界，将巫术、科学、艺术等知识同实际行为结合在一起。他们能运用语言和法术来描述、支配并预告这个虚的世界的变化。他们成为又一种特殊的"生产者"。《吠陀》就是他们中的一些家族口头创作并流传、结集的。这是他们用自己语言作出的虚的世界的"知识"。对于这个虚的世界的探究与现实生活有关，是当时大家共同关心的主题。这些兼职或专业的"诗人""智者"除积累各种知识外，还要对大的问题作出最高的答案，也就是当时所需要的系统的明确的宇宙观。《梨俱吠陀》中有三首哲理诗。这并不是《吠陀》宇宙观的全面，却是集中回答了三方面的问题，对后来的哲学思想有很大影响。

三首诗回答的问题是：一、人群（社会）是怎么划分起来的？也就是说，稳定的社会秩序应当是什么样的？二、整个宇宙的发展历史是什么样的？三、宇宙一切的总的起源是什么？换句话说，这世界怎么会"有"的？这三个都是他们构拟的包括现实世界在内的虚的世界的大问题。

除这以外还要回答人死后向何处去的问题。这又有一系列的诗。还有表明生活态度的诗，以及说如何对待疾病、灾害和敌人的诗。

要由这些诗本身说话，然后加上"读解"。

有一点不能不提到的是和中国的对照。中国最早的文献是甲骨卜辞和《易经》的卦爻。《吠陀》不重占卜，不预言而下命令。事实上，祷告和诅咒都是一种命令，由词形变化可知。上古印度人中的这一族是很乐观自信的。他们的虚的世界中的不死天神是很会吹嘘的。他们的巫师、祭司、诗人三位一体，有点像中国楚文化中的情况。上古中国管天时和人事的"巫"和史可以是一个家族。不但《尧典》说到首先派管天时的人，而且司马迁在《太史公自序》中也说自己的先世是司天时兼记人事的史。他自己也通晓天文。中、印双方同行的工作方向不同。中国偏重描述世界，纪天时人事。印度偏重构拟世界，一个近于《易经》卦爻的世界。可能是原本类似而发展分歧。

古印度和中国的哲学思想开始便有不同方向，回答和处理问题的方式也不同，但结构相同，因为主题相同，都相信而且安排一个依照严密规律活动的虚的世界，要探究这个包括自然界和人在内的宇宙整体的结构和规律。因此，哲学包含了科学，双方的科学发展一直附在哲学之中，独立出去的只有技术。科学除数学外不联系技术而联系哲学。中国和印度都只有医学是三方面结合发展的，所以都有自己的独立的医学体系，至今不绝。但用欧洲近代医学眼光看，总会觉得它们带有巫术色彩，也许是这一来源之故。

同一主题的犹太人答案不同，有上帝耶和华创造并安排好了世界。印度和中国和古波斯都没有这样的答案。古希腊的当然也不同，那又当别论。

第一篇应当以《吠陀本集》的宇宙结构的概括说明结束。那些古人用语言符号构成并表达的虚的世界（包括现实和想象，自然和人类）在原始文献中还是相当清楚的，所以需要先由他们自己说话。

第二篇《百家争鸣》应从《吠陀本集》结集传授的情况开始。《吠陀》文献继续发展，不过显然已经不是在原来的较小地区和较少家族中了。人群的分散、移动（由印度河流域东向恒河流域），文献的结集、亡佚、神化，都是在同一时期内逐步进行的，是先由各家族结小集，然后分传宗派结大集汇总的。各本有歧异、交叉，有传存，有散亡。这在中国人讲来很容易明白，因为有周、秦、汉的文献传授历史可对照，比基督教的四家《福音》书更相近。中、印双方在这一方面是很相似的，不过阶段次序互相颠倒了。印度是《吠陀》古籍先单独由各家族、各宗派分别传授、发展、变化，然后才出现各种"异端"的，仿佛是汉代的经学在先，而战国的"百家"在后。这不难解说。因为印度是先由一部分人发展了文化语言，创作并结集了文献，然后才传播，才出现不同的"百家"。中国却是在汉代才"尊经"、校古籍的。印度古时人不肯写下来，口头秘传，所以文献有存有亡，写本也易散失，到十九世纪才印刷古籍，才有校勘问题。中国很早就写下文献，传本不一，需要校注，不像古印度的经典是借注疏而传。先说明这一点，对了解所依据的文献的情况和性质是必要的。

这一时期比较复杂，共同主题不大明白，各自的主题也不清楚，需要从各方面考察，然后才能汇总。不过整个结构和各家体系还不混乱。

对中国人来说，困难的是佛教哲学问题。因为中国有佛教，所以容易认为印度原来的就是如同中国所传的。欧美人也有困难，因为他们不容易超出基督教的格式讲佛教。耆那教等其他教派更难说，一因文献较晚，二因无别传及译本可对勘。

因此这一篇特别需要让古人自己讲话，而且要从整体系统结构去理解各部分，不能孤立、割裂。其实原话、原书本来还是清楚的，一摘取改说，往往反而难懂了。

佛教哲学部分不能不多讲些，一因它是世界性的，二因它和中国关系较密。不过决不可离开其内部派系和外部联系。

第二篇以各种总结性的《经书》和佛教、耆那教等的文献总集的编定为结束。

第三篇《显学与暗流》应从大乘佛教文献大量涌现开始。大史诗《摩诃婆罗多》、各种《往世书》、总结性和纲领性的《法论》《利论》《舞论》，以及《欲经》《梵经》《瑜伽经》《数论颂》《正理经》《胜论经》，等等，和以注释形式出现的专论，都是这时期的哲学思想的重要文献。

公元前三世纪，阿育王在铭刻诏书中选定七部佛经，可见那时佛教著述已很发达，需要统一和总结。他的一些石刻诏书也反映出从孔雀王朝的大帝国开始，从北到南，各地文化发展起来，原先只由文物和民俗可见的哲学思想（如"苦行"）现在已经涌进文献，要求语言文字记录了。表达自己哲学思想的已经不只是掌握书本文化知识和写作能力的少数家族和集团了。老百姓要求发言了。各种各样的"游方化缘"的人显示出他们所代表的力量了。"俗语"和

"雅语"并行了。

这时期有各种思想主题出现，情况复杂，但是和前两个时期相比，可以看出，原来着意构拟并且相信的虚的世界，经过各派思想兴起（这反映社会的复杂化），现在已经完全崩溃了。这时期的人所关心的是复杂的现实世界和人自己。看起来仍有许多抽象语言和很多神，但这些都是为了解决实际问题而出现的。东西南北情况大异，社会中人的简单的结构体系已经不能普遍运用于各地区和各种人了。这时期的人的要求已很复杂，神圣的《吠陀》也罢，佛陀和耆那（大雄）的讲经也罢，都不足以约束了。原先的神圣失去了地位，原先的凡人要升格为神。各种思想体系的矛盾冲突激烈化，高度概括和抽象的《梵经》提到种种不同思想，大乘佛教理论家的主要论争对象是保守原先佛教传统的（"声闻"）名为同属一教的人。原先佛教中就有所谓"上座"与"大众"之争，现在整个印度哲学思想中涌现了占有"上座"地位的长老和要求改变旧结构的"大众"之间的论争。形式上当然是采用传统的语言，外界的人用不同"格式"难以理解，所以先要明白当时的思想主题。

第三篇应当以大约七世纪的鸠摩利罗（Kumārila）结束。这位解说《弥曼差经》的学者是提出一个有矛盾而统一的短命的宇宙观系统的人。他是"复古"派，反对"异端"，大破佛教哲学，要证明已经差不多灭亡的古代祭祀仪轨和神话是真实的。可是他不讲信仰而讲道理，这反而开辟了一条尊重理性的新思想道路。弥曼差派主张"声是常"，即"语言永恒""吠陀永恒"，而同主张"无常"的佛教针锋相对。这个关于语言以至思想和实际的争执是印度古代哲学思想的两条重大路线之争。一方面，本来是坚决维持稳定社会结构的鸠摩利罗发展到否定神的地步，因为不能承认有独立自由意志的神来随意破坏严格的稳定的宇宙结构，所以神也得服从"祭祀"，即宇宙结构活动的巫术性象征。不能承认信仰，只能尊重理性。不承认神秘的"瑜伽"理论。另一方面，佛教主张一切变动不居，反对有"我"，有"常"（永恒），但是一切"无常"的虚无最后只有发展到相信"不可言说、不可思议"的"如来"，把"破"别人的"空"变成了"立"自己的神秘符号。本来是以分析讲道理破《吠陀》信仰，破实在论的，最后走进了神秘主义。如果不是从七世纪开始，印度一步步发生巨大变化，这两种思想互相斗争又各自发展到反面，已有可能产生新的思想体系。

第四篇《冲击与会合》进入下编。因为从七八世纪起，伊斯兰教徒开始进入印度次大陆。这一大冲击改变了整个社会和思想的结构，提出新的思想主题。

伊斯兰教的哲学思想表现在行动上的至少有三点和印度原有的传统思想大不一样。一是只信仰独一无二的真主，对其他全不承认为神。这样有强烈排他性的独尊思想，印度过去从来没有过。小国林立，帝国短命，也没有中央集权，天神和佛陀、耆那等都不是专指一个对象，而且也没有绝对支配力量。二是有严格一致的纪律，原来最讲戒律的佛教也比不上。佛传教时已出现因戒律不同而生纠纷，随即由此分组为不同集团。不论什么教派都从没有过伊斯兰教那样的严格的生活纪律，一日五拜，一年一斋月及朝觐一处圣地的行为和思想。三是反对拜任何偶像，任何有形的神或人都不得作为崇拜对象。印度从不懂得无形的主宰，此时已充满了各种人形和非人形的神像，正好成为被扫荡的目标。

在这种冲击之下，原有的各种思想体系全遭受打击。除社会上、政治上的斗争以外，哲学思想上同样兴起了对神和宇宙秩序的再认识的问题。这是社会、政治、思想兼有而以宗教形式显现的当时的主题。

第四篇应当从注释《奥义书》《梵经》《神歌》（薄伽梵歌）的商羯罗开始。他是大约八九世纪提出一个新的完整的哲学体系的人。他一方面最后击溃了（也吸收了）佛教哲学，另一方面提出两重神性（梵、自在）和两重世界（真、幻）的学说，好像预定应付新传来的伊斯兰教哲学的挑战，对后世影响巨大，直到现在。他综合了以前许多派别的学说，利用古书说法，提出"不二论"的体系。他主张的是对立的二（数论）合而为一，表层的多（胜论、正理、耆那教的理论）归于深层的一。他在《梵经注》的开头自己说了要点。

"不二论"并不足以维护原有社会结构及其指导思想的地位。前一时期乡村民间已经在大史诗和《往世书》中发出声音的许多思想和信仰更加抬头了。《往世书》完全取代了《吠陀》的地位。大史诗中的《神歌》（薄伽梵歌）的地位高高上升。整个次大陆上的哲学思想结构大大改变了。各种神都面目全非了。

第四篇的结束应当是讲商羯罗以后的另一位哲学家罗摩奴阇。他在十一至十二世纪时注解《梵经》，修正了商羯罗的"不二论"，将"梵"作为神而突出了。因为商羯罗的体系中虽是宇宙唯一不二，但由此人神不分，实际上没有了主宰，失去了具体的神的形象，空有"自在"之名；而且继续论辩方式，使佛教哲学的分析和鸠摩利罗的论证侵夺了信仰的地位；所以罗摩奴阇说"梵""我"不二，但仍有别，于是全体或神就与个体或人一致而又区别了。这称为"殊胜不二论"，影响之大超过声名。

第五篇《地覆天翻》表明从十二世纪起，伊斯兰教徒占领大部分次大陆，战乱不断，北方的神庙毁坏，佛教灭亡。东部的佛教徒已带着经典以及密宗佛教的理论和实践"仪轨"进入中国西藏。全部社会结构大改变，思想大变化，乡村民间流行的语言和文学、哲学、宗教仪式、艺术活动在这天下大乱中得到猛烈发展。伊斯兰教徒虽有些印度化，却仍保持基本特色，得到政治上的统治地位。各地语言大发展，传统的文言（梵语）的独占的文化语言地位已经丧失，波斯语成为官方语言。德里成为首都后，以北方话为基础而发展起来的波斯语面貌的乌尔都语成为首都流行语、北方普通话、新文学语言。这种情况不能不要求哲学思想中有相应的表现。

当时的一个主题是分歧发展，新旧斗争，能否统一？如何统一？要给新的答案。无论是复杂程度、涉及的方面和地区、社会人群之广，都远远超过约两千年前的北方的"百家争鸣"时代，然而哲学成就远远不如。"不二论"以后，没有形成新的更广大、完整、深刻的思想体系。这是因为纷乱之后的新帝国莫卧儿王朝（一五二六——一七六一——一八五七）还没有巩固，更强烈的外来冲击又到了。

第五篇应当以东部的哲学戏剧《觉月初升》（约十一世纪）开始，与前期交错。这戏里介绍了几派民间流行哲学的情况，包括否定神而肯定现实享乐的唯物思想，即《利论》《欲经》的思想。戏中说到西北方连同北方圣地都已"沦陷"，《吠陀》和神不受尊敬，提出同样流行民间的"毗湿奴崇拜"作为救世的唯一出路。这新的信仰以女性面貌出现，显出东部民间崇拜女神的传统思想，却仍以《奥义书》为经典，以梵语（文言）为文化语言。这是旧的结束，也是新的开始。

以几个不同的男神和女神的化身和象征性形象为标志的一些教派，一些本来"不登大雅之堂"的"神秘"经典公然流行了。伊斯兰教的文学家、哲学家也出现了。十六世纪，帝国统治者曾经试图创造一种新的宗教没有成功，民间却在旁遮普一带兴起了调和而又脱离伊斯兰教和各派印度教的新宗教——锡克教，为当地商人和武士家族所信奉。南印度还保存着传统，但用南方的几种语言作了新发展。

第五篇同样应由各新兴语言的思想家自己说话，但这些文学和宗教语言比以前需要更多的"读解"。锡克教的经典可作为本篇的结束。

第六篇《陆沉时的觉醒》。从十七世纪开始，欧洲资本主义势力侵入，破坏了长期反复的整个次大陆的社会和思想结构，又一次更严厉地打乱了它本身的发展。外来势力先在十八世纪中（一七六一）得到实际统治权，到十九世纪中叶（一八五七）完全结束了封建国家的独立史。新统治者既不是土生土长的，又不是外来而在本地定居的，而是远在海外相隔万里完全与本地无关的资本主义殖民主义的英国。从此外国语英语成为文化教育语言，使受教育者和未受教育者之间有了更大分裂，统一的思想不能形成。

十八世纪末到十九世纪初的社会改革家罗易和其他人，身居首都亲历最后亡国之痛，穷愁潦倒的哲学诗人迦利布，是第六篇中出来说话的人。迦利布是最后发言人。

迦利布曾经用乌尔都语咏出下列两行诗，由此可见他内心的沉痛：

> 倘若遮掩比起沉默更为有利，
> 不能懂我的话，我觉得很满意。

古代印度次大陆风云多变，现代印度这个国家的社会、历史、语言、文化、哲学思想不但复杂而且很有特殊性，同中国文化一样为欧美人所难于理解和说明，易遭误会。印度本国人和外国人写的印度哲学史作过种种尝试。我在这里提一点意见，描一个轮廓，自然也是一种尝试，不用说只是很粗浅的设想。

（一九八五年）

试论梵语中的"有—存在"

　　远在人类提出哲学问题并试作解答以前，人类对于客观世界的认识已经在语言中初步反映出来了。大概最早只是描述，后来才形成抽象概念。如果把词作为传达这种认识信息的基本符号单位，那么，表述存在的动词（"述词"，梵语ākhyāta）是值得注意的。这是人类对外界的哲学认识的基本的和概括的反映。在哲学思想发展起来以后，这类词也还与哲学思想的发展有密切的联系，而且词义随着哲学思想的发展而发展，却常不被觉察。这在古代印度文化通用语言——梵语中表现得比较清楚。本文想就此初步提供一点资料和分析，供语言学和哲学以及心理学的研究者参考。

　　为便于说明问题，先用汉语的词作引子。

　　汉语中表达存在的词是"有"（这个字的其他意义除外）。举几个大家熟悉的古书例子：

> 有鳏在下曰虞舜。(《尚书·尧典》)
>
> 有朋自远方来。(《论语·学而》)
>
> 有牵牛而过堂下者。(《孟子·梁惠王》)
>
> 不好犯上，而好作乱者，未之有也。(《论语·学而》)

这是泛指单纯存在的词，一直用到现在：

问：“有人吗？”

答：“有。”

点名：某某某。

答：“有。”（后来才改为“到”）

很早“有”字就成为传达一个哲学基本概念的符号：“天下万物生于有，有生于无。”（《老子》）

这样就把客观世界一分为二，存在和不存在，并且找出其间的关系。这不但是哲学的概念，而且初步形成哲学体系了。

这概念还是从描述发展而来的：“有天地，然后万物生焉。”（《易·序卦》）

“有”还表示所有、具有，其实也是指存在，不过不是泛指，而是指出两种事物存在之间的关系。例如：“寡人有疾。”（《孟子·梁惠王》）“予有乱臣十人。”（《论语·泰伯》）

这在拉丁语中和现代的印地语——乌尔都语中很清楚：拉丁语虽有 esse（存在）和 habere（所有）两动词，但是“我有一本书”的说法是“Est mihi liber”，并不要用“Librum habeo”。现代印地语——乌尔都语中就只有前一种格式，“mujhe ekkitāb hai”，而没有和 habere 相当的动词。这是从古印度语——梵语直到现代印度语言都一样的。他们用“对于我（或属于我）一本书存在”表达“我有一本书”。

这样的“有”和“无”对立，在汉语中也可以既指所有，又指存在。例如：“自古皆有死，民无信不立。”（《论语·颜渊》）

汉语中另一个表示存在的词是“在”：“关关雎鸠，在河之洲。”（《诗·周南》）“有父兄在。”（《论语·先进》）“子在，回何敢死？”

（《论语·先进》）"仲子生而有文在其手。"（《左传·隐公元年》）"见龙在田。"（《易·乾》）

这显然是表示有一定地点和时间限制的具体存在，即指出其时间空间位置的存在。这不是泛指，而是特指，是标示时空坐标的存在。

此外还有个"存"字："笾豆之事，则有司存。"（《论语·泰伯》）"其人存，则其政举。"（《礼记·中庸》）

当然还有其他表示存在意义的词，如前举例中"万物生焉"的"生"字和"见龙在田"的"见"字，都表示由无而有，出现，被见到。但它们有本身的特定含义，与"有"和"在""存"不同。我们说"有无""存在"，也是用这三个词。

这些词表明人在认识外界时，对于客观事物的存在不但没有怀疑，而且还加以分析。这是人类将由感觉得来的外界信息在头脑中进行加工，然后又用语言信息反映出来。这种对于事物的存在的综合的概括的说法是人类的初步的普遍的认识，后来才追究到存在的性质，提出了心和物、主和客的哲学问题。本来，原始宗教只是拜物教，神话和巫术中的神也是具体的，被认为客观存在于时空外界中的，甚至灵魂或魂灵在原始的人类思想中也不过是看不见的（某种情况下也可以看见而不仅是推测知道）人的存在，仍然是有同人一样的活动的，并不是后来所谓心灵或意识。

现在我们来考察梵语中几个表示存在的词根。按照印度现存的传统语法的最古经典《波你尼经》（Pāṇinisūtra）的体系，名出于动，所有词根都是动词性质（动词原叫做"述词"ākhyāta）。其中"有—存在"便是第一个。

如上所述，汉语中这类词的明显特征是，有两个并存的词，一个泛指的"有"，一个特指的"在"。"有"无时空条件的限制，而"在"确指其存在的范围，具有限制条件。

梵语中却不是这样。可以表示存在的词根有几个，最普通的有两个，其区别并不和汉语一样。表面看来似乎两个词没有多大区别，其实还是有重要区别的。这两个词根是√ as 和√ bhū，其间并无词形（音）的联系。它们都是"有"，而并不是"在"。看来古印度人对外界事物的认识并不注意其存在的时空条件，不注意决定这个存在的点（坐标），不像我们的古人那样重视一事物存在的时空环境而要确定这个存在的点（坐标）。他们注意的倒是存在的情况和性质，要分别是具体的变化还是抽象的永恒，是动还是静。这一点可以说是在古代印度思想发展中有所表现，例如对待历史的态度就和我国古代不同。这里略提一下，以后再讲。

梵语的这两个词根是常用的，例子俯拾即是，下面只举较易说明问题的。

现在先用泛指存在的普通词根√ as 作代表，暂不分析对存在本身的认识（那要比较两个词根，留在以后讲），只看这个词根怎样表示所有关系。这其实是表示一事物和另一事物之间的关系。汉语的"在"也是表示一事物和它所处的时空环境之间的关系。不过梵语不但表示"在"的关系没有特定词根，表达所有关系也不在词根（即动词）上有所区别，并不改用它词，而一概只在名词的语尾变化（词形变化）上表现。

所有关系，也就是从属关系。一事物为另一事物所有，即，一事物从属于另一事物。这并不是事物存在中的区别，所以，表示存在的词不必改变，而表示享有、占有、具有等性质的词要有变化。这就是梵语中实词（名、形、代）的属格语尾变化。在《波你尼经》中，这一格和其他格是不同类的，因为它表示两事物之间的关系而一般（除某些情况外）是不与动词相联系的。例如：

"有一本书。"pustakam asti（一书存在）

"我有一本书。"pustakam mamā'sti（我的一书存在）

"这是我的书。"idam pustakam madīyam asti（我的这书存在）

"我所有"只是变化"我"：或用属格语尾变化（mama），或变成一个形容词（madīya）。动词不变，仍只表示存在。有的尽管在汉语中要变成"是"字，但在梵语及其同族语中"是"和"有"（存在）是一个词。把"是"从"有"中分析出来以指明存在的事物的情况、性质，这似乎是汉语的一个特点。

不仅有者变，没有者（所缺的事物）也可以是变出来的。不像汉语中另有一个"无"字，梵语词根中没有这个"无"，这是值得注意的。要表示"无"是在"有"上加"没"，或在所"无"的事物上加否定。"没有"只是"有"的否定，仿佛本身仍然是一种"存在"。梵语中常以否定形式表示一种肯定的东西或情况。这要举古书为例，现引较古的《他氏梵书》中散文体的著名的犬阳仙人（Śunaḥśepha）故事的开头两句：

"Hariścandro……rājā, 'putra āsa"（诃利旃陀罗王无子）

"Tasya ha śatam jāyā babhūvuḥ"（他有百妻）

前一句直译是说这个国王"是没有儿子的"。"是"字就是那个表示"存在"的"有"字，√ as>āsa。"无子"只是在 putra（子）前加否定的 a，a+putra>aputra，不是变换动词将"有"变"无"。

后一句动词仍是"存在"，换了词根√ bhū。现在可以暂时认为它同√ as 一样，两词根的区别以后再讲。如果按照原句子的构造译，对于"所有"的表达方式是"他的一百个妻子存在"，即，"他有了一百个妻子"。

336

这两句的构造显然不同。前者是以"有"者为主（无子者），而后者是以被"有"者为主（妻）。

还有一种表达方式是在被"有"者上附加一个变化，这就是《波你尼经》5.2.94.（即第五章第二节第九十四句。以下凡此类阿拉伯字码均表示相应章、节、句）所规定的表示"所有"的后缀matup。这个matup代表实际出现的两个后缀；-mat和-vat。这是可以广泛应用的形容词后缀。有什么就是什么加上这个后缀。因此，有钱的是dhana（财）-vān（vat>vān阳、单、体格），有美色的是rūpa（色、形）-vān，有品德的是guṇa（德）-vān，有福的即尊贵的是bhagavān（世尊，薄伽梵，此系照一般解释）。不仅如此，过去分词加上这个后缀成了较通俗的（口头的）梵语常用的过去时形式，表示"有了这种情况的"。于是，gata-vān（走了）和ukta-vān（说了）的形式出现了。这样，动词变化变成名词、形容词一类变化，简单多了。至于联系所有物的当然也可联系到人。putra-vān（有子的），patnī-vān（有妻）。这个-vat相当于现代印地语——乌尔都语中的-vālā。pesā-vālā（有钱的），jāne-vālā（要走的）等等。这个形式因为简单易用，所以虽不古雅实际上构成的词却很多，尤其见于解说古书或口头说梵语时。印度逻辑（因明）用的一个公式化的例子是"此山有烟"故"此山有火"；其中"有烟"是dhūma（烟）-vān，"有火"是vahni（火）-mān，都是用的-matup后缀，不是用动词表示有（见《思辨概要》Tarkasaṅgraha）。

可是梵语语法家很早就订了一条限制，这就是《波你尼经》后约百余年（大概在公元前二三百年，我国秦汉之际）的《释补》的规定：表示有附加性质的形容词不可加这个后缀。所以，白是śukla，不可再加这个后缀成为 *śukla-vān，那是错误的形式。道理很明显：形容词不必再加形容词后缀。"形容词"是现在说法，原来的话是"有附加性质者"。"附加性质"原语是 guṇṇa，旧译"德"。

　　这一条限制所依据的思想显然是把词义分为三类：一是指一件东西，二是指一桩行为，三是指一种性质。前二者可加这后缀而第三种不可加。这种分析恰恰是古代印度哲学所公用而各派有不同解释的，对于客观事物的分类。指这三类的词既是术语，又是普通词。胜论（卫世师迦）派把这些列入世界基本范畴，玄奘的译语是："实"（dravya）、"德"（guṇa）、"业"（karma），即，实物、性质、行为。这也是古代印度书中的常用语。语言中对客观世界的分析正是思想上对客观世界认识的反映，语言与哲学思想是密切联系的。古印度人在认识上对客观世界事物的分类既有这三项，应是先在语言中反映出来，而后形成哲学概念，发展为体系。

　　由上述可见，汉语中对于存在分析出了"有"和"在"，又分析出了"有"和"无"，又分析出了"有"和"是"，而这些在梵语中统统归之于存在。另一方面，梵语将事物分为"实""德""业"，将"所有"作为"从属"而纳入表示事物互相关系的词形变化格式之中，这是汉语所不习惯的。

　　这里插说一点。梵语的名—形—代的八格变化，按照《波你尼经》的语法体系，可以看出其思想体系是：在事物中，两者之间的从属关系是属格（saṣṭhī，第六格，genitive），两者之间的时空方位关系是为格（sampradāna，向，dative）、从格（apādāna，离，ablative）、依格（adhikaraṇa，在，locative），第一个是向着前去，第二个是背着离开，第三个是依附在上，两者之间的主动和被动关系是体格（kartṛ，主，nominative）、业格（karma，宾，accusative）；独立无关的是呼格（sambodhana，呼，vocative）；两者以外相联系而被使用或起发动作用的第三者是具格（karaṇa，作，instrumental）。这八格表明了语言中反映的对客观事物之间关系的认识和分析。在汉语中还不见有这样与思想的认识分析相适应的系统的语形变化。然而语法家的分析究竟是有些"削足适履"，所以只能说语言中有此依据，引出语法家和哲学家的系统分析，却不能说语言正符合语法家和哲学家的体系。那样就颠倒了，成了唯心主义和形而上学的说法。人不是遵照少数人的范畴规定说话的，语言是具体的、活的、经常变化的，但总是反映对客观世界的认识的。

以上说明了梵语关于存在的词根的笼统概括方面，以汉语对照，看出我们分析的，他们不加分析，由此可见语言与思想的联系。下面说一下梵语关于存在本身所用的词根的分析，而这在汉语却不是那么清楚，从翻译中可以看出问题：语言有别，传达另一语言所反映的思想在细微处难以确切。

梵语中常用以表示存在的词根，除了上述的 $\sqrt{}$ as（有）和 $\sqrt{}$ bhū（有）以外，还有 $\sqrt{}$ vid（见）、$\sqrt{}$ vṛt（转）、$\sqrt{}$ sthā（立）、$\sqrt{}$ vas（住），出生、死亡、行动等非指存在本身的词还不算。这里举的六个词根中，前两个是基本的，后四个各有本义，但都可用以表示存在。在后四个中，前两个用得多，后两个用得少。这些在使用时，尤其在诗体作品中，似乎没有什么区别；但在哲学用语中，各词却依其本义而有不同含义；即在一般应用中，往往也有语义区别，不能互换而含义无丝毫改变。

先看两个最通用而又几乎一样的 $\sqrt{}$ as 和 $\sqrt{}$ bhū。

《波你尼经》的《根读》（Dhātupāṭha）中注 $\sqrt{}$ bhū 是 sattāyām（存在 < $\sqrt{}$ as），注 $\sqrt{}$ as 是 bhuvi（存在 < $\sqrt{}$ bhū）。两者互注，似乎没有什么区别。经文的第二章第四节第五十二句说："aster bhūḥ（$\sqrt{}$ as 在过去时和将来时等形式中改用 $\sqrt{}$ bhū）。过去时虽有出于 $\sqrt{}$ as 的 āsa（过去、完成）和 āsīt（过去、未完成），但常用出于 $\sqrt{}$ bhū 的 babhūva。过去和将来的合成形式则仍可用 $\sqrt{}$ as 作为一个成分。由此可见，表示有时间性的存在主要用 $\sqrt{}$ bhū，而表示不含

时间变化限制的存在则用√as。

概括说，这两个词根的含义的主要区别是：

√ as 指单纯的、抽象意义的存在，或静的、绝对的存在。

√ bhū 指变动的、具体意义的存在，或动的、相对的存在。

在实际应用中，可互换的很多，区别不突出，但在互换就会改变意义的地方就可看出这种分别；有的形式只用一个词根，如分词，区别也显著。

例如："asyāḥ kim abhavat？"（她遭了什么事？直译：她的什么事发生了？）

这里的√ bhū 不能换成√ as。

"yad bhāvi tad bhavatu！"（要出现的事尽管出现吧！）

这里的√ bhū，前一个不能换，后一个虽可换√ as，但换了以后，口气略有不同，前后两词不相照应。

最明显的例子是佛教的"缘生"（pratītyasamutpāda）公式：

梵语："asmin sati，idam bhavati"

巴利语："asmin satī，idam hoti"

两者一样。巴利语的 hoti 即梵语的 bhavati。巴利语的公式见《中尼迦耶》，梵语的见《中论》初品《观因缘品》，梵本（月称《释论》本）第十颂，原诗中词序为迁就韵律略有改动。

这个公式的意思是：有了这个，就出现了那个。那个的发生是以这个为条件，或这是前因而那是后果。前半句中的存在用√ as>sati（分词依格），指单纯的存在，不算其过程，只作为已具的条件，而后半句中的存在用√ bhū>bhavati（现在时），指变动的存在，发生，出现，形成。前一存在单指其有，后一存在指其从无到有。前一意义的语法形式只能用√ as，后一意义的语法形式可用两根，但这里的意义只能用√bhū。

汉译这句是："此有故彼有。"（《佛说大乘稻秆经》）"依此有，彼有"（玄奘译《阿毗达磨俱舍论》卷九）。"有是事故是事有"（鸠摩罗什译《中论·观因缘品》，原为"说'有是事故，是事有'不然"）。这三个译文都没有译出动词区别。但唐代波〔罗〕颇蜜多罗（明友）译的《般若灯论》引这公式便改为"此有，彼法起"（原为"此有，彼法起，是义则不然"），用"有""起"两个动词，显出不同了。

再举《中论》汉译中一个明显经过推敲的例子。

《中论》第二十七品《观邪见品》中，作者龙树要论证永恒不变的"我"（肉体的以至精神的个体或魂灵或灵魂）不存在，开头便问："我"在过去存在吗？"我"在未来存在吗？就是说，现在的"我"能出现于过去吗？能出现于未来吗？这个"我"都是指与现在的"我"同一的"我"。问的是这个"我"是否存在于过去及未来。因此，动词当然要用"出现"即√bhū，以表示是指在不同时空中的出现而不是指无时空限制的绝对的存在。龙树论证的目的正是为了否定这个绝对存在物。在梵本第二、三、九、十四颂中，他用的都是√bhū>abhūm（这不是符合梵语语法规定的不定过去时aorist 的形式，月称在《释论》中除引文外就改为正确的形式 abhū-vam 了）和√bhū>bhaviṣyāmī（未来时形式）。这里，语法和习惯也要求这样的词根和形式，可见语言反映的含义也是如此区别了√bhū 和√as 两种存在。

为说明问题，下面先将这些颂句的原文及译文列出：（"秦译"是指后秦鸠摩罗什译的《中论》颂本，"唐译"是指唐朝波〔罗〕颇蜜多罗译的《般若灯论》颂本）

第三颂：

原文：abhūm atītam adhvānam

ity etan nopapadyate

yo hi janmasu pūrveṣu

sa eva na bhavaty ayam（3）

秦译：过去世有我，是事不可得；

　　　过去世中我，不作今日我。

唐译：过去世有我，是事则不然；

　　　彼先世众生，非是今世者。

第九颂：

原文：nābhūm atītam adhvānam

　　　ity etan nopapadyate

　　　yo hi janmasu pūrveṣu

　　　taro 'nyo na bhavaty ayam（9）

秦译：过去我不作，是事则不然。

　　　过去世中我，异今亦不然。

唐译：今世无过去，是事亦不然。

　　　若今与前异，离前应独立。

第十二颂：

原文：nāpy abhūtvā samudbhūto

　　　doṣo lay atra prasajyate

　　　kṛtako vā bhaved ātmā

　　　saṃbhūto vāpy ahetukaḥ（12）

秦译：先无而今有，此中亦有过；

　　　我则是作法，亦为是无因。

唐译：非生共业起（？）此中有过故。

　　　我是作如瓶，先无而后起。

这一颂中的"作"是 kṛtaka 即"造作的"。唐译《释论》中说："我者云何？是造作耶？"颂中又加了"如瓶"（所据原文有异？），很明白。秦译这里的"作"同前面的"作"（出现）混淆了，故改为"作法"。唐译改译√bhū为"起"，而译√kr为"作"，较清楚。

第十四颂：

原文：adhvany anāgate kiṃ nu

　　　bhaviṣyāmīti darśana

　　　na bhaviṣyāmi cety etad

　　　atītenādhvanā samaṃ（14）

秦译：我于未来世，为作为不作？

　　　如是之见者，皆同过去世。

唐译：或有如是见：来世有我起？

　　　来世无我起？同过去有过。

这些颂都是为了破"我"，否定有一经常存在的永恒自体——魂灵或灵魂。照佛教的理论说，这个不变的精神自体"我"，在过去和未来，不能说存在，也不能说不存在，两种说法都会自相矛盾，因为存在总是变动不居的，只能是"出现""作""起"；而又不是"造作"出来的，又不是"无因"而生；所以只能是"缘生"，归到佛教的一个根本信条。对于这一教义的解说自然佛教各派也不完全一致。

这一系列颂中，只有原文第五颂两说"无我"用了√as（nāsty ātmā），这是断言其不存在，故不用√bhū。秦译"都无有我"，唐译却未明白说。

再看√bhū的译法。鸠摩罗什的汉译《中论》中既用了"有"，又用了"作"。例如前举的第二、三、九、十四颂，汉译√bhū是"作"，这只能是"圣人不作""王者之不作""贤圣之君六七作"中的"作"，意义是"出现"。第三颂和第九颂原文大体相同，只是一肯定，一否定。汉译中前者用"有"而后者用"作"，显然是一词二译。这是鸠摩罗什理解原文用√bhū是与佛教的根本教义"刹那生灭""无常""无我""缘生"密切相关的，因此要在汉译中表达出来。《般若灯论》把"作"改译为"起"，与"造作""作为"分别开来。这都是因为梵语中"存在"两词根之异在汉语中不见，所以古代译者要费心推敲。

认为存在是变动不居的过程的佛教哲学思想，与√bhū的对客观世界中变动的存在的认识的语言反映，两者是一致而相关的。

不但主张"空"的龙树是这样，主张"有"的弥勒也是这样。他们对于语言中常用的√as和√bhū的意义有认识论上的区别，这一点是清楚知道的。试看弥勒的《辩中边论》颂本的开头（序目颂后），也就是他说明基本理论的一节诗，其用词和含义是密切配合的。其中几个颂句的梵语原文和唐朝玄奘的汉译文《辩中边论》（以下称唐译）、南朝陈代印度和尚真谛的汉译文《中边分别论》（以下称陈译）值得考察一下。

第一句：原文：abh ū taparikalpo'sti

陈译：虚妄分别有。

唐译：虚妄分别有。

这句动词"有"用√as，强调其存在，而"虚妄"用a+√bhū>a+bhūta，指本未出现的，非真实的。就是说，将本来没有真实出现的各种事物加以"分别"而在主观上认为其出现，这是主观客观分离对立，是确实存在的事实。换句话说，先肯定人对客观现象中事物的结合、分别、变化的主观认识。这个"有"正是佛教的"一切有"派（sarvāstivāda）的所谓"有"（asti）；不过两派理论虽有联系而基本点大有不同。

在接下去的一颂中，弥勒综合前一颂的理论说：

原文：sattvād asattvāt sattvāc ca

陈译：有、无及有故。

唐译：有、无及有故。

"有""无""有"三词都是从√as变出来的一个词sattva，指一般的存在。梵语没有"无"词根，只是用表示否定的前缀a-。但这里的"无"和前引的"虚妄"同用a-而词根不同，一是√as，一是√bhū。

sattva这个词出于√as>sat加tva，和出于√bhū的bhava，虽然在指生物、存在物时似乎相同，但含义却有区别。《波你尼经》1.4.57.用sattva兼指生物、无生物，即一般存在物。

作为哲学术语的sattva的一个意义是数论（僧佉）派的"三德"之一，指真实存在、光明、欢喜等"德"，即事物的好的一面。真谛在《金七十论》中音译为"萨埵"。这个词在佛教术语中则是"有情"，所以"菩提萨埵"（菩萨）的原文是bodhisattva，意译为"觉有情"。这里的"有情"音译也是"萨埵"，指"芸芸众生"。√as>sat表示存在，译为"有"。-tva是后缀，表示其性质的抽象（仿佛英语的ness），译为"情"。"有情"即"存在物""生物"（如英语being）。作为数论派术语，"萨埵"是存在的一个本性、特性（"德"）。作为佛教用语，"萨埵"又是另一回事，但同出一源，俱由对存在的分析认识而来。《辩中边论》中这一句用的sattva显然只是指存在而不是指存在物，但也显然是强调这个存在的确实性质，确实是"有"和"非有"—无。

√as>sat是"有"，又是"真"，又是"善"。存在首先是真实，所以√as>sat>satya真理。√as>sat>satī节妇（殉葬的寡妇）。在哲学及一般著作中常出现的sad-asat是有无、真伪、善恶、是非，总之，这是以究竟的对立物的统一标明一切，即他们所谓宇宙的根本。

在著名的最古的哲学诗之一，《梨俱吠陀》第十卷第一百二十九首诗中，开头一句就是：

"nāsad āsīn no sad āsīt tadānīm"（那时既没有"有"，

又没有"无")

这里的"无"原词是"非有"。从这接下去是一连串的 āsīt（√-as 的过去时形式），但到最后两颂中提到世界出现时，两次都用了 ā-babh-ūva（ā+√bhū 的过去时形式，出现，发生）。这清楚表明这位问宇宙起源的哲学诗人使用√as 和√bhū 的用意是不一样的。这两个同表示存在的词根的不同使用和不同含义反映出对存在的分析认识。

吠檀多派唯心主义哲学体系的口号，一是 oṃ tat sat（唵彼真），指"那个真实存在的"，一是 sac cid ānanda，即"真、心、喜"，以此标明绝对精神存在的性质。这两处（"存在"和"真"）用的是一个词，都是√as>sat。这个词不能用√bhū>bhava。

由√bhū 变出来的 bhava，也是存在、存在物、生物，但和由√as 变出来的 sattva 在哲学意义上大有不同。sattva 可有超越时空的抽象含义，而 bhava 则在时空之内。前者含有不变的绝对性，而后者的含义是有变化的过程。一无限，不计始终；一有限，有始有终。

作为抽象概念，bhava 也是"有"。这在佛教基本理论的十二"缘生"中是一个环节。十二个"缘生"环节是"无明—行—识—名色—六人（六处）—触—受—爱—取—有—生—老死"。前面九个环节都是溯生物存在以前，到"有"出现了存在，然后是由肉体的生以至于死。这里的"有"显然是变动不居的、有限的、处于时空中的存在过程。这种"有"只能是√bhū>bhava，决不能是√as>sattā 或√as>sattva，更不是√as>sat。

bhava（有）加 aṅga（分、支）成为 bhavaṅga（此照巴利语拼法，梵语应为 bhavāṅga），汉译为"有分"，即，存在的一部分；作为术语，称为"有分识"，指意识方面（现代意义的，不是佛教哲学术语的"意识"），类似（只是类似）我们现在所说的潜意识或下意识；这是后来发展成为著名的所谓"阿赖耶识"（ālayavijñāna）的源泉。在巴利语的《清净道论》（Visuddhimagga）或汉译的《解脱道论》（梁僧伽婆罗译，为《清净道论》的别本）中都有阐述。把潜在的意识之流加以分析，作为接受感觉刺激和分析并认识感觉对象的精神活动，称为存在的一部分，"有分"。这是一种心理学的考察和分析，远在现代欧洲人分析潜意识之前。当然，一千几百年前的这种对心理过程的分析只能是粗糙的，由内省观察而得的，然而并不全是主观唯心的。它同现代所谓潜意识也不能说是一回事。它的说法有点像是指脑神经系统的一刻不停的接受刺激和作出反应的活动。后来的"唯识"一派理论体系中的"阿赖耶识"更不能说就是原来的"有分识"。就本来的"有分"而论，承认意识由感觉之门得到信息而认识外界并作出反应，承认意识之流是可以分析为刹那间生、住、灭的连续而并非静止不动，承认这是存在过程中的一个重要部分，这些还是值得注意的。这种对"有分"的"有"，即 √ bhū>bhava 的分析和认识，也可说明 √ bhū 的含义。

bhava 发展为 bhāva，也是指存在；但一般指的是情况、性质、感情。因此，这成为诗和戏剧和美术理论（亦即美学理论）中的一个重要术语，可译为"情"，即情调与情况。从《舞论》（Nāṭyśāstra）起，对此就有分析，其中又分"固定的情"（sthāyibhāva）和"不定的情"（vyabhicāribhāva）。这也是从 √ bhū 的含义中衍变出来的，与从 √ as 变出的 sattva 含义不同，sattva 不能指变化多端的感情。语法也用 bhāva 作为术语，指抽象含义、概念等。《波你尼经》5.1.119 以下及 6.4.168. 将 bhāva（有）和 karma（业）并列，指存在与活动。

在和《波你尼经》时代相仿的《尼录多》（Ninrukta）中，名词和"述词"（动词）的定义又正好是一个用 √ as>sattva，一个用

√ bhū>bhāva :

　　名词: sattvapradhānāni nāmāni（以存在物为主体的是名词）

　　动词: bhāvapradhānam ākhyātam（以存在为主体的是述词）

　　梵语中前两个词都是出于"存在"的不同词根和不同含义，而汉语无此区别，只好一个加上"物"字。原来却是一静，一动；一成事物，一显变化。

　　此外，bhū 作为名词是大地和世界。bhūta 也是存在物，是"出现过的"物、生物、鬼魂，但又构成 mahābhūta，即汉译佛教术语"四大"之"大"，又译"四大种"，即地、水、火、风四种"元素"。印度非佛教的一般说法是"五大"，加上一个"空"（不是佛教术语的"空"śūnya、零，而是空间、空气、ākāśa）。这些物质元素是可变的，可分析的，可集合的，所以只是√ bhū>bhūta。它们出现为具体的存在物，不是抽象的存在概念。照佛教和其他唯心主义体系说，物质非永恒而且出于精神，当然只能是 bhūta（出现的）了。

　　现在我们再回头来看《辩中边论》。开头颂中的第一句"虚妄分别有"前面已引，以下三句是：

　　原文: dvayaṃ tatra na vidyate

　　　　　śūnyatā vidyate tatra

　　　　　tasyām api sa vidyate

　　陈译：彼处无有二。唐译：于此二都无。

　　陈译：彼中唯有空。唐译：此中唯有空。

　　陈译：于此亦有彼。唐译：于彼亦有此。

　　这是弥勒的"非空非不空"的所谓"中道"的理论，仿佛是从龙树的"空"发展出来的对立面。两者都自认是"中"（madhya），而说其他是"边"（anta），即，有片面性。从"一切有"，即一切"法"（dharma）都存在（asti）的理论到"空"的理论，即，"法"

不永恒，物与人皆"假名"，可拆散、分析、变化、灭亡，只是就现象立名称，最终只有容纳一切变化存在物而作为其基础、来源、归宿地的"空"是真实永恒的存在。这是在早期的汉译佛经《那先比丘经》（巴利语别本名《弥兰陀问经》Milindapañho）中已开始有了的理论，但到龙树、圣天才大发展。弥勒、无著又承认"有"而作综合的发展。这个"有"——"空"——"有"的发展，显出"肯定—否定—否定之否定"的辩证发展规律。

这里不讨论龙树或弥勒的"中道"，不讨论佛教哲学思想的发展，要说明的只是，这三句诗中的"无""有""有"三词在原文中是√ vid>vidyate，同第一句的"有"√ as>asti 不同。这个√ vid 是√ as 和√ bhū 以外的第三个常用以表示存在的词根"有"。即"见"或"被见"。这样变化的√ vid 在《波你尼经》的《根读》中列入两类，注的意义一是 jñāne（知），一是 sattāyām（存在），后一注和注√ bhū 一样。这是不是表示存在即是被知呢？（第四类变化形式和被动形式一样。）vidyate 与贝克莱的"存在即被感觉"（esse est percipi）似乎有点通气了。不过一般用 vidyate 表示存在，并不像贝克莱那样，却是反过来的，是由其被感觉而知其存在，这不是唯心，反而是唯物。

现在举一个把三个表示存在的词根（√ as、√ bhū、√ vid）都用上的例子。《薄伽梵歌》（Bhagavadgītā）第二章第十六颂前半：

"nāsato vidyate bhāvo"（未见不真实存在的〔东西〕出现）

"nābhāvo vidyate sataḥ"（未见真实存在的〔东西〕不出现）

这里只用了三个词根和否定词 na 和 a–。sat 是真实存在的"有"，出于√ as。bhāva 也是存在，但不是终极的绝对的真实存在，出于√ bhū。abhāva 也出于√ bhū，指不存在、不出现、灭亡、无。vidyate 既是指出现于眼前，由感觉而知，也可以指实际存在及真知，出于√ vid。na vidyate 是没有、不见、不知、不存在、无。若将三个存在词根都译为"有""无",则成为似乎玄虚实无意义的话:"无之有无有,有之无无有。"

若不细追各派的纷纭注释,这两句话其实只是说精神不灭,说只有精神是永恒的真实存在。这是从《迦吒奥义书》(Kāṭhopaniṣad)来的思想。不真实存在的东西(asat),如冷热及瓦罐,并不能认为是真正出现的真实存在物,因为它们都是可变的、可分解的、有始有终的,不是究竟的永恒的绝对真实。只有精神的"我"(ātmā),即魂灵或灵魂之类,才永存不变、不可分解、不灭亡,并作为真实存在而出现为智者所知(vidyate)。这个"知"是√vid,正和前引《辩中边论》一连三句用的动词"有""无"一样,可见也都是指实际存在或"真知",不止是为感觉所知。这一理论自然是唯心主义的独断说法,但也有其自己的逻辑推理,由三个同表示存在而含义有所区别的词根显出来,在梵语中是很自然、很明白的。佛教驳斥这种有"我"的话由前面所引龙树《中论》可见。两相对照,虽是唯心主义内部之争,但也可由此稍见古代印度哲学思想争论问题及其语言与认识的依据。

不过 vidyate(被知、存在)仍是较含混的"有",不像另两个词根那样常有区别,所以并不处处突出"知"的含义。至于出自√vrt(转)而表示存在的动词就在使用上也常有着自己的色彩。例如戏剧中常见的话:

"idam me manasi vartate"(我心里这样想)

"sāyaṃ samprati vartate"(现在黄昏到了)

前一句直译是"这个在我的心中转",正像是汉语的"转念头"。后一句的"转"指的是出现了而且正在发展着。显然这个词根指的是动态的存在。

《波你尼经》4.4.27. 用了 Vartate（转），也正是指"活动、存在"。

以佛教哲学观点看来，一切都流动不停，刹那生灭，这样的存在当然是"转"了。如《唯识三十颂》：

"tac ca vartate srotasaughavat"
玄奘译：恒转如暴流。

《三十颂》的开头一句说："由假说我法，有种种相转。"这句的"转"是 √ vṛt 加上 pra- 成为 pravartate，强调继续不停地向前（pra）流动的存在，更不是只指具体的东西的转动。

又如："tad akṣam akṣam prati vartata iti pratyakṣam"（对着各感觉器官不断出现的称为感觉）

这是"现量"，即感觉或感性知识（pratyakṣa）一词的照语法公式解词而下的定义。原文见《摄实论》所引。这个公式的汉译见于玄奘译的《因明正理门论》（署义净译者文同，原文尚未出）：

现现别转，故名现量。

这是完全照字直译，连 prati 都直译为"别"，"转"字也照词根原义译；不对照原文，实在难懂。原来的动词 √ vṛt>vartate 正是指出现又有不停变动情况的存在。

这种哲学意义的区别在普通应用中往往模糊，但仍有语感的区别。说 nāsti，或 na bhavati，或 na vidyate，或 na vartate，意思都是没有；但四个说法的语感略有不同。第一个是完全否定，"不存在"，第二个也差不多，"不出现""没有过"；第三个是"不见有""不知"，较缓和；第四个是"不通行"，缓和多了。从早期用的

√as 和√bhū 两个同表存在的词根到后来四个词根并用，这是语言的发展，也是思想的发展。

至于用√sthā（立）和√vas（住）表示存在，可以望文生义，知其表示常在而有形象化意味，不必再举例说明。不过这两词根中√sthā用得较广泛。在现代印地语——乌尔都语中，表示存在的过去时形式有两个：一个是 huā，出于√bhū>ho；一个是 thā，出于√sthā，代替了√as。

客观世界的种种现象通过感官达到大脑，这是输入一种信息；经过大脑加工后反映出来通过语言符号传达到外界，这是输出一种信息。这不是消极的机械的反映，不是简单的刺激反应，而是经过加工的能动的反映。这个由巴甫洛夫学说的第二信号系统揭示的复杂的认识过程应是心理学的研究对象。现代也有人作"心理语言学"的探索，而社会心理学的研究也与此有关。这也可以说是语义学或语义哲学的问题。经过认识中分析而用语言传达出来的信息往往是更复杂的哲学认识的开始。因此，一个民族语言中某些特点往往与它的早期哲学思想中某些基本观点有关，甚至，作为出发点，与以后发展的一些哲学体系也有关。从语言信息可见各民族的对外界认识和分析加工有同有异。例如，汉语注意时空中坐标而区别"有"和"在"，梵语则注意静态与动态的存在而区别"有"为√as 和√bhū。梵语中对这两个词根的有时清楚有时模糊的分别用法，显示出古代印度人开始区别出概括的静态存在，即："有"一件事物，和变动不居的动态存在，即：从无而"有"，暂"有"还无。由此，在古代印度哲学中，√as>sat>sattā 所指示的意义是最终的真实的绝对存在，对这一点各派并无异议，只是对这个存在的性质各有解说。但是对于√bhū>bhāva 一类的存在，即带有变化和运动意义的相对的存在，就很有不同看法，而且都认为这类词指示的不是最终的真实而是现象。这两种"有"的关系是彼此争论不休的哲学问题。其背景当然还是与社会有关。

佛教哲学的根本观点之一是"无常"，推到极端是"刹那生灭"，一刻不能停留，一切都在永恒不息无始无终的变化之中。生物有"生、老、病、死"，无生物有"成、住、坏、空"，宇宙一切现象都是永不停息的洪流。大概那些思想家最初只是想超脱生死"轮回"，因而以"缘生"作解释；后来则由"缘生""轮回"而追求因果关系；终于不得不承认一切都互相依存，前后相续，而不能常住永存。再进一步，连"轮回"中的精神存在物（即魂灵或灵魂）也不能不是可分解的，而且是不停变化、"念念相续"的存在，于是不能不得出"无我"的结论。这样，哲学的推论和宗教的原理有了矛盾，于是出现一个超脱这一切的最终的真实——"涅槃"或"圆寂"。这可以说是与语言中√ bhū>bhāva "有"的认识有关的。另一方面，正统的即承认最古的《吠陀》为圣典的派别，如前弥曼差派和尼也耶派，当然不能承认佛教的学说，因为它首先动摇了宗教经典即祭祀和依靠祭祀为生的祭司（婆罗门）的生活凭借。所以"声是常"和"声是无常"成为辩论焦点。"声"就是词，词构成经典，类似咒语。《正理经》（Nyāyasūtra）第一篇第一章第七句说：

"āptopadeśaḥ śabdaḥ"（权威［人士或经典］的训词就是声）

诵经行祭的人（婆罗门）必认"声"为"常"（永恒），而游行教化的出家人（沙门）必抛弃这种经咒，认为"无常"。对"声"这个权威，一派肯定，一派否定。至于其他派别的争论焦点则并不在此。然而，佛教徒标榜的"无常"理论也实现在他们自己身上。他们自己也向对立面转化，很快就由托钵乞食变成了社会上层。另一方面，上层的祭司中有些也变得不得不靠乞讨布施过活。于是原来讲"无常"的转而讲"常、乐、我、净",原来高举"有"和"常"的转化成大讲其"幻",这就是后弥曼差派或吠檀多派。这里显出历史的辩证法。

以上的极简略的描述可以显示古代印度哲学中的一个很大的争论问题是与"常"和"无常",或绝对和相对,或静和动,有关联的,而这在语言中从区别√as和√bhū的两种"有"可以透露出一点最初认识的消息。语言与思想紧密结合。

√as和√bhū这两个词根同中有异,在汉语中难以表达,已如前述。在欧洲语中,如德语中的sein和werden,英语中的being和becoming,法语中的être和devenir,都不像梵语中的自然配对,通用而又有区别。

"有"的对立面是"无","无"(abhāva非有)并不就是"空"(śūnya零号)。作为词根的"有—存在"没有对立的"无"词根。这个"无"或"非有"(abhāva),前弥曼差派认为是六种"量"(可靠认识)之一;同样承认世界是可以分析的真实存在的卫世师迦派(胜论)认为是"句义"(世界范畴)之一。反而佛教中较早一派标榜"一切有",佛教也从不承认"无"是可靠认识或世界范畴。"涅槃"即"圆寂",并不是"无"。讲"常"的要肯定"无",讲"无常"的又承认"有",这是什么道理?这就涉及古代印度哲学中另一个重要问题,即"无—空—零位"问题,这里不能论及。至于古印度哲学界常争辩的对立物中求统一的问题,如,有与无、个体与全体、主体与客体、常与无常、真与伪(是非、善恶)、因与果等,就涉及更广,难以尽述了。

以上所说只是非常粗疏的一点看法,不过是提供参考并期待教正而已。

一九七九年

《蛙氏奥义书》的神秘主义试析

　　《蛙氏奥义书》（Māṇḍūkyopaniṣad）在古代印度早期奥义书中不是最古的，篇幅也很短，却是很重要的，值得作一次专题分析。

　　奥义书的梵语原文是 upaniṣad，upa 是"近"，ni-sad 是"坐下"，合起来是"靠近坐下"，意思是师徒坐在一起秘密传授。这是这个词的一般解释。这些名为奥义书的文献本来是古代印度最早期文献即"吠陀文献"中最晚的一部分。传授《吠陀》的派别各自传授自己的奥义书。后来，奥义书成为宗教和哲学的一种理论文体的类名，于是这类书日益增加，竟达到一百多部，甚至大史诗《摩诃婆罗多》中的《薄伽梵歌》（神歌）独立成书时也标上奥义书的名目。一般认为，本来在吠陀文献中的，也就是较古的奥义书只有十三部。这些书出现于吠陀时代的末期，即佛教、耆那教等宗教和哲学的许多学派蓬勃兴起以前，即公元前六世纪以前。这个时期正是古代印度的文化中心从西边的印度河流域转移到东边的恒河流域的转换时期。《蛙氏奥义书》在这十来部奥义书中属于晚期，大概成书于公元前六世纪左右，也许还稍晚一点。这是一般都承认的说法。

　　《蛙氏奥义书》的重要性可以从两方面说：

　　一是历史的意义。在近代印度特受尊崇而且影响最大的古代哲学家是大约九世纪的商羯罗（Śaṅkarācārya）。他的"不二论"

（advaita）中有"幻"（māyā）的理论，而这和附在《蛙氏奥义书》后的二百一十五节诗中的理论有联系。这些诗节据说是侨罗波陀（Gauḍapāda）所作，称为《侨罗波陀偈》。商羯罗为这部奥义书及所附的诗作注，发挥自己的理论；因此这书成为近代吠檀多哲学"不二论"的渊源。虽然那些诗中只有前面第一品是同这部奥义书直接有关的，后面的三品都超出了这部奥义书，但脉络是一贯的。因此，研究近代和现代印度的哲学思想不能不重视吠檀多一派，并且往往追溯到它的文献根源之一的《蛙氏奥义书》。

二是哲学的意义。关于商羯罗的哲学思想，吠檀多派哲学思想，侨罗波陀以及《梵经》（Brahmasūtra）的哲学思想，同大乘佛教哲学思想的关系一直是争论的题目。印度毗杜奢柯罗·婆吒阇利耶（Vidhushekhara Bhattacharya）在一九四三年出版了他经过二十多年才校订出来的《侨罗波陀偈》，并改名为《阿笈摩论》（Āgamaśāstra），提出自己的独特见解，以为这和佛教的唯识论是一宗的两派。他的意见和论证引起争论，许多人不能接受。到一九八○年，荷兰出版的《梵语和印度研究》中还有一篇文章论《侨罗波陀是不是唯心论者》。作者波特尔（Kari H.Potter）的意见是，侨罗波陀并不是唯心论者，因为他并不认为世界出于思维，他的"幻"论只能说是他把对世界的错误认识归之于"幻"，不能由此自然引申出他是唯心论者，而应认为是实在论者。这是与一般的看法不同的意见。这不仅是哲学史的问题，也是与哲学根本问题研究有关的问题。追本溯源，应当分析《蛙氏奥义书》。至于《阿笈摩论》的校者认为这部奥义书是附诗中前二十三节的后出解说，却没有可为人接受的证据，只能算是一种猜测。我们仍应认为《蛙氏奥义书》是一部独立著作。

还有另一方面的意义。一般论述神秘主义的都承认有三套大体系：一是欧洲中世纪的，二是从波斯一直到印度的苏菲派（Sufi）

的，三是比这两套都更早的《蛙氏奥义书》和侨罗波陀的。当然我们还可以加上佛教和印度教的密宗，还有《老子》的"玄之又玄，众妙之门"，《中庸》的"无声无臭至矣"和《孟子》的"浩然之气"，等等。这一些被公认为神秘主义的哲学理论，包括苏菲派一些诗人作品在内的大量文献，至今还缺乏系统的整理和科学的分析。应当说，神秘主义并不神秘，是完全可供客观分析的。尤其是现代对人类社会和语言的研究突飞猛进的情况下，对于神秘主义应当能够作出比较以前不同的具体分析。"个案研究"（case study）应当在先，《蛙氏奥义书》可以作为一个研究对象。

本文打算在这方面进行一点尝试。只分析《蛙氏奥义书》，不涉及侨罗波陀和商羯罗以及其他奥义书和佛教，不是作比较研究，只是为了说明问题有时不能不涉及其他。目的不过是对两千几百年以前的一部神秘主义著作试作一些现代人能理解的分析。

现在我们来分析《蛙氏奥义书》。不引梵语原文，只尽量逐字直译，同佛教经论的许多汉译一样，类似用汉语词和句写梵语原文，不过不是译音而是译意。

这部书只有十二节。为便于同读者一起分析，文中先不引全文，而把全文放在后面供随时参考。这里先摘出全文十二节中的每节的要领，去掉一些重复说明的词，由此可以明显看出其最外表的语言信息结构。

"（一）唵，此字即此一切，其释：过去、现在、未来，一切皆仅唵字。别非三世者，亦皆仅是唵字。

（二）一切皆此梵，此我即是梵，此我有四足。

（三）醒位即外慧，……一切人，第一足。

（四）梦位即内息，……焰炽，第二足。

（五）其中睡，无所欲。不见梦，此为熟睡。……有慧，第三足。

（六）是乃一切主，是乃一切智，是乃内宰者，是乃一切母，众生生与灭。

（七）非内慧，非外慧，非内外慧，非慧密，非慧，非非慧。不可见，不可施，……不二，以为第四。是为我，是应知。

（八）此我，依字即唵字，依音，足即音，音即足，阿音，乌音，摩音。

（九）醒位，一切人，阿字，第一音。……即如是知者。

（十）梦位，焰炽，乌字，第二音，……即如是知者。

（十一）熟睡位，有慧，摩字，第三音，……即如是知者。

（十二）无音，第四……如是唵字乃我。以我入于我。即如是知者，即如是知者。"

这一篇的章节结构是很清楚的。第一节是总括。从第二节到第七节是一部分，从第八节到第十二节又是一部分。前一部分说明一分为四，后一部分转回去结合第一节，再说明一分为四。全篇都是解释第一句："唵，此字即此一切。"前一部分说明什么是"一切"，后一部分说明为什么"唵"就是"一切"。第一句中两个"此"字，原文不同，前一"此"字指近，即指这个"唵"，后一"此"字是"这个"，指所谓"一切"。

初看，一分为四很明显，如下：

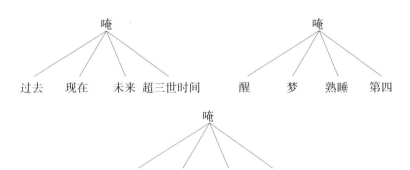

后两表中所分的四个是逐一依次序配对的。

但是进一步考察就可看出不是并列的四，而是并列的三加上另一个成四。这个"第四"，从第一节分析时间和十二节说"无音"的情况看来，显然是前三者之否定，但从第八节和第十二节看来，又是其集合。因此，这个"第四"虽说是"四足"（或"四句"，即四部分）之一，却不是同前三者平行的，但也不能说是独立于外的，又不能说是三者之合，应说是三者之"合"之外又与三者相连的，又一个总括，如下：

这种三角式的结构是古代印度思想中广泛应用的，下面再和其他作比较。这里，我们继续分析全篇结构。照各节要点看来，是这样的：

$$唵（一）——梵，我（二）\begin{cases}醒（三）\\梦（四）\\熟睡（五）\end{cases}是（六）——非（七）$$

$$——我，唵（八）\begin{cases}阿—醒（九）\\乌—梦（十）\\摩—熟睡（十一）\end{cases}无音，唵，我（十二）$$

从第八节的"我＝唵"和"足＝音"来看，我们的三角结构分析是有根据的，因为音只有三个，配上作为第四"足"的是"无音"。

整个看来，这篇经文的作者的思想是很有条理的，结构层次是很明白的。他提出了一个"唵"字，他要回答的问题是"梵""我"，他把这些一分为三而又提出"第四"作为问题的解决。他的思想脉络清楚，文章结构严谨，用的词作为信号也是很有斟酌的。这位神秘主义哲学家的思维并不是"神秘"的。他是用代数式的语言说明一种非语言所能说明的宇宙观。他用的符号又不是杜撰的，而是当时生活中实有的，每人经验得到的，社会上已经流行的一些词。这个"唵"字，在我们看来很神秘，其实当时是个普通词，是进行宗教性仪式读经文时用的，一个表示诵经开始和终结的词。这个 oṁ 音仿佛是"嗯""嗡"，原是个表示"是"的问答中用的词，由于用在对神的祭祀诵经中而被赋有神秘意味。这在当时人一听就知道是什么，知道这是祭司们用的一个语音信号。至于为什么提出这个"唵"字，下面我们追究社会背景时再说，这里先只分析这文本身的表面情况。

"梵"和"我"当时也不是生疏的神秘的词。《蛙氏奥义书》出书较晚，所以两词已经成为流行的宗教和哲学的术语了。从全文看，文中用了一些经过佛教经典翻译而为我们熟悉的词，如"慧"（这里用了三个不同词形）"无相""缘""戏论"，等等，但这也不是佛教专有的术语，而是那一时代中这些争论宗教哲学问题的人可以共同用的词。尽管各有各的认识和解说，但指的是什么概念，还是有共同了解的。

至于"唵"字由三个音合成，这是当时关于语音、语法、语词的研究的结果。公元前五世纪的《尼录多》（Nirukta）解说词书《尼犍豆》（Nighaṇṭu），语词分析已有发展，可证明这种语音分析已经是婆罗门祭司的常识。波你尼（Pāṇini）的集大成的梵语语法体系完成于公元前四世纪。《蛙氏奥义书》成书时，a+u=o，o+m=om，变成鼻化音 oṁ，这公式大概也是诵经祭司所共知的常识了。

现在我们先考察一下三角结构，即三分的模式。这不是《蛙氏奥义书》专有的，但用这样结构来突出"第四"，却是它的一个重要内容。

古代印度书中常用四分法，这可分为两类：一类是实的，像前面说的，并列的三加上另一个不同的成为四，实际仍然是三分法。佛教理论中列举的"自因、他因、共因、无因"，也是这样，前三是有因，加上无因成为四。另一类是虚的，逻辑上分为四，实际上只有二加上虚构的第三和第四。在哲学内容上可以说是有四个，在形式上却不过是二分为四。例如：佛教常说一语分为"四句"，"有，无，亦有亦无，非有非无"。若以正号为有，负号为无，则是这样"四句"：

$+A$，$-A$，$+(+A-A)$，$-(+A-A)$。

后两个是零。零（śūnya）即空，梵语是一个字。这个"无—空—零位"的哲学意义现在不论，在形式上这仍然是一正一负一零的三分模式。

三分的模式在古代印度哲学家的思想中是相当流行的（当然不能说是普遍的，例如，耆那教和瑜伽修行以及因明——正理的逻辑论证就不采三分法）。现在举几个我们比较熟悉的例证：

最古经典《吠陀》是"三吠陀"，共三部书：后来加上《阿达婆吠陀》成为"四吠陀"。但前三部中，《梨俱》是一部诗集，《娑摩》是从中摘出来为歌唱用的，《夜柔》是讲如何应用经文进行祭祀的，这是互相联系的，第四部却是另一部诗集了。

较早的哲学派别——数论和胜论中的重要范畴，也是照三分模式排列的。

胜论（卫世师伽）的"句义"中主要的是前面三个：

这三者的意义是：物体、性质、行为（运动）。这三个范畴后来几乎成为各派哲学都应用的术语，也成了常识用语，三个都是普通的。

数论（僧佉）理论中的"三德"后来脱离了整个体系而流行，几乎成为一般用语。这也是三个相联系的范畴：

这三个范畴合成一个模式，可以多方应用，凡事物都可以分这三方面考察。值得注意的是，这是在运动中考察，"忧＝造"就是指的运动变化的情况中的力量和性质，由此才有另两个对立面。这比划分"实、德、业"进了一步，当然也由于体系不同，所指的不同。

瑜伽修行法门虽然用的不是这个三分模式，但它的哲学理论是从数论来的，因此，根本上还是有个三分模式：

这是修行的依据，是数论的二元体系。"自性"是"本"。指物质，"人"或"我"指精神，"独存"是精神脱离物质而独立，是修行的目的。《薄伽梵歌》（神歌）中总括三条瑜伽（修行）道路：

这是把智慧、行为、信仰三者加以分别又联系起来，也可说是把理智、行为、感情三者加以分别又联系起来，作为三种"瑜伽行"。这书是以宗教哲学作为指导行动的理论，妙在它带有综合性，可以各取所需地应用。也许就是因为它具有这一特点，所以，尽管争论纷纭，解说不一，却越到近、现代越流行。

宗教上，有著名的印度教三大神：

称为毗湿奴大神下凡化身的，也是最受崇拜的两个英雄，在理论上也联在一起：

佛教理论中也有这一模式。例如"三宝"：

这就是，教祖、教理、教会（教徒群众组织）。由此有了"三学"：

不平列的三分模式有：

这是分出一个全面和两个片面。还有个类似的"三自性"，这是唯识一派的：

到了较晚的文学理论中出现了"韵"（dhvani），其依据是将词义分为三类，"暗示义"是"韵"：

以上这些可以说是一种思维模式（模型）。

现在我们不再去分析这一模式中的各种类型，还是回到本题。不过，值得注意的是，从上面所举这些例证中，一、可见《蛙氏奥义书》的三分模式不是独一无二的，而是带有社会性和集体性的；二、可见这些都是出发于实际的，从分析现实世界事物得来的，只有"独存""圆成实"和神的化身是推论出来的。由此，我们可以有根据进而考察《蛙氏奥义书》的这种三分模式和"第四"概念的实际社会背景。

前面已经提到印度最古典籍《吠陀》（Veda），无论说四部、三部或二部，都是指的《本集》（Saṃhitā），即原始的诗歌总集、选集和解说应用集。其中基本的只是两部：《梨俱吠陀》和《阿达婆吠陀》，前者特点在颂神，后者特点在驱邪。从持诵者的社会功能看，前者是祭司，后者是巫师。两者后来结合起来，《阿达婆吠陀》成为与《梨俱吠陀》并列的第四部《吠陀》。

《本集》时代过去，古诗歌总集成为天启的经典，祭司和巫师以此为业，发展了祭祀。传授各《吠陀》的家族世代相传，师徒相继，分为许多宗派，编订了各派的《梵书》（Brāhmaṇa）。他们以祭祀为谋生之道和自己的社会地位的基础，因此夸大其词，加以复杂化，于是《梵书》中出现了仿佛各部分互相关联的一个大机械结构的祭祀式的宇宙观。社会继续发展，社会变革产生思想动荡，《梵书》思想的地位动摇，关于个体和总体的关系问题成为思想界反映的实际社会问题的哲学化。这就是《吠陀》时代的末期，奥义书时代。

各奥义书的作者和传授者分属于传授《吠陀》的各宗派、各祭司家族，因此不管他们是否自己意识到，有意或者无意，都不会不在思想中反映出自己的社会地位和利益，在回答当前辩论的中心问题时不能不提出与自己实际生活密切相关的论点。明显的例子是较古的《歌者奥义书》和《广林奥义书》。前者属于主持歌唱的《娑摩吠陀》的一个传授宗派，后者属于主持祭祀的《夜柔吠陀》的一个传授宗派。前者开宗明义就吹嘘"唵"，说因为这是歌唱的开始的音，也是祭祀中三个祭司开口发出的音，一音含有三重性，并且明白说万物精华可追溯到《娑摩吠陀》，而最后是"唵"。后者却不然，开宗明义说马祭，指出宇宙是从无而有，从死而生，最先出现水，是由于祭祀，却不说歌唱和"唵"。他们各自强调本身的特点。

《蛙氏奥义书》属于传授《阿达婆吠陀》的一个宗派，"蛙氏"（Māṇḍūkya）很可能是本来以蛙（maṇḍūkya）为氏族图腾的一个家族。它也不能不带有自己的社会地位特点。这就要先考察祭祀中的情况。进行祭祀基本靠三个祭司，一诵《梨俱》，一唱《娑摩》，一依照《夜柔》主持祭祀行动。这也是一种三结合，可以照前面排《吠陀》的模式排列如下：

《阿达婆吠陀》的传授者，大约本来是巫师，后来才参与了祭祀，被称为"婆罗门"（Brahman 与"梵天"同一字，与"梵"同形异性），坐于南方。据说他是监督祭祀进行，纠正错误以免发生灾害并且防备外来邪祟的。他是三个祭司以外的第四个，他的功能是执行巫师的职责。《蛙氏奥义书》强调了这个"第四"，强调了《歌者奥义书》所吹嘘的"唵"，却不提祭祀。这反映出作者的社会特性。

上面分析了文体结构和思想模式以及社会背景的影响，下面我们稍微仔细一点考察其内容。

第一、二节总括全文：

唵＝一切＝过去、现在、未来及超时间＝梵＝我。

"唵"是三合一，前面已经分析过了。"梵"和"我"是当时提出的争论问题中两个范畴的代号，暂不作分析。这个公式中值得注意的是，"一切"的概念是以时间过程来作解释。原文中的"释"是 upavyākhyāna 即解说，upa+vi（分解）+ā+√khyā（说）+na，同汉语用的词一样。词根前面加ā（表示"向"）成为"告诉"，加vi 成为分析了告诉，即解说，再加 upa（近）后面的 na 后缀表示是名词。"一切"不是现象罗列而是时间中的变化过程，或则由变化过程看出的时间的三段抽象概念。指"三世"的词都出于√bhū（成为＝变化的存在），是这个词根的过去、现在、未来的三时语法变化形式（bhūta，bhavat，bhaviṣyat）。这明显指出作者心目中的是一个变动不居的宇宙。"别"是"此外"；"非三世者"原文是"超出三世者"，这就是说，三个具体时间段落所不能包括的。这也要包括在"唵＝梵＝我"之内。超时间的是什么？这可能是当时思想界提出的永恒不变的概念，或则指笼括一切的时间概念，或则指分析到最小单位的基本元素（aṇu，paramāṇu），就是胜论的"极微"（玄奘译）或"邻虚"（真谛译），如果当时胜论思想已经出现的话。总之，以时间过程指示"一切"是一个重要的哲学观点。把"一切"笼括为"一"而不许有"以外"的宇宙概念已经接近了"无限"的范畴。印度哲学中常用否定表示肯定的概念，同我们用"无限"一样。若用肯定表示，则只好用符号∝或则一个音"唵"了。从这里，我们已可觉察到《蛙氏奥义书》的神秘主义是指向无所不包的变化不定的宇宙总体，从时间角度接近了"无限"，如果不是已经达到了的话。这同胜论和数论的，以究竟静止观点分析和解说宇宙的哲学体系是显然对立的，也是同耆那教的基本哲学观点及多元宇宙体系相对立的，反而同佛教的基本哲学观点"无常"有相通之处。以这种观点，从这一角度来说"梵＝我"，这是《蛙氏奥义书》不同于其他奥义书中的理论的地方。这一点在这里不能多说，需要指出的是，只要把它放在当时哲学争论的背景中去，就可显出其神秘主义并不是那么神秘。

第三、四、五节是将人的意识状态三分为醒、梦、熟睡，并作扼要解说。"一切人""焰炽""有慧"是这三分的名称，含义不必细论。前面只引了这三节中的首尾，现将三者要点列下（全文见附录）：

醒＝"一切人"，外慧，七支、十九口，食粗。

梦＝"焰炽"，内慧，七支、十九口，食细别。

熟睡＝"有慧"，成一，唯慧密，喜造，食喜，心为口。

这其实是人的实际情况的描述，不过用了一些当时的说法；我们的时、地、语都和那时不同，就觉得古怪了。这里面"慧"字用了三个形式（却都不是佛教的"般若"prajñā形式），可见作者有意要显出区别。"外慧""内慧"的"慧"是一个形式，prajña，大概不过表示意识状态，一显于外，一藏在内（梦中所见，不见于外，他人不知）。"慧密"或"慧聚"是说"慧"密密堆积在一起。这个"慧"字换了prajñāna，大概是表示与醒和梦时的意识状态不一样，什么也不知道了。"有慧"是prājña，大概是作为名称，表示与另二者有区别。"喜"是阿难陀（ānanda）的佛教译语，即欢喜。睡熟了，既无欲望，更无痛苦，只有"欢喜"了。当然这和醒时及梦中的欢喜不是一回事；虽有共通之处，但在梵语中是有区别的，不是一个词。这里的"喜"字不能用于一般的欢喜，只能是哲学概念。也许原来不如此，后来概念确定才成为类似一个哲学范畴的术语。"食"不过是享受之义。"细别"与"粗"是区别醒与梦中所见，不必细究。"喜造""食喜"指它本身就是"喜"。"醒"和"梦"都有"七支、十九口"，到熟睡时不分"支"了，"成一"了，只有"心为口"了。"心"是普通词，同汉语中一样，也可作为心理状态分析中的术语。"支"同于"肢"，"七支"，照商羯罗注，是头、眼、呼吸、身、腹、两足，各配上天、日、风、空、水、地。"十九口"是五"知根"（五感觉器官：眼、耳、鼻、舌、身），五"作根"（五行动器官：口、手、足、生殖器官、排泄器官），五种"息"（呼吸或生命，"五风"，这是瑜伽修行中分析出来的，不必列举），"意""觉""我慢""心"。这些大概是当时的知识分子祭司和巫师们都知道的，对人体和心理所作的分析。醒时、梦时自然完全，熟睡时就只有潜在状态的意识了。这些不必细说。

中心是"第四"，在第六、七节说明，现在跳过，看后一半的三分。第八节总论"唵"，分析为三个音，与前相配，特别说"足即音，音即足"。可是第二节说明"有四足"（四分）而音只三音，如何配？

a 阿＝"一切人"，醒位。

u 乌＝"焰炽"，梦位。

m 摩＝"有慧"，熟睡位。

turīya "第四"＝无音（或非音）＝唵＝我。这是最后一节，总结（"音"mātrā指音量单位，音素，不是字母）。

第九、十、十一节中的解说语是照当时流行的语词解说公式说话。除最后一个词外，每一解说的词都是以所解说的音为第一音。三音排列：阿是初，得；乌是二，相续；摩是没入，量。这明显是指始、中、末，仍是时间的三分。

现在把两次的三分配合起来，以音为符号列前，后面列解说，如下：

阿＝始，表现于外界，人人如此，有肢体，共知具体事物，是醒时意识。

乌＝中，表现于内部，两两相连续，如同火光，有肢体，各知

369

细微事物，是梦时意识。

摩＝末，没入，只有认识，只知感情，只有心作为接触对象的口，是熟睡时意识。

如果这样解说接近原意，我们就可以进而考察这个神秘的"第四"。六、七、十二各节都讲"第四"，中心是第六、七节，末节是总结。第六节从肯定的正面说，第七节又从否定的反面说，最后归结于总的描述。

唵＝无音（非音），第四，一切主，一切智（知一切），内宰者（主宰），一切母（来源），众生（一切物）的生与灭，非内慧，非外慧，非内外慧，非慧密、非慧、非非慧；不可见，不可施，不可取，无相，不可思，不可名；一我缘精髓（或"随向一我"），息戏论，寂，善，不二，＝我。

全文的总公式是：唵＝梵（一切）＝我。

问题是讲"第四"各节里面只附带再出现一次第二节中的"梵"，却出现了一些佛教大乘经论中常用的词和说法，有的甚至出现两次。佛教基本教义是"无我"，而这里却用以说"我"。

"梵"的问题容易说明。全篇是回答"什么是梵"的问题。"梵"是"一切"，即宇宙的代号。回答是：梵＝我，以唵作为代号。唵＝梵。

佛教关系问题不易说明，因为在佛教哲学中这些是空宗用语，空宗也是被当作神秘主义的。不过，把这里的用词同龙树的《中论》中第一颂一比较，虽可以看出明显的近似，然而，龙树以此证"空"，蛙氏以此证"我"，恰恰相反。同是神秘主义为何讲成两样？只是宗教教派的差别，还是哲学的体系和观点根本不同？《阿笈摩论》的校注者只见其同，不见其异，所以结论不能令人信服。我们现在不去考察两个哲学体系之间的历史关系问题，那会牵涉到历史年代和学派发展及其背景，是另一问题。我们现在只考察哲学体系和基本观点，主要说明《蛙氏奥义书》本身（不管侨罗波陀的诗），而以龙树《中论》初颂为对照；那就可以看出，尽管两者用了相同的词和相似的表达方式而且其神秘主义也相似，两者究竟不是一个哲学体系。两者回答的哲学问题不同。一个问"梵"而答以"我"＝"唵"，一个问"我"及"三世"等而答以"缘生"＝"空"（"因缘所生法，我说即是空"）。两者都说"我"，一立，一破，其实还不是一个"我"。龙树的著名"八不"是：

"不生亦不灭，不断亦不常，不来亦不出，不一亦不异，能说是因缘，善，灭诸戏论，我稽首礼佛，诸说中第一。"（鸠摩罗什译文）

《蛙氏奥义书》中用了"缘""息戏论""善"，还用了"慧""无相"这样的佛教哲学用语，我们却不能由此说它们一致或相近。因为这些词不像"梵""唵""中""空""缘生"等是有特定意义的代号，而是可以通用的词。这就是说，它们发出的主要信号不一致，只有次要信号相同或相似。"我"字（ātman）本是个普通词。巴利语本《法句经》中的《我品》中的"我"明白是指"自己"，不仅指精神，且有肉体。奥义书中说"我"，在与"梵"联系之处才是哲学术语，是一个代号。这同佛教所破的灵魂式的永恒不灭的个体的"我"并不能说是一回事。因此，我们能以龙树为对照，却不能以龙树解释蛙氏。蛙氏所肯定的正是龙树所否定的"常""一"，而且包括了"生与灭"。双方都说自己是"善"，能"息戏论"（"戏论"原文指对宇宙现象的错误认识，prapañca 本义为显现，扩展，纷繁，现象）。龙树对矛盾两方都说"不"是有所指的，同蛙氏和商羯罗的"不二"也不是一回事。因此，我们还是就这篇奥义书本身来研究，不同佛教空宗哲学作比较。若那样比较，涉及的神秘主义范围更广，非本文能尽。

在分析"第四"和基本公式之前，还有一点要说一下。从第九节到第十二节中说了效果，值得注意（请看附的全文）。印度哲学不是空谈，是着重修行实践和讲求实际效果的。这四节末尾都是说"即如是知者"，就是说，能这样了解的人（末节重复这一句是在口授时表明全文或一章已终了，这是古代印度传授经文的一种习惯）。这句是从属句，连前面主句读。"知"（veda）原文是明白、了解、知道，与"吠陀"词形同，但只是个普通词，和前面的"慧""智"的词根不同，不是指认识和意识活动（√ jñā）。这四节中都说明，了解这一哲学体系的人可以得到什么效果。将上面对三个音的词源解说联系到效果，语言含糊，解说牵强，是《梵书》的习气。如"得"和"遍"是一词的两解；"上升智相续"也不明白；"一我缘精髓"，连商羯罗也不能给一个确定解释，而只提出或此或彼的解释。尽管如此，其主要意思还是明白的，试解释如下：

明白这一哲学体系的人——

一、可以遍得一切欲望，成为第一；

二、可以提高连续的知识，平等（"平等"是佛教译语，即相同，普遍，普通，商羯罗解释为"怨亲平等"，成了佛教论）。不知"梵"的不会在他的家宅里。

三、可以衡量一切，没入于一切。

四、最后，他"以我入于我"，同"我"一起没入于"我"。

若用通俗的话说，大致是：能满足欲望，增长知识，提高地位，家族中只有"知梵者"，与"我"合而为一。

神秘主义可以产生并不神秘的效果，这是其流传的依据，正如相信念咒语可以在实际生活中产生影响一样。这显然是婆罗门祭司和巫师的口吻。"婆罗门"和"梵"同出一源，我国佛经旧译"婆罗门"为"梵志"是照字面直译，也是有根据的。婆罗门鼓吹"梵"，重视家世门第，这同他们的哲学思想有密切关系。

以上将这篇奥义书所传达的各方面信息都作了分析和试探的解

释，最后考察其基本公式，并对其哲学含义探测一下。我们还是得先把它传出的信息列出来看。"唵""梵""我"都是代号。

一、"唵"包括一切，全部时间，甚至时间以外。

二、"唵"是"梵"，是"我"，可以分解为四方面，三方面是人的意识三状态，"第四"才是主宰和来源和认识者。

三、"第四"包括了一切物的生与灭。

四、"第四"是"不二"，它不是意识的三状态，它不能成为认识和行动对象，它是"我"，是应当知道的。

五、了解这个秘密的婆罗门可得到利益，最后能"没入"，同"我"一起入于"我"。

从这五点可以得出：

一、"唵"＝"梵"＝宇宙。

二、"我"：认识主体≠意识活动。

三、"我"入于"我"＝"梵"。

许多解说都认为这种"不二"论是不折不扣的唯心主义，"我"是主观意识，没有对象的纯主观的认识主体，所以"不二"，因此不可说，不可思，神秘。或者说"我"是主客观合一，绝对精神，所以"不二"。照侨罗波陀的诗，那就是醒和梦所见的外界都是幻化，不真实，只有"我"，精神，是唯一真实。

这样，着重"我"一方面的，把它解说成主观唯心主义，着重"梵"一方面的，把它解说成客观唯心主义。很少人（如本文开头说的波特尔分析侨罗波陀诗中的"分别"）认为这篇奥义书和《侨罗波陀偈》中的神秘主义哲学不是唯心主义。

可是，就《蛙氏奥义书》本文而论，大家几乎都忽视了那个神秘的"唵"。这本是宇宙的代号，由此才能"解译"出这篇文中提出的，答复"梵""我"问题的宇宙观。

我们应当注意，这里，一、没有上帝、神（"一切主"是"第四"还不等于上帝）；二、没有灵魂（"内宰者"即控制者，不等于永恒于轮回之中的灵魂）；三、没有把一切归于意识和精神；四、没有说世界不真实而是虚幻；五、承认过去、现在、未来和始、中、末和生、灭，这是只有依物质变化才能测出的时间范畴。如果说这样也是唯心主义，那很难令人信服。我们只能根据其本身发出的信息来"解译"，不能根据后来人甚至现代人的注释发挥来"定性"。当然，对很古时代的人说，也不能认为不是唯心就是唯物。阵营和阶级也是到近代才明显简单化的。我们要实事求是地就其体系本身来考察。

这里，还得插一点辅助说明。这就是，要指出那一时期的印度人是很讲究实际而且是从实际出发研究哲学问题的，并不是神秘莫测的，不能因为时代、社会、语言不同就认为奇特不可解。举两个例如下：

梵语语法的古代宗师波你尼列举的梵语词根分为十类，这不是他个人的创造，而是集体传授的结晶。这十类动词词根各有一个作为起首，它就是代表者。它们的意义是：1.存在，2.食，3.祭，4.戏，5.榨，6.击，7.阻，8.展，9.购，10.盗。这十个动词展示了当时的人（尤其是婆罗门祭司）的社会生活的图画，连次序都是依据其重要性的，而且是一对一对排列的。词根分类本是照语形变化安排的，但是在选定作为代表的词根时，那些语法家的哲学头脑就起作用了。他们科学地分析了社会生活，加以归纳。首先是"存在"，存在依靠"食"，以下是生活中的重要行为，最后是出现交换，正当的是"购"，不正当的是"盗"。这是语法家对当时社会生活的哲学考察，是很实际的，而且是惊人地确切的。这一点似乎历来没有被人注意（"榨"之重要是因为祭祀要榨取苏摩酒汁）。

另一个例是排在《主住奥义书》（Īśopaniṣad）前后的祷词，似乎神秘莫测："此全彼亦全，由全兴起全，从全取全后，所余仍为全。唵！寂！寂！寂！"

其实，这并不神秘，这是观察实际得出的哲学结论。人生子，牛产犊，树结果实，由河或池塘取一罐水，等等，这类自然和社会现象在古代人看起来就会得出大"全"（完整）与小"全"之间的关系问题。这在社会上是总体与个体或整体与局部的关系问题。这在具有各种参差不齐的生产力和社会结构的大小国家、部族、氏族，从印度河流域到恒河流域的北方印度，当互相矛盾的情况频繁接触而有些社会结构有分化、瓦解、变革的现象时，这种情况在当时的文化人（知识分子）的思想上不能不引起波动。他们必然提出问题并寻求而且提出各种答案。那时的婆罗门（不限于在家祭司，也有出家人）和沙门（出家人）必然是用当时他们所了解的语言中的术语和代号来传达各种思想并展开辩论，同时在社会上，以至在政治上、经济上，觅求支持者。他们彼此提出哲学见解和进行辩论时所用的专门语言，以及在社会上宣传和寻觅支持向群众或统治者发表言论时所用的通俗语言，可以有所不同，但其思想体系和依据是各派自己知道并且互相知道的。例如这段祷词的思想是，整可以分，分而仍整，其实际作用是促进社会变革，不怕瓦解和分裂的。同时，反过来，也是对建立和保护松松垮垮的不巩固的王国未必无利，因为它也肯定了总体、全体的完整性。这一思想上和实际上的问题是"梵""我"问题以及佛教、耆那教等各派所提问题与答案的重要历史背景。当时北方印度的广大地区的社会情况是复杂多样的，并不是一刀切似的整齐划一。森林和城市，部族和国家，杂然并存；矛盾产生问题才会反映在思想中成为哲学的当前争论点。我们从意识形态领域里可以看出，这种在分歧中求统一的思想倾向是古代印度文化的一个值得注意的特点。现在遗留的文献加上考古发掘的文物供给我们大量信息，只要加以科学分析，我们就可以得到对印度古代哲学思想和社会思想（社会心理）的比较可靠的了解，而不为它上面笼罩着的一层古色古香外衣所迷惑。

上面引的这一节祷词，其中思想与《蛙氏奥义书》有相通之处（《蛙氏奥义书》前后的祷词则没有这么明显，故不引。不过其中说的是感觉器官和身体，可证并没有否定这些）。我们可以由此得到点启发，所以多讲几句。

现在再考察《蛙氏奥义书》的宇宙观。不难看出，它是以"唵"为宇宙整体的代号的，而这个"唵"是：

一、"唵"代表宇宙整体，其大无外，包括全部由时间可测的变化以及不能以时间测量的，不能定其变化的一切。这是全体，不能再有第二。这是无限（未必是绝对，因为当时还不见得已经认识到绝对和相对的对立概念）。

二、整体内部是可分的。分出的局部自身也可作为整体，但又是宇宙的部分。分出的整体又可分，但其中作为宇宙部分的方面是主要的。这样，个体又是整体，主要的是它仍属宇宙，它就是宇宙（严格说，不是"等同"而是"属于"，但就性质可以说"是"）。

三、人的精神现象、意识状态，是可分的，如醒、梦、熟睡；又是不可分的，因为它属于宇宙总体，是精神；它出于宇宙，归于宇宙。

四、这就是"梵"，这也就是"我"。从宇宙总体说，这两个都属于宇宙，可作为宇宙的代号。从这两个代号的本身内容说，各自也是可分的。

五、无限的宇宙不能用有限的语言指示，任何语词都是有限的，有"二"的，不能表示"不二"，除非用否定表示肯定。精神的整体可作为宇宙（属于宇宙），而精神却不就是宇宙（非慧）。指示出宇宙全体的只能是公用的肯定语的音——"唵"。它没有对立面，但可分，分解后的对立面"无音"表示全体。

如果上面这些现代话的"解译"大体上符合《蛙氏奥义书》的

根本哲学思想，如果这就是"唵＝梵＝我"中的等号的意义，即不是范围的相等而是性质的相等（因为无限对无限不能讲范围，而且，梵语原文中没有"是"字，根本没有动词，所以这一理解只能说是对我们所加上的等号的理解）。那么，这是唯心主义还是唯物主义？这里的宇宙是包括了精神的，但并没有否定物质；作为一切来源的并不是一般意识状态，而是"第四"，即其与宇宙合一的方面。"唵"字所代表的是一个无限而可分的心物合一的宇宙。这样看来，《蛙氏奥义书》中的神秘主义是类似从万物有灵论发展出来的泛神论体系，显然没有接受独立的精神自我（灵魂）和轮回，而是强调整体和无限。它强调"不二"，是不是可以说，它不赞成心物多元（胜论等）或心物二元（数论等）的宇宙观，而提出心物混合的一元论，或说掩盖唯物论的泛神论呢？这是不是接近布鲁诺和斯宾诺莎的"上帝"呢？《蛙氏奥义书》作者的哲学思想在当时印度若不是蒙上（从内容说也不得不蒙上）一层神秘主义纱衣，他会不会被烧死或被"逐出教门"呢？无论怎样解说，这篇奥义书的神秘主义是并不那么神秘而且是可以理解的。当然，以上的分析也只是试探性的理解，未必就是正确的。

（一九八一年）

附：《蛙氏奥义书》

（一）唵，此字即此一切，其释：过去、现在、未来，一切皆仅唵字。别非三世者，亦皆仅是唵字。

（二）一切皆此梵，此我即是梵，此我有四足。

（三）醒位即外慧，七支，十九口，食粗，一切人，第一足。

（四）梦位即内慧，七支，十九口，食细别，焰炽，第二足。

（五）其中睡，无所欲，不见梦，此为熟睡。熟睡位，成一，唯慧密，喜造，食喜，心为口，有慧，第三足。

（六）是乃一切主，是乃一切智，是乃内宰者，是乃一切母，众生生与灭。

（七）非内慧，非外慧，非内外慧，非慧密，非慧，非非慧。不可见，不可施，不可取，无相，不可思，不可名，一我缘精髓，息戏论，寂，善，不二，以为第四。是为我，是应知。

（八）此我，依字即唵字；依音，足即音，音即足，阿音，乌音，摩音。

（九）醒位，一切人，阿字，第一音，以得、遍故，或以有初故。是真得一切欲，且为初，即如是知者。

（十）梦位，焰炽，乌字，第二音，以上升故，或以二故。是真上升智相续，且为平等；不知梵者不在其家，即如是知者。

378

（十一）熟睡位，有慧，摩字，第三音，以量故，或以没入故。是真量此一切，且为没入，即如是知者。

（十二）无音，第四，不可施，息戏论，善，不二，如是唵字乃我。以我入于我，即如是知者，即如是知者。

（一九八一年）

佛学谈原

我的有关佛学的几篇文章合起来可以取名"佛学谈原"。

"谈"指的是文体多半是谈话，不是讲义，也不是学位论文形式。只有一篇《说有分识》是早写的，用文言是为方便引用古译并仿作今译，学术气较浓。

"佛学"和"佛教"不同。佛教是宗教，中心是信仰（皈依）。佛学是一种"学"，是研究，不一定以佛教全体作对象，可以只重教理、教义或某一方面。佛教不重语言文字，甚至脱离文字以至脱离语言，重在修行、仪轨、戒律。佛经都是"如是我闻"，是口口相传听来的"佛说"。"结集"原本是"合唱"，集合起来诵出共同承认的佛说经偈。佛学是以语言文字即文献为主的研究，即使调查宗教行为也不离语言文字。

"谈原"不是"探源"。"原"指本原或原本，语言文献。佛教文献出于南亚、中亚，用的是那时的文化通行语，是接近口语或可以上口的文言。后来写成书才用文言即雅语，但和正宗雅语即梵语比，仍有口语"俗"气。巴利语三藏名为用俗语，实是接近雅语的俗语。还有雅俗混合语经典，都是这一类。从语言学观点说，互有区别，但在实际应用上，尤其是在口头上，是可以通行的普通话。法显、玄奘、义净经过中亚、南亚、东南亚，他们的记录中没有提到各地歧异的方言和语言困难。他们所说的文献都是用的佛教界通行的文言。这就是佛教文献的语言"原本"。汉译和藏译佛典都由此而出，各成为一种特殊文言。汉译文往往像是用汉字写出的梵文，不如原文明白顺畅。照历史顺序说，佛教第一兴盛期是摩揭陀国阿育王时期（公元前三世纪，秦）。从当时石刻俗语诏书看，那里佛教文献不多，可能更接近口头俗语。阿育王所推荐的七部经名和现存巴利语经及汉译《阿含》不能直接对上，但大多数可以在巴利语经中指出相应的经。第二兴盛期是贵霜王国时期（公元一二世纪，东汉）。版图从雪山（喜马拉雅）以南的恒河、印度河流域直到中亚。佛教由此传入中国，先到西域，后入中原。大量文献在此时涌现，纷纷汉译。第三兴盛期是戒日王统治北印度时期（七世纪，唐）。此时玄奘前去取得大量文献。第四时期佛教在印度日益衰微，渐趋灭亡，或说是换了面貌，或说是与其他派合流而变化。这是八世纪到了十二世纪（唐、宋）。此时佛教文献大量传入西藏，有了藏译并保存了一些原本。差不多同时（八世纪），唐代出现了"开元三大士"，善无畏、金刚智、不空，译出不少密宗要籍。数学天文历法学家一行也参加翻译密宗经典。由文献说，密宗兴盛较晚。由内容说，这和印度的不用佛教名义的密宗（诸经总称怛多罗）应当是同源而且开始可能都很早，又消失很晚（如孟加拉的"俱生宗"二十世纪可能还在"地下"。见《湿婆之舞》）。秘密仪轨不重文字，写下来成为文献时大概已是后期，而汉译藏译数量还很庞大，印度语言的也陆续印出不少。上述各时期各宗文献用或文或白或文白夹杂的南亚中亚通行语统称梵语写成。这些若作为佛教文献"原本"，汉译、藏译是译本，而依据译本在汉语、藏语以至朝鲜、日本发展佛教的著作对"本"而言就是"支"。根深叶茂，根埋土下，然而，寻见枝叶不能忘了有根茎。我的这些文章只谈译文而追溯原本或本原，不及东土各宗，所以说是"谈原"。

佛教在发源地天竺或古印度只有很短几个时期兴旺。从释迦牟尼开创，"初转法轮"，到大约十二世纪灭亡，一直不是天竺宗教中绵延不断的正统。古代印度宗教极为复杂。从文化说，初有古希腊亚历山大侵入西北，后有连接中亚和印度的贵霜王国，八世纪到十二世纪伊斯兰教大量进入北印度，随后又进来了基督教。这些在思想文化上直接间接都不可避免产生影响。还有古波斯（伊朗）、古希伯来（犹太）也和古印度在接触中不会不互生影响。拜火教、犹太教在今日印度还存在。印度古时称为"北俱卢"的雪山以北西藏等中国地区的早期文化也不会彼此毫无影响。这些在佛教文献中理所当然不会明显提出，而在思想及行为的发展上仍可察觉踪迹。例如那么多的平等的"大千世界"就不是最多讲到"大九州"的中国人想得到的。所谓影响不是照搬，而是加上自己的解说，由此而或排斥或吸收。从中国方面举例说，印度处于热带，人的生活情况和雪山以北处于温带的中国广大地区不同。在南亚人视为当然毫不足奇的，在东亚人会另有看法、想法。文献解说本来是随时随地随人而异。各种文化之间有同有异，而近似的更多，所以难解、误解、"格义"，以此解彼又以彼解此的情况是极其自然毫不足怪的。往往误解会成为正解。因此，传原本时往往另有解说，翻译离不开译者的解说。在忌讳极多的中国人看来，古印度人是几乎没有忌讳的。中国人所忌讳的，如神、圣、帝王的名字，古印度人不觉得要忌讳，反而用神名给人取名，挂在嘴边。修道人赤身露体（裸形、天衣、涂灰）乞食为生，也不是中国人习惯所能接受的。王维号摩诘之类名字很少，维摩诘只是居士。古罗马继承古希腊的文化而发展中，以此为彼以讹为真的情况不一而足。古希腊并非今希腊，其文化包括地中海中岛屿及小亚细亚和北非。罗马帝国中希腊语和拉丁语并行，一东一西都是通行语而非地方语。这和古印度及中亚以梵语为通行语情况相仿。各地方语言终于分裂独立，各自记出拼音成为书面语，这一点在欧洲和印度也相仿。中国古人（汉族）记语言重字而不重音。从秦代将六国文字统一以后，孟子所说的齐语楚语之别在文献中消失了。文献语言和口头语言的距离越来越大，但没有各方拼音分裂成为不同书面语的情况。中国人因此不易感知并理解南亚中亚的语言和拼音文字思想文化的复杂情况，正如欧洲人不能懂中国人不习惯用拼音文字而用方块字一样。因为汉语和梵语不仅是语言不同，还包含思想习惯在内，所以在东土发展后所著的佛教文献和天竺原本的佛教文献似是一事而有区别，仿佛欧化汉语或汉化欧语不等于欧洲语。因此我以为注意原本并非无益而有必要。当然不可颂根本而斥枝叶为非，也不可据枝叶而忽视根本。这是我"谈原"的出发点。（以上所说不包括藏语情况）

还想赘述一点鄙见供读者参考。用现在的习惯语言说，有出世和入世，消极和积极之分。我们往往将佛教思想文化归入消极出世一类。依我看，对佛教原本说，这不仅不是全面，而且也许正是以中国传统思想文化为坐标轴而将佛教归入负号一边。若从原本的古印度一方面看，可以说正负是相反的。佛教讲降魔，讲"精进"，讲"无畏"。胁尊者"不以胁至地"就是不肯认倒，正像达摩面壁九年的传说。信佛的阿育王统一天下，戒日王信佛而有武功文治，都不是中国人所认为的出世。印度人口繁殖更不是中国人所认为的禁欲（印度的苦行之神和舞蹈之神是同一个）。出家当"乞食者"（比丘），在多森林多毒蛇猛兽的野外修行，非有勇气毅力不可，并不要求信佛的人都这样。这是"僧伽"的严密"戒律"组织，是"皈依僧"的"僧"，不是个人。有一些人乞食生活在古代印度并不影响社会生产（那烂陀寺非常例且已是七世纪），不像中国人出家归庙享受"供养"，人数众多，会影响农产、税收、兵源而遭禁（韩愈《原道》说："不出粟米麻丝以奉其上则诛。"）。当代的佛国缅甸、泰国、斯里兰卡也不像中国人想象的信佛人都遁入山林诸事不做以致人烟稀少生产衰退。佛教文献的读者本来是"内外有别"的，许多是"不得外传"的。至于印度次大陆之所以"外患频仍"，应当注意其经济及社会结构与政治的特殊"国情"，不能单独归咎于思想文化的"兼容并包"缺少抵抗力。否则又如何解说佛教在本土灭亡而在异国昌盛？那岂不是要说中国文化抵抗不住佛教是更没有抵抗力吗？文化独存，证明不弱。文化若亡，必有内因。单就文化说，追究原本实际，全面了解，作分析解说，而不下简单结论，我以为这才是有效率的思想方式。

希望以上这些简单说明有助于读者看我的文章。我现在对这些带有时代痕迹的文章都有不满意之处，但已经无力改动或另作了。

一九九四，甲戌年，春初

关于汉译佛教文献的编目、分类和解题

　　汉译佛教文献不但是我国的一份文化遗产，而且也是印度文化资料，若作为人类古代文化留下来的一种信息，那就更有世界性的意义。尽管尚有藏文的大量译本，有印度的原本（除巴利语的藏经外，梵语佛典也不断出现），但这些汉译本的重要性并未减少。日本刊行过包罗宏富的汉文《大藏经》。国际学术界从许多方面对这些典籍进行了研究。可惜我国除了少数人以外都对之漠然，更少有人对这些文献进行现代化的科学研究，以致有些人在提到时还沿袭国内国外的一些陈旧说法，对于近几十年间关于宗教、佛教等等问题的新探讨多半置若罔闻。其中一个原因是我们对于这些用本国文字译出的文献看起来同外国的古文差不多，又缺乏国外用原文本和多种语言资料作对比研究的条件。对需要了解或有志研究这些文献的人来说，更缺乏适合现代人要求的入门引导。各种各样的分类编排和目录大都是依照传统的宗派的观点，对门外汉不能起展示内容和引导入门的作用。索引和提要以及词典中的说明也不能对未入门者有多大帮助。很多论述佛教的书籍和文章虽然引经据典，却往往着重的是下结论，而不是引导读者自己去对由印度来的原始资料进行独立探索。佛教典籍的整理和刊行，除了《百喻经》一类的故事书（删去教义只留寓言）以外，恐怕在一本一本校注出来以后，若没有全面的介绍和引导，也不见得能帮助专家以外的一般读者去涉猎和了解。汉译原典和中国人的论述在我国常不严格区分（这在研究中国佛教时是自然的），对各种汉译也很少分析其相互关系，这也是对汉译文献作科学性探讨的障碍。结果是读外国人对印度原文佛典的整理和论述反而比读汉文的书更容易，甚至对有些原始资料的汉译的研究也还离不开外国书。当然，这是一项国际性的学术研究，而且外国人用现代方法进行逐步科学化的研究也比我们早，我们不应该脱离国际学术界而闭门孤立，但是对汉文译的文献，我们应当比外国人了解得更多些才好。我国的这一份文化遗产和其他部分不同，它是国际性的，因此，整理起来也不能同一般整理古籍一样。

整理佛教汉译文献的进行步骤，建议如下：一、编目，二、分类，三、解题，四、校注。

一、编目 从僧祐的《出三藏记集》（〔梁〕五世纪）到吕澂的《新编汉文大藏经目录》（一九八〇，以下简称"吕目"），中外古今有不少的佛藏目录，现在我们可以就利用最新出的"吕目"。"吕目"的优点是全部编号，核定译名、异译、译人，注明依据，分类比较简明；不足之处是编号只剔出疑伪，没有将有异译的附于所定的初译或全译的编号之下，而仍同一编号，只前面加一横线。因此，只算译本，连上疑伪（1095—1111、1498—1504）二十四部及外论（1112、1113）二部，虽有 1504 号，其实按原书说并没有这么多部。如 0001《大宝积经》等于一部丛书，作为一号，其中四十九会分别加括弧数字，这样很好。但 0002《大方广三戒经》既然已"勘同宝积（1）三律仪会"，那就可以标号为 0001（1）a 归为一号。这样，号数归并，同书异译明显，而编号仍不混杂。"吕目"另一个问题是有目无书，只是自成体系，同任何版本都对不上号，还得另找索引查书。"吕目"的编号法和日本的《大正藏》一样，只要加注《大正藏》编号即可对上现在国际上常引的"大正"号码。所以编目一事有了"吕目"，只要修补即可，不必重订了。至于《大正藏》有而"吕目"缺的（如《金刚仙论》）则可以补在后面。

有一个目录却需要编订一下。国际上过去有个时期都引日本南条文雄的汉、梵、英对照目录的编号。这书太旧，在梵本大量出现之前，后来大家不再引用。印度师觉月的《中国佛藏》（P.C.Bagchi：*Le Canon Buddhigue en Chine*）虽稍新，且有人引用，但现在也已过时，只可供参考。日本山田龙城的《梵语佛典诸文献》（一九五九）搜集很多，但前面有说明加注，后面又有补充，且一九六〇年以后的尚缺。"阿含"部分还需要用日本赤沼智善的《汉巴阿含对照录（附梵文部）》，用起来很不方便。若将这几部书的梵、巴、汉对照，只取书名和译者（附"吕目"编号），无梵本的一概不录或另作符号采用师觉月的还原译名，并加上对照索引，就成为一本对照书目。若能加上一九六〇年以后刊出的（如新校本《回诤论》），再将未刊的写本（由各国写本目录查出的）收入，那就成为一本供查阅方便的书。这虽只对较少数的人有用，但至少可以使阅读外文书或翻译时不致把早有汉译的书还重去译音了。

二、分类　这个工作比较复杂。过去所有的藏经和目录，尽管所依据的体系不同，却都是遵循佛教宗派的划分原则。"吕目"分类很少，并作了说明，他是依据《摄大乘论》的理论，是"法相唯识宗"无着的理论体系，别的宗派未必接受。而且，这仍然未能跳出佛教体系圈子。现在需要另行分类。借用文化人类学的（也是语言学的）术语来说，原有那些分类目录都是"属内"（emic）的而不是"属外"（etic）的（这两个词暂时这样拟译）。我们所需要的是不照佛教而照宗教学或一般文化知识的观点将全藏重新分类编目。这需要对全藏有大致了解并具备一点现代社会科学常识，也不算很难。下面我拟一个大略的十类分法以供参考：

1. 佛陀传说。这类似《新约》的"四福音书"中的基督传说，也可以包括关于佛弟子的传说，类似《新约·使徒行传》，但和《史记》的《孔子世家》《仲尼弟子列传》形式同而性质不同。这类只包括释迦牟尼及其弟子。

2. 佛陀语录，或流通口诀。最明显的是《法句经》（《法集要颂经》），这是集句。还有些专题解说，如《稻芉经》。这类不包括成体系的大部经典和秘密经咒。宣传信仰的归入另一类，这类专收讲道理的。

3. 教团组织。佛教有严密的组织纪律，这是其能广泛流传的重要因素。法显、义净都是去印度求戒律的。各派有自己的一套，中国流行的又是各派自有一套。从《百丈清规》（元）以后。明、清寺庙才多依禅宗。印度传来的许多"律"需要照原来派别分列。这对于了解印度佛教和中国佛教，特别是为什么中国没有依样画葫芦（如"忏悔""悔过"之类）的"文化移入"问题，是重要文献资料。进行研究当然还要依靠对实际寺庙生活的考察。这一类中不包括"律藏"中不是说戒律的书，主要收"戒本"和案例。

4. 教派历史。资料散见，需要排在一起。不仅有《十八部论》《根本说一切有部毗奈耶破僧事》，还有《佛临涅槃记法住经》《当来变经》《法无尽经》《法住记》等。

5. 宗教信仰。这是对外宣传品，其中主要起作用的不是理论而是信仰。例如《阿弥陀经》《妙法莲华经》《金光明经》《金刚经》以及《浴像功德经》《造塔功德经》等。此类不包括以讲理论为主的书，如《那先比丘经》，那另属一类。

6. 宗教文学。这是采用文学形式宣传宗教信仰的，包括大量的故事。如《百喻经》《贤愚经》《大庄严论经》等。《阿育王经》等也包括在内。但马鸣的《佛所行赞》长诗仍应同巨著《佛本行集经》作为一类归入"佛陀传说"。这和对原文书的分法不同。但"颂、赞"可列入此类。

7. 理论体系。这一类包括很多，不但有"论"，而且有"经"，如《入楞伽经》《解深密经》等。

若依照理论体系的派别排列，有些书比较困难，若依照表达形式排列便比较容易。照说应当是先分派别，以后再将各派的书分形式排；但也未尝不可以倒过来排，先形式而后派别。有些讲其他教派理论的书可以附在这类后面。

8. 修行方法。这同讲戒律的书一样，对"文化移入"研究有意义。不仅有《禅经》《安般守意经》，而且有《治禅病秘要经》。有些讲医药的也可附入。佛教是重修行讲实际的，讲狭义修行方法的书却不多，值得注意。

9. 术语汇集。如《法律名数经》《大乘阿毗达磨集论》之类。《俱合论》虽是印度式的词汇集，但已成为百科全书式的庞大体系，应算"理论体系"，不入此类。《百法明门论》主要列举术语，仍入此类。不过，解说理论和信仰体系中的术语的著作是否归入此类，还可考虑。

10. 秘密仪轨。这是庞大的一类，"吕目"收入三百八十八部，比"律""论"都多。"吕目"将其中大部分入了"杂咒"类（二百九十九部）。对这些经咒需要进行分析。可以单就汉译文献作初步研究，然后与藏译资料对比，但不能不注意到国际上这方面的研究。从二十年代起就有人整理研究印度的秘密教派文献，到八十年代初还有人继续做这方面工作。克什米尔（迦湿弥罗）的大自在天（湿婆）教派和孟加拉的崇拜他的妻子难近母的教派很受注意。这两个地区都同中国接壤。还有南印度的秘密教派也有人研究，这和不空金刚（唐朝）从师子国（斯里兰卡）学来的佛教密宗不无关系。可是，因为文献本身既晦涩难解，而且必须调查实际情况，可以比较的又多，不但有印度的各地各民间教派，而且有中国的汉族、藏族、蒙古族的教派，还有中国的道教和世界上许多杂糅巫术的秘密的或公开的宗教仪式行为；所以这项科学研究虽很重要却进展不大。不过仅仅初步整理汉译（有些实是以汉字拼写原文）也不是很难，只需要有一些语言和人类学的知识就可以动手。

以上分类只是个设想。这里面还有个问题：古代人作书不是按照我们的模式进行的，他们有自己的模式，因此一部书可以入不止一类中。我想可以用"参见"的办法；若是一书中各部分可分入数类的，可以在"参见"中注明有关部分。这里不举例了。

三、解题　这是最难的一项工作，可以有几种做法。像明朝智旭的《阅藏知律》和日本小野玄妙的《佛书解说大辞典》那样的题解不需要重作了。那是"属内"的，是给懂行的（或说"受戒者"）看的。现在要有"属外"的做法。下面试举两种做法的设想。

一是简式。大体上要指出这部书的性质、形式、内容要点、文献地位（与其他书的关系）、社会功能（在中国社会历史上的作用）、读法，等等，但不是每部书都全说到，每一项也只须讲要点。有的书大，而说得少，有的书小，而说得多。例如，《大宝积经》有一百二十卷，只要指出，共有四十九"会"，实际是一部丛书，许多"会"都有单独的异译本，可分别查看，就够了。例如，属于"宗教信仰"类的《阿弥陀经》，本身篇幅不大，但是需要将"净土"的几部经结合起来作说明。并且要指出，由已刊行的一种原本看来，这不过是一种有文学意味的宗教宣传品，但在中国却起了很大的社会影响，成为一大教派的经典，而且泛及社会各阶层，直到现代。至于流行的原因，如阿弥陀佛的大"愿"，西方"极乐世界"的描绘，"持名"（念佛）来源的印度宗教习俗，就不必说了。又如《心经》，只有两百多字，但是解题的字数无论如何也得比它多。这部经主要是属"秘密仪轨"类，但其中以口诀式列举了佛教重要教义，而且在中国有广泛的应用。和尚拜佛念它，超度亡人也念它；《西游记》小说里多次提到它；它成为一种象征性的经典。形式、内容和作用都不能不提到。

二是繁式。这可以说是简式的扩大。例如《心经》的解题，就要说到全名《般若波罗蜜多心经》中的"般若波罗蜜多"是从"六波罗蜜多"独立出来的，原义大有发展。它称为"心"，确是核心，由此可以扩大到佛教的全部理论和实践，甚至可以涉及到印度社会思想的历史发展全貌，从分析世界到神秘主义。还可指出其中的三个层次：（一）理论体系，（二）人（菩萨、佛），（三）咒。由于有梵文原本，又有汉字音译对照本，所以文本词句明确。至于它所产生的社会影响，可能是由于其三层次中分别提出的"度一切苦厄""无有恐怖""能除一切苦"语句；而且咒语神秘，经文简短，容易背诵；同时又归之于"观自在"即"救苦救难"的观世音，这和《妙法莲华经·普门品》也联系起来。繁式的解题可以因书而异，以少驭繁，以详释略。

无论哪一式都不必每部经都解释。例如《比丘避女恶名欲自杀经》，简式即可不提，繁式也只要指出内容反映印度社会一角和佛教的应付办法就够了。又如《父母恩难报经》《孝子报恩经》，照题目说应当适合古代中国人口味，却不见流行。如是则简式可不提，繁式也只要指出这一点便可。

解题不是提要，想知道内容可以查《阅藏知津》。难在要从各类中找出互相关联的体系，分别发现其中主要典籍，提纲挈领，有详有略，而不是逐本书地去讲解，因此这是最难的一步工作。这需要"辨章学术，考镜源流"。

四、校注 一般整理古籍都落实到这一步，但是对于佛藏却不然。究竟应该校注哪些书，这一要看给什么人用，二要看书的性质。这不是为普及的，也不是为提高的，很难定什么书需要校勘，要注些什么。就书而言，可以有几种分别：一是分别有无相应的原文本（不见得那就是翻译底本），二是分别汉译文好不好，三是区别在中国起的社会作用大小，四是区别在佛教或印度社会思想中的地位轻重。照这样的区别以定校注什么。

校注形式要现代化，要标点、分段、注明术语，眉目清楚。这样做，最好是有原文本的，用来一对照就清楚得多，原文往往比译文还容易读些。

有个问题是，原书很重要而汉译不好又流行不广的书怎么办。例如《法句经》是在国际上非常流行的，谈佛教的几乎是人人知道；巴利语原文是朴素的格言诗，书中的"诸恶莫作，众善奉行""诸行无常，诸法无我"，散见各处，已成流行口诀；但这书汉译本却不流行。是否要校注译本（有几个本子）？也许应当有现代语新译本？

校注不是技术性问题，要考虑刊行目的和社会效果。对专门研究者说无此必要，因为读这些书若没有传授入门，不了解实际情况，有校注也得不到多少帮助。若只研究在中国历史上起过作用的哲学宗派典籍，那是中国哲学史家的事。这里讲的是从比较文化角度着眼的考察，不是整理旧书，不是只讲哲学，不能脱离宗教实际。所以是否校注，可以最后考虑。

以上说法难免有片面性和荒谬之处，不过是"野人献芹"而已。

（一九八三年）

《心经》现代一解

　　《心经》无疑是佛教经典中最广泛流传的一部，也在最难懂的古书之列。古往今来不知有多少人，中国人和外国人，出家人和在家人，信佛的人和不信佛的人，阅读、背诵、解说过这部经。原有八个汉译本，包括一部音译原文的（《大正藏》中以敦煌本讹误甚多），彼此没有很大差别。梵文原本也已发现并刊行。原文及音译原文本和译本，特别是玄奘译本，内容互相符合，可见各种传本的差别不是主要的。中国流行的、出家人作为早晚功课并用以超度亡灵的就是玄奘译本。我现在以此本为据，作现代直解，不参照引证古今人的纷纭解说，只是作为一解。这不是使古文现代化，而是想试一试现代人是否可以用现代思想和知识及语言理解这部古书。主要只说两点：一是释题及主旨，二是试解说"五蕴皆空"及修行。

　　先提出作为出发点的问题：这部经是答复什么问题的？这不是指原作意图而是寻找其核心思想，发现其功能和作用。

　　从经题就可以作出初步回答。

　　书名中心就是玄奘译的《般若波罗蜜多心经》。各译本只有繁简不同。若照署名鸠摩罗什译的经名则是《摩诃般若波罗蜜大明咒经》，可简称《般若神咒》（为减少校印麻烦，均不附列原文）。

　　文体很清楚，是一种咒语。经中自说"是大神咒"。咒语就是供记诵的扼要语言，以语言表达不能，或不完全能，用语言表达的意思，暗示有神秘特殊意义。换句话说就是以世俗的形式表达非世俗的内容。经内用的"咒"字不是一般用的"陀罗尼"，是印度人对《吠陀》神圣经典诗句的文体的名字（施护译作"明"即《吠陀》）。这种"咒"不是全不可解，而是不能解，不必解，不应当解，因为主要是给信奉者诵读以达到信仰和修行的目的，意在言外，寻言不能尽意。因此，"般若"不能译成"智慧"。这两词不但不相等，而且易生歧义。"波罗蜜多"不能照意义译成"到彼岸"。鸠摩罗什在译出《般若经》的讲义时，把书名译作《大智度论》。"大"是"摩诃"。"智度"就是"般若（智）波罗蜜多（度，到彼岸）"。译意不比译音容易懂，反而出歧义。

怎么说从题名就可以看出经所回答的问题？

题名"心"标明这是核心。原文不是心意之心，是心脏、核心、中心。这指出要说明的是，怎么由"般若"智慧能"波罗蜜多"到达彼岸。也就是得到度脱，超越苦海。

题名表示，这是讲宗教教理和修行法门的书。凡宗教都是以信仰为体，修行为用。哪怕是不打着宗教旗帜甚至口头反对宗教的另一类宗教的教会组织，往往也是出发于一种信仰而归结于行动纲领即修行法门。信仰的特点是不讲道理，不能讲道理，认为真理不需要逻辑证明，千言万语只是说明信仰。重要的不是理论而是实践行动即修行。般若智慧不论怎么说，说多，说少，说深，说浅，都离不开讲道理。坐禅修行就不能说话，讲不出道理。《大般若经》玄奘译本有六百卷。原文从八千颂本到两万五千颂本，还有更多的，语言重复繁琐。这样的般若智慧怎么又是修行法门？智慧怎么能代替修行？理论怎么能代替实践？凭信仰修行可以得到解脱，凭智慧怎么修行能得到超度到达彼岸？"波罗蜜多"到彼岸得度脱的修行法门共有六种：布施、持戒、忍辱、精进、禅定、智慧。前五种是修行，显而易见。智慧怎么修炼？用现代话说：理论怎么与实践相结合？理论怎么又是实践，能产生最大效果？信仰岂可凭理论？理论岂能等于实际？这就是问题。有的译本中有问答，问的就是"云何修行？""云何修学？"也就是，"般若"（智慧）如何能"波罗蜜多"（到彼岸，度脱）？

《心经》正是这个问题的答案的核心，是"般若"，讲道理，又是"波罗蜜多"，度到彼岸，修行。

这答案可以说是很深奥，也可以说是很巧妙。道理难懂，又容易实行。

说了题目，看出问题，找出答案的方向，现在要读本文。玄奘译文照现代习惯分段标点如下：

般若（智慧）波罗蜜多（到彼岸）心（核心）经（咒）

序篇（总纲）

观自在菩萨行深般若波罗蜜多时，照见五蕴皆空，度一切苦厄。

上　篇

舍利子！色不异空，空不异色。色即是空，空即是色。受、想、行、识，亦复如是。（一）

舍利子！是诸法空相，不生，不灭，不垢，不净，不增，不减。（二）

是故空中无色，无受、想、行、识，无眼、耳、鼻、舌、身、意，无色、声、香、味、触、法，无眼界，乃至（即"中略"，六识、十二处、十八界不全列举）无意识界，无无明，亦无无明尽，乃至（即"中略"，十二缘生

不全列举）无老死，亦无老死尽，无苦、集、灭、道（四谛），无智，亦无得，以无所得故。（三）

下 篇

菩提萨埵依般若波罗蜜多故，心无挂碍，无挂碍故，无有恐怖，远离颠倒梦想，究竟涅槃。（一）

三世诸佛依般若波罗蜜多故，得阿耨多罗三藐三菩提。（二）

故知般若波罗蜜多是大神咒，是大明咒，是无上咒，是无等等咒，能除一切苦，真实不虚。（三）

终 篇

故说般若波罗蜜多咒，即说咒曰（怛只多）：

揭谛！揭谛！波罗揭谛！波罗僧揭谛！菩提！萨婆诃！

现在试作文本解说，重点说"五蕴"和"空"，其他从略，但有关文体的仍点出来。

《序篇》是总纲，笼括全文，与《终篇》结语遥遥相对。

"观自在菩萨"。这里的"菩萨"就是下文的"菩提萨埵"。此处是称呼，专指，所以用通行简化译名，五字合为一名。下文是泛指，不是称呼，所以音译完全，以示区别。玄奘译经字字有考究。

"行深般若波罗蜜多时"。原文没有"时"字，着重在"行"，是在进行中。有的译本就明说是修行。"六度"即"六波罗蜜"都要行，修行。单讲说"般若"，智慧，不是修行，是空谈。"行"有深有浅，由浅入深，"行"到"深"时才能"照见"。

"照见五蕴皆空。"这是修行"智慧到彼岸"的内容，是般若智慧的核心。什么是"五蕴"？什么是"空"？下文再说。

"度一切苦厄。"这是说"到彼岸"的内容。音译本原文无此句，那也无碍。有了便全面，见效果。

这三小句合成一大句总纲，提出一位菩萨的修行"智慧到彼岸"，也就是以修行智慧脱离苦海而得解脱。很明显，这是示范，是答复这样一个问题：凭智慧，讲理论，怎么又能是实践，是修行？怎么能有实际效用？有什么实际效益？是不是单纯讲理论？建立哲学体系？

《上篇》三段逐步说明什么是般若智慧，着重解说总纲的"照见五蕴皆空"。

"舍利子！"舍利（女子名）的儿子。这是听经发问的修行者的名字。古代口传对话体经典，"如是我闻"，往往用叫对话者的名字让听者知道是另一段开头或重点。佛经中常见。至于舍利子即舍利弗，观自在即观世音，以及由此产生的问题，此处不必纠缠。

后文直到《终篇》和上文总纲一样都有过无数的解说。我在这里仅试依原文用词和我的理解提出两个问题试作回答，其他不论。《上篇》的问题是：什么是"蕴"？什么是"空"？和"般若"有什么关系？《下篇》的问题是：那不可说的不讲道理的语言怎么读解？

总纲之后全文第二段，即《上篇》第一段，讲的是色、受、想、行、识，这"五蕴"和"空"的关系。

什么是"蕴"？这词旧译为"阴"，后来（由玄奘起？）改译为"蕴"，是佛家专用术语。它的常用义只是肩，部分、堆积。佛教徒用此词指包括人的心理在内的世间一切的类名。照佛陀的根本教义，"无我"，任何事物都不可能是单一的，都是集合体，可以分解的，所以用这个词作术语。译作蕴含的蕴很恰当。说"五蕴"等于说世间一切，精神物质都在内。

"色"原文指形，包括颜色，等等，指形象，不是只指颜色或美色。一切可以感觉到的都必有形态，都称为"色"。任何外物，我们所能够接触而知道的只是种种形，也就是"色"。作为"五蕴"之一的术语，和下文的"色、声、香"等的"色"仅指视觉对象字同义异。

　　"受"原文字源出于认知，也是佛家专用术语，指一切感受，不仅是感觉，而且有感情。世间事物有形色为人所知。接触外物诸"色"的内心感受是"受"。译得恰当。有"色"就有"受"。有刺激就有反应，包括了认知的两方面。

　　"想"原文本义是符号，在晚期文法中是"名词"。作为佛家专用术语指由"色"和"受"而构成的观念。"色"是外来刺激，"受"是内心反应，"想"是关于对象的概念。一个人的身体行为种种活动都是"色"，形象。我们认识这个人，得到的和生出的反应是"受"。人不在眼前，心中的反应也消失了，但是对于这个人形成了一个概念。可以有名称，如张三，作为代表符号，也可以没有，只留下印象，或是想象，或是一个特征符号。旧译有时作"相"。《金刚经》所谓"破相"，破的就是这个"想"。鸠摩罗什译为"相"，可能为避开与"想"蕴混淆。玄奘改译为"想"，可能为避开与别的"相"字混淆。《金刚经》中原文是同一个字，指不是实物实感而由此形成的概念。"想"不实，所以是虚妄，但不是不存在。在那部经里不是指"蕴"。

　　"行"又是佛家专用术语。原文本义是加工制作，装饰。为婴儿成长举行仪式，等等，都是"行"。佛教用作术语指"色、受、想"都消失以后仍然存在的，潜于意识中仍然继续存在的，自己不觉得而存于记忆中的，仿佛是原有的而可能已有了加工的"色、受、想"。它是潜在的，所以仿佛不存在了，却仍然继续运行，随时可以出现，所以译作"行"，是意译，很恰当。佛教根本教义是

"诸行无常"，用的就是这个"行"字，不过在那里不是指"蕴"。这实际是指暂时存在的外界的形"色"和内心的感"受"以及"色""受"全消失以后仍旧潜在的"想"以至连"想"也消失了而仍在记忆心（潜意识）中潜在运行的"行"。"行"中包含着原有的"色、受、想"而又不是一回事，所以另算一"蕴"。

"识"原文只是认识的识，是常用字。作为术语则是从感觉得来的认识一直到潜在的不自觉的潜意识无所不包。"识"有种种说法，可以成为系统理论，但在"五蕴"中只是作为世界分类之一，指"色、受、想、行"为人觉知或不自觉时所依靠的一般意识（"意识"本来是佛教术语）。佛典中用"识"字原文不止一个字。所指意义有广狭层次，用一个字也不是处处用意相同，常有争论。

"五蕴"概括世间一切。

"五蕴皆空"。什么是"空"？是无所有，不是不存在。"空"是原有物失去了留下的空。这句话是从根本教义"诸行无常"来的，是一种阐释。没有永恒的事物，那就是一无所有了。全是"暂有还无"。然而作为佛教思想，理论，没有这么简单。

佛教和其他有宗教名义和无宗教名义的宗教相比有一个不同点，或说是特点，那就是，佛陀释迦牟尼的觉悟和说教不是从"天启""神谕"开始，而是从明白道理开始的。佛教的宇宙没有主宰，没有本体，根本教义是"无常"，没有永恒，一切皆变，生、老、病、死，成、住、坏、空，一直推论到"刹那生灭"，"念念灭"，一时一刻也不停地转动变化。超脱这个"无常"的是"涅槃"，寂灭。"涅槃"是佛家专用词，但耆那教也说"涅槃"，婆罗门后期经典《薄伽梵歌》（神歌）也说"梵涅槃"。但是从"无常"推到极端是佛教徒以外谁也不能接受的。佛教徒和佛典著作中也不是时时刻刻、处处坚持的。以"涅槃"寂灭为目标的无主宰无本体的宗教，大概世上只有佛教一家。佛陀创教时除宣传教理以外，主要是建立"僧伽"即成立组织，制定戒律即纪律，还定期集会检查。于是有了佛（领袖）、法（理论）、僧（组织）"三宝"。这种"无常"理论如何指导修行实践本来不发生问题。大发展以后，教徒集会口诵"如是我闻"的经典越来越多。戒律细节的派别分歧越来越大。有思想有知识的教徒从事理论研究，分析整个世界以及人生，剖析排比种种的"法"越来越繁越细，称为"阿毗达磨"（对法）。寺庙越多，教内教外的理论辩论的风气越发展。千年之内陆续出现了龙树—圣天（提婆）、无著—世亲、陈那—法称为首的一代又一代大法师、思想家、理论家，照欧洲说法就是哲学家，不仅是神学家。无数经典著作传进发展翻译和印刷的中国，有了大量的汉文、藏文等译本留下来，为其他古代宗教所不及。然而这样庞大繁杂高深而又互相争辩的理论，对于一般信徒有什么意义？宗教是信仰—修行—解脱，怎么和这种种理论相结合？由"无常"，没有永恒，发展到"无我"，没有本性或本质、本体，以"缘"作解说，不是已经指出"涅槃"寂灭的方向了吗？怎么还要无穷解说重复辩论？问题是如何修行成罗汉，成菩萨？还能不能成佛？或者是"往生佛国"？无论讲了多少道理，没有信仰和修行不成为宗教。理论和实践怎么结合？这问题必须答复。

《心经》也是回答这个问题，和《金刚经》是一类。不过我们还得先考察一下理论已经发展到了什么地方，还得说明"五蕴皆空"的"空"。

从"无常"推演很容易达到"刹那生灭""念念灭"。一切分析到最后成为"极微"或"邻虚"（这不是佛一家之言）。它们不停变动、生灭、集散成为种种宇宙形态（这才是佛一家之言）。这很像二十世纪初期物理学所达到的境界。物理学可以从原子、电子一路下去找寻基本粒子。哲学思想却不必如此，可以用数学式的语言符号以"极微"或"邻虚"为代表。佛教思想家开始就是这样做的，分析种种"法"和"缘"。他们的著作成为"阿毗达磨"（对法），是"三藏"经典之一的"论藏"，和"经藏""律藏"并列。一九三六年苏联史彻巴茨基教授出版两卷本《佛教逻辑》，译注法称的《正理一滴》并作了成系统的整整一卷解说。很明显，他企图将相对论、量子论的物理学和讲物理及数学的马赫、罗素等人的哲学以及佛教徒陈那、法称的思想贯串起来解说。他取得了很大的成功，但是在这样现代化的解说里他有意无意忽略了极重要的一条，即，佛教毕竟是宗教。陈那、法称的著作和龙树、圣天、无著、世亲的一样，仍然不离求解脱。他们不是为认识而认识世界和人。史彻巴茨基把这部分略去了，结果是他自己建立了一套哲学体系。这不能算是佛教哲学的本来体系。他用变动不停的时空点说明"量"和"识"，但不能说明"空"，以致对这三者的说明还不够充分。他讲的不是《心经》，只是"论"。他说了哲学，没说宗教。我们还得探讨。

"空"是直译原文词义，一点不错。这不是"虚空"，梵文中那是另一个词。"空"也不是"无"，那另有词。又不是徒劳无功，那也另有词。"空"的本义是去掉了"所有"即内容，"空空如也"。解说"空"，千言万语说不尽。可是"空"这个词在原文中另有一项专用意义，也许我们可以从这方面说明，更合常识也更现代化，也许更容易懂些。

印度古人有一项极大贡献常为人忽略。他们发明了记数法中的"零"。印度人的数字传给阿拉伯人，叫做"印度数码"，再传给欧洲人，称为阿拉伯数字。这个"零"的符号本来只是一个点，指明这里没有数，但有一个数位，后来才改为一个圈。这个"零"字的印度原文就是"空"字。"空"就是"零"。什么也没有，但确实存在，不可缺少。"零"表示一个去掉了内容的"空"位。古地中海文明中毕达哥拉斯学派说：一切皆数。数下都是零。古中国人说：

万物生于有，有生于无。无就是零。他们的思想是通气的，都看到了这一点，但只有佛教徒发展了这种思想。"数"和"有"不停变化，即生即灭，都占有一个"零"位，"空"位。所以"空"不出现，但不断表示自己的存在。

"空"或"零"在原文中有两个词形。一个是形容词形，即"五蕴皆空"的"空"。一个是加了表示抽象词尾的。读音译本可知下文"色不异空"等的"空"是抽象词，即零位。这样读下文"色不异空，空不异色。色即是空，空即是色"等等也就比较容易明白了吧？

还有需要注意的是：就音译本读原文，"五蕴皆空"是"五蕴自性皆空"。其他译本也有这样译的。"自性"表示了"空"的抽象词义，与下文"空"的抽象词形义相符。"是诸法空相"的"相"，不是《金刚经》鸠摩罗什译的"相"，那里的"相"是"想"。这里的"相"是另一个字。还有，"不异"等等照梵文习惯思路读原文和照汉文习惯思路读译文，虽准确相符而得来意味有所不同。这是语言文体特性，不必多说（我在印度抄的刊行本原文于劫中失去，凭记忆不能核实，所以只引敦煌音译本）。

打一个比方：电视荧屏上不停闪现即生即灭的光点组合成一些活动图像。没有空的荧屏，便没有这些光点。光点灭便是"空"。光点生也因为有"空"。"空"不出现而存在。"空"和"有"可说是"不异，不一"，也就是"不生不灭"等等了。屏幕是零，由数码光点闪现而有，本身仍是空的。"有"和"空"都是"无常"理论的发展。

这样读下去，《上篇》三段就只剩术语问题了。其中的"缘生"是和"空"有关的佛教根本教义。这里没有说由解析"因缘"而知"自性"是"空"。

《下篇》答复"行"的问题。

第一段说菩萨。用全译"菩提萨埵"表示指一般菩萨，不是称号，前面已说过。"菩提"是觉悟。"萨埵"是生物，人。两字合成"有觉悟的人"。佛自称经历无数"劫"当菩萨，最后才成佛。"依"指的是"行"。菩萨的最后境界是"涅槃"。

第二段说"三世诸佛"。"三世"是过去、未来、现在。过去佛如阿弥陀佛，未来佛如弥勒佛，过去未来都有很多佛。现在佛只有一位是释迦牟尼佛。现在是释迦佛时代，一切教导从他来。佛出世为教化众生。他的"阿耨多罗三藐三菩提"即"无上正等正觉"也是"依般若波罗蜜多"法门。前文说"无得"，这里又说"得"，两者的原文不是一个字。这里的"得"是"证得""亲证"，不是得到。佛和菩萨的性质不同。佛的"般涅槃"只是"示寂"。

第三段确定这个法门"是大神咒，是大明咒"等等。这里的"咒"是"满怛罗"，不是"陀罗尼"，前面已说过了。

《终篇》是"咒"，仍是"满怛罗"。表面的字义是："去了！去了！到那边去了！完完全全到那边去了！觉悟啊！娑婆诃！"最后一词是婆罗门诵《吠陀》经咒呼神献祭时用的祷词，无意义。佛教徒沿用这习惯语。

全篇中《序篇》总纲之后，《上篇》说"空"，讲理论，只是断语。《下篇》说"行"是"依"，没说怎么"行"，怎么"依"。《终篇》是咒语，又不能"望文生义"。如何由智慧而修行得解脱？还是没有说。也可以说是，能说出的都已说过了，说不出的，脱离语言的"行"，说出也只能是密码。语言密码破解出来仍旧是语言，仍旧是密码。修行只能口传，甚至是不能口传的。可传的只是形式，如持戒、参禅、念咒、结印、设坛之类。智慧修行更加不能用语言传授，最多只能用符号或象征暗示。宗教的出发点是信仰，归宿点是修行。不说修行不算全面。佛经末尾照例是说"信受奉行"。下面我对这不可说的"说"或者说智慧修行提一点浅见。

凡语言都可以说是符号，但语言符号有种种不同。古人、外国人的习惯思路和表达方式和我们现在的有同有不同。有的话今人不直说而古人直话直说。例如孔子说："吾未见好德如好色者也。"今天谁这样说老实话？有的话今天直说，古人用曲说，例如庄子说："寓言十九，卮言日出。"什么意思？另有符号语言是"行话"，非同行同时人不懂。例如说"形而上学猖獗"。形而上学从亚里士多德的书以来就是很难的学问，古今中外没有多少人能懂，怎么会"猖獗"？这是符号语言，不是谜语。说的话明白，懂的人懂，是同行，不用破译。不懂的，破译出来也还是不懂。还有的是将说不出来的用种种方式和符号语言表达出来。宗教、艺术、文学中很多这样的情况。宗教经典中有可说的部分是理论，也常用符号语言。还有不可说的部分是修行，更重要。"行"的是什么？怎么"行"？怎么传授和修炼这种"行"？更需要用符号语言暗示。现在能不能比古时说得稍微明白些？试试看。

各种宗教，有招牌的和没有招牌的，都有一部分不讲道理的理论和行为，被笼统称为神秘主义。这是全球性的。其中最发达而且文献最繁多的是雪山（喜马拉雅）南北的许多教派。在佛教名义下传进了好翻译又善印刷的中国，在汉译和藏译的文献中保存得最多。有些梵文文献不用佛教名义称为"怛多罗"，也刊印出了一小部分。在印度，这类修行称为"苦行"或"瑜伽行"。这类文献和修行者多数被认为是秘密教派。"秘密"的含义是，这种修行只能是个人单独进行的，不能有求于外（名、利、权、欲等），也不可能为人所知。因此炫耀、宣扬、传播的都应当另属于江湖法术，不是宗教修行。那么，这种不可言说而又有符号语言作暗示的文献的修行究竟是怎么回事？

用二十世纪发展的新知识可以说，这些所谓神秘主义修行实际是一种试验，千方百计想打通并支配统一的显意识和隐意识。人类早就发现了自己除有理性和能用意志支配的意识以外还有一种自己不能控制的隐意识。佛教徒很注意这一方面，文献中时常论到。一百多年来由医生诊断病人发现的病态或变态心理其实也隐伏于常态之中，由此发展出以潜意识活动为对象的研究，有不少发展，而且立即影响了文学艺术，但还远未达到其他科学那样的明白确切程度，因为除了诊病治病以外无法做实验。其实全世界古往今来无数真正的修行者都做过这种试验。他们是正常人，但这种试验很危险，往往导致变态心理发作而"走火入魔"，实际是潜意识失去控制而与显意识混淆起来指导行为和语言。没有"入魔"而竟能达到一种境界的，旁人只见外表，本人也说不出来。这样的修行者总是孤独者。宗教脱离不了修行。全面研究宗教（不是教派）思想及行为的科学还是尚待发展而且很难发展。不过，对于人类的显意识加隐意识或潜意识，或者说第一意识和第二意识的研究发展到将来，可能对于人类从过去直到现在的许多无意识非理性的行为多少作出一点较为确切的解说。眼下对许多古文献还只能作对符号语言的试探译解，正如同对当前人类的许多莫名其妙的行为一样。

依我看，《心经》说"五蕴"等等之下都是"空"，凡数之下都是零，"照见"了这个"空"，修行到了这个零位，从显意识通到了相交错的隐意识或潜意识而能全面自觉认识并支配统一双重意识的人就达到最高的心理境界而是另一个具备高超行为的"超人"了。"转识成智"了。

以上由解说《心经》而提出的说法不过是试作探索，不是"悟道"，也不是"野狐禅"吧。

一九九五年十一月——一九九六年一月

图书在版编目（CIP）数据

梵佛间：金克木说印度／金克木著；木叶编 . -- 北京：作家出版社，2021.5

ISBN 978 - 7 - 5212 - 0654 - 8

Ⅰ . ①梵… Ⅱ . ①金… ②木… Ⅲ . ①散文集 - 中国 - 当代 Ⅳ . ①I267

中国版本图书馆 CIP 数据核字（2019）第 156983 号

梵佛间：金克木说印度

作　　者：金克木
编　　者：木　叶
责任编辑：李宏伟
装帧设计：孙惟静
出版发行：作家出版社有限公司
社　　址：北京农展馆南里 10 号　　　邮　　编：100125
电话传真：86 - 10 - 65067186（发行中心及邮购部）
　　　　　86 - 10 - 65004079（总编室）
E - mail: zuojia@zuojia. net. cn
http: // www. zuojiachubanshe.com
印　　刷：中煤（北京）印务有限公司
成品尺寸：145 × 210
字　　数：336 千
印　　张：13.125
版　　次：2021 年 5 月第 1 版
印　　次：2021 年 5 月第 1 次印刷
ISBN 978 - 7 - 5212 - 0654 - 8
定　　价：65.00 元